Seductora inocencia

Gaelen Foley

Seductora inocencia

Traducción de Ignacio Gómez Calvo

Círculo de Lectores

Para Eric; él sabe por qué

Pues ¿quién es tan severo como para no dejarse seducir?

SHAKESPEARE

Agradecimientos

Me gustaría dar las gracias a las siguientes personas por la extraordinaria generosidad que me han brindado en sus respectivos campos profesionales: Mary Jo Putney, por el tacto inigualable con el que logró sacarme del callejón sin salida en que me encontraba en la fase de planificación; Richard Tames, eminente historiador londinense, guía del servicio Blue Badge y del Museo Británico, autor de *American Walks in London* junto con otros ciento treinta libros, y genio con capacidad para todo (¡lea sus obras si le gusta Londres!); Sheila Tames, escritora y guía de Londres y del País de los Lagos, por ayudarme también y tener paciencia conmigo; Andrea Caweltia, de los Archivos Rosenthal de la Orquesta Sinfónica de Chicago, por proporcionarme la información que necesitaba sobre la música y los instrumentos de la época; doctor Jean Mason, profesor de historia en la Universidad de Duquesne y crítico ilustrado de la web *The Romance Reader,* por revisar el manuscrito en busca de errores históricos y lógicos; David Tucker, director de The Original London Walks Company, por su cortesía y amabilidad; los miembros del colectivo de Internet The Beau Monde, siempre dispuestos a ayudar, que en mi opinión merecen abonos para Almack's; Marina Richards, colega escritora, por recordarme que tuviera valor y no me anduviera con miramientos al escribir la historia que necesitaba contar, y por último, pero no por ello menos importante, Shauna Summers, por acompañarme en cada paso del camino y ofrecerme la libertad creativa para escribir libros que rompen las reglas.

Todos los fallos, equivocaciones e informaciones erróneas son responsabilidad de la autora.

Los hijos de Georgiana: el linaje de los Knight

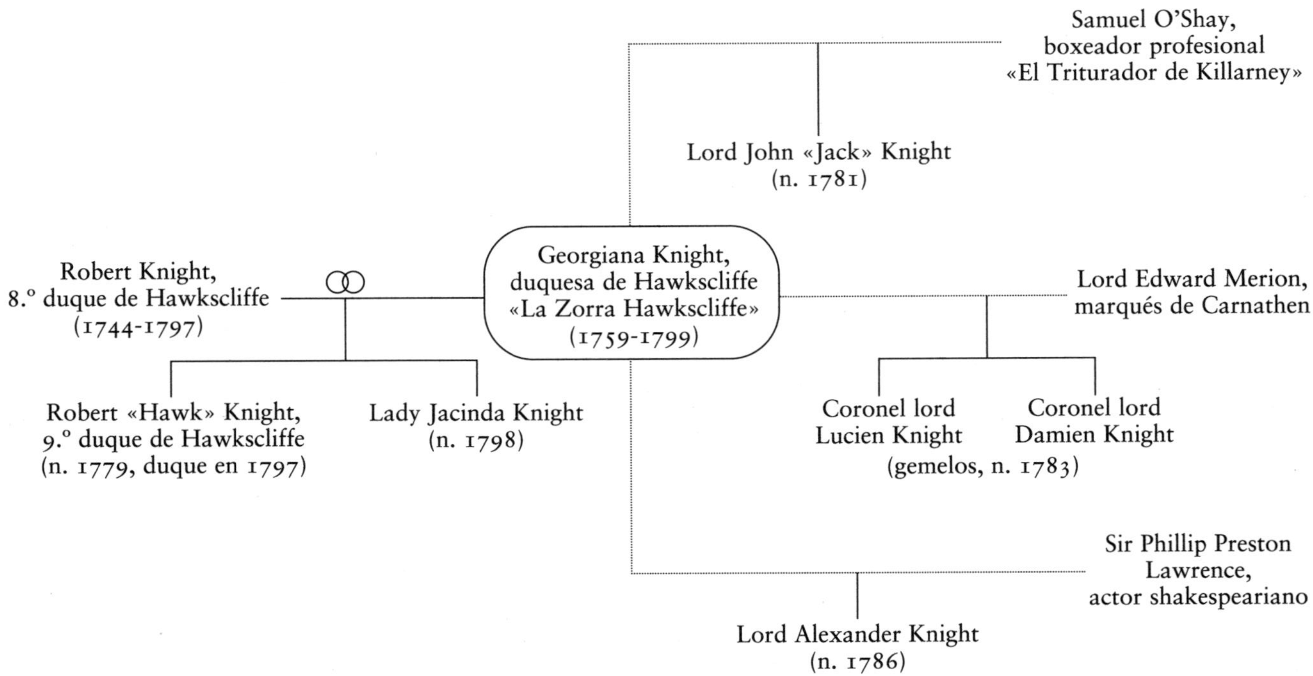

Las líneas de puntos señalan los amantes de Georgiana

I

Londres, 1814

Cuando aún era un joven de cabello rizado, en pleno viaje por Europa, hacía muchos años, se había enamorado locamente de la belleza, y por ello había recalado en Florencia para recibir lecciones de un auténtico maestro italiano. Idealista y romántico, había seguido a las musas aladas hacia el sur, hasta la bahía de Sorrento, donde había oído por primera vez el antiguo refrán siciliano «La venganza es un plato que se sirve frío». Ahora era un anciano sin ilusiones, distante y cauto como un papa intrigante. La belleza lo había traicionado; pero, por extraño que parezca, décadas más tarde el refrán reveló su autenticidad aquel día invernal en Inglaterra.

James Breckinridge, conde de Coldfell, un hombre impecable y de constitución débil, agarró el puño de mármol de su bastón con sus nudosos dedos, doloridos por la fastidiosa lluvia de abril. Descendió de su lujoso carruaje negro con ayuda de su lacayo mientras otro sirviente lo cubría con el paraguas.

El silencio del lugar, sólo turbado por el golpeteo de la lluvia, recordaba al de una iglesia. Se volvió lentamente, miró más allá de los rostros inexpresivos de sus sirvientes, más allá de la verja puntiaguda de hierro forjado, en dirección al cementerio de St. George, en Uxbridge Road, al norte de Hyde Park. Hacía tres semanas que había enterrado allí a su joven esposa. El monumento de mármol en su memoria se alzaba bajo una fría y grisácea llovizna en el lugar donde la colina formaba una curva verde, como una aguja furiosa contra el cielo del color del humo. Al pie del monumento, justo donde Coldfell esperaba encontrarlo, se divisaba la silueta alta y poderosa de un hombre; despeinado por el viento y absorto en sus pensamientos, no parecía advertir el viento racheado que agitaba su gabán negro.

Hawkscliffe.

La boca de Coldfell se convirtió en una fina línea. Tomó el paraguas de la mano del lacayo.

–No tardaré mucho.

–Sí, señor.

Apoyándose en su bastón, comenzó la lenta ascensión por el sendero de grava.

Con su actitud pétrea e inmóvil, similar al monumento, Robert Knight, de treinta y cinco años, noveno duque de Hawkscliffe, no dio muestras de percatarse de su llegada. Permaneció en una quietud digna de un pedazo de granito, con la mirada clavada en los narcisos amarillos que habían plantado en la tumba, mientras la lluvia le pegaba el cabello moreno y ondulado a la frente, se deslizaba en fríos regueros por sus mejillas lisas y firmes, y goteaba por su duro perfil.

Coldfell hizo una mueca al pensar en la intrusión poco caballerosa que se disponía a hacer en la intimidad de aquel hombre. Después de todo, Hawkscliffe era el único miembro de la nueva generación al que respetaba. Algunos tories de la vieja escuela consideraban que sus ideas tenían un tono inquietantemente liberal, pero nadie podía negar que Hawkscliffe era el doble de hombre que el pusilánime de su padre.

Ése era el motivo, reflexionó Coldfell mientras ascendía con dificultad por el sendero, por el que lo había visto convertirse en duque a los diecisiete años, administrar tres grandes fincas y criar prácticamente sin ayuda a cuatro hermanos pequeños y revoltosos y a una hermana. Más recientemente lo había oído pronunciar discursos en la Cámara de los Lores con una serenidad y una elocuencia que hacían que todos los presentes se pusieran en pie. La integridad de Hawkscliffe estaba fuera de toda duda; su honor era tan auténtico como el de una persona de los más elevados méritos. Dentro del grupo de los jóvenes había algunos, como el estúpido sobrino y heredero de Coldfell, sir Dolph Breckinridge, que consideraban al virtuoso duque un rigorista; pero, en opinión de las mentes más juiciosas, Hawkscliffe era, en una palabra, impecable.

Era una lástima ver cómo lo había afectado la muerte de Lucy.

En fin, los hombres veían en una mujer lo que querían ver.

Coldfell carraspeó. Hawkscliffe, sobresaltado, se estremeció al oír el sonido y se dio la vuelta. Una emoción turbulenta brillaba en sus ojos oscuros. Al ver a Coldfell, su expresión aturdida dejó traslucir una punzada de culpabilidad. Teniendo en cuenta el carácter íntegro del duque, no cabía duda de que lo atormentaba haber deseado a la mujer de un viejo amigo. Él nunca había sido tan caballeroso. James lo saludó con la cabeza.

–Hawkscliffe.

–Le ruego que me disculpe, señor, pero me iba a ir ahora mismo –dijo entre dientes, bajando la cabeza.

–Por favor, quédese, excelencia –respondió Coldfell, aliviando la tensión del momento–. Acompañe a un anciano en un día tan gris como el de hoy.

–Como desee, señor.

Entornando los ojos ante la lluvia, Hawkscliffe apartó la mirada con inquietud y estudió el anguloso horizonte formado por las lápidas.

Coldfell avanzó cojeando hasta el borde del sendero de grava maldiciendo sus doloridas articulaciones. Cuando hacía buen tiempo podía pasar el día entero cazando sin cansarse. Pero no había mostrado la suficiente energía para Lucy, ¿verdad?

Bueno, ella había tenido un funeral elegante en Londres, como le habría gustado. Al haber muerto en su casa situada en las inmediaciones de Londres, tuvo un sitio en el cementerio más exclusivo de la ciudad, con un monumento funerario de Flaxman y todo, el súmmum del buen gusto, para el cual no reparó en gastos. Él debía pagar ahora su error más caro: «La locura de un viejo», pensó con amargura. La belleza era ciertamente su debilidad. Sin mejores recomendaciones que su espléndida melena de un cobrizo intenso y los muslos más sensuales de la cristiandad, Lucy O'Malley, de veintiséis años, había hecho de modelo para artistas en Sheffield antes de persuadirlo para que la convirtiera en su segunda esposa. Él le había hecho jurar que mantendría su pasado en secreto y le había proporcionado uno falso. Al menos ella se había comprometido sinceramente a ello, ansiosa como estaba por formar parte de la alta sociedad.

Coldfell solamente se alegraba de que no lo hubieran obligado a enterrarla junto a Margaret, su primera esposa, que había sido reverentemente depositada en Seven Oaks, el pabellón ancestral situado en el condado de Leicester. Ah, la sabia Margaret, su compañera del alma, cuyo único defecto había sido su incapacidad para darle un hijo.

–Lamento... mucho su pérdida, señor –dijo Hawkscliffe con rigidez, evitando su mirada.

Coldfell lanzó una ojeada furtiva al duque y suspiró mientras asentía con la cabeza.

–Cuesta creer que se haya ido. Era tan joven, estaba tan llena de vida...

–¿Qué va a hacer ahora?

–Mañana partiré hacia el condado de Leicester. Un par de semanas en el campo me vendrán bien, se lo aseguro.

Una visita a Seven Oaks también apartaría de él las sospechas cuando aquel hombre hiciera su trabajo por él.

–Estoy seguro de que lo reconfortará –dijo Hawkscliffe de forma cortés y automática.

Ambos permanecieron en silencio durante un largo rato; Hawkscliffe, absorto en sus pensamientos, y Coldfell, meditando sobre la molestia de abandonar su elegante villa en South Kensington, con su bonita hectárea y media de jardines esculpidos: el lugar donde había muerto Lucy.

–«Dejadla en la tierra para que broten violetas de su carne hermosa y pura» –recitó Hawkscliffe de forma apenas audible.

Coldfell lo miró apenado.

–El discurso de Laertes en la tumba de Ofelia.

El duque no dijo nada; se limitó a contemplar fijamente las letras grabadas en el monumento: el nombre de Lucy, la fecha de su nacimiento y la de su muerte.

–Nunca la toqué –soltó bruscamente, volviéndose hacia Coldfell con una angustia impetuosa–. Le doy mi palabra de caballero. Ella nunca lo traicionó.

Coldfell sostuvo su mirada sin alterarse, y a continuación

asintió con la cabeza como si estuviera satisfecho, aunque obviamente aquello no era nada nuevo para él.

–Ah, Robert –dijo con aire grave al cabo de un largo rato–, resulta tan extraña la forma en que la encontraron... Cada día iba a nuestro estanque a dibujar a los cisnes. ¿Cómo es posible que resbalara? Puede que esté confundido por la tristeza, pero no me parece que tenga sentido.

–Es imposible que resbalara –dijo el duque con vehemencia–. Era ágil..., muy ágil.

Coldfell se quedó sorprendido por su impetuosidad. Aquello iba a resultar mucho más fácil de lo que había pensado.

–¿Aquel día sus sirvientes le informaron de algo extraño, señor, si me permite la pregunta? –continuó el duque.

–No.

–¿Alguien vio u oyó algo? Ella estaba a un tiro de piedra de la casa. ¿Es posible que no oyeran sus gritos de socorro?

–Tal vez no le dio tiempo a gritar antes de hundirse en el agua.

Hawkscliffe se apartó nuevamente, frunciendo los labios de forma hosca.

–Señor, tengo una terrible sospecha.

Coldfell lo observó en silencio por unos instantes.

–Ojalá pudiera tranquilizarlo, pero me temo que yo también tengo serias dudas –dijo al cabo.

Hawkscliffe se volvió y se quedó mirándolo de forma penetrante. Sus ojos oscuros brillaban como las llamas del infierno.

–Continúe.

–No tiene sentido. No había sangre en la roca con la que dicen que... se golpeó la cabeza. ¿Qué puedo hacer? Soy viejo. Mis piernas doloridas están débiles. No tengo la fuerza suficiente –dijo lenta y enfáticamente– para hacer lo que le corresponde a un marido.

–Yo lo haré –prometió Hawkscliffe.

El conde sintió un estremecimiento al ver la determinación que reflejaban los ardientes ojos del joven.

–¿De quién sospecha? –preguntó Hawkscliffe con una ferocidad apenas contenida.

Coldfell nunca lo había visto en un estado tan exaltado e

impetuoso. Debía ocultar su regocijo. Todo lo que tenía que hacer era pronunciar el nombre, facilitar un objetivo a aquella furia agitada, y entonces Hawkscliffe se batiría en duelo y la víbora que lo había atacado caería fulminada. Estaba dispuesto a hacer que los admiradores de Lucy se enfrentaran para salvarse a sí mismo y a Juliet, su dulce hija discapacitada. ¿Qué otra cosa podía hacer? Tenía casi setenta años y cada día se sentía más débil. Dolph estaba en la flor de la vida; era un cazador brutalmente dotado que se había estrenado a la tierna edad de nueve años con su primer ciervo.

Un temblor le sacudió las piernas.

–Que Dios me perdone –dijo Coldfell entre dientes con una mirada de inquietud.

–¿De quién sospecha, Coldfell? ¿Sabe algo? Estoy convencido de que no fue un accidente, aunque el juez de instrucción dijo eso. Usted y yo no somos tontos –dijo acaloradamente–. Estuvo cuatro días en el estanque hasta que la encontraron. No hay forma de saber qué otras cosas pudieron hacerle antes de matarla.

–Veo que nuestros temores son muy parecidos, Robert. Ambos pensamos que pudo haber sido... violada. Oh, Dios. –Se apoyó en Hawkscliffe, y el duque lo sostuvo–. Es peor que la muerte.

Hawkscliffe apretó su pronunciada mandíbula.

–Se lo ruego, señor. Dígame lo que sabe.

–No sé nada, Robert. Sólo tengo sospechas. Una vez Lucy me dijo...

–¿Sí?

Coldfell se detuvo. «Ansía castigar a alguien, culpar a alguien», pensó, echando una mirada sagaz a la cara de Robert y examinando sus facciones como un artista que se prepara para pintar un retrato. Era el rostro duro y noble de un guerrero. El cabello oscuro le caía abundantemente desde la amplia frente; bajo las cejas, anchas y negras como el carbón, brillaban unos ojos penetrantes con una voluntad férrea; tenía una nariz aguileña como el pico de un halcón, y una boca firme y prieta, aunque había en sus labios una sensibilidad que cautivaba a las mujeres.

–Me dijo que había un hombre que... la asustaba.

–¿Quién era? –inquirió Hawkscliffe.

Coldfell respiró hondo y apartó la mirada, consciente de que estaba dictando una sentencia de muerte.

Se alegraba de ello.

–Mi sobrino, excelencia –dijo, con la serenidad de un italiano de pura cepa–. Mi heredero, Dolph Breckinridge.

–¡Naranjas! A un penique la pieza, señor. ¡Gracias, y que pase un buen día! ¿Quién es el siguiente?

Estaba tan fuera de lugar en medio del ajetreo de un día gris en el centro de Londres como las brillantes y dulces naranjas que vendía en la concurrida esquina de Fleet Street y Chancery Lane, ofreciéndolas como pequeños soles a los ajetreados caballeros vestidos de negro que iban y venían del mundo del gobierno al de las finanzas: Westminster y el centro económico de la ciudad, respectivamente. Empleados de banco y abogados, periodistas, escritorzuelos, sastres, tenderos respetables; incluso un diácono que iba a toda prisa hacia St. Paul se paró en seco al verla y, como el resto de las personas, se sintió irresistiblemente atraído por ella.

Si la señorita Belinda Hamilton era consciente de que había una cualidad indescifrable en su persona, que hacía que el tráfico masculino se detuviera, no mostraba la menor señal de ello; era toda seriedad y eficiencia contando el cambio con sus dedos enrojecidos por el frío que asomaban por unos guantes raídos, decidida a afrontar su caída con la elegancia resignada de una auténtica dama.

Meses antes había estado en la Academia para Jóvenes Damas de la señora Hall preparando a muchachas de risa tonta para su presentación en sociedad; ahora estaba allí, casi al límite de la respetabilidad, aferrándose con tenacidad únicamente por la fuerza de su orgullo.

Un mechón rubio como el trigo cayó sobre su mejilla sonrosada cuando alzó la vista hacia su cliente y le dio el cambio con una lozana sonrisa, cansina pero alegre.

–¡Naranjas! ¿Quién es el siguiente, por favor?

Uno de sus clientes habituales dio un paso adelante; se trataba de un abogado corpulento de uno de los bufetes cercanos. Su ropa negra ondeaba al viento, y le dedicó una sonrisa con desazón mientras se sujetaba la peluca de abogado en su enorme cabeza para evitar que saliera volando. Le lanzó una mirada de arriba abajo.

Bel apartó la vista y seleccionó una naranja grande y reluciente para él. Le sacó brillo con el extremo de su delantal y, reprimiendo su tremendo orgullo mediante un esfuerzo de voluntad, extendió la mano con expectación.

–Un penique, señor –dijo suspirando.

El abogado vaciló y le entregó algo que no era una moneda, sino un billete que estuvo a punto de salir volando. Bel frunció el ceño y lo miró de cerca. ¡Veinte libras! Contuvo un grito ahogado de asombro y apretó el billete contra la palma sudada de su mano, asqueada, a pesar de que aquella cantidad equivalía prácticamente a la suma que ganaría con tres meses de trabajo.

–No, señor. No.

–¿No? –repitió él, con un brillo en sus ojos pequeños–. Simplemente piénselo, querida.

–Señor, me ofende –respondió, dedicándole un gesto glacial como si fuera una baronesa en un salón y no una chica desesperada y prácticamente sin un penique, sola en las calles de la gran ciudad.

–Doblaré la cantidad –susurró el hombre, acercándose.

Ella alzó la barbilla.

–No estoy en venta.

El hombre mofletudo se puso rojo como un tomate ante aquella mirada imponente y desdeñosa. Se marchó corriendo lleno de vergüenza, con la peluca colocada de lado. Bel se estremeció ligeramente, se rascó la frente para recuperar la compostura y se dio la vuelta para atender a toda prisa a los otros clientes. No había tardado mucho en darse cuenta de que no todos deseaban comprar naranjas; un hecho que se permitió pasar cortésmente por alto.

Cuando se hubo marchado el último cliente, se inclinó sobre la gran cesta ovalada y comenzó a colocar las naranjas en filas ordenadas.

–Eh, jovencita –gritó uno de los vendedores ambulantes de rostro adusto que había al otro lado de la calle–. No vamos a dejar que sigas en nuestra esquina, muñeca. Tenemos bocas que alimentar. Nos estás dejando sin clientes.

–¿Por qué no te vas a ganar dinero de verdad? –chilló su compañero–. ¿Por qué vender naranjas cuando podrías sacar más con tus bonitos melocotones?

Los dos se rieron a carcajadas de su gracia como si fueran hunos borrachos.

–¡Callaos, cretinos! –replicó ella en un tono pendenciero que habría escandalizado a sus alumnas en la academia de la señora Hall.

Sin embargo, en realidad la grosería era lo único que entendían aquellas criaturas soeces y vulgares. Aquellas gentes interpretaban las buenas formas como una señal de debilidad o cobardía... y en sus circunstancias era imprescindible no mostrar miedo.

–Éste no es tu sitio, doña Finolis. Tarde o temprano te convertirás en la querida de algún rico.

–¡Soy la hija de un auténtico caballero!

–Es exactamente lo que pareces con esos harapos.

Los dos hombres se rieron a carcajadas, y ella lanzó una mirada alrededor con una vergüenza digna de una dama, justo a tiempo para ver cómo el pequeño Tommy, el barrendero, casi era atropellado por un carruaje de alquiler. Su hermano Andrew lo agarró del pescuezo y tiró de él con fuerza justo a tiempo. Bel soltó un jadeo al ver que se salvaba de milagro, y contuvo la irritación.

–¡Andy! ¡Tommy! –los llamó.

–¡Hola, señorita Bel! –respondieron los dos niños traviesos y desnutridos, saludándola con la mano.

Ella les hizo señas para que se acercaran. Estuvieron a punto de meterse entre las ruedas de una carreta pesada, y cuando llegaron al otro lado de la calle y se pusieron a salvo, ella los reprendió por ser tan poco cuidadosos y luego les dio a cada uno un par de peniques y una naranja. Con semblante preocupado, vio cómo los dos andrajosos muchachos regresaban al trabajo: Tommy, pelando su naranja, y Andrew, empleando todo su encanto jovial con el fin de convencer a un caballero con sombrero de copa de que lo dejara barrer el cruce antes de pasar.

Ella creía que su propia suerte era funesta hasta que descubrió a aquellos muchachos. Para ella fueron una inspiración, con sus corazones alegres y su espíritu despreocupado a pesar de las condiciones infernales que soportaban. Las calles estaban plagadas de niños como ellos: sin hogar, descalzos, medio desnudos y hambrientos. No se dio cuenta de la auténtica y terrible dimensión del problema hasta una noche gélida de enero en que Londres quedó cubierto por la mayor tempestad de nieve que se recordaba. Mientras los ricos celebraban un festival invernal en el Támesis helado, ella fue a buscar a Andrew y Tommy con la intención de llevarlos a la habitación del destartalado bloque de pisos en el que se alojaba, para que por lo menos pudieran estar bajo techo. Buscó por todas partes y finalmente una muchacha arisca le indicó un oscuro edificio que parecía un almacén vacío. Una vez dentro, alzó su farol y contempló una masa temblorosa de niños hacinados. Debía de haber unos setenta.

Cuando dio con Andrew, éste le explicó que se trataba de una madriguera. El muchacho no tuvo que decirle lo que su mente adulta comprendió al instante: allí los niños aprendían a ser ladrones, y las niñas, prostitutas. Aquél era el momento más espantoso y terrible que había vivido en sus veintitrés años. Durante su etapa como dama refinada en el condado de Oxford no había imaginado en ningún momento una pesadilla semejante.

Lo peor de todo era lo poco que podía hacer para ayudar. No tenía la arrogancia suficiente para decirles que no robasen cuando estaban hambrientos. El mayor crimen, sin embargo, lo cometía el despiadado código penal, que enviaba a la horca a cualquier niño mayor de siete años por haber robado cinco miserables chelines. Todo lo que ella podía hacer, además de echar una mano en las sociedades de beneficencia, era brindar su cariño a aquellos desgraciados, cuidar de ellos lo mejor que pudiera y darles la lata para que fueran a la iglesia.

Vio cómo a Tommy se le caía un gajo de naranja en el suelo y rápidamente lo recogía, lo limpiaba con sus mugrientos dedos y se lo metía en la boca. Ella soltó un suspiro y se volvió justo en el momento en que un faetón lujoso que le resultaba demasiado familiar doblaba la esquina y se acercaba a ella.

Su rostro palideció y se le hizo un nudo en el estómago vacío. Se inclinó rápidamente y levantó la cesta entre sus brazos mientras el estruendo de los caballos se hacía cada vez más fuerte.

«Dios mío, no dejes que me vea, por favor.»

Mientras se marchaba a toda prisa acarreando su cesta, el brillante faetón redujo la velocidad y se detuvo a la altura de ella con un tintineo de riendas. Ella apretó los dientes, consciente de que a su atormentador le daría una enorme satisfacción ver que se iba corriendo. Era mejor quedarse y mantenerse firme, por muy desagradable que resultara la larga batalla que libraban. Se dio la vuelta lentamente preparándose para el combate, mientras sir Dolph Breckinridge, vestido de forma extravagante, saltaba de su carroza con su imprescindible puro colgando a un lado de la boca.

Dejando el faetón en manos de su mozo de cuadra, que tenía un ojo morado, se acercó a ella con aire fanfarrón. Era un hombre alto, bronceado y musculoso, con el pelo rubio cortado al rape. Al sonreír, el puro se balanceó entre sus dientes, blancos y lobunos; era la viva imagen de lo que había descrito a las chicas de la academia de la señora Hall como «un hombre repugnante».

–No te acerques a mí con eso –le advirtió ella.

–Sí, señora –respondió el hombre; ese día le divertía la idea de obedecerla.

Tiró cuidadosamente el puro al suelo y lo pisó con una de sus caras botas de color champán brillante, y a continuación se dedicó a seguirla... como había estado haciendo durante los últimos ocho meses. Sir Dolph estaba obsesionado con ella de forma absoluta y destructiva desde principios del otoño del año anterior. Ella no tenía ni idea del porqué. Tal vez era propio de él fijarse en un objeto hasta que conseguía atraparlo o destruirlo. Únicamente estaba segura de una cosa: todo lo que le había ocurrido era culpa de aquel hombre.

Se desvió con una expresión indiferente y siguió caminando, cargando con la cesta de naranjas. Podía oler su presencia detrás de ella. Siempre llevaba demasiada colonia.

–¿Vas a alguna parte, querida?

Bel se limitó a lanzarle una mirada desdeñosa y avanzó en dirección a los transeúntes.

–¡Naranjas!

La brillante sonrisa del hombre se ensanchó y reveló sus dientes mellados, producto de una de sus innumerables peleas, al igual que su nariz ladeada.

Dolph estaba orgulloso de sus heridas de guerra. Carente del menor sentido del decoro, acostumbraba a quitarse la ropa a la menor provocación para impresionar con sus ilustres cicatrices a todo aquel con el que se topaba. Estaba especialmente orgulloso de una que atravesaba sesgadamente su musculoso pecho y que le había causado un oso al golpearlo durante una partida de caza en los Alpes. Bel había visto la cicatriz. Él se la había enseñado la noche en que se conocieron, lo cual a ella le había producido pasmo y bochorno, pues ambos se encontraban en un baile. Ella tan sólo deseó que el oso hubiera sido más atrevido.

Dolph se frotó las manos y fingió un escalofrío.

–Hoy hace fresco. Apuesto a que tienes hambre.

–¡Naranjas! ¡Naranjas dulces y frescas de la soleada Italia!

–Es tu última oportunidad para venir a Brighton conmigo. Me marcho mañana. No habrá ninguna otra mujer presente, si es lo que te preocupa. –Permaneció a la espera, pero ella siguió sin hacerle caso–. La querida del regente va a dar una fiesta en la casa de la costa. Mis amigos y yo estamos invitados...

–¡Naranjas! ¡A un penique la pieza!

Dolph gruñó, irritado.

–¿Es que no significa nada para ti que te haya escogido entre todas las mujeres del mundo?

–Si vas a venir a molestarme todos los días, por lo menos podrías comprarme una naranja.

–Un penique, ¿verdad? Lo siento, no tengo suelto –dijo él con una risita–. Las naranjas me producen urticaria. Y además, ¿por qué debería ayudarte? Eres muy mala, siempre estás huyendo de mí. ¿Cuánto tiempo más vas a estar dándome largas?

–Hasta que dé resultado –murmuró ella, mientras cargaba con la cesta por la calle.

Dolph avanzó tras ella y se rió con gusto. Su mozo de cuadra condujo el faetón hasta su altura, siguiéndolos por la calle a una distancia respetuosa.

Bel apartó la vista desesperada, ansiosa por vislumbrar un uniforme escarlata entre la multitud y ver a su querido y voluntarioso Mick Braden acercarse a ella de vuelta de la guerra. Ahora era el capitán Mick Braden, pues había demostrado su valor en los campos de Francia. Bel pensó con una oleada de orgullo en el joven y engreído oficial de su pueblecito natal de Kelmscot, el hombre con el que más o menos había planeado casarse desde que cumplió los dieciséis años.

–Bel, cariño, eres una presa muy digna, pero ya es hora de poner fin al juego. Has demostrado que eres tan ingeniosa como testaruda, y tan inteligente como hermosa. Has hecho frente a cada uno de mis movimientos con una energía admirable. Te aplaudo. Y ahora, por el amor de Dios, déjate de tonterías y ven conmigo a casa. Te estás ultrajando.

–Es un trabajo honrado –replicó ella, apretando los dientes–. ¡Naranjas!

–¿Acaso dudas de mi cariño?

–¿Cariño? –Bel se volvió hacia él y dejó la cesta en el suelo con tanta brusquedad que las naranjas salieron rodando–. Mira lo que nos has hecho a mí y a mi padre. ¡Cuando uno se interesa por alguien no le arruina la vida!

–¡Te aparté de aquella vida para darte una mejor! Voy a convertirte en condesa, muchachita desagradecida.

–No quiero ser condesa, Dolph. Sólo quiero que me dejes en paz.

–Oh, estoy harto de ti y de tus aires –dijo él con desprecio, agarrándola de un brazo–. Eres mía. Sólo es cuestión de tiempo.

–Suéltame ahora mismo.

Dolph le apretó con fuerza el brazo.

–Esta vez nada va a evitar que te recupere, Bel. ¿No te das cuenta? Mis actos demuestran mi amor por ti.

–Tus actos demuestran que eres egoísta hasta extremos inimaginables.

El hombre entrecerró los ojos, furioso.

–Sé buena...

–¿Buena? –gritó ella cuando Dolph le soltó el brazo, y se echó atrás de un tirón–. Hiciste que encerraran a mi padre en la cárcel y que me despidieran de la academia. ¡Perdimos nuestra casa!

–Y ahora puedes recuperarlo todo... ¡sólo con hacer así! –Chasqueó sus dedos, enfundados en unos guantes de piel, mirándola lascivamente–. Ríndete. Di que vas a ser mi esposa. Esta vez no puedes ganar, Bel. No es que mi proposición sea deshonesta, que digamos... ya no –añadió, ligeramente enfurruñado.

–Se supone que vas a casarte con la hija de lord Coldfell.

–¿Qué pinto yo con una mujer boba y sordomuda? Creo que me merezco algo mejor.

–Dolph, eso es muy poco considerado por tu parte. Ya sabes que estoy prometida al capitán Braden –dijo, modificando ligeramente la verdad, pues su larga relación no era realmente un compromiso formal.

–¡Braden! No menciones ese nombre. ¡No es nadie! Probablemente esté muerto.

–Está vivo. Vi su nombre en la lista del *Times* después de la batalla de Toulouse.

–¿Dónde está entonces, Bel? ¿Dónde está tu héroe? ¿En París? ¿Celebrando el regreso del rey Luis con las putas francesas? Porque no le veo por aquí, si es que tanto te quiere.

–Va a venir –dijo ella, con más convicción de la que sentía.

–Perfecto, porque estoy deseando conocer a ese tipo y darle una buena paliza. No te casarás con él.

–Pues tampoco me casaré contigo. Te conozco demasiado bien.

Y, sujetando el asa de la cesta con un brazo, levantó la barbilla y siguió caminando.

–Eres una orgullosa –dijo él con un repentino y amenazador desprecio que consiguió transformar en una sonrisa tensa y destemplada–. Muy bien, sigues negándote a ceder. Puede que hoy todavía te resistas. Pero pronto cederás.

–Nunca. Estás perdiendo el tiempo.

–La dulce, boba y hermosa señorita Hamilton. –Dolph recorrió su cuerpo con una mirada posesiva–. Dices que me conoces. ¿No te das cuenta de que cuanto más huyas, más aumentará mi deseo al perseguirte?

Bel dio un paso atrás y agarró una naranja, con la vaga intención de lanzársela para que se marchara.

Con un brillo especial en los ojos y una sonrisa afectada en los labios, Dolph sacó otro puro.

–Hasta la próxima, querida. Voy a pasar unas semanas en Brighton, pero puedes descansar tranquila: volveré.

Encendió el puro, exhaló el humo en dirección a ella y se dio la vuelta para subirse a su faetón. Soltando un rugido fustigó a sus medrosos caballos, que inmediatamente comenzaron a trotar al galope.

Sobresaltada por el restallido del cuero, Bel consiguió mantener la serenidad hasta que el elegante faetón se alejó. Los dos vendedores ambulantes que había al otro lado de la calle se burlaron de ella a gritos; unas burlas de las que estaba empezando a cobrar una nueva y temerosa conciencia. Hizo caso omiso de ellos, tragó saliva y recorrió la calle con la mirada, rezando para atisbar el elegante uniforme rojo, pero por el momento seguía sin haber rastro de su salvador.

Cuando hubo vendido el resto de las naranjas llegó la hora de la visita diaria a su padre en la prisión de Fleet, donde había sido encarcelado desde Navidad por una pequeña deuda de poco más de tres mil libras. El trayecto hasta la gigantesca prisión de ladrillo rojo de Faringdon Street era largo y frío, y a cada paso Bel gastaba un poco más las suelas agujereadas de sus botas de piel de cabritilla. Mientras caminaba soñaba con la casa de campo cálida, confortable y de color de rosa en la que había vivido en Kelmscot, un pintoresco pueblo situado junto al Támesis, a varios kilómetros de Oxford.

Su padre era un caballero erudito y, a decir verdad, un tanto excéntrico. Nada agradaba más a Alfred Hamilton que pasar el rato estudiando los antiguos manuscritos iluminados que constituían su verdadera pasión, o frecuentar la impresionante biblioteca Bodleian de la Universidad de Oxford. Ella y su padre llevaban una vida tranquila y plácida que se movía al majestuoso ritmo del río, pero un buen día apareció Dolph e intimidó a los acreedores de Hamilton para que lo procesaran por sus deudas impagadas. Él siempre se había despreocupado de esas cosas. Bel intentó ocuparse de los problemas financieros de la casa, pero, como un niño culpable, su padre le había ocultado lo seriamente comprometida que se hallaba la economía familiar por culpa de su incontrolable afán por hacerse con todos los manuscritos iluminados con los que topaba. De modo que al poco tiempo fue a parar a la prisión de Fleet.

Bel se trasladó precipitadamente a Londres para estar cerca de él, y encontró trabajo en la academia de la señora Hall con la esperanza de aliviar sus problemas, pero entonces Dolph se las ingenió para que la despidieran. Él quería que se quedara desvalida y privada de recursos, de modo que no le quedara más remedio que pedirle ayuda. Bel sacudió la cabeza para sí misma mientras caminaba. Aquello era algo que nunca haría.

Cuando la enorme entrada en forma de arco de la prisión de Fleet apareció entre los elevados muros de la cárcel, Bel se puso nerviosa y comenzó a ensayar mentalmente el ruego que iba a elevar al alcaide para que le concediese un crédito durante quince días, tras los cuales podría pagar enteramente los gastos de la habitación de su padre.

La duda la atormentaba mientras avanzaba penosamente hacia las inmensas puertas de la fachada. Siendo realista, sabía que las posibilidades de que sus ruegos conmovieran al enorme alcaide con la cara atravesada por una cicatriz eran limitadas. Ni siquiera el mismísimo Señor retorciéndose en la cruz habría conmovido al alcaide de la prisión de Fleet, un hombre que se había curtido supervisando prisiones en la colonia penitenciaria de Nueva Gales del Sur, según ella había oído. Se decía que incluso se había ocupado de las cárceles de mujeres, de modo que

Bel no esperaba un trato humanitario basado en su condición de dama de casta.

Los diferentes carceleros y guardias la conocían de sus visitas diarias. Uno de ellos la condujo a través del largo vestíbulo. Al acercarse al despacho del alcaide, Bel oyó su voz ronca y grave a través de la puerta abierta, mientras insultaba en tono vulgar a uno de sus subordinados, citando códigos y normas como un tirano mezquino. Tembló ante la sola idea de tener que solicitar gracia a un hombre así.

Cuando el guardia entró con ella en el despacho, los desvaídos ojos del alcaide, carentes de la menor emoción, parpadearon al verla. Estaba de pie detrás de su escritorio: un hombre grande, cuadrado y fornido, con la piel tan bronceada y curtida como una silla de montar. Una cicatriz blanquecina y rosada le surcaba una ceja y una mejilla y se deslizaba hasta la mandíbula. Llevaba un pesado aro con llaves colgando del cinturón, junto a la pistola y la porra. Le hizo una seña a Bel con la cabeza cuando entró, y ella pudo sentir cómo la seguía con la mirada.

Cuando el guardia la llevó a la celda de su padre se estremeció, aunque conocía bien el camino. Al llegar a la sólida puerta de madera, entregó al guardia la moneda obligatoria. El hombre se la metió en el bolsillo con una sonrisa zalamera y a continuación giró la llave y la dejó pasar.

Cuando entró encontró a su padre, Alfred Hamilton, soñador, violinista, estudioso de la Edad Media, absorto, estudiando uno de los raros y preciosos manuscritos que habían caído en sus manos en la cárcel para deudores. Llevaba unas gafas redondas apoyadas en la nariz. Tenía el pelo blanco como la nieve, revuelto y encrespado, y los mechones asomaban bajo su querido fez en todas direcciones.

–Hola –dijo ella, divertida.

Al oír su saludo, él alzó la vista sorprendido y sobresaltado, y regresó al siglo actual. Una sonrisa asomó a su arrugado y sonrosado rostro, como si no hubiera visto a su hija el mismísimo día anterior, y el anterior a éste.

–¿Qué es esa luz que entra por la ventana? ¡Vaya, si es la bella Linda!

–Oh, papá.

Se acercó a él dando grandes zancadas y lo abrazó. Él la llamaba «la bella Linda» desde que era una cría, era algo típico de él. Se sentó de nuevo en su taburete, mientras ella permanecía de pie a su lado y le daba golpecitos cariñosamente en el hombro.

–¿Cómo te han tratado hoy? ¿Has cenado ya?

–Sí, estofado de cordero. Me temo que voy a volverme irlandés con tanto cordero –exclamó él, dándose palmadas en el muslo mientras se reía entre dientes–. Cómo me gustaría comer un buen bistec inglés. Ah, carne de vaca estofada y unos panecillos como los que solías hacer... ¡El paraíso!

–Bueno, si volviéndote irlandés se acabasen tus desgracias, yo estaría encantada. Pareces animado.

–Siempre lo estoy, querida, siempre, aunque aquí no todos pueden decir lo mismo. Esta tarde he salido al patio y he visto tantas caras largas que me he puesto a tocar el violín para entretener a todo el mundo con un poco de aire del norte. Al poco rato algunos incluso se han puesto a bailar. Confieso que he recibido una calurosa ovación.

–¡Bien hecho! –dijo ella riendo.

Sabía que el viejo Albert había cautivado a la mayoría de los guardias y a todos los presos con su carácter alegre y dulce, su forma de tocar el violín y sus historias sobre la antigua caballería y sobre dragones, caballeros y doncellas, que ayudaban a pasar las horas de interminable hastío de quienes permanecían allí encerrados.

De momento ya había conseguido que los presos más fuertes y algunos de los guardias más amables cuidasen de él, pero la prisión de Fleet no era un club de caballeros, y su caballeroso padre nunca se había visto en un sitio semejante. Con la cabeza asediada por semejantes pensamientos, la risa de Bel disminuyó.

Él se colocó las gafas en la punta de la nariz y la miró con ojos de miope.

–Vamos, conozco esa mirada. No tienes que preocuparte por mí, pequeña damisela. Las nubes se apartarán, siempre lo hacen. Sólo tienes que cuidar de ti y de tus jóvenes alumnas. La profesión de maestro es la más noble del mundo civilizado. Cuando tus bobas debutantes hayan aprendido las posturas correctas y la forma de caminar, acuérdate de decirles que a ninguna dama le ha pasado nada por coger el libro que sostienen en la cabeza y abrirlo para variar. Como yo te enseñé a ti.

–Sí, papá. –Apartó la vista.

Su padre era un optimista empedernido, pero sin duda no estaría tan alegre si ella no le hubiera escondido la verdad. Decidida a conseguir que no se preocupara, se había dedicado a mantener las apariencias y a poner buena cara. No le había dicho una palabra de su injusto despido de la academia de la señora Hall.

–No te olvides de la frase de Milton –añadió su padre–: «La mente es un ámbito propio, y puede hacer del infierno un cielo, y del cielo un infierno». Cuando tú miras estas cuatro paredes ves una celda, pero yo veo... el estudio de un hechicero –afirmó con una amplia sonrisa.

–Oh, papá, es que... no sé cómo voy a sacarte de aquí. Es mucho dinero. Eres mi padre y nunca te lo reprocharía, pero a veces desearía... que hubieras vendido los manuscritos en vez de donarlos a la biblioteca Bodleian.

Su padre frunció sus pobladas cejas y le lanzó una rara y severa mirada de desaprobación.

–¿Venderlos? Por el amor de Dios, hija. Piensa en lo que acabas de decir. Son obras de arte de un valor inestimable que rescaté de las manos de comerciantes sin escrúpulos. ¿Se puede vender la belleza? ¿Se puede vender la verdad? Esos libros pertenecen a la humanidad.

–Pero para comprarlos gastaste el dinero reservado para el alquiler, la carroza y la comida, papá.

–Y soy yo quien va a pagar por sus principios, ¿no es así? En ese sentido me considero en buena compañía: san Pablo, Galileo... Bueno, tú tienes todo lo que necesitas, ¿verdad? La academia te proporciona una habitación y comida, y allí tienes a otras chicas con las que hablar.

–Sí, sí, pero...

–Entonces no te preocupes por mi bienestar. En esta vida todos pagamos el precio de nuestras decisiones. No me da miedo lo que me depare el destino.

–Sí, papá –murmuró Bel, agachando la cabeza.

Se enojó al oír su ingenuo sermón, pero no se le ocurrió decirle que vivía cómodamente en su estudio de hechicero gracias al constante trabajo y los sacrificios de ella. En lugar de ello, decidió poner fin a su visita. Sin duda él estaba ansioso por volver a su trabajo con aquel texto deteriorado. Lo besó obedientemente en la mejilla y le prometió que volvería al día siguiente. Él le dio una palmadita cariñosa en la cabeza y a continuación el guardia la dejó salir.

Bel recobró el ánimo mientras seguía al guardia por el hueco de la escalera. Era el momento de enfrentarse al alcaide de la prisión. La puerta trasera del largo vestíbulo estaba abierta. Vio cómo los presos salían del patio arrastrando los pies para regresar a sus celdas. Había empezado a llover de nuevo. Lanzó un suspiro de disgusto al pensar en sus botas agujereadas y en el largo camino de vuelta a casa.

Le dio un golpecito al guardia en el hombro.

–¿Puedo hablar un momento con el alcaide en privado, por favor?

–Claro, señorita. Estará encantado de reunirse con usted... en privado –dijo el guardia con una mirada maliciosa y cómplice.

Bel lo miró con el ceño fruncido, pero un instante después se encontraba en el interior del despacho. El gigantesco alcaide se puso en pie cuando ella entró, pero no sonrió. El guardia cerró la puerta al salir.

–Gracias por recibirme –dijo nerviosa–. Soy la señorita Hamilton. Mi padre, Alfred Hamilton, está en la celda 112 B. ¿Le importa que me siente?

El alcaide asintió con la cabeza con aire marcial. Bel se sentó con cuidado en la silla situada al otro lado del escritorio y echó un vistazo alrededor de aquel despacho pequeño, oscuro y lúgubre. Había rifles colocados en las paredes, una caja de munición cerrada y un látigo para toros enrollado que colgaba de un clavo.

–¿Cuál es el problema? –preguntó él en tono brusco e impaciente, con un dejo australiano en su voz ronca.

Aquel hombre la ponía nerviosa.

–Bueno, señor, verá... El caso es que... me temo que este mes no me alcanza para pagar el dinero de la habitación de mi padre. Lo... lo siento mucho, y le prometo que no volverá a pasar, pero si pudiera darme un plazo de quince días sólo por esta vez, podría pagárselo todo...

Vaciló al ver que aquel rostro curtido se endurecía. A juzgar por su mirada escéptica, parecía que albergaba la ligera sospecha de que se había gastado el dinero en ginebra o en otra cosa igualmente deshonrosa.

–Esto no es una casa de préstamos, señorita.

–Lo entiendo, pero... seguro que se puede hacer algo. –Intentó dedicarle una sonrisa encantadora–. Tengo varios trabajos, pero unos amigos necesitaban zapatos para el invierno... –Su voz se apagó. La expresión del hombre le indicaba claramente que no quería oír sus excusas–. Estoy en una situación bastante desesperada, señor. Eso es todo.

–¿No tiene a ningún hombre que pueda ayudarla? ¿Hermanos? ¿Tíos? ¿Un marido?

–No, señor, no tengo a nadie.

El alcaide bajó la vista.

–Bueno, vamos a echar un vistazo. –Las llaves tintinearon cuando se sentó en su escritorio y comenzó a hojear el libro mayor. A continuación señaló una columna–. Parece que es la primera vez que hay atrasos en su cuenta.

–Desde luego hago todo lo que puedo –asintió ella, albergando una débil chispa de esperanza

–Hum. –El hombre le lanzó una mirada, y sus ojos fríos y vidriosos emitieron un brillo que la hizo retroceder ligeramente–. Vamos a ver. –Se acarició la cicatriz–. Teniendo en cuenta las circunstancias, estoy seguro de que podemos llegar a un acuerdo satisfactorio. Deje que lo piense. ¡Jones! –rugió bruscamente, llamando a su ayudante–. Trae mi coche para la señorita.

–¿Cómo? –dijo ella, con los ojos muy abiertos.

Él no la miró hasta que su ayudante hubo desaparecido.

–Me he fijado en que viene a pie todos los días, señorita Hamilton. Y ahora está lloviendo. Mi ayudante la llevará a casa.

–Se lo agradezco, señor. Es usted muy amable, pero no es necesario...

–Sí que lo es. Que tenga un buen día.

Tras despedirse sumariamente de ella, el alcaide de la prisión de Fleet regresó a su trabajo.

–Que tenga un buen día –respondió ella de forma vacilante, poniéndose en pie.

Frunciendo el ceño con inquietud, volvió a la parte delantera de la cárcel. No quería aceptar el paseo en coche. Era algo muy poco decoroso. Pero, por otra parte, tampoco quería ofender a aquel hombre, en cuyas manos estaba el destino de su padre. Se mordió el labio con indecisión bajo el arco de la entrada, mientras caía la lluvia, fría y deprimente. Fundamentalmente era una mujer práctica. ¿Qué pasaría si enfermaba al ir a casa caminando con aquel tiempo? No se podía permitir perder un día de trabajo. Otra cosa sería que aquel hombre fuera a ir con ella.

Un antiguo coche de alquiler destartalado tirado por un rocín con el lomo hundido se detuvo delante de ella. El cochero, que llevaba un sombrero de copa empapado, le indicó por señas que subiera. Después de dudar por un momento, Bel echó a correr por la acera y subió al carruaje.

Con total inocencia, le dijo al cochero del alcaide dónde vivía.

Cuando el duque de Hawkscliffe estaba en la ciudad, se hospedaba en un suntuoso palacio urbano con vistas a Green Park. Tras un muro de ladrillo rematado con clavos de hierro forjado, se alzaba Knight House en todo su esplendor paladiano, distante e inexpugnable, deslumbrante, frío y nacarado en medio de la oscura y húmeda noche de abril.

Las largas sombras de las farolas esculpían la austera y elegante simetría de su perfecta fachada, mientras que los grandes perros de Terranova y los mastines de cuerpo recio pisaban con suavidad el suelo pulido, atentos a los intrusos, aunque en los alrededores de la enorme mansión reinaba el silencio. Tras la puerta principal, dentro de la opulenta entrada con arañas de luces y a través de los pasillos de mármol, una quietud vacía se extendía por todas partes. Los sirvientes, activos y silenciosos, limpiaban el comedor donde el amo había cenado solo, como siempre.

Ahora estaba sentado inmóvil ante el espléndido piano situado en una esquina de la oscura biblioteca. Poseía varios instrumentos, pues tenía algo de coleccionista y de experto musical. Tenía un Clementi en el salón de baile, un piano de cola Broadwood en el salón, un Walter junto con el querido y viejo clavicémbalo en la sala de música... pero aquél, su adorado Graf, el rey de los pianos, era su orgullo y su alegría. El hecho de mantener su mejor instrumento guardado bajo llave en una habitación a la que nadie podía entrar constituía un rasgo típico de su carácter obstinado y extraordinariamente reservado. Cualquier persona que hubiera pagado una suma semejante por un piano sin duda lo habría expuesto en uno de los salones públicos, pero la música era un asunto muy personal para Hawkscliffe, y de todos modos, no había nadie que pudiese oír la poderosa voz del Graf.

Tocó las teclas tristemente con una mano y descubrió que aquello ya no le ofrecía ningún consuelo. Su música y sus nobles causas habían quedado olvidadas. Esa noche había una sesión en la Cámara de los Lores, pero no se sentía con el valor suficiente para acudir.

Repantigado en el banco, se quedó mirando fijamente las teclas blancas y negras. La tenue luz procedente del débil fuego de la chimenea parpadeaba en su rostro, pero no lograba acabar con el frío que lo invadía desde hacía tres semanas, cuando Lucy desapareció.

Apretando en su mano el relicario de plata que contenía su retrato en miniatura, alargó la mano para coger la copa de brandy, colocada en un posavasos sobre el mudo piano. Alzó la copa y examinó el matiz de la luz del fuego que brillaba a través del cristal. «El color de su pelo», pensó. Pero no, sus largos mechones eran de un rojo más intenso; no bermejos, sino de un cobrizo brillante.

Se preguntó quién o qué era él, y dónde estaba antes de que Lucy Coldfell entrara en su vida y la cambiara por completo. «Ah, sí –pensó con amargura–. Estaba buscando una mujer.»

Apartó de nuevo el brandy, recordando la primera vez que había posado sus ojos en la joven esposa de Coldfell. Desde luego no había reaccionado de la misma manera ante la hija de aquél, lo cual habría sido muchísimo más adecuado. «Ésa es la mujer con la que debería haberme casado», se había dicho a sí mismo entonces.

Demasiado tarde.

Demasiado tarde para amarla. Demasiado tarde para salvarla.

Se puso en pie de repente y arrojó la copa con todas sus fuerzas al fuego. El cristal se rompió en pedazos y las llamas brotaron violentamente en la chimenea, avivadas por el alcohol.

Temblando de rabia al recordar lo que Coldfell le había dicho ese mismo día, se levantó y comenzó a andar de un lado a otro a lo largo de la habitación, aplastando la alfombra de Aubusson bajo sus botas. Se dirigió hacia la chimenea, se apoyó contra la repisa de alabastro y se frotó la boca con el puño, pensativo.

En algún momento del pasado le habían presentado al fanfarrón grosero y vigoroso del sobrino de Coldfell, sir Dolph Breckinridge. Naturalmente, había oído hablar de la reputación de Dolph como cazador. El baronet era conocido por ser un tirador de primera. También era famoso por ser un hombre amigo de los placeres al que le gustaba vivir por encima de sus posibilidades, y por esa razón, Hawk supuso que el tal Dolph deseaba enormemente pasar a ser el nuevo conde de Coldfell.

Hawk no sabía ni se atrevía a preguntarse si el viejo James sería capaz de engendrar a un hijo a su avanzada edad... Abraham, en la Biblia, lo había conseguido, ¿no era cierto? Lo único que sabía era que, si Coldfell hubiera dejado embarazada a Lucy, habría sido su hijo, y no Dolph, quien hubiera estado en la línea de sucesión para heredar el título de conde. De modo que, gracias al libre acceso que tenía a las propiedades de su tío, Dolph contaba con muchas oportunidades de enfrentarse a Lucy a solas. Como el célebre cazador que era, sin duda poseía destreza en el arte de matar, y con la amenaza del posible embarazo de la condesa, tenía un motivo irrebatible para apartar a Lucy de su camino de fortuna y dignidad.

Hawk se planteó la posibilidad de contratar a un ordenanza de Bow Street para que investigara el asunto, pero decidió que era un tema profundamente personal para confiarlo a un extraño.

Después de abandonar la tumba de Lucy esa tarde, y gracias a una breve parada en White's y a varias preguntas casuales, se había enterado de que el regente iba a dar otra fiesta en Brighton. Todos los derrochadores que iban tras el grupo de Carlton House seguirían al príncipe hasta allí, entre ellos Dolph y sus amigos.

Hawk deseaba ardientemente ir en busca de Dolph de inmediato. Pero, como le había dicho Coldfell, no sabía si había sido él; sólo tenía sospechas. Se pasó una mano por el cabello, abundante y oscuro.

Se iba a volver loco si no descubría la verdad, pero no podía desmandarse y arrojar graves acusaciones sin nada que las respaldara; acusaciones que implicaban a la mujer de otro hombre. Un comportamiento tan impulsivo por su parte daría lugar a todo un torbellino de rumores en la alta sociedad, y el escándalo, Dios no lo quisiera, era lo único que no estaba dispuesto a tolerar.

Tenía que pensar en todo momento en el prestigio de su familia, en su propia reputación y en la de su joven hermana. Jacinda haría su debut al cabo de un año aproximadamente, y él no quería que se viera mancillada por el más mínimo rastro de escándalo. Era una chica caprichosa y testaruda por naturaleza, y como tutor suyo, había albergado íntimamente el temor a que el famoso desenfreno de su madre corriese también por las venas de la joven.

Por otra parte, también debía proteger sus aspiraciones políticas. El primer ministro, lord Liverpool, había puesto sus ojos en él para la próxima vacante que surgiese en el gabinete. Mientras tanto, Hawk seguía siendo diputado en la junta formada por una docena de comités parlamentarios; su reputación de hombre íntegro se traducía en poder e influencia para introducir sus proyectos de ley en las dos cámaras. Una pérdida de credibilidad podría perjudicar sus esfuerzos por lograr una reforma del código penal, entre otros objetivos. Tampoco podía cargar con la responsabilidad de manchar el recuerdo de Lucy con rumores maliciosos. Además, pensó, si realizaba acusaciones de forma prematura, Dolph podía escapársele de las manos y lo único que conseguiría sería quedar en ridículo.

Se quedó mirando fijamente la alfombra con los brazos cruzados, absorto en sus pensamientos. La razón le dictaba que reconociera que cabía una pequeña posibilidad de que la muerte de Lucy hubiera sido el accidente que parecía. Como hombre de justicia, estaba obligado por principios a actuar con fría objetividad. No podía pasar cada minuto del día luchando por la justicia en el Parlamento, y luego, en un arrebato de furia, matar en un duelo a un hombre que quizá fuera inocente.

Tenía que conocer los hechos antes de poder entrar en acción, pero Dolph no iba a limitarse a admitir el asesinato. Hacía falta un subterfugio. Tendría que investigarle, tal vez incluso fingir que era amigo suyo hasta que encontrara el modo de ponerlo entre la espada y la pared. Todos los hombres tenían un punto débil. Él encontraría el de Dolph y lo utilizaría para acabar con él. Le sacaría la verdad de algún modo.

Paciencia.

Lo invadía una ira que clamaba justicia, pero la contuvo mientras daba forma a su plan. Esperar hasta el momento adecuado exigiría un enorme ejercicio de autocontrol por su parte, pero con más información podría actuar de forma más discreta... y letal.

Resuelto a seguir su camino, se dirigió a la puerta de la biblioteca dando grandes zancadas y envió al lacayo, que permanecía apostado en el vestíbulo, en busca de su ayuda de cámara.

Partiría hacia Brighton al amanecer.

La tenue luz de la vela de sebo parpadeó en la habitación cuando Bel terminó de remendar las camisas en las que trabajaba a destajo.

Se levantó, estiró su dolorida espalda y fue a ponerse su capa gris de lana. Le había prometido a la lavandera que le entregaría las camisas esa noche para que pudieran ser almidonadas, planchadas y devueltas a sus dueños por la mañana. Tras alisar las camisas zurcidas con el brazo, cerró la puerta de su habitación con llave y levantó la capucha con rayas rojas de su capa. Los pliegues ondulantes se agitaron detrás de ella cuando salió a las calles oscuras.

Aquella noche de abril sin luna era oscura como boca de lobo. La temperatura había bajado diez grados o más. Su respiración formaba un vaho que brillaba a la luz del solitario farol de la esquina, pero cuando echó una ojeada al cruce no vio al sereno. Aquellos tipos le parecían un engorro durante el día, siempre diciéndole que se marchara y fuera a vender naranjas a otra parte, pero le alegraba contar con su presencia por las noches.

Se ató la cinta de su capa alrededor del cuello y apretó el paso. Cuando se acercó a la ruidosa y sórdida taberna, cruzó al otro lado de la calle y caminó sin hacer ruido entre las sombras. Los hombres sobrios ya eran suficientemente indecentes.

Finalmente llegó sana y salva a la casa de la lavandera, con un suspiro de alivio, y le entregó a la mujer las camisas remendadas. La lavandera inspeccionó su trabajo asintiendo con satisfacción, le dio otras que debía arreglar para el día siguiente y luego le pagó. Bel se detuvo para esconder las monedas en la cartera de piel que llevaba en la cintura, bajo la capa. Y respirando profundamente, se subió la capucha, le dio las buenas noches a la lavandera haciendo un gesto con la cabeza, y se obligó a salir de nuevo a la fría oscuridad.

Sólo se tardaba un cuarto de hora en llegar al cuchitril que llamaba hogar. La niebla pegajosa y amarillenta parecía haberse vuelto más espesa, y a su espalda se alzaban sonidos que parecían pisadas, hasta sus propios pasos sonaban de forma extraña al alejarse de las casas de ladrillos en las callejuelas estrechas y serpenteantes de aquel barrio de maleantes. Miró por encima del hombro y caminó más deprisa.

Un gato callejero con el pelaje a rayas se deslizó sigilosamente. Una carcajada estridente se escapó de una ventana iluminada encima de ella. Miró hacia arriba, dobló la esquina y, en una fracción de segundo, un hombre la agarró.

Su grito de terror se vio amortiguado por una mano áspera y callosa.

Inmediatamente comenzó a forcejear, lanzando golpes a ciegas contra el hombre que la agarraba férreamente mientras la arrastraba hacia un callejón lateral.

–Cállate.

El hombre la sacudió y la empujó con fuerza contra la pared.

Logró agarrarse a tiempo y evitó caer de cabeza. Miró al hombre aterrorizada, con los ojos como platos, y descubrió que era el alcaide de la prisión de Fleet, visiblemente borracho.

Sintió que una insoportable certeza descendía por la boca de su estómago y se quedó paralizada. El paseo en coche...

Él había planeado aquello.

–Hola, preciosa –balbució, empujándola con fuerza contra el muro del callejón como si fuera uno de sus presos rebeldes.

Bel tragó saliva haciendo un esfuerzo por calmarse. Temblaba de forma incontrolable. Estaba aterrada y el pecho le palpitaba. Intentó retroceder deslizándose a lo largo del muro. Él la detuvo, apoyando su mano carnosa en los ladrillos para impedirle el paso. Con la otra mano le tocó el pelo y sonrió. Ella sollozó.

–Te dije que habíamos llegado a un acuerdo, ¿verdad? Todo va a salir bien, chica. Siempre que me des lo que quiero.

–No –replicó Bel.

–Oh, claro que sí –dijo él con voz ronca.

Le acercó su boca apestosa e intentó besarla.

Ella comenzó a chillar mientras apartaba la cara, pero el hombre consiguió reprimir el sonido tapándole otra vez la boca con la mano. Bel luchó contra la fuerza bruta de aquel individuo, como si de algún modo su mente se negara a aceptar lo que estaba ocurriendo. Entonces el hombre le rodeó el cuello con su mano, caliente y sucia, y se pegó a su cuerpo, respirando de forma entrecortada a la altura de la oreja de Bel. Ella se debatía, completamente aterrada, y sus ojos se inundaron de lágrimas.

–Y ahora tranquilízate, pequeña, y quédate quieta –dijo en tono estridente, con una voz que parecía un hierro oxidado–. Ya sabías lo que te esperaba.

Le sujetó las manos por encima de la cabeza.

Ella nunca conseguiría recordar con claridad los detalles de los varios minutos que siguieron.

El mundo se oscureció y su ritmo se ralentizó. Bel sólo podía oír los latidos de su corazón retumbando en sus oídos. Sollozó y alzó la vista para contemplar las estrellas: pequeños y fríos puntos de luz como cabezas de agujas. Sólo el tintineo metálico del enorme llavero que él llevaba en la cintura logró atravesar el velo de su salvaje y oscura histeria, mientras la sostenía contra los ladrillos fríos y cortantes, le rompía el vestido, la agarraba y le hacía daño. Y luego, un dolor más intenso que el horror, un dolor que no había conocido antes, surgió ante sus ojos angustiados, cegador como un relámpago y afilado como un cuchillo en el vientre. El alcaide soltó un gruñido y se encorvó de repente contra ella, jadeando, aflojando la presión; ella se soltó con dificultad emitiendo un grito ahogado y echó a correr.

–¡Como se lo digas a alguien haré pedazos a tu padre! –gritó débilmente detrás de ella.

Cegada por las lágrimas, con la ropa rasgada y el cabello despeinado, se metió en una calle transitada iluminada por farolas. No se acordaba del tipo que la había encontrado y al ver su estado desastrado la había confundido con una buscona borracha, y que al parecer la había acompañado al asilo para prostitutas. No se acordaba de las mujeres que la habían ayudado allí. Sólo recordaba haber estado casi tres días sentada en un catre contra una pared vacía, con las piernas flexionadas, pensando una y otra vez: «Es lo único para lo que sirvo ahora».

La vida que ella había conocido había terminado.

Ella, la mojigata y respetable señorita Hamilton, sabía mejor que nadie que había una línea clara que separaba la decencia de la deshonra.

Habían pasado siglos desde que había sido una refinada dama de buena familia de Kelmscot que charlaba con sus vecinos, daba clase en la escuela dominical a los hijos de los campesinos después del servicio y asistía al baile ocasional de la asamblea. Ahora era otro tipo de criatura, tan perdida y degradada como las prostitutas que acudían a aquel lugar en busca de comida, de un refugio donde guarecerse del frío y de tratamientos a base de mercurio para sus horribles enfermedades.

No tenía ningún lugar a donde ir. La idea de visitar a su padre estaba descartada. Ni siquiera podía denunciar a su atacante porque, como responsable de una importante prisión de Londres, sin duda el alcaide tendría amigos dentro del tribunal de Bow Street. Ni siquiera podía hacer algo para evitar que lo intentara otra vez.

Al tercer día, una de las mujeres de la calle, que se habían refugiado en aquel lugar, intentó hablar con ella mientras permanecía acurrucada mirando la pared. Bel no recordaba gran parte de la conversación que tuvo lugar hasta el momento en que aquella ramera descarada y avejentada se inclinó hacia ella y le dijo en tono perspicaz:

–Si yo tuviera tu aspecto y tu aire de señorita fina, iría a casa de Harriette Wilson y me buscaría un protector rico. ¡Entonces sí que viviría por todo lo alto!

Al oír aquello, Bel alzó la vista con una mirada distinta.

Había escuchado antes aquel nombre pronunciado únicamente en susurros. La divina Harriette Wilson era la mujer mundana más famosa de Londres.

Ella y sus hermanas eran cortesanas por excelencia. Los sábados por la noche, después de la ópera, celebraban escandalosas fiestas en su casa que, según se decía, sólo eran equiparables a las del club White's en los corazones de los varones más ricos y poderosos de Londres. Los rumores aseguraban que el regente, el poeta rebelde Lord Byron e incluso el gran Wellington podían ser vistos en compañía de esas mujeres impuras especialmente aficionadas a los diamantes.

Dolph se movía en esos círculos. Al pensar en la posibilidad de convertirse en la querida de su peor enemigo, una débil y fría sonrisa le iluminó la cara. Qué humillado se sentiría, como ella se sentía ahora, qué impotente y furioso se pondría si viera que ella prefería ser la fulana de otro hombre antes que su esposa. Porque aquello, al fin y al cabo, había ocurrido por culpa de Dolph.

Protector. Una palabra deliciosa.

Alguien que la ayudara, que despejara sus temores. Alguien que fuese amable con ella y no le hiciera daño. Aquella idea insensata y destructiva ardió como la fiebre en su cerebro. ¿Por qué no? Estaba perdida de forma irrevocable. Ni siquiera Mick Braden, dondequiera que estuviese, se casaría con ella en aquel vergonzoso estado.

Al pensar en su amor de la infancia la invadió una sensación de disgusto. Él le había fallado. Ahora podía admitirlo: probablemente estuviera allí, en algún lugar de Londres, coqueteando con una fulana de una taberna, disfrutando sin prisas de su soltería antes de partir hacia Kelmscot, donde sin duda pensaba que ella seguiría esperándolo.

Qué estúpida era. De no haber sido por las ingenuas esperanzas que había depositado en él, se habría convertido en la esposa de otro hombre y nada de aquello tendría por qué haber ocurrido, pensó amargamente. Harriette Wilson podía enseñarle a arreglárselas por sí misma.

Su ardiente ira se volvía cada vez más poderosa, más acre, más peligrosa.

Tenía demasiado orgullo para arrojarse a los brazos de la impopular caridad de las cortesanas, pero podía dirigirse a ella como una mujer de negocios que se enfrenta a otra. Si le prometía a Harriette Wilson un porcentaje de las ganancias que obtuviera de su futuro protector, sin duda aquella mujer accedería a enseñarle las artes de una cortesana. ¿Qué más podía perder?

Momentos más tarde, Bel estaba recogiendo sus escasas posesiones, con las manos ligeramente temblorosas por lo impetuoso de su decisión. Sabía que no pensaba con claridad, pero su rabia era demasiado fría y profunda para preocuparse por ello. Dio las gracias a las buenas personas que habían cuidado de ella durante los últimos tres días y le preguntó a la despabilada mujerzuela dónde vivía Harriette Wilson.

Con la capa bien ceñida, partió en busca de su destino un día con sol y nubes jaspeadas. Le esperaba un largo paseo desde el centro de la ciudad hasta los alrededores limpios y lujosos de Marylebone, en el norte de Mayfair, donde se estaban construyendo carreteras y espléndidas urbanizaciones en el nuevo Regent's Park. La ira que se arremolinaba en su interior la mantenía caliente. No había comido desde hacía un par de días, pero el hambre que sentía no era comparable al ansia aguda de venganza.

Protector. Una dulce palabra.

No tenía por qué ser atractivo. No tenía por qué ser joven, pensó mientras caminaba rápidamente dando grandes zancadas por las calles, sin mirar atrás, abrazándose con fuerza. No tenía por qué colmarla de delicadezas y joyas.

Únicamente tenía que ser amable y no hacerle la vida demasiado desagradable, y debía ayudarla a sacar a su padre de la cárcel y apoyarla cuando se enfrentara a aquella bestia abominable.

Si el destino le enviaba a esa persona, juró amargamente al cielo, ahora que era una mujer perdida compensaría a ese hombre generosamente.

«¡Oh, Melia, querida, menuda sorpresa!
¿Quién iba a pensar que te vería en la ciudad?
¿Y esa ropa elegante, y esa prosperidad?»
«Oh, ¿no sabías de mi deshonra?», dijo ella.

THOMAS HARDY

¡Ceba bien el anzuelo! Este pez picará.

SHAKESPEARE

2

Con las tonificantes brisas del mar de Brighton, Hawk descubrió que podía respirar. Ya fuese por la distancia que lo separaba de las multitudes de Londres y de todos los lugares que le recordaban a ella, o por el influjo del mar sereno y silencioso, la tristeza comenzó a aflojar la presión que ejercía sobre su corazón.

Destinaba las noches a su investigación, pero durante los apacibles días de abril encontraba soledad siempre que lo deseaba, caminando descalzo sobre la arena con los pantalones remangados a la altura de las pantorrillas. Lejos del paseo marítimo y de las casetas de la playa, sólo se oía el murmullo del mar y el sonido de las gaviotas. Sentía que se estaba curando, que se estaba reponiendo.

Muchas mañanas le gustaba alejarse de la playa remando hasta perder prácticamente de vista Inglaterra. Solía pescar. Un día, estando bajo el caluroso sol primaveral, tentado por el agua plácida del color del jade pálido, se quitó las botas, la chaqueta y el chaleco, y se zambulló en el mar.

El agua estaba helada y se quedó sin aliento al hundirse en picado en medio de las olas agitadas, como una flecha lanzada por un arco. El frío era intenso, pero le despejó la cabeza hasta el extremo de proporcionarle una lucidez casi visionaria. Buceó profundamente, saboreando el silencio, la luz verdeazulada que se veía bajo la superficie. Pensó en Lucy al ahogarse en el estanque y trató de imaginar lo que debía de haber sentido.

Conteniendo la respiración hasta que le dolieron los pulmones, se sintió igual de solo que siempre, pero libre, flotando, y advirtió que se desligaba de la esclavitud de Lucy, hasta que finalmente emergió a la superficie jadeando, sin ninguna perla en las manos, excepto la vaga certeza extrañamente reconfortante de que tal vez había estado más enamorado de su idea de Lucy que de la propia mujer. Sabía que su tendencia a vivir demasiado encerrado en su mente era tanto una virtud como un defecto.

Se sentía él mismo, algo que no le ocurría desde hacía meses. Finalmente remó de nuevo hasta la playa con movimientos largos y vigorosos, temblando a causa del viento fresco. Se alojaba en la posada Castle, en el lado oeste de Steine. Cuando llegó a sus aposentos se dio un baño, se cambió de ropa, comió y a continuación salió para asistir a la habitual fiesta nocturna. Su nuevo amigo, Dolph Breckinridge, iba a acudir a un concierto en el jardín del regente, y Hawk pensaba hacer otro tanto.

Cultivar la amistad del libertino grupo del baronet había sido más fácil de lo que había imaginado, aunque todavía era demasiado pronto para sacar a colación el tema de Lucy sin levantar sospechas. Tuvo que aguantar pacientemente que aquellos holgazanes se mofaran de su superior moral, pero ellos aceptaron su asociación casual como una forma de mejorar su propia reputación. Él esperaba el momento adecuado, sintiendo que su objetivo estaba muy cerca.

Las fiestas que el regente celebraba en Brighton eran tan multitudinarias que Hawk casi se sentía como un personaje anónimo, paseándose distraídamente de habitación en habitación para salir al fin al césped, donde tocaba una orquesta alemana. Para su satisfacción, encontró a Dolph solo en un rincón de la terraza, contemplando el mar en actitud pensativa.

Quizá después de cultivar la amistad del baronet durante diez días, esa noche por fin podría descubrir la pista que buscaba. Hawk se acercó a la balaustrada, ocultando su enconada hostilidad bajo una fachada impecable de cordial reserva.

–Breckinridge.

–Hawkscliffe –farfulló Dolph, y a continuación suspiró profundamente y bebió un trago de su botella.

«Está borracho –pensó Hawk–. Perfecto.»

–¿Pasa algo, amigo?

Dolph lo miró de reojo, con aquellos ojos de gruesos párpados que parecían más apagados de lo normal.

–¿Alguna vez has estado enamorado, Hawkscliffe?

Con las manos en los bolsillos, Hawk miró discretamente al mar.

–No.

–No, supongo que un tipo aburrido como tú no se ha enamorado nunca –dijo, demasiado borracho para reparar en su insolencia–. Apuesto a que naciste bajo el signo de Saturno.

Hawk arqueó una ceja.

–Y tú ¿estás enamorado, si puede saberse, Breckinridge?

–Hawkscliffe, he encontrado un diamante.

–Ah, ¿aquella morena que estaba sentada en tu regazo la otra noche después del teatro?

Dolph sacudió la cabeza e hizo un ademán distraído con la botella.

–Aquélla sólo era para pasar el rato. No, he encontrado a la chica más hermosa, adorable, deseable, inteligente y dulce. Siento... tanto amor –dijo, apretando la botella contra su corazón– que no te lo puedes ni imaginar.

Hawk lo miró fijamente, desconcertado. Hasta ese momento nunca había oído hablar a aquel hombre de nada con tanta pasión, exceptuando la caza, los caballos y los perros de caza.

–Cuéntame.

–Tendrías que verla –continuó Dolph–. No... no... El caso es que nadie podrá verla hasta que me haya casado con ella. La mantengo apartada de todos vosotros. Dios sabe que te lanzarías sobre ella con tu título de duque y tu gran reputación, e intentarías robármela –dijo, riéndose con voz de borracho–. Y si no tú, uno de tus insoportables hermanos.

–Debe de ser toda una joya.

–Más de lo que llegarás a saber nunca –declaró Dolph con arrogancia, y bebió un trago.

–¿Y tiene nombre tu ángel?

–Belinda.

–¿Cuándo es la boda?

Dolph suspiró otra vez.

–No se va a casar conmigo. Todavía.

–Estás bromeando –dijo Hawk con suavidad.

–Lo hará a su debido tiempo –le aseguró–. Debe de estar

echándome tanto de menos mientras estoy fuera, que cuando vuelva a la ciudad seguro que ha reconsiderado mi oferta.

–Bueno, te deseo que tengas mucho éxito con ella –dijo Hawk despreocupadamente, y se volvió con una mirada calculadora en los ojos.

«Justo en el blanco», pensó.

Después de haber concedido a su presa suficiente tiempo para meditar sobre la desgracia de su existencia sin él, Dolph Breckinridge regresó a la ciudad con el entusiasmo optimista de un cazador en el punto culminante de su persecución. La raposa estaba acorralada. No le quedaba ningún sitio donde esconderse.

«¡Qué magnífico trofeo sería!», pensaba mientras fustigaba sus caballos por la costa. Belinda le había llevado ventaja en aquella alegre persecución, pero la separación forzosa que él le había impuesto seguramente habría hecho que su resistencia cediese. Dolph pensaba que finalmente se portaría dócilmente y se mostraría ansiosa por reunirse con él. Si no era así, tendría que idear alguna forma de acabar con sus ridículos intentos de vivir sin él.

Corrió a toda velocidad por la calle en su faetón, sin prestar atención a los destrozos que estuvo a punto de causar y a los peatones que por poco arrolla bajo las ruedas rechinantes. Impaciente por encontrarla, recorrió con la mirada las caras de las vendedoras e hizo que el vehículo se inclinara al girar en el siguiente cruce. Gritó un improperio a un carro del reparto que avanzaba demasiado lento por la carretera, lo adelantó y casi chocó de frente con un coche del correo.

Soltó un grito al conductor; de no haber tenido cosas más importantes que hacer le habría gustado parar y pelearse con él. Fustigó sus caballos, malhumorado, y se precipitó hacia delante.

¿Dónde diablos estaba? No podía esperar a discutir con ella; Belinda había sido uno de los pocos desafíos reales con los que había topado.

La vida había sido fácil para Dolph Breckinridge. Todo parecía salir siempre a su favor, como la herencia del título de conde de su tío. Sus padres nunca habían estado a la altura de su férrea voluntad, ni siquiera cuando era niño. Había pasado por Eton y Oxford sin esfuerzo obligando a las ratas de biblioteca de los primeros cursos universitarios a trabajar para él. Gracias a su extraordinario físico y a la apariencia que Dios le había dado, las mujeres también lo obedecían... todas excepto la exquisita e indomable señorita Hamilton.

Ninguna mujer había logrado que deseara tan ardientemente conquistarla. ¡Menudo tanto se apuntaría cuando la consiguiera! Con una esposa tan refinada, obediente y hermosa, sería la envidia de sus amigos... entre los cuales se contaba ahora el extremadamente poderoso duque de Hawkscliffe, pensó felicitándose por ello.

–¡Demonios! ¿Dónde te metes? –dijo entre dientes.

Las orejas de sus caballos se movieron nerviosamente ante el sonido de su voz.

Al no divisarla en los lugares donde habitualmente se encontraba, Dolph se tomó un respiro en plena persecución y salió a toda velocidad en dirección a su club, consciente de que una buena comida y una copa aliviarían su frustración. Luego reanudaría la búsqueda y sin duda encontraría a su presa en campo abierto.

No tardó mucho en quitarse sus gruesos guantes de piel y entrar pavoneándose en Watier's. La visión de una bulliciosa conversación en el salón principal no resultaba extraña, pues aquél era uno de los clubes más animados de la ciudad.

Una docena de hombres estaban discutiendo cordialmente sobre alguna nueva apuesta. Dolph avanzó a grandes zancadas para reunirse con sus compañeros del club, e intercambió saludos con algunos mientras proseguía la discusión. Apenas escuchó lo que decían, pues estaba más interesado en pedir un buen pastel de carne.

–Primer artículo. Nadie se acercará a ella a menos que le dé carta blanca, ya me entendéis.

–Eso me excluye a mí... como mínimo hasta que mi venerado pariente expire.

Se oyeron risitas y vanas carcajadas.

–¿A quién creéis que escogerá?

–Diez libras a que elige a Argyll.
–No, Argyll pertenece a Harriette.
–¿Y Worcester?
–A ella no le gusta.
–¡A ella le gusto yo!
–Oh, por favor.
–¡Dijo que yo era gracioso!
–No le gusta nadie. Por eso resulta tan atractiva. Ah, pero el que consiga derretir el hielo... Eso sí que tiene mérito.
–Pues no se ha parado a mirarte dos veces, ni a ti ni a ninguno de nosotros.
–Pero ¿qué es lo que quiere? ¿Un semidiós? ¿La perfección? ¿Un santo?
–Apuesto veinte guineas a que dice que está esperando a que llegue el zar Alejandro. Las mujeres están medio enamoradas de él. El *Times* dice que llegará de un día a otro...
–No, no, ella es una buena chica inglesa. ¡No querrá nada con un extranjero! –dijo otro en tono de mofa–. Yo creo que elegirá a Wellington, acordaos bien de lo que os digo. ¡Ponme diez libras a Wellington! Y me atrevería a decir que él se la merece más que cualquiera de nosotros.
–Con el debido respeto, Wellington podría ser su padre –murmuró alguien.
–Yo creo que como no me elija me voy a acabar colgando –dijo otro con jovialidad.
–De acuerdo, de acuerdo –declaró Dolph, dándose la vuelta con los brazos en jarras–. Habéis picado mi curiosidad. ¿De quién estáis hablando?
Los hombres se detuvieron de forma brusca, mirándose unos a otros, y sonrieron maliciosamente.
–¿Cómo dices? –preguntó Luttrell con aire inocente.
–¿Dónde has estado? –inquirió otro.
–En Brighton, con el regente –repuso Dolph altivamente–. ¿Qué ha pasado?
–Hay una nueva cortesana que nos trae a todos por la calle de la amargura –dijo el coronel Hanger–. Estamos haciendo apuestas para ver a quién aceptará como su protector.

Dolph soltó una risita, indiferente. Aquellos idiotas pensaban que sabían lo que era la belleza.

–¿No nos crees? –preguntó indignado uno de los exquisitos caballeros.

–¿Qué aspecto tiene? –repuso Dolph con escepticismo.

Un suspiro colectivo se elevó del grupo.

–Sus cabellos parecen hilos de luz...

–Oh, ahórrate tu poesía, por el amor de Dios, Alvanley –dijo Brummell arrastrando las palabras–. Es rubia y tiene los ojos azules. En una palabra, impresionante.

–Bah –dijo Dolph con un bufido–. Ésas se consiguen fácilmente.

De repente se sintió algo incómodo por razones que no podía determinar, y les dio la espalda cuando apareció el camarero y le colocó su pastel de carne delante.

–¿Os habéis enterado de dónde va a estar la señorita Hamilton esta noche? –preguntó uno de los hombres detrás de él.

A Dolph se le atragantó el bocado del pastel.

–Supongo que pasará la velada en casa de Harriette.

Dolph apagó la tos con un trago de cerveza, saltó de su asiento y se dio la vuelta, limpiándose la boca con el antebrazo.

–¿Cómo decís que se llama?

–¿Quién?

–La cortesana –rugió, bajando la cabeza como un toro listo para embestir.

El coronel Hanger le sonrió y levantó su vaso en un brindis.

–Es la señorita Belinda Hamilton.

Dolph retrocedió aterrorizado.

–¡Por la señorita Hamilton! –brindaron alegremente, pero para entonces Dolph ya había salido por la puerta.

Pidió a gritos su faetón y un momento después estaba atravesando St. James en dirección a Marylebone. Sabía dónde vivía Harriette Wilson, pues había asistido a muchas de las fiestas con fulanas que celebraba los sábados por la noche en su casa de York Place.

Era imposible. Era un error, o una broma, o una coincidencia. No podía ser ella... ¡No podía ser ella! Ella era una mojigata, una virgen, una dama. Maldita sea, era propiedad de él.

Demasiado furioso para concentrarse en la tarea de conducir, sembró el caos a su paso por las calles, mientras corría estruendosamente hasta la modesta y elegante residencia urbana de la reina de las cortesanas.

Si aquello era cierto..., si su Belinda estaba realmente allí, Dios no lo quisiera, echaría abajo la puerta y la sacaría a rastras de aquella casa por el pelo, y la llevaría de aquel modo hasta Gretna Green.

Una vez delante de la casa de Harriette Wilson, saltó del faetón antes de que se detuviera, se acercó dando grandes zancadas a la puerta principal y comenzó a golpearla con el puño.

–¡Abre! ¡Abre, Harriette, pedazo de zorra! ¡Maldita sea, Bel, sé que estás ahí! ¡Vas a recibirme!

La puerta se abrió bruscamente bajo su puño, y Dolph se encontró cara a cara con uno de los matones de las fulanas: un lacayo alto y corpulento que parecía un antiguo boxeador profesional. Un traidor vestido con librea. Harriette tenía a un par de ellos merodeando por el local como guardaespaldas, según recordó Dolph.

–¿En qué puedo ayudarlo? –refunfuñó el amenazante lacayo.

–He venido a ver... –Hizo un esfuerzo por serenarse. Un reguero de sudor le corría por la mejilla–. ¿Está aquí una chica que responde al nombre de Belinda Hamilton?

–La señorita Hamilton está recibiendo a unos invitados en este momento –gruñó el fornido lacayo–. Puede dejar su tarjeta.

«De modo que era cierto.»

Dolph se quedó mirándolo fijamente con una incredulidad fruto del terror, hasta que el lacayo resopló y cerró la puerta delante de sus narices. Dolph oyó cómo echaba el cerrojo. Llamó a la puerta voceando, pero nadie respondió. Se apartó de la casa tambaleándose, cruzó la acera y se colocó en medio de la calle; inclinó la cabeza hacia atrás y bramó con ira:

–¡Belinda!

Aunque el mundo entero le daba vueltas, advirtió movimiento en la ventana superior. La cortina se agitó. Jadeando furiosamente, y con una mirada salvaje y siniestra, fijó la vista en aquel punto. El sol de la tarde refulgió en los cristales cuando la puertaventana se abrió hacia dentro. Entonces apareció ella... sólo que en cierto modo no era ella, su pequeña y mancillada Bel con su raída capa de lana.

No podía ser ella.

Dolph contempló asombrado a la hermosa y extraña cortesana.

La mujer de la ventana era una diosa pálida y elegante. Tenía el pelo rubio y brillante recogido en un peinado impecable y sofisticado. Llevaba unos pendientes de piedras preciosas y un lujoso traje de noche demasiado corto para lucirlo por la tarde. La brisa hinchaba sus largas y finas mangas moldeando sus elegantes brazos, mientras apoyaba sus manos cuidadas en el alféizar de la ventana y le dedicaba una sonrisa burlona como una rosa con espinas.

–¿Sí?

–¡Belinda! –rugió él con incredulidad–. ¿Qué..., qué has hecho?

Ella arqueó las cejas con tranquilidad.

–Lo siento, no tengo el honor de conocerlo. *Au revoir.*

A pesar de que ella le había hablado con corrección, Dolph era consciente de que le había asestado el golpe más directo y demoledor que una joven dama podía propinar. Bel comenzó a cerrar la ventana.

–¡Espera, Belinda!

Ella se rió alegremente de él y luego miró por encima del hombro hacia la habitación que tenía a su espalda.

–Venid a ver al pobre Calibán que hay en la calle –dijo, llamando a sus acompañantes.

Dos vagas figuras masculinas aparecieron en la ventana, flanqueándola a ambos lados.

«¡Santo Dios! –pensó Dolph al reconocerlos–. ¡Argyll! ¡Hertford! ¡Esos depravados están intentando seducirla!» Sin embargo, eran unos depravados poderosos: un duque y un marqués, respectivamente, hombres inteligentes y distinguidos. Dolph apretó los dientes, conteniendo una retahíla de imprecaciones, consciente de que debía vigilar lo que decía.

Por lo que sabía, el mismísimo regente podía estar allí, o los duques reales, o Wellington, pues podía oír a otras personas hablar y reírse en el salón.

–Belinda Hamilton –dijo Dolph entre dientes–, no sé lo que crees que estás haciendo en ese sitio, pero será mejor que bajes ahora mismo.

Ella se colgó del brazo de los hombres y se rió descaradamente mientras lo miraba.

–Sé perfectamente lo que estoy haciendo, Dolph. Estoy recibiendo a unos amigos encantadores, como ya te ha dicho nuestro sirviente.

–¡Tengo que hablar contigo! –gritó Dolph, casi gimiendo.

Ella se rió alegremente y soltó a los caballeros, que fruncieron el entrecejo mientras miraban a Dolph con una actitud protectora de desaprobación. Apoyó los codos en el alféizar de la ventana y posó su cara inmaculada entre sus manos con una sonrisa de falsa compasión.

–Pobre Dolph, pareces muy alterado.

–Por el amor de Dios, Belinda, baja y habla conmigo.

–Eres un palurdo, Dolph. ¿Qué más puedo decir?

–¡Esto es inaceptable! –gritó él, echando atrás la cabeza.

Las puertas y los postigos de las ventanas de la calle se abrieron y la gente se asomó para ver quién estaba armando tanto ruido.

–Muy bien, esta noche te concederé una breve audiencia en la fiesta –dijo ella con dulzura–, pero lo único que quiero oír de tus labios es una disculpa. Y ahora vete antes de que despiertes al alguacil.

Y tras decir esas palabras, se metió dentro y cerró la ventana.

Con lágrimas en los ojos, Dolph se quedó mirando fijamente la puertaventana vacía, a punto de estallar, con la boca fruncida por la rabia. Le gritó de nuevo, pero los cristales tan sólo mostraron el reflejo del cielo azul. Incapaz de creer su traición, se dio la vuelta, saltó a su faetón y se marchó corriendo calle abajo, mientras el pulso le palpitaba de forma atronadora, consciente de que esta vez ella lo había vencido.

El corazón de Bel latía de satisfacción tras el momento largamente esperado de la venganza inicial sobre su enemigo acérrimo. Recordaría la expresión de asombro de la abominable cara de Dolph mientras viviera, pero aquello no era nada comparado con el sufrimiento que le tenía reservado para esa noche.

–Le dije que pronto estarían peleándose en las calles por usted, señorita Hamilton –dijo lord Hertford con una risita cuando ella se reunió de nuevo con el grupo.

Harriette, su hermana Fanny y su amiga, la elegantísima Julia Johnstone, estaban chismorreando con varios de sus caballeros favoritos mientras tomaban el té.

–¿Están seguras de que es aconsejable que ese gruñón venga esta noche? –preguntó el duque de Argyll, mirando ceñudo hacia la ventana.

–Lo que sea con tal de atormentarlo –respondió Bel en tono ligero, al tiempo que tomaba un bizcocho de té redondo de la bandeja.

–Una belleza cruel –murmuró Hertford, contemplándola mientras comía el dulce.

Bel se encogió de hombros, le dedicó una sonrisa desenfadada y volvió a colocarse en el sitio que ocupaba en el sofá, ocultando los pies bajo el cuerpo.

A su lado se sentó Harriette, una mujer menuda pero voluptuosa de poco más de treinta años, con el pelo rizado de color castaño rojizo y unos bonitos ojos oscuros que brillaban con su ingenio.

–Ándate con cuidado esta noche.

–Lo haré, no te preocupes.

Tal vez fuera una temeridad permitir que Dolph asistiera a la fiesta, pensó Bel, pero lo despreciaba lo suficiente para desear que la viera en todo su esplendor, convertida en la nueva sensación entre las mujeres mundanas. Y para dejar que se ahogara de la rabia. Se lo merecía. Le restregaría su nueva fama por la cara. Con la casa llena de admiradores y la presencia de los fornidos lacayos de Harriette, no podría hacerle absolutamente nada.

El afable grupo retomó sus conversaciones, pero Bel se quedó en silencio, mordisqueando su bizcocho mientras su mente repasaba los sucesos de las últimas tres semanas.

El día de abril que ella se había presentado en el umbral de las hermanas Wilson, Harriette había manifestado una inmediata reticencia a ayudar a destruirse a una joven que claramente había recibido una buena educación. Por fortuna, su hermana Fanny era más compasiva y estaba allí para imponerse a Harriette con el fin de ofrecerle ayuda.

Amy, la malvada hermana mayor, había echado una ojeada a Bel, se había visto embargada por la envidia y se había negado de plano a participar. Entre los ruegos de Fanny y la tendencia de Harriette a llevar la contraria a Amy, Harriette había decidido examinar a Bel: su aspecto, su porte, la amplitud de su cultura. Al ver que no era un completo desastre, había hecho entender a Bel que el oficio de cortesana era una profesión que exigía un importante gasto cuando se hacía bien, principalmente por la necesidad de seguir el ritmo de la adinerada clientela. Por ejemplo, necesitaría una reserva de trajes de noche bonitos, y tendrían que ser de primera clase. A cambio de una garantía del veinte por ciento de las ganancias procedentes del futuro protector de Bel, Harriette había accedido a respaldar su ingreso en el territorio de las mujeres mundanas.

Bel había sido alojada inmediatamente en la habitación de invitados, y su primer encargo en el negocio había consistido en escribir una carta a su padre en la que le explicase que le habían pedido que acompañase a un par de alumnas de la academia en un viaje a París, ahora que la ciudad estaba abierta a los visitantes ingleses. Había entregado la carta a uno de los grandes y corpulentos lacayos de Harriette, y éste la había llevado a la prisión de Fleet.

A partir de ese momento, la profesora se había convertido en estudiante.

Entusiasmada con el proyecto por los beneficios, la diversión y el hecho de que Amy estuviera indignada, Harriette empezó a convertirla en la perfecta cortesana. Tras haber dejado atrás a la persona tremendamente humillada y desgraciada que había sido, Bel estaba más que ansiosa por transformarse en algo hermoso y nuevo... y atrevido y fuerte.

Nunca más volvería a pasar hambre. La fortuna que obtendría le proporcionaría seguridad. Harriette ganaba cien guineas por un par de horas de flirteo, y no siempre tenía por qué consistir en irse a la cama con el cliente. A veces el caballero en cuestión sólo quería una compañera de cena, alguien con quien hablar. Pero la primera cosa que Harriette le enseñó –la regla principal del credo de toda cortesana– fue «Nunca te enamores».

Amar a un hombre significaba estar en su poder, y para una cortesana el poder lo era todo.

Bel aprendió que una cortesana era algo más que una compañera de cama o incluso una hábil seductora. Debía ser un brillante modelo de ingenio y alegría, una experta en el placer, capaz de complacer todos los sentidos del hombre: físicos, psíquicos e intelectuales.

Además de sacar el máximo partido de su belleza, debía ser una agradable animadora, una anfitriona competente, una oyente comprensiva y una discreta confidente. Ser una intrépida y enérgica jinete capaz de llamar la atención en Rotten Row resultaba de ayuda. Debía mantenerse al corriente de los asuntos políticos que obsesionaban a los hombres, lo cual implicaba leer el *Times* cada mañana así como el diario tory, el *Quarterly Review*. El periódico whig, el *Edinburgh Review*, era opcional. Pese a haber sido fundado por uno de los amantes de Harriette, el joven y brillante Henry Brougham, *Wickedshifts*, Harriette lo consideraba demasiado arduo y difícil de entender. En cualquier caso, los tories tenían la mayoría.

También tenía que aprender cómo invertir sus ganancias, pues una mujer no podía ser siempre una cortesana. A Bel le causaba perplejidad el arte de acumular riquezas, sobre todo después de oír que algunas de las ilustres cortesanas retiradas, como la Descarada Bellona y la Cierva Blanca, tenían cientos de libras en fondos. Ella nunca había soñado con llevar una vida tan independiente, ya que ninguna mujer, por muy respetable que fuera, poseía su propio dinero.

Harriette se convirtió en su heroína. Harriette entendía el poder.

Bel no le había contado a su mentora el terrible episodio del callejón. No se lo había contado a nadie. En realidad, estaba convencida de que lo había olvidado. Las pesadillas eran lo único que todavía la acosaba.

A mediados del mes de mayo, el mundo parecía lleno de infinitas posibilidades, mientras Londres se llenaba de dignatarios y héroes de guerra que entraban a raudales para vivir el verano de la victoria. Bel había hecho su debut en la ciudad asistiendo a la ópera en el King's Theater, en Haymarket, en compañía del célebre trío conocido como las Tres Gracias: Harriette, Fanny y Julia.

Durante toda la obra, mientras la Catalani expresaba su lamento en el melodrama de amor *La muerte de Semíramis,* el palco de las cortesanas estuvo plagado de hombres: viejos y jóvenes, guapos y feos, ingeniosos y aburridos, forasteros y nativos, cada uno con un título más distinguido que el anterior, todos rendían pleitesía a las cortesanas, en ocasiones a la vista de sus esposas.

Había aristócratas, oficiales, diplomáticos, poetas, artistas, homosexuales, dandis y petimetres, haraganes de Bond Street abriéndose paso a codazos junto a magnánimos hombres de ciencia de la Royal Academy, y lo único que tenían en común era que todos anhelaban el sueño sensual de amor voluptuoso que sólo una cortesana podía ofrecer.

Atónita debido a su inexperiencia, Bel veía cómo Harriette y las otras eran tratadas como verdaderos ídolos, encarnaciones terrenales de la mismísima Venus. Harriette le aconsejó que exigiese el trato reverente que merecía. Le dijo que podía parecer arrogante y grosera, pero que era la única forma de que a una la tomasen en serio. Si quería que la considerasen un premio valioso, tenía que portarse como tal.

Todo era un juego, y Bel aprendió rápidamente a jugar bien.

Había varias opciones entre las que elegir: a Fanny le parecía más sencillo consagrarse a un protector bien escogido; en su caso, lord Hertford. Harriette desaprobaba esa práctica pues se negaba a jugárselo todo a una carta, después de una mala experiencia anterior con lord Ponsonby. En su lugar, recibía con regularidad a un puñado de sus favoritos, entre los que se encontraban Argyll, Worcester y Henry Brougham, quien detestaba a su esposa; a Harriette le encantaba jactarse con aire indiferente de haber tenido a Wellington a su merced en una ocasión.

Bel prefería la estrategia más modesta de Fanny, consistente en buscar a un protector agradable a quien complacer, pero tomó en consideración la advertencia de Harriette sobre los celos de las esposas ante ese tipo de acuerdos exclusivos. Teniendo en cuenta todo ello, Bel se impuso una norma rectora además del credo de las cortesanas según el cual no debían enamorarse: se negó a aceptar la protección de un hombre casado.

A pesar de que aquello restringía la selección considerablemente, por extraño que pareciera, Harriette lo consideró una decisión acertada. A ella le hubiera gustado seguir el mismo consejo cuando era más joven, según le dijo, ya que una nunca llegaba a descansar del todo bien sabiendo que su benefactor tenía una mujer celosa en casa. Bel no tenía ninguna intención de granjearse enemigos.

Además, era una forma de recordarse que, por mucho que fuera una fulana, seguía teniendo una noción clara de lo que estaba bien y lo que estaba mal. Los viudos ricos le parecían bien; los jóvenes solteros también servirían. Pero la Belle Hamilton se negaba a ser partícipe de adulterio.

Había conocido a una cantidad incontable de potenciales benefactores en la ópera. En las noches siguientes empezó a conocer mejor a algunos de ellos en las fiestas de Harriette y en los jardines Vauxhall. Recibió propuestas a raudales, dirigidas a Harriette como su representante, aunque seguía sin encontrar a alguien con quien pudiera imaginarse haciendo algunas de las sorprendentes cosas que Harriette y Fanny le habían descrito; hasta la fecha, todos sus conocimientos eróticos se limitaban a la teoría. En realidad, le resultaba muy difícil no sobresaltarse cuando un hombre pasaba rozándola entre la multitud, del mismo modo que también le costaba no reaccionar con hostilidad si alguien se atrevía a cogerle la mano.

Aun así, siguió adelante reencarnada en una de las encantadoras marginadas de la ciudad, sin conceder importancia a sus dudas, entusiasmada con la perspectiva de la fortuna que constituiría su seguridad. Entonces nadie podría volverles a hacer daño a ella y a su padre. Sería libre, independiente. Nadie sospechaba que era una absoluta farsante, pero no estaba dispuesta a permitir que ese pensamiento le hiciese cambiar de opinión. Siguió construyéndose cuidadosamente una fachada de perfecta cortesana, jovial, pícara y despreocupada.

Julia la consideraba demasiado quisquillosa, pero Bel seguía esperando al hombre adecuado. Se aferraba con ilusión a la imagen de un caballero de brillante armadura, aunque temía que estaba buscando una aguja en un pajar.

En algún lugar, allí fuera, la estaba esperando el protector ideal, pensaba distraídamente, apartada del rumor de las conversaciones en el salón bien amueblado. El perfecto amante que la ayudaría a superar sus temores.

Alguien en quien pudiese confiar. Alguien a quien pudiese besar sin sentir asco. Alguien amable, noble y bueno.

«Cuando lo encuentre –pensó– lo sabré.»

3

Era un sábado por la noche después de la ópera, y la pequeña y elegante casa adosada de las cortesanas estaba casi hasta los topes cuando Hawk se abrió paso entre la multitud, sintiéndose cohibido y fuera de lugar.

La fiesta era un llamativo caleidoscopio de colores brillantes y carcajadas estridentes. Recorrió con la mirada el salón en busca de Dolph Breckinridge mientras era empujado entre la muchedumbre ebria y mayoritariamente masculina. En algún lugar debían de haber abierto una ventana, ya que una corriente fría, prácticamente imperceptible, se coló entre el gentío y le acarició la mejilla como si de una señal de cordura se tratara. La necesitaba en ese momento.

No tenía ni idea de que cuando Dolph le había hablado extensamente de su amada, la tal Belinda, se estaba refiriendo a una mujer mundana. Tampoco esperaba descubrir al volver a la ciudad que la mitad de la población masculina de Londres había intentado conseguir a la muchacha. En el libro de apuestas de White's había tres páginas llenas con las apuestas sobre quién obtendría la compañía de la incomparable señorita Hamilton.

Las mujeres de su clase no tenían moral, pero Hawk había oído en el club que podía decirse que la señorita Hamilton, excepcionalmente, sí la tenía: rechazaba toda oferta que procediera de un hombre casado. «Qué delicadeza», pensó secamente.

Los chismes sobre el ridículo que Dolph había hecho en la calle aquel día por culpa de la chica circularon con rapidez. En cuanto oyó hablar del incidente, Hawk supo que ella era la clave para tener a su enemigo metido en un puño.

Sin embargo, había un problema: Hawk no sabía nada sobre las mujeres mundanas y lo mucho que les gustaba que les hicieran la corte, pues la filosofía de éstas, basada en la obtención de beneficios a partir de las relaciones sexuales, siempre había resultado un poco repugnante al espíritu romántico que se escondía bajo su puritana fachada.

Lo único que sabía era que no bastaba con mostrar una cartera abultada ante sus ojos: las cortesanas no eran las típicas prostitutas. Tenían una reputación –aunque mala– que mantener, caprichos que cumplir y vanidades que acariciar. Se suponía que un hombre disfrutaba con la persecución y los obstáculos a los que los sometían las selectas cortesanas para ganarse sus favores.

«Juegos y disparates», pensó indignado, soltando un suspiro de impaciencia. Incluso en el caso de que la señorita Hamilton fuera tan encantadora como todo el mundo afirmaba, él nunca podría respetar a una mujer que no fuera más que una puta con pretensiones. Aun así, y a pesar de que la dignidad de Hawk se había visto algo rebajada por todo aquel asunto, estaba lo suficientemente decidido en su búsqueda para seguir el juego. Intentó parecer relajado, pero apenas pudo ocultar su señorial desdén por aquel sitio y las fulanas que vivían en él. Su madre habría encajado en aquel lugar, pensó con desprecio.

Justo entonces se topó con un trío de conocidos que inmediatamente lanzaron exclamaciones de hilaridad al verlo en aquella casa de lujuria. Le dieron palmadas en la espalda y le colocaron una bebida en la mano. Sintiéndose avergonzado, bebió con ellos sin apenas prestar atención a sus divagaciones, fruto del achispamiento. Escudriñó la habitación furtivamente, y de repente posó la mirada en un gran espejo con marco dorado que había sobre la chimenea. En él vio a Dolph Breckinridge.

El sobrino de Coldfell estaba escondido en un rincón alejado del salón. Al principio, Hawk no pudo ver a la mujer que tenía allí arrinconada. Entonces Dolph se puso de rodillas en actitud implorante, y Hawk vislumbró la cara de ella.

Abrió los ojos como platos, permaneció inmóvil y se quedó mirando fijamente. Asombrado, apartó bruscamente la mirada antes de que alguien sospechara que estaba espiando. El corazón le palpitaba.

«Dios mío, es un ángel.»

Forzó una sonrisa tensa dirigida a sus amigos, apretó la copa de vino con tanta fuerza que estuvo a punto de partir el pie de cristal, y no prestó la menor atención a sus compañeros mientras alardeaban de su éxito en el cuadrilátero.

Un escozor le recorrió la columna vertebral. Lanzó otra mirada furtiva al espejo y contempló la imagen dorada y argéntea de la joven y elegante cortesana, que reinaba en su rincón como una soberana virgen de algún país ártico. Celestial y sensual a la vez, la señorita Hamilton miró al frente, haciendo caso omiso de su devoto postrado, en una actitud de cruel y serena belleza. Tenía un rostro inexpresivo, como si sus bellas facciones hubieran sido talladas en alabastro. Poseía unas mejillas de delicado trazo, una nariz aristocrática y una barbilla firme y obstinada. La mirada de Hawk siguió la grácil curva de su cuello hasta llegar a su cuerpo esbelto.

Llevaba un vestido blanco de muselina con mangas largas y finas, un atractivo escote recto y un cuello rígido de encaje de Brabante al estilo isabelino que le enmarcaba la nuca. El pelo, rubio y rizado, estaba recogido en un espléndido tocado alto. Algunos mechones rizados flotaban como secretos susurrados contra la curva de su cuello, exactamente donde a él le habría gustado besarla.

Se estremeció y se obligó a apartar la mirada, sintiendo que el pulso le latía con fuerza. La simple certeza de que aquella muchacha estaba expertamente adiestrada para complacer a un hombre en todos los sentidos hizo que una oleada de ansiedad llegara hasta el pozo vacío de su alma. «Dios, hacía tanto tiempo...»

«Traidor», se dijo con desprecio.

Uno de sus compañeros le hizo una pregunta, pero Hawk había dejado de atender, pues al volver a mirar al espejo vio que Dolph y la señorita Hamilton habían empezado a discutir. El baronet se puso de pie y se irguió junto a ella con un gruñido. Pero ella, sentada en su banco cubierto de cojines, lo miró en un silencio insultante. Dolph empezó a gesticular salvajemente. La boca de la señorita Hamilton se curvó en una débil sonrisa de mofa, y al verla, Dolph se metió la mano en el bolsillo y le arrojó un puñado de monedas a la cara.

Hawk tomó aire mientras la furia le hacía arder la sangre. La joven belleza se sobresaltó cuando las monedas la golpearon y una de ellas le dio en la barbilla, antes de caer desperdigadas en su regazo y rodar por el suelo.

Hawk se volvió rápidamente, abandonó a sus amigos sin dar una explicación y comenzó a abrirse paso a empujones por el salón para acudir en ayuda de la joven. Se culpó por haberse mantenido apartado y haberse limitado a observar mientras un sospechoso de violación y asesinato acosaba a una mujer indefensa, fuera cortesana o no. Desde luego no esperaba un arrebato de violencia por parte de Dolph en medio de una estancia llena a rebosar de admiradores de la señorita Hamilton. Parecía que nadie más había reparado en el espectáculo que estaba teniendo lugar en el rincón; de lo contrario, se habría elevado un clamor general para linchar a aquel sinvergüenza.

Hawk miró de nuevo la imagen reflejada en el espejo cuando el abundante gentío le entorpeció el paso. Pudo ver cómo los lacayos de Harriette, dos matones cockneys, rodeaban a Dolph al instante y se lo llevaban a empujones. Hawk se abría paso a empellones entre la multitud con tal ímpetu, que chocó con alguien y se derramó el vino que le quedaba sobre los guantes blancos de etiqueta. Incluso había olvidado que llevaba la copa de vino en una mano. Maldijo entre dientes, entregó la copa vacía a un camarero con librea, y se quitó rápidamente los guantes y los dejó también en la bandeja del sirviente. Siguió avanzando descuidadamente y de pronto se encontró cara a cara con Dolph, flanqueado por los dos lacayos.

De inmediato advirtió que Dolph estaba bastante borracho.

–¡Hawkscliffe! –El baronet agarró a Hawk por la solapa con desesperación–. ¡Me están echando! ¡Es Belinda! ¡Me está volviendo loco! ¡Tienes que ayudarme!

Hawkscliffe apretó los dientes para contener una oleada de repugnacia.

–¿Qué quieres que haga?

Estaba seriamente tentado de llevar a Dolph fuera y darle una paliza, pero aquel hombre merecía mucho más que aquello.

–Habla con ella por mí –farfulló Dolph–. Hazla entrar en razón... Dile que ya me ha castigado suficiente. Lo único que quiero es cuidar de ella. Y dile... –Su rostro enrojecido por el alcohol se endureció–. Dile que si elige a otro que no sea yo, se arrepentirá.

Los guardaespaldas gruñeron al oír su amenaza.

Doph soltó la solapa de Hawk mientras los lacayos se lo llevaban a rastras.

Haciendo un esfuerzo por reprimir su furia, Hawk abrió y cerró los puños contra los costados. Giró sobre los talones y se abrió paso con brusquedad entre la gente. Los hombres se apartaban de su camino al ver que se acercaba con la cara nublada por la ira. Llegó junto a la señorita Hamilton justo cuando ella ponía en la bandeja de un sirviente las últimas monedas que le había lanzado Dolph. Hawk sintió una punzada de dolor al ver que a la mujer le temblaban las manos.

–Deshazte de todo esto. Llévatelo de aquí. ¡Vamos! Date prisa, debe de estar a punto de marcharse –dijo con voz nerviosa, indicando al sirviente con la mano que le devolviera a Dolph su dinero.

Cuando Hawk se acercó, sin saber lo que iba a decir, la señorita Hamilton frunció el ceño, se metió la mano en el corpiño y sacó media corona de plata con una mirada de asco. Cogió la moneda como si fuera un insecto que se le hubiera metido en el vestido. De repente le tendió la moneda a Hawk con una mirada anhelante.

–Por favor, devuélvale esto a su amigo –dijo, con una mirada vulnerable que contrastaba con su arrogante petición.

Él se quedó deslumbrado mientras le sostenía la mirada. El color de sus ojos le hizo pensar en un par de orquídeas salvajes, pero no, eran más azules todavía: como el azul delicado, intenso y violáceo de los geranios de los prados. Oscurecidos por unas largas pestañas de color pardo grisáceo, sus ojos eran misteriosos, cautelosos... e inocentes.

–¿Me has oído? –dijo ella en tono impaciente.

Desconcertado, Hawk tendió la mano. Ella soltó la moneda sobre su palma. Robert sintió que el metal todavía conservaba la sedosa calidez de su cuerpo. Un momento antes, había estado oprimida contra su pecho. Hawk apartó la vista.

–Márchese, ¿quiere? –insistió ella–. Estará a punto de irse.

Hawk se sacudió el aturdimiento.

–Claro, se lo daré más tarde. He venido a ver si se encontraba bien, señorita... Hamilton, ¿verdad?

–Oh, usted no me sirve.

Le arrebató la moneda y llamó a otro de sus sirvientes con título de nobleza para que se la entregase a Dolph: el joven y saludable duque de Leinster. Le dio la moneda y le acarició la lisa mejilla, dedicándole una sonrisa tan dulce como las brisas de las míticas Islas Benditas.

–Gracias, Leinster –murmuró con un sonsonete alegre y juguetón, de modo que a Hawk le quedase claro que tenía el poder de las sirenas para hechizar a los hombres.

El joven y atractivo caballero irlandés se marchó flotando antes que andando para cumplir su encargo.

Hawk se volvió otra vez hacia ella perplejo, sólo para descubrir que había perdido su oportunidad de hablar con ella. Dos jóvenes elegantes se pavonearon delante de él para presentarle sus respetos, ajenos a lo que acababa de ocurrir.

Todo rastro de angustia había desaparecido del rostro de la señorita Hamilton bajo su impecable sonrisa. Los dos jóvenes, con los que ella estaba ahora flirteando alegremente, no tenían ni idea de que había estado a punto de ser atacada por Dolph. Sólo Hawk lo sabía. Siguió mirándola, fascinado.

«Vaya, es una actriz consumada –pensó Hawk–. Desde luego que sí.» Frunció el entrecejo y se quedó a un costado como un idiota, con un ligero temor a encontrarse fuera de lugar. En su vida jamás se había imaginado que se encontraría suplicando y compitiendo por los favores de una joven de veintitrés años. ¿Quién se creía que era? Él, el duque de Hawkscliffe, había acudido en su rescate y parecía como si a ella le importara un bledo.

La señorita Hamilton se levantó de su banco y pasó por en medio de la pareja de dandis. Elevando la nariz, avanzó rozando a Hawk y caminó dando grandes pasos en dirección al grupo de gente, que se volvió para adorarla mientras gritaba su nombre. Ella se rió alegremente y les tendió los brazos en una señal sencilla y natural de aceptación de su reverencia. Los duques de Rutland y Bedford se colocaron de un salto a su lado y, sin dejar de sonreír, la llevaron hacia las mesas de juego con tapete verde mientras, para sorpresa de Hawk, su principal oponente político, el viejo y rudo lord canciller Eldon, le ponía una copa de vino en su delicada mano. Aquella muchacha tenía a medio Parlamento adulándola.

Hawk se quedó atrás, tan perplejo, derrotado y confundido como los dos jóvenes emperifollados. Que él recordase, ninguna mujer de la calle había pasado delante de él como si no existiera.

Evidentemente ella no sabía nada de su elevada reputación, su poder e influencia... «Oh, cállate», se dijo. Y echándose a reír de pronto sin ningún motivo aparente, siguió a la joven.

Dejar que Dolph asistiera a la fiesta había sido un error. Ahora lo sabía. Ella no debería haberse permitido aquella satisfacción, pero había pagado por su estrechez de miras, ¿verdad? Desde luego había conseguido asustarla y avergonzarla, pensó Bel con un escalofrío, tratando de olvidar su juicio desacertado y continuar la noche.

Aun así, no podía evitar culparse por haber sobreestimado su capacidad para dominarlo. Poco después de llegar a la fiesta, Dolph parecía al borde de las lágrimas mientras le rogaba que lo escuchase. «Lágrimas de cocodrilo», pensó Bel. Ella había preferido hablar en privado con él en un rincón antes que montar una escena; pero, cuando la arrinconó allí, la situación desembocó en un desagradable enfrentamiento. Al final, gracias a Dios, nadie había presenciado aquel momento humillante a excepción de aquel hombre alto y ceñudo, el amigo de Dolph.

Un tanto afectada todavía por el violento arrebato de Dolph, Bel apartó de su cabeza al baronet y a su amigo alto, moreno y elegante, y se sentó a jugar a su juego favorito, el veintiuno.

No era una auténtica jugadora, pero aquel sencillo juego siempre le reportaba beneficios. Las apuestas estaban a su favor: si la fortuna le permitía derrotar a su actual oponente, un ricachón de la alta sociedad, ganaría su alfiler de corbata con piedras preciosas, valorado en cincuenta guineas. Si perdía, lo único que tendría que darle era un beso; pero nunca perdía, tal vez por el simple hecho de que los caballeros se dedicaban a beber mientras que ella permanecía sobria.

Docenas de hombres se habían reunido en torno a la mesa, y la animaron cuando logró frustrar los planes de su oponente en la primera de las tres manos. El joven caballero se acarició la barbilla y miró sus cartas con el ceño fruncido.

Pese a estar mirando a su oponente, Bel era totalmente consciente de la presencia del alto y taciturno extraño, el amigo de Dolph, que deambulaba por allí para ver cómo jugaba. Mientras lo estudiaba por el rabillo del ojo haciendo ver que miraba sus cartas, a Bel le pareció un personaje de lo más augusto e imponente. A decir verdad, lo encontró un tanto intimidante. A sus treinta y tantos años, tenía un aspecto impresionante y cosmopolita, con un físico atlético y la piel bronceada de un deportista. Se había alisado hacia atrás el pelo negro como el carbón para asistir a la velada, lo cual acentuaba los firmes rasgos de su rostro.

Mantenía la barbilla en alto y la espalda erguida. Y con un imperioso aire de reserva, desplazaba su mirada aguda y seria por la multitud. Llevaba el pañuelo anudado de forma impecable, y su traje de etiqueta era de un austero blanco y negro. Vestía esa ropa como si aquéllos fueran los colores con los que veía el mundo, pensó ella con desdén, ajena a los dandis con coloridos trajes que tenía a su alrededor.

Incapaz de resistir más, Bel le echó una breve ojeada cuando él la estaba mirando. Los ojos de ambos coincidieron, y él le sostuvo la mirada con aire sincero y le dedicó una débil y astuta sonrisa. Por un instante, los aterciopelados ojos marrones de Hawk la hipnotizaron. Miró dentro de ellos y se sintió como si lo conociera de toda la vida.

–Su turno, señorita Hamilton.

–Por supuesto.

Sorprendida, se revolvió en su asiento para volver a encarar a su oponente y le sonrió de forma atractiva mientras el corazón le latía a toda velocidad.

«¡Arrogante sinvergüenza!», pensó. ¿Cómo se atrevía a mirarla fijamente? Le daba igual lo atractivo que fuera; no quería tener nada que ver con él. Era amigo de Dolph. Lo sabía porque los había visto hablar brevemente después de que Dolph la hubiese tratado de forma tan horrible.

Además, ningún hombre tan apuesto podía estar soltero. La vida no se portaba tan bien.

–Una carta, por favor –dijo Bel con dulzura.

Jugó su mano y al poco rato estaba soltando una carcajada al convertirse en la nueva propietaria del alfiler de corbata. El joven petimetre se tomó su derrota con una risa burlona, sabiendo que al día siguiente podría ir a la casa de empeños y recuperarla si quería.

Cuando Bel le tendió la mano, él se inclinó y le besó galantemente los nudillos, y luego se retiró haciendo una reverencia. De repente, antes de que ella pudiera protestar, el extraño se deslizó en el asiento vacío, entrelazó los dedos sobre la mesa y la miró fijamente en una serena actitud desafiante.

Entrecerrando los ojos, Bel posó graciosamente la barbilla sobre sus nudillos y le dirigió una sonrisa de desdén.

–Usted otra vez.

–¿A qué juega, señorita Hamilton? –preguntó afable.

–Al veintiuno.

–Supongo que el premio es un beso.

–Sólo si gana... y eso no va a ocurrir.

Una sonrisa asomó a una de las comisuras de la seductora boca de Hawk. Se quitó un grueso anillo de oro del meñique y lo puso delante de ella.

–¿Servirá esto?

Irguiéndose en su asiento, Bel cogió el anillo y lo examinó con una mirada escéptica. Tenía un óvalo de ónix adornado con una hache dorada.

Ella le lanzó una mirada calculadora, preguntándose quién era y qué significaba aquella hache, pero no se molestó en satisfacer su vanidad preguntándoselo. Ningún amigo de Dolph era amigo suyo.

–Bonita baratija. Desgraciadamente tengo doce como éste. –Le devolvió el anillo–. No deseo jugar con usted.

–Vaya, ¿acaso parezco un tahúr? –preguntó en un tono tranquilo y educado.

–No me gustan sus amistades.

–Tal vez esté sacando conclusiones precipitadas... ¿o quizá sólo es una excusa? –sugirió él con otra sonrisa maliciosa–. ¿Tal vez la «indomable» señorita Hamilton simplemente desea echarse atrás?

Bel lo miró frunciendo el ceño con elegancia, y los hombres que había alrededor se echaron a reír.

–Muy bien –concedió con tono severo–. Gana el mejor de tres manos. Las figuras valen diez puntos. Los ases pueden ser altos y bajos. Se arrepentirá.

–No, no me arrepentiré. –Colocó el anillo de nuevo entre ambos y, reclinándose tranquilamente, pasó un brazo por detrás del respaldo de la silla, y cruzó la pierna izquierda sobre la derecha–. Reparta las cartas, señorita Hamilton.

–Ya estamos dando órdenes.

–Sólo estoy pagándole con su misma moneda, querida.

Mientras sostenía la mirada burlona de Hawk, Bel comprendió que se refería a la orden de entregar la moneda a Dolph y adoptó una expresión sarcástica.

–Soy su servidora, señor.

–Interesante concepto –murmuró él.

Bel empezó a sentirse inusitadamente azorada bajo su mirada penetrante. Las manos le temblaban ligeramente y hacían que le resultara difícil barajar las cartas, pero al final logró repartir dos cartas para cada uno, una boca abajo y la otra boca arriba. Dejó el mazo y tomó la carta oculta: el rey de diamantes. Puesto que la carta boca arriba era un seis, decidió coger una tercera carta, pero primero lanzó una mirada interrogativa a su oponente.

Él movió los dedos, declinando la oferta con elegancia. Bel cogió otra carta, que resultó ser un tres, y contuvo una sonrisa de satisfacción ante sus diecinueve puntos totales.

–Muéstreme lo que tiene –le pidió ella, con un levísimo atisbo de flirteo.

Parecía que no lo pudiera evitar. Aquel hombre tenía algo.

Él le dedicó una sonrisita de complicidad y mostró una reina y un diez.

–Veinte.

Bel frunció el ceño y descartó sus diecinueve.

Repartió otra vez, más decidida que nunca a derrotar a aquel arrogante sinvergüenza; un impulso que no tenía nada que ver con la pequeña fortuna que podría obtener empeñando el anillo en caso de ganar. Aquel hombre se pasaba de presumido y dominante.

Esta vez a Bel le tocó una pareja de valets. Veinte. «Maravilloso –pensó–, seguro que esta vez le gano.»

–¿Quiere otra carta?

–Deme.

–No me tiente –murmuró Bel, separando un ocho de la baraja para él.

–Demonios –dijo Hawk, lanzando sus cartas–. Me paso.

–Lo siento mucho –lo consoló ella, con los ojos brillantes.

Mientras apartaba las cartas frunciendo altivamente el ceño con irritación, ella cogió el anillo y se lo colocó en el meñique, haciendo ver que admiraba lo bien que le quedaba. Él la miró arqueando una ceja. Con el anillo bailándole en el dedo, Bel repartió la última mano. La carta boca arriba que le correspondía a Hawk era un dos de tréboles.

Obviamente pediría otra carta, pensó ella, preparando su estrategia mientras examinaba su mano: un cuatro boca abajo y un nueve boca arriba, que sumaban un total de trece. Tendría que tener cuidado de no sobrepasar los veintiún puntos.

Miró por encima de la mesa a su enigmático oponente. Él le hizo una seña. Ella le repartió un cinco.

–Otra –murmuró Hawk.

–El cuatro de espadas.

–Me planto.

Bel lo miró con atención, intentando descifrar su vaga expresión, y cogió una tercera carta: un cinco. Con ella sumaba dieciocho. Si cogía otra carta, lo más probable era que se pasara. Era mejor jugar sobre seguro.

–Enséñemelas, querido –dijo en tono pícaro.

–Usted primero –replicó él con una sonrisa sombría.
Aquella sonrisa la inquietó.
–Dieciocho. –Bel mostró su última carta.
Él se inclinó hacia delante para examinar las cartas y asintió con la cabeza.
–Una mano respetable.
–¿Y bien? –lo azuzó ella, incapaz de determinar si aquel hombre le molestaba o le divertía–. ¿Me va a enseñar las cartas o no?
–¡Que las enseñe! ¡Que las enseñe! –clamaron los espectadores.
Él los observó y luego miró hacia abajo y deslizó sus cartas una por una: el dos, el cinco y el cuatro, que sumaban un total de once puntos.
«Oh, no», pensó Bel, con los ojos desorbitados.
Hawk le dio la vuelta a un diez y le dedicó una sonrisa lobuna.
–Veintiuno.
–¡Un beso! ¡Un beso! –gritaron los hombres en un ruidoso brindis, y pidieron más bebidas.
Bel se recostó en su asiento, cruzó los brazos e hizo un breve mohín, luego se quitó el anillo y se lo devolvió a Hawk frunciendo el ceño. Él le devolvió una sonrisa inocente.
A su alrededor, los hombres lanzaban exclamaciones, se reían a carcajadas, vociferaban y bebían.
Sin hacerles el menor caso y manteniendo la calma, su alto y arrogante oponente se inclinó hacia delante y apoyó los codos sobre la mesa, orgulloso como todo conquistador. Entrechocó los dedos mientras la miraba divertido y expectante.
–Estoy conteniendo la respiración a la espera de mi premio.
–Oh, muy bien –murmuró ella–. Acabemos de una vez.
–Vaya, es usted una mala perdedora –la reprendió con suavidad.
Bel se puso en pie, apoyó las manos sobre el tapete verde de la mesa y se inclinó hacia él, consciente de que la ovación adquiría un volumen atronador. El corazón le latía a toda velocidad, mientras que él, por su parte, parecía totalmente sereno.

Se inclinó más armándose de valor, vacilando a medida que se acercaba a él, hasta que sus labios quedaron a escasos centímetros de los de Hawk.

–Podría cooperar –sugirió Bel.

–¿Por qué, si es mucho más divertido verla azorada?

Ella entrecerró los ojos. Haciendo caso omiso del estruendoso público mediante un esfuerzo de voluntad, salvó la distancia que los separaba y lo besó en la boca con decisión. Un instante después se echó atrás con las mejillas sonrosadas, incapaz de ocultar el brillo del triunfo en sus ojos.

Él la observó con escepticismo, rozó la mesa con los dedos y se puso a tamborilear aburrido.

–Creía que había dicho que iba a besarme.

–Yo... acabo de besarlo.

–No.

–¿Qué quiere decir? Acabo de hacerlo.

Sus mejillas pasaron del color rosado al rojo mientras los hombres se reían a carcajadas del prosaico reproche de Hawk.

Él le tendió de nuevo el anillo deslizándolo sobre la mesa.

–Mire este anillo. Vale por diez alfileres de corbata como el que ha ganado antes. He apostado este anillo. No puede darme un beso como el que acaba de darme y decir que es justo. Las normas son las normas, señorita Hamilton. Quiero un beso de verdad, a menos que quiera pasar a ser conocida como una dama poco deportiva.

Bel se quedó boquiabierta de indignación.

–Es el único beso que le voy a dar.

Él se tomó a burla sus palabras y apartó la vista, rascándose la mejilla.

–Y se considera una cortesana.

–¿Qué se supone que ha querido decir? –preguntó Bel.

Hawk se encogió de hombros, repantigándose en su silla.

–He recibido besos mejores de lecheras.

–¡Oh! –exclamaron los hombres, presenciando su duelo con creciente interés.

Bel se cruzó de brazos y se contuvo, mirándolo fijamente. Le habría tirado el anillo en su arrogante cara si sus ojos no hubieran brillado tan alegremente. Podía ver que él no tenía intención de dejarla escapar.

–¿No cree que les debe a estos fieles caballeros una auténtica demostración de su técnica profesional? –dijo él arrastrando las palabras, mientras jugueteaba con su anillo haciéndolo rodar entre el pulgar y el índice.

Bel observó con aire vacilante a los admiradores que tenía a su alrededor, y a continuación lo miró a él. ¿Cómo se atrevía aquel canalla a poner en duda sus dotes... y a amenazar su forma de vida? Por poco que él supiera, había puesto el dedo en la llaga. Después de todo, la principal preocupación de Bel era que sus pretendientes, que habían ofrecido sumas enormes de dinero para acogerla bajo su protección, se enterasen de que en realidad la aterraba la idea de irse a la cama con un hombre. Si no demostraba en aquel preciso momento lo que valía, podrían empezar a sospechar.

Muchos de ellos se rieron ante la sugerencia de Hawk, aunque los más entusiastas parecían realmente ofendidos por lo que a ella respectaba. Aquel fatuo caballero, quienquiera que fuera, tendría suerte si no se veía envuelto en un duelo. No, recordó un instante después, los hombres no se batían en duelo por las mujeres mundanas, sino sólo por las damas. Las mujeres de su condición no tenían honor que defender.

Mientras pensaba en su siguiente movimiento, Bel sacudió la cabeza con altiva indiferencia y se llevó las manos a la cintura.

–El caso es que nunca doy besos de verdad a los hombres cuyos nombres ni siquiera conozco.

–Eso tiene fácil remedio –dijo él con una sonrisa–. Me llamo Hawkscliffe.

–¿Hawkscliffe? –repitió ella, mirándolo de hito en hito con una conmoción mal disimulada.

Había oído hablar del duque de Hawkscliffe, Robert Knight, el joven y entusiasta líder tory en plena ascensión, famoso en los círculos del gobierno por su coraje, su fuerte carácter y su inquebrantable sentido de la justicia. No era un simple soltero; era el partido de la década, con unas ganancias de cien mil libras al año. Hasta el momento, ninguna dama había estado a la altura de los exigentes requisitos de Hawkscliffe.

Conocía los detalles más importantes de la historia de su familia y también los relacionados con sus títulos: conde de Morley, vizconde de Beningbrooke. Sabía que la mansión Hawkscliffe era un enorme castillo normando que se alzaba orgullosamente en una escarpada cumbre de las montañas de Cumberland. Sabía todo aquello porque los entresijos de la aristocracia constituían una gran parte del programa de estudios de sus alumnas en la Academia para Jóvenes Damas de la señora Hall; el lugar donde Bel había instruido desastrosamente a la revoltosa hermana pequeña del duque, lady Jacinda Knight.

«Oh, Dios», pensó, echando una inquieta mirada a los nobles pendencieros que rodeaban la mesa. Luego miró nuevamente a Hawkscliffe. Fuera quien fuese, aquel hombre no era amigo de Dolph Breckinridge. De algún modo aquella certeza, junto con la relación que la había unido a su hermana menor, hizo que se sintiera un poco más segura con él, a lo que también contribuía su excelente reputación y los brillantes artículos escritos por él que había leído en el *Quarterly Review,* en los que defendía enfoques humanitarios que ella aplaudía sinceramente.

Procurando ocultar su interés repentino, Bel se cruzó de brazos y lo miró con altiva diversión.

–¿Se puede saber qué hace aquí el duque virtuoso, jugando e intentando obtener unos besos que no se merece de una cortesana?

Los hombres se rieron a costa de Hawk, sin atisbo de malicia.

–Oh, sólo me estoy divirtiendo –respondió él con una sonrisa calculadora–. Sabe perfectamente que he ganado un beso como es debido con todas las de la ley, señorita Hamilton.

–Bueno –dijo Bel con picardía–, sin duda lo necesita.

La aguda réplica despertó algunas carcajadas a su alrededor, pero la mayor parte de los lores y dandis presentes se callaron, cautivados, esperando a ver si ella besaba a Hawkscliffe.

Ahora que sabía quién era, Bel comprendió que no había ninguna forma honrosa de echarse atrás. No se dejaría intimidar por un famoso y puritano santurrón. Probablemente no sabía más que ella sobre los besos de verdad.

Cuando apoyó las manos sobre la mesa y se inclinó hacia él por segunda vez, el corazón le latía más rápido debido a la expectación, la curiosidad y la innegable atracción; había llegado el momento de comprobar si se acordaba de lo que Harriette le había enseñado.

Posó su mano ahuecada sobre la mejilla afeitada de Hawk, vislumbró sus ojos ardientes antes de cerrar los suyos, y a continuación acarició su boca con sus labios y le dio un beso que hizo que la bulliciosa fiesta, la ciudad y el mundo quedasen atrás.

Él tenía la boca caliente y sedosa; su suave piel ardía bajo el roce de ella. Bel acarició su pelo oscuro y lo besó más profundamente, inclinándose aún más sobre la mesa. Hawk le rodeó la nuca con la mano y la aferró con firmeza y suavidad cuando ella abrió los labios y le dejó su sabor. Él respondió de forma apasionada aunque con comedimiento, extasiándola con aquel beso embriagador hasta prácticamente hacerla temblar de placer.

Finalmente acabó de besarla de forma lenta y suave y la soltó.

Bel recobró el juicio en medio de una sonora ovación, con una sensación de aturdimiento. Tenía los labios como si le hubiera picado una abeja, las mejillas sonrosadas, y no paraba de jadear. El cabello de Hawkscliffe estaba revuelto, su rígido pañuelo se había arrugado, y él parecía cualquier cosa menos alguien ejemplar.

El duque le dirigió una intensa mirada de deseo que hizo que experimentara la emoción de sentirse por primera vez como una verdadera cortesana, y no como una chica boba y estirada tratando de fingir. Bajó la cabeza, se mordió el labio tímidamente y volvió a mirarlo.

Esbozando una sonrisa sensual, el duque le tendió el anillo.

–Cójalo –murmuró–. Insisto.

Bel comprendió que con aquel gesto pretendía darle a entender que se lo había ganado, y se lo devolvió con una sonrisa de complicidad.

–Quédeselo, excelencia. Ha sido un placer.

Los hombres que los rodeaban estallaron en carcajadas, pero Hawkscliffe se limitó a sonreír para sí y observó cómo ella se alejaba, con la promesa de volver a aquel lugar escrita en los ojos.

Bel apenas había llegado a la otra habitación cuando oyó cómo el duque era aplaudido de forma atronadora por los hombres que ocupaban el salón.

Echó una ojeada por encima del hombro y vio que Hawk se reía cordialmente mientras lord Alvanley le daba palmadas en la espalda jovialmente. Tal vez alguien acababa de decirle que ella nunca le había concedido ese favor a ninguno de sus admiradores, pues las bronceadas mejillas de Hawkscliffe estaban teñidas de un rubor viril.

Bel se rió para sus adentros y se dio la vuelta. Era tarde, de modo que abandonó el salón y se fue a la cama antes de que apareciera alguno de sus admiradores buscando una oportunidad de conseguir un beso. Ahora sabía quién quería que la besara.

Cuando posó la cabeza sobre la almohada todavía seguía riéndose, y aunque el corazón le latía con excitación y una nueva esperanza, se negó a prestar oídos a la bulliciosa fiesta que se estaba celebrando abajo, cerró los ojos y logró descansar a fuerza de voluntad.

Era tarde y no estaría bien tener aspecto ojeroso cuando volviera su futuro protector.

4

Hawk pasó la noche solo en su enorme cama labrada, agitándose y dando vueltas entre las sábanas de satén y mirando el dosel de terciopelo en un estado de incertidumbre, lleno de excitación, frustración y curiosidad.

Una cortesana.

Nunca antes había besado a una cortesana, ni la había tocado ni había dejado que lo tocase. Había tenido cuidado con ellas. Tenía sus prejuicios, es cierto, pues un hombre en su posición debía ser cauteloso. Y sin embargo... ¿qué ocurriría si ella estuviera allí?

Cerró los ojos, aliviando su desesperada soledad con imágenes de ella a la luz de las velas, misteriosa y adorable, mientras su risa altiva y enloquecedora resonaba en sus oídos, mofándose de él.

Hawk quería más.

Con un beso no bastaba. Quería explorar cada curva de su cuerpo, saborear su piel bajo sus labios... Con un gemido sordo, se colocó de cara a la pared, lleno de un deseo culpable. No podía parar.

Pensó en la fina textura de su cabello mientras soñaba que él se lo soltaba y veía cómo caía en rubias cascadas sobre sus hombros. Entonces, en su imaginación, se desvestían el uno al otro y él la llevaba a su cama, donde Bel empleaba cada centímetro de su sedosa piel juvenil para hechizarlo con su ensueño amoroso. *Fille de joie*. Chica de placer. Mientras su cuerpo anhelaba y deseaba ardientemente su roce, fue consciente de que podía hacer que aquello ocurriera pagando un precio.

Fuera cual fuese el precio, se lo podría permitir sin problemas. Pero no se atrevía.

Una mujer como aquélla podía aceptarlo por sus posesiones

y luego largarse tan contenta. O peor aún, atarse a él para siempre por medio de hijos ilegítimos. Era peligrosa.

Pero condenadamente atractiva.

El domingo, cuando se hizo de día, Hawk advirtió que al fin debía de haberse quedado dormido, pues se despertó con el sonido de las campanas que tocaban a misa. Tenía la cabeza despejada y sentía en el cuerpo renovadas energías, y todo su ser estaba ansioso por volver junto a Belinda Hamilton antes de que Dolph Breckinridge acabara de dormir la mona y oyera hablar del beso.

A juzgar por el comportamiento de Dolph la noche anterior, su reacción no sería agradable. Hawk tenía intención de permanecer con ella para protegerla cuando el baronet llegara.

Es más, se le había ocurrido una solución. La señorita Hamilton era evidentemente el punto de apoyo por medio del cual podía obtener una enorme influencia sobre Dolph. En primer lugar, tendría que poner a Bel un poco a prueba, determinar en quién recaía su simpatía, pero si Dolph le desagradaba tanto como parecía, únicamente sería cuestión de acogerla bajo su protección.

El plan que estaba cobrando forma en su mente implicaba asociarse íntimamente con la señorita Hamilton durante las semanas venideras, pero a la luz del día no encontró ninguna razón por la cual no pudiera confiar plenamente en su férreo autocontrol. Él era el puñetero duque virtuoso, ¿no era así? Todo el mundo sabía que podía rechazar fácilmente la tentación. Trataría a la Belle Hamilton con cortesía y le pagaría por su tiempo, pero no se comprometería «de aquella manera» con una cortesana.

Haciendo un esfuerzo de voluntad, se obligó a esperar hasta la tarde para visitarla.

Eran las cuatro y cuarto cuando saltó de su carrocín. Dejó al cuidado del carruaje a William, su competente mozo de cuadra, un huesudo muchacho de diecinueve años, se acercó resueltamente a la puerta de Harriette Wilson y llamó.

Esperó a que alguien respondiera, entrecerrando los ojos para protegerse del brillante sol de mayo, mientras el fuerte viento le ensortijaba el cabello y jugaba con los faldones de su suave frac de color pardo. Miró al cielo azul, disfrutando de la frescura del aire, del fantástico conjunto de nubes y de la promesa del inminente esplendor del verano.

Cuando la criada le abrió la puerta, Hawk le entregó su tarjeta de visita y preguntó por la señorita Hamilton. La sirvienta hizo una reverencia y se apresuró a subir la estrecha escalera de madera para ver si la señorita estaba preparada para recibir visitas. Él se paseó por el pequeño vestíbulo de la entrada, haciendo sonar sus pasos con un extraño eco. Casi no parecía el mismo sitio abarrotado de la noche anterior. La excitación de volver a ver a la adorable, impertinente e increíblemente deliciosa señorita Hamilton apenas se veía mitigada por la punzada de culpabilidad que le recordaba que estaba allí únicamente por Lucy.

La doncella regresó y le preguntó si podía esperar un par de minutos más. Él se encogió de hombros y siguió paseando, dando golpecitos ociosamente a su sombrero de copa contra el muslo, inspeccionando con curiosidad la silla de manos de Harriette que estaba apoyada junto a la escalera.

La señorita Hamilton lo hizo esperar –a él, el poderoso duque de Hawkscliffe– un cuarto de hora largo antes de dignarse permitirle subir para que gozara de su selecta compañía. Él no tenía la menor duda de que el único propósito de aquello consistía en enseñarle dónde estaba su sitio: junto a ella. ¿Qué otra cosa podía hacer sino suspirar y aceptarlo? Hasta que no estuviera bajo su exclusiva protección, aquella cortesana tendría los triunfos en su mano. Por extraño que pareciera, sus transparentes maquinaciones no afectaron al humor sorprendentemente jovial de Hawk. No podía evitarlo. Aquella muchacha le divertía.

Cuando finalmente la señorita Hamilton envió a la doncella para decirle que subiera, el corazón del duque comenzó a acelerarse de forma ridícula, cada vez más a medida que subía los escalones. La criada lo condujo a través del gran salón, que en ese momento estaba vacío, por delante de la mesa con el tapete verde, hasta una sala situada en la parte trasera del segundo piso. La doncella hizo una reverencia y lo dejó en el umbral de la sala.

Entró y encontró a la señorita Hamilton colocada con recatada perfección en un elegante sofá de estilo egipcio, junto a una mesa redonda con un jarrón que contenía unas hortensias recién cortadas. Tenía un periódico en el regazo, y sus pies reposaban sobre un escabel bordado. Incluso el sol de la tarde que entraba por la ventana parecía engañoso al relucir en su cabello rubio claro, que ese día se derramaba sobre sus hombros en ondas rubias y rizos brillantes como el champán. Sus suntuosos mechones mantenían cierta apariencia de orden gracias a un par de peinetas de marfil.

Hawk sonrió cuando la atractiva criatura fingió que no lo había visto, dejando que la mirara hasta hartarse. Llevaba un vestido de muselina de color amarillo pálido con puntillas y un amplio cuello redondo. Las mangas cortas y abombadas invitaban al duque a admirar sus finos brazos. Todo el mundo la consideraba un ángel dulce y tierno, pensó Hawk con un estúpido sentimentalismo. Y aun sabiendo que la escena que tenía ante sus ojos era el calculado fruto de la voluntad de conquista femenina, se sentía cautivado.

–Buenas tardes, señorita Hamilton.

Bel alzó la vista en el momento justo, y a continuación le dedicó una cálida sonrisa. Le brillaban los ojos con un nuevo fulgor.

–¡Excelencia!

–Espero no interrumpir –dijo él en un tono marcadamente irónico.

–En absoluto –declaró ella con alegría, tendiéndole la mano como una princesa inclinada a tratarlo con favoritismo.

Él se acercó obedientemente, tomó su mano y le dio el pertinente beso en la punta de los dedos. Los grandes ojos de color azul violáceo de Bel brillaron cuando él la saludó, y salvo que los sentidos lo engañaran, a Haw le pareció que la joven y bella cortesana se ruborizaba.

Tras el beso ella no se soltó de la mano del duque, sino que la rodeó con los dedos y tiró de él para que se sentara en el sofá situado junto a ella, obsequiándolo con una generosa sonrisa. Hawk no apartó la mirada de su rostro, empapándose de aquella visión.

–Me preguntaba si me visitaría hoy –dijo Bel, casi con timidez.

Él se rió con ternura.

–¿Acaso lo dudaba?

Ella sonrió y su rubor se volvió más intenso. Los dos se quedaron mirándose fijamente en un silencio cautivador y placentero. Hawk creyó que le había dado un vuelco el corazón.

–¿Qué está leyendo? –preguntó, antes de que sintiera la tentación de estrecharla entre sus brazos y besarla en el sofá hasta que perdiera el sentido.

–El *Quarterly Review*.

–¿De verdad?

Sorprendido de que no se tratase de una absurda historia gótica publicada por entregas, posó el brazo en el respaldo del sofá, por detrás de ella, y se acercó para examinar el ejemplar que estaba leyendo. Olió la fragancia suave y pura de su cabello, una mezcla saludable de capullos de rosa, almendras dulces y camomila que penetró directamente en su cabeza.

–Acabo de leer un artículo fascinante titulado «Un llamamiento para la abolición internacional del esclavismo», escrito por su excelencia, el duque de Hawkscliffe. ¿Ha oído hablar de él?

Sorprendido, Hawk notó cómo se le arrebolaban las mejillas. Lo invadió la timidez ante aquel interés por su trabajo.

–Un tipo aburrido, ¿eh?

–Al contrario, excelencia. Me parece que sus ensayos están escritos con mucha destreza. Es usted lógico en sus argumentos, contundente en su estilo, y me atrevería a decir que... apasionado con el tema. Sólo me pregunto si sus colegas tories no se asustan.

–¿Por qué lo dice? –preguntó él desconcertado.

–Algunas de sus opiniones se acercan a las de los whigs.

Hawk la miró fijamente, en parte divertido y en parte indignado. Después de todo, no era más que una mujer. ¿Qué sabía ella de política?

–Oh, ¿en serio? –dijo indulgentemente con voz cansina.

–Absolutamente. –Cogió un ejemplar doblado del *Edinburgh Review* que había en la mesa situada junto a ella–. Usted disfrutaría si conociera al amigo de Harriette, el señor Henry Brougham. He estado leyendo los periódicos de los dos partidos, y sus opiniones sobre ciertos temas se parecen notablemente.

Hawk arqueó una ceja. Le resultaba imposible determinar si se sentía insultado, sorprendido o simplemente divertido al haber sido comparado tan alegremente con su gran rival político.

La señorita Hamilton se dirigió a él con inocencia.

–¿Conoce al señor Brougham, excelencia?

–Eh... Hemos coincidido alguna vez.

Ella arrojó el *Edinburgh Review* a un lado y volvió a hojear el *Quarterly*.

–También he leído su ensayo «El castigo debe adecuarse al crimen». Sus ideas sobre la reforma penal me parecen excelentes. No estoy diciendo que entienda todos los matices legales, pero un hombre que sabe distinguir lo que está bien de lo que está mal merece mi respeto. Quedan pocos como usted –añadió con altanería.

Conteniendo una carcajada de perplejidad y bastante incómodo por su elogio, Hawk apartó el periódico de sus manos.

–Vamos, señorita Hamilton, hace un día demasiado bueno para quedarse encerrada en casa leyendo ensayos aburridos de política.

–Es usted demasiado modesto –le recriminó ella, pero sus ojos brillaron de alegría ante la invitación.

Se puso en pie de un salto y se alejó a grandes zancadas en busca de su chal, su sombrero y su sombrilla. Solo en la sala, Hawk no podía dejar de sonreír. Bajó la cabeza, soltó un suspiro y se pasó la mano por el pelo tratando de mantener la calma. Caramba, no esperaba que fuera tan perspicaz como hermosa.

Un par de minutos más tarde regresó Bel, lista para salir. Bajaron saltando los crepitantes escalones como niños excitados, y salieron a la gloriosa luz del sol.

Hawk la ayudó a subir a su carrocín y dio la vuelta en dirección al asiento del conductor, mientras William se colocaba en su sitio en la parte trasera. Agarró las riendas y las hizo restallar contra el lomo de sus veloces caballos bayos de pura raza.

El sonido de los cascos de los caballos reverberaba contra las impecables casas con fachadas lisas mientras el carruaje bajaba por la calle empedrada. Los niños que jugaban a la pelota en la calle se dispersaron al ver que ellos se acercaban. Cuando dejaron atrás al bullicioso grupo de muchachos, Hawk fustigó los caballos para que avanzaran a medio galope. Belinda se reía con deleite de la velocidad que alcanzaban, y su pelo ondeaba hacia atrás y le azotaba la cara a ambos lados de su sombrero. Él sonreía abiertamente, disfrutando de la rara ocasión de poder presumir a las riendas del carruaje ante una hermosa joven.

El paseo hasta Hyde Park no fue largo. Cuando llegaron, encontraron Inner Ring Road atestado de jinetes y carruajes abiertos; todo el mundo había salido a dar un paseo dominical en plena temporada. Avanzaban a paso rápido y la calzada se hallaba cubierta de barro.

Hawk se percató rápidamente de las miradas que les dirigían. Los jóvenes contemplaban boquiabiertos a Belinda, mientras que las mujeres casadas lo miraban a él atónitas, pero aquello no era más que el principio. Sabía que el rumor se extendería rápidamente. Pronto todos, incluido Dolph, se habrían enterado de que había sido visto escoltando a la deseada cortesana por el centro de la ciudad.

Mientras tanto, sólo podía preguntarse cómo se sentía su hermosa compañera cuando pasaban junto a algunas damas de la sociedad que le giraban la cabeza, o peor aún, cuando algunos hombres que se habían rendido a sus pies la noche anterior se apresuraban en sus carruajes con sus esposas e hijos y fingían que no la conocían, que no existía. Toda aquella hipocresía despertaba el instinto protector del duque de un modo furibundo.

Se fijó en ella y supo que estaba disgustada, pues la mirada que dirigía hacia delante se había vuelto inexpresiva, como había ocurrido la noche anterior durante la diatriba de Dolph. El rostro de Hawk se endureció. Fuera cortesana o no, no pensaba dejar que le hiciera aquello.

Sin preguntarle a Bel adónde prefería ir, siguió por West Carriage Drive, donde Hyde Park daba paso a los jardines de Kensington. Como era domingo, los jardines estaban abiertos. Condujo el carrocín hasta apartarse ligeramente de las miradas hostiles y envidiosas.

Al aproximarse a Long Water, redujo la marcha de los caballos hasta que se detuvieron. Se giró y descubrió a la señorita Hamilton mirándolo interrogante.

–He pensado que podíamos caminar un poco junto al agua –dijo él.

Ella asintió con la cabeza, visiblemente aliviada tras haber logrado escapar del grosero escrutinio de la gente fina. Hawk puso el freno, bajó del carruaje y la ayudó a descender mientras William se ocupaba de sus obligaciones, dirigiéndose a la parte delantera para sujetar las riendas de los caballos.

Dejaron al muchacho al cuidado del carrocín y caminaron por la orilla del estanque recorriendo un sendero de grava. Una ruidosa bandada de patos los siguió, y como ambos permanecían en silencio, los graznidos de las aves en busca de migas se convirtieron en el único lenguaje audible.

Mientras paseaba con las manos a la espalda, Hawk observó cómo Bel caminaba lentamente junto a él con los brazos cruzados y los finos hombros cubiertos por un chal transparente de seda azul.

Se había retirado el sombrero y lo llevaba caído a la espalda, con las cintas de satén sujetas todavía alrededor del cuello. Su delicado perfil tenía un aire pensativo mientras contemplaba el agua reluciente.

–Su mozo de cuadra parece de confianza para ser un muchacho tan joven –comentó en un intento artificial por romper aquel elocuente silencio.

–¿Me creería si le dijera que antes era deshollinador? –respondió Hawk con una media sonrisa, agradecido por la oportunidad que le brindaba–. Hace años el último patrón de William lo envió a limpiar algunas de las chimeneas de Knight House, y mi cocinera se lo encontró desplomado en el suelo de la cocina. Nos dimos cuenta de que el muchacho se encontraba en estado de inanición y de agotamiento. La cocinera y la señora Laverty, mi ama de llaves, cuidaron de él y lo alimentaron hasta que se puso bien. Una vez recuperado, lo acogieron como mozo de cocina, pero pronto mostró un talento especial para los caballos, así que lo trasladamos a los establos. Dentro de diez años se habrá convertido en cochero jefe.

–Qué bonito acto de generosidad –dijo ella suavemente.

Hawk agachó la cabeza, avergonzado por el elogio.

–Todo fue cosa de la señora Laverty, se lo aseguro. Me gustaría que me llamara Robert.

Bel le sonrió.

–Como desee.

Los dos contemplaban el suelo mientras caminaban, dejando que sus manos enguantadas se rozaran y se deslizaran en un flirteo sensual aunque sutil que estimuló a Hawk más de lo que estaba dispuesto a admitir.

Bel le dedicó una sonrisa vacilante cuando se detuvieron tras un umbrío zarzal.

–Me temo que después de la excursión por Rotten Row, su acceso a los salones de Almack's puede verse en peligro.

–Almack's –dijo él resoplando, riéndose al pensar en las aburridas contradanzas a las que asistía obedientemente junto a las hijas casaderas y mojigatas de sus colegas.

Probablemente se casaría con una de ellas al cabo de un año. Una idea deprimente.

Lo más seguro era que acabara con la hija sorda de Coldfell, más por compasión o caballerosidad que por cualquier otro motivo. Las pocas veces que había visto a lady Juliet le había parecido una chica buena y obediente. Puesto que nadie quería a la pobre criatura debido a su discapacidad, a él le pareció que sería lo más correcto.

–Cuando tenía diecisiete años estuve a punto de ir a Almack's –comentó la señorita Hamilton con un suspiro, mientras deslizaba la mano por el hueco de su brazo y reemprendían el paseo.

–¿Qué pasó? ¿Por qué no fue?

–Mi madre murió un par de semanas antes de la esperada fecha de mi entrada...

–Lo siento mucho.

–Gracias, no se preocupe. –Le sonrió con aire melancólico–. Al estar de luto, obviamente, no podía ir a ninguna parte.

–Debería haber ido si eso la hubiera ayudado a animarse.

–¿Cree que me dejarían entrar ahora? –preguntó con una sonrisa irónica.

–No se preocupe. –Él se rió entre dientes y le dio unos golpecitos en la mano, que reposaba en su antebrazo–. No se pierde gran cosa. La comida es terrible, el ponche es flojo, la compañía es aburrida, y el suelo de la sala de baile es tan desigual que deberían declarar en ruina todo el edificio. Y no dejan jugar al veintiuno a cambio de besos.

–Bueno, entonces no me molesta que me prohíban la entrada. –Sonriendo con picardía, apretó el brazo del duque y se inclinó hacia él con aire cómplice–. Así pues, Robert, dígame, ¿dónde aprendió un hombre virtuoso como usted a besar de ese modo?

Él arqueó las cejas y la miró.

La señorita Hamilton retiró su mano del brazo del duque y se rió.

–¿Y bien?

–He viajado mucho –afirmó él con aire de superioridad, y siguió caminando.

–Oh, ¿de verdad? –Bel lo siguió dando un saltito–. ¡Suéltelo, Hawkscliffe!

Él se echó a reír.

–Nunca hablo de los besos que doy.

–Oh, vamos, ¡a mí me lo puede contar!

–Bueno –murmuró él, bajando la voz hasta emplear un tono digno de un conspirador–. Para que lo sepa, hubo una dama a la que conocía. Una viuda.

–¿Una viuda alegre?

–Muy alegre –susurró con una risa burlona–. Era más joven que yo. Estuve locamente enamorado durante dos, tres años –dijo, repentinamente indignado–. Incluso le pedí que se casara conmigo.

–¿La trampa de la vicaría, Robert? ¡Por Dios!

–Ya sé que suena extraño, pero es lo que quería. –Se encogió de hombros–. No soy partidario de los flirteos.

Ella se rió de él como si ya hubiera oído aquello antes.

–¿De verdad? Entonces ¿de qué es partidario?

Hawkscliffe miró el agua reluciente y sintió la tentación de no responder, pero una palabra escapó suavemente de sus labios, por absurda que resultara.

–De la devoción.

Ella se quedó mirándolo fijamente por un instante, como si fuera incapaz de determinar si hablaba en serio o estaba bromeando, y de repente forzó una alegre sonrisa y siguió caminando como si él no hubiera dicho nada.

Hawk advirtió que Bel se había ruborizado y arqueó una ceja mientras ella se adelantaba ligeramente.

–¡Rechazó al duque de Hawkscliffe! ¡Qué raro! ¿Y por qué no quiso casarse con usted su viuda alegre?

Hawk la siguió con la mirada, intrigado por su reacción nerviosa.

–Ya había cumplido con su obligación, dar a luz a los futuros herederos –dijo de forma despreocupada–. Había recibido una fortuna, y no tenía ninguna intención de echar raíces por segunda vez, ni conmigo ni con ninguna otra persona. Dios, cómo la quería. Pero ella sólo deseaba ser libre e independiente.

–No hay nada malo en el hecho de ser independiente si una mujer se lo puede permitir.

–Bueno, esa mujer en concreto se ha arrepentido más tarde de esa decisión, se lo aseguro.

La señorita Hamilton se volvió y lo miró por fin.

–Volvió junto a usted arrastrándose, ¿verdad? La viuda alegre resultó no ser tan alegre después de haberse divertido.

–Sí.

–¿Y usted se libró de ella? ¿La echó a la calle?

El duque se rió irónicamente mientras miraba hacia delante sendero abajo. Era todo un caballero como para reconocer que nunca le habían faltado compañeras de cama. A pesar de todo, aunque él prefería las relaciones discretas y exclusivas, todas las amantes que había tenido habían acabado acusándolo de forma histérica e incomprensible de no preocuparse por ellas, o de estar demasiado ocupado con su carrera política, o de algo por el estilo. Cuando lo amenazaban con marcharse él raramente discutía con ellas, pues según su experiencia resultaba imposible tanto complacer a las mujeres como comprenderlas.

Contempló de nuevo la mirada expectante de la señorita Hamilton.

–Basta con decir que la gente sólo dispone de una oportunidad conmigo, querida. Generalmente soy intolerante con las manías de las personas que me rodean; no puedo soportar la estupidez. Es un defecto de mi carácter, lo sé, pero compenso mi poca caridad trabajando con unas exigencias más altas que las que empleo para valorar a los demás. Y creo que por el momento ya he hablado suficiente de mí –atajó, cogiéndole la mano. La condujo cortésmente fuera del sendero de grava, en dirección a la orilla del estanque–. Me gustaría saber cosas sobre usted.

–¿Qué desea saber?

La sostuvo mientras ella pasaba con delicadeza de una gran roca gris a otra, sujetándose los faldones amarillos para que no se manchasen de barro.

–Todo.

–No hay mucho que contar. Nacimiento: Kelmscot, en el condado de Oxford, el tres de septiembre de mil setecientos noventa y uno. Lenguas: francés y algo de latín. Habilidades: toco el piano regular, y no sé dibujar. Adoro la historia y los gatos.

–Los gatos, ¿eh? ¿Y los perros?

–Soy un poco precavida con los perros, lo confieso. Sobre todo con los grandes.

–Hum, yo tengo seis. Mastines y perros de Terranova. Cada uno de ellos pesa más que usted.

Ella se encogió de hombros.

–Su excelencia vive en una perrera.

–No se les permite entrar en casa. Cuénteme algo más.

–¿Como qué?

Hawkscliffe la miró directamente a los ojos.

–¿Qué hay entre usted y Dolph Breckinridge?

La señorita Hamilton se puso rígida y lo miró fijamente a los ojos durante un largo rato, con un aspecto extremadamente receloso.

–Dolph Breckinridge es un imbécil –dijo finalmente–. Es todo lo que tengo que decir sobre el tema.

Apartó la vista, fingiendo que contemplaba el agua.

–Me da la impresión de que le ha dado calabazas.

–No me haga reír.

–¿Y bien?

Ella resopló con un refinado desdén.

–Dolph se ha dedicado a hacerme la vida imposible durante los últimos diez meses. Ya vio la forma en que se comportó conmigo anoche. Sé que lo vio.

–Sí, pero no estaba seguro de lo que estaba presenciando. No sabía si era una discusión entre amantes u otra cosa.

–¿Una discusión entre amantes? –Arrugó la nariz, indignada–. Uf, antes besaría a un sapo. ¿Es necesario que hablemos de esto? Sólo con pensar en él se me amarga el día...

–Mi querida señorita Hamilton, sabe perfectamente que Dolph vendrá a buscarme hecho una furia en cuanto se entere de que la he besado...

Ella levantó un dedo.

–Disculpe, pero fui yo quien lo besó.

–En cualquier caso merezco saber a lo que me enfrento.

–Fue culpa suya. Usted fue quien insistió en que le diera un segundo beso –le recordó ella, apuntándole con el dedo en el pecho.

–Oh, ¿acaso no le gustó? –preguntó él en tono agradable.

La señorita Hamilton le dirigió una mirada de superioridad, se dio la vuelta y empezó a caminar delante de él pavoneándose.

Hawk se quedó mirándola, cautivado por sus melifluos andares, y de repente la siguió en un extraño arrebato de vigorosa euforia. Dios, era una picaruela tentadora.

–Pretendo ganarme su favor, como ya sabe, así que podría contármelo todo –dijo él con aire premeditadamente despótico.

–¿De verdad? –Se volvió y lo miró con una sorpresa llena de recelo–. Harriette dice que usted desprecia a las mujeres de nuestra clase.

Él le alzó la mano y depositó un galante beso en sus nudillos.

–No soy más insensible a la belleza que otros hombres –dijo, halagándola con destreza.

–¿Siempre sabe lo que tiene que decir?

–La mayoría de las veces.

Ella soltó un suspiro.

–Muy bien, pero comprenda que me estoy confiando a usted.

–Nunca repetiría lo que me contara en confianza.

–Conocí a Dolph el pasado otoño, en el baile de la temporada de caza. Yo no tenía el menor deseo de conocerlo, ya que durante toda la noche había estado viendo cómo se burlaba de nosotros, los pueblerinos, pero consideró que yo era digna de que me invitara a bailar. Conocía a uno de mis vecinos y le pidió que nos presentase: no tenía escapatoria. Tardé tres segundos en descubrir lo odiosamente repugnante que es. Sin embargo, desgraciadamente, sir Dolph se sintió atraído por mí y empezó a perseguirme al día siguiente. Cuando se dio cuenta de que estaba decidida a rechazar sus intentos, su acoso se volvió desagradable.

–¿Cómo de desagradable? –preguntó él, frunciendo el ceño.

–Hizo que encerraran a mi padre en la prisión de Fleet. Así es como empezó todo.

Hawk se detuvo y la miró de hito en hito.

–¿Cómo lo consiguió?

Ella se estremeció ligeramente.

–Mi padre es un coleccionista con una obsesión demasiado grande por los manuscritos iluminados. Tendría que conocerlo; todos los que lo conocen acaban adorándolo. Incluso nuestros acreedores nunca fueron demasiado duros con él. Cuando venían a recaudar su dinero, él los arrastraba hasta su biblioteca y les enseñaba los últimos manuscritos que se había comprado en vez de pagar nuestras facturas. Los acreedores se conmovían al ver su entusiasmo y lo dejaban en paz advirtiéndole que pagase el mes siguiente, pero él nunca lo hacía. Entonces apareció Dolph y amenazó a los tenderos para que recuperasen su dinero. Les prometió que si presionaban a mi padre para que les pagase lo que les debía, él les ofrecería negocios gracias a sus amigos de Londres. En cuestión de poco tiempo, papá estaba en la cárcel. Ahora él está allí... y yo aquí.

–¿Y usted aquí? ¿Qué quiere decir eso?

Ella le dedicó una débil sonrisa de abatimiento.

–Ya sabe lo que quiere decir, Robert.

Señorita Hamilton, le ruego que me diga qué es su padre.

–Un caballero...

–¿Un caballero? ¿Un hombre que compra libros viejos y deja que su hija venda su cuerpo para no morirse de hambre? ¿Y usted lo llama caballero?

–No insulte a mi padre, señor. Él es lo único que tengo –dijo ella tajantemente.

Hawk apretó los dientes, pero no se quedó del todo satisfecho. Aparentemente había herido a la joven en lo más profundo, pues parecía irritada, pero le resultaba imposible dejar las cosas como estaban.

–El culpable de que me convirtiera en lo que soy no fue mi padre. Fue Dolph, que nos arrebató todo lo que teníamos. ¿Cómo se atreve a despreciarme? No tenía opción.

–¿Y qué piensa su padre de que se prostituya para salvarle el pellejo?

–Papá no sabe nada de esto.

–Con lo famosa que se ha vuelto, ¿no cree que es probable que un día lo descubra?

–¡Mi padre ni siquiera sabe el siglo en el que estamos! –gritó ella, llevándose las manos a la cabeza.

Luego soltó un suspiro de frustración y se dio la vuelta.

Hawk apenas podía contener su disgusto.

–¿Quiere decir que es imposible convencer a su padre de que se separe de sus libros para salvarlos a los dos?

–Ya no tiene sus manuscritos. Los donó a la colección de la biblioteca Bodleian.

–Oh, nunca había oído un disparate mayor –murmuró él, enojado hasta extremos que le impedían refrenar su lengua–. Le ruego que me disculpe, pero su padre parece tonto. Ésa es exactamente la clase de idiotez alocada e irresponsable que desprecio...

Bel rechinó los dientes, indignada; sus ojos brillaban como fuegos de artificio.

–La visita ha terminado.

Se giró, haciendo que su sombrero se balancease tras ella, y empezó a alejarse de él en la dirección opuesta al carruaje.

–¿Adónde va?

–A casa –respondió ella, sin mirar atrás.

–¿No quiere que la lleve en el coche, señorita Hamilton?

–¡No quiero nada de usted!

–Entonces va a ir caminando.

–¡Sí! –Ella se dio la vuelta para darle la cara, con las mejillas teñidas de carmesí por la rabia–. Es lo que hace la gente que no tiene coches lujosos. Por mí, puede meter ese maldito trasto en Long Water –gritó, y a continuación se volvió y siguió su camino.

Hawk se quedó mirándola asombrado. Súbitamente se puso en movimiento y la siguió dando grandes zancadas.

–¡Señorita Hamilton! ¡Señorita Hamilton!

Ella se giró con una actitud de distante curiosidad, de nuevo con aspecto insensible y altivo. «Dios, es desesperante», pensó él.

–Señorita Hamilton, lo siento. No me correspondía a mí decir eso. Por favor. Suelo ser testarudo, no puedo evitarlo.

Ella sacudió la cabeza y resopló de forma remilgada.

Ahora que su curiosidad había puesto de manifiesto que aquella joven tenía casi tantos motivos como él para odiar a Dolph, Hawk decidió que había llegado el momento de dejarse de juegos. Era hora de ponerse manos a la obra.

–Lo cierto es que tengo que hablar con usted. En privado.

Bel se cruzó de brazos y le lanzó una mirada indecisa, poco convencida de que lo que a él le interesara fuera precisamente hablar con ella.

–¿Sobre qué?

–Se lo explicaré todo, pero éste no es el sitio adecuado.

–¿Por qué no me dice que me va a conceder carta blanca, excelencia?

La osadía de la joven lo indignó.

–Señorita Hamilton –respondió él, con el tono más serio del que fue capaz–, no le concedería carta blanca ni a la mismísima Venus. No soy tan tonto... aunque tal vez usted sea la mujer más parecida a ella, en todo Londres.

–Buen intento, excelencia, pero si no me concede carta blanca no tenemos nada que discutir... en privado o de cualquier otra forma. Que tenga un buen día.

Y echó a caminar.

–¡Belinda!

–Por favor, no me haga perder más tiempo. Intento ganarme la vida, ya sabe.

–Sea razonable, picaruela –murmuró, mientras la seguía por el sendero dando grandes pasos–. No le puedo dar acceso ilimitado a mis cuentas cuando soy el responsable de administrar la fortuna de toda mi familia. Podría ser una jugadora. O una ladrona, por lo que sé de usted. Además...

Le agarró la mano y la detuvo.

Ella se giró con el brazo extendido y lo miró frunciendo el ceño.

–¿Además qué, puritano insoportable? –El duque tiró de ella con delicadeza, sonriendo maliciosamente a pesar de sí mismo–. No se atreva.

Entonces no me insulte.

–Usted empezó.

Los ojos de la señorita Hamilton brillaban de forma desafiante, y sin embargo se dejó arrastrar hacia él hasta que sus senos rozaron el pecho de Hawk. Le sostuvo la mirada, y los dos se dejaron llevar al instante por una fascinación magnética que impulsaba sus cuerpos a tocarse a pesar del conflicto entre sus mentes y sus voluntades.

–Puedo darle algo mejor que la carta blanca –dijo él, mientras deslizaba las manos por su esbelta cintura, disfrutando del contacto de su espléndido y ágil cuerpo a través de la fina capa de muselina.

Hawkscliffe se deleitó con su falta de resistencia; pero, si bien ella permitía aquel roce, seguía manteniendo su aire desafiante elevando la barbilla.

–¿Qué puede haber mejor que la carta blanca?

Él inclinó la cabeza y se detuvo, rozando el lóbulo de su oreja con los labios, prácticamente incapaz de resistirse, pese a maldecirse por estar actuando como un traidor. Esperó hasta que ella tembló de deseo y entonces susurró:

–La venganza.

Ella se quedó inmóvil y lo miró con recelo.

–¿De Dolph?

–¿Le interesa?

–Tal vez.

–¿Vamos a hablar a algún sitio, señorita Hamilton?

Ella lo observó con suspicacia, pero lo dejó que la llevara hasta el carruaje. Mientras se dirigían de vuelta a la casa de Harriette, Hawk sólo deseaba que su enemigo mutuo no los estuviera esperando.

5

Poco después, cuando llegaron a la casa de Harriette, la encontraron vacía. Bel todavía seguía indignada por el arrogante juicio que el duque había emitido de ella y de su padre, y lo condujo a la sala donde habían iniciado su visita en un frío silencio lleno de resentimiento. La figura del duque, alta y ancha de espaldas, irradiaba energía y autoridad, y hacía que la elegante habitación pareciese más pequeña.

Bel le echó un vistazo con cautela por el rabillo del ojo y siguió cavilando. Ya era suficientemente grave que la hubiera llamado prostituta, pero no tenía ningún derecho a tachar a su padre de idiota irresponsable, pensó mientras se quitaba los guantes tirando de ellos con rabia. Lo peor de todo era que sabía que aquel bruto insoportable tenía razón en ambas cosas. Tras colocar los guantes a un lado, se quitó el sombrero y el chal.

Hawkscliffe había tirado su sombrero de copa sobre la mesa redonda y estaba quitándose los guantes de conducir. Tras arrojarlos también a la mesa, empezó a pasearse. Para ser un hombre de una estatura tan imponente, se movía de forma elegante con su ropa cara, pensó ella mientras se sentaba en el sofá y lo observaba, esperando a oír lo que le tenía que decir.

Con expresión meditabunda, como si sopesara cada palabra antes de abordar el tema, Hawkscliffe se quitó la chaqueta de su frac inmejorablemente cortado, la dejó en una silla y descargó la tensión de sus anchos hombros.

Bel frunció el ceño. Si ella hubiera sido una dama, probablemente él no se habría planteado cometer una informalidad tan escandalosa como quitarse los guantes, y mucho menos la chaqueta. Por otra parte, ella no podía menos que admirar la perfección de su torso hercúleo, como si del modelo de uno de los mármoles del Panteón se tratase. Recorrió con la mirada la curva de su fuerte espalda. Su ceñido chaleco acentuaba la anchura de sus hombros y la delgadez de su cintura y sus caderas; las holgadas mangas blancas únicamente sugerían la vigorosa musculatura de sus brazos. Bel se sorprendió deseando tocarlo.

Escandalizada por el impulso, elevó su mirada furtiva de reconocimiento hasta su rostro, fuerte y cuadrado. Él se acercó a la ventana con forma de arco y el sol vespertino iluminó su pronunciado perfil, la nariz aguileña que le daba un aire de una intensidad sombría y amenazante. Su boca tenía un aspecto duro y torvo, pero de repente recordó la suave calidez del beso que le había dado. Qué diablos, era un hombre hermoso, impecable y feroz como un ave de rapiña, con su pelo negro y su piel bronceada.

«Devoción», pensó Bel, resoplando para sus adentros con un aire de escéptico desdén.

Con los brazos en jarras, Hawkscliffe miraba nerviosamente por la ventana como si estuviera esperando a que alguien llegara.

–No insultaré su inteligencia fingiendo que me agrada su profesión, señorita Hamilton. Sin embargo, me considero un buen juez del carácter de la gente, y creo que es usted una persona sensible, con una fuerte voluntad, y capaz de actuar con discreción. Aunque no tengo por costumbre dejar la yugular al descubierto, parece que no me queda más opción que confiar en usted y esperar que me ayude. Lo que tengo que contarle no puede salir de esta habitación. –Se apartó con tirantez de la ventana y se sentó junto a ella–. ¿Recuerda haber oído a Dolph Breckinridge mencionar alguna vez a una mujer llamada Lucy?

Bel rebuscó en su memoria y luego sacudió la cabeza.

–No.

–¿Y a lady Coldfell?

–Sé que el conde de Coldfell es el tío de Dolph, pero nunca mencionó a la condesa.

–Dígame, ¿alguna vez la ha amenazado Dolph violentamente? ¿Le ha hecho sentir en alguna ocasión que corría peligro físico?

–Hasta anoche, no. –Vaciló–. Me dijo que, si no dejaba de buscar un protector, me arrepentiría. ¿Por qué me pregunta por lord y lady Coldfell?

Un rayo de dolor brilló a través de los ojos oscuros de Hawk como un relámpago.

–Creo que es posible que Dolph albergara una obsesión parecida por ella antes de fijarse en usted. Señorita Hamilton, lady Coldfell está muerta. Algunas personas creemos que Dolph pudo haberla asesinado.

Bel abrió los ojos como platos y se quedó mirándolo conmocionada.

–Por ese motivo estoy aquí. Quiero contratarla para que interprete una especie de farsa conmigo. Necesito averiguar la verdad sobre la muerte de lady Coldfell, señorita Hamilton. Usted es la clave para controlar a Dolph. Si se pusiera bajo mi protección, yo podría llevarlo hasta el límite y sacarle la verdad.

–¿Y luego qué? –preguntó ella débilmente.

Una ira letal ardió en los ojos del duque.

–Entonces iré a buscarlo y lo mataré.

¿Matar a Dolph? Mientras miraba a Hawkscliffe asombrada, lo primero que pensó es que lady Coldfell debía de haber significado mucho para él. «Amantes –pensó–. Por supuesto.» A continuación cayó en la cuenta de que el único motivo por el que la perseguía a ella era para esclarecer la muerte de su amada.

La decepción la dejó prácticamente sin aliento. Agachó la cabeza, procurando ocultar el dolor que sentía por dentro bajo una sonrisa débil y amarga. Naturalmente, él se había formado una opinión de ella lo suficientemente clara.

Evitando su mirada, cruzó las piernas y se alisó los faldones por encima de la rodilla.

–A ver si lo he entendido. ¿Quiere que haga de anzuelo para que usted pueda demostrar la culpabilidad de Dolph y luego vengar a su amante?

–Lady Coldfell no era mi amante... pero, básicamente, sí.

–Vamos, Robert, no tiene que haber secretos entre nosotros. Puede contarme la verdad. Era su querida.

–No, no lo era, señorita Hamilton. Lady Coldfell era una mujer casta y virtuosa. Nuestra relación no era como la que hay entre nosotros dos. Era algo más elevado, mejor que esto. Ella era... pura.

«No como yo», pensó ella, manteniendo de algún modo su sonrisa tensa y forzada, mientras bajaba la barbilla y se miraba las manos entrelazadas. Un sentimiento de vergüenza invadió su ser.

–Caramba, usted sí que es un hombre virtuoso.

–No, simplemente he visto cómo las flagrantes infidelidades de mi madre desmoralizaban a mi padre. Yo nunca le haría a una persona algo así, y menos aún a un viejo amigo de la familia como Coldfell.

–Admirable.

Bel se sentó y se cruzó de brazos. La devoción del duque por la dama muerta le parecía digna de elogio, pero ¿no se daba cuenta de cómo la estaba insultando a ella? ¿O no le importaba insultarla porque no era más que una fulana?

–Tal vez primero debería haberme conquistado antes de contarme su plan.

–No la empujaría a una situación peligrosa sin antes haberme asegurado de que es plenamente consciente de los riesgos.

–Siento decirle que Dolph no lo hizo.

–¿Qué?

–Que él no lo hizo.

–Sí que lo hizo.

Bel puso los ojos en blanco. Hawkscliffe sabía lo que sabía y punto.

–Tenía motivos y, aparte de Coldfell, es la única persona que tiene total acceso a la casa y las tierras, señorita Hamilton.

–Conozco a Dolph –dijo ella con templanza–. Pese a lo mucho que lo odio, debo admitir que es valiente, imprudentemente valiente. Se jacta de ello. Asesinar a una mujer débil e indefensa no es su estilo. No es algo digno de orgullo. Él prefiere los osos, los lobos y las criaturas que se defienden. Prefiere tener a un digno oponente.

–También prefiere vivir por encima de sus posibilidades. Si Lucy hubiera quedado embarazada y le hubiera dado a Coldfell un hijo, Dolph no habría podido heredar la fortuna y el título que reclama.

Bel no podía discutirle aquel punto. Dolph estaba ciertamente obsesionado con la idea de heredar un abundante patrimonio.

–La muerte pudo haber sido accidental –continuó Hawkscliffe–. Dolph pudo intentar llevarla al huerto y a continuación pudo desencadenarse una violenta pelea.

–Eso sí que podría creerlo –dijo Bel tranquilamente.

Apartó la vista y se quedó completamente inmóvil. Al pensar en sus pesadillas recurrentes, se le formó un nudo angustioso y demasiado familiar en el estómago.

Hawkscliffe se puso en pie y se fue a mirar por la ventana.

Bel se frotó enérgicamente los brazos cruzados con las palmas de las manos, pues de repente sintió un frío gélido y húmedo, a pesar de que la habitación estaba caliente. No se sentía con el valor suficiente para mirar al duque mientras se resistía a aceptar su petición. Si lady Coldfell había sufrido realmente lo mismo que ella –e incluso más–, ¿no tenía el deber de hacer justicia a aquella compañera de padecimientos? ¿No tenía ese deber consigo misma? Pero no estaba segura de querer involucrarse en aquel asunto. La mera sombra del recuerdo hacía que se sintiera sucia, maltratada y avergonzada. Era mejor olvidar.

–¿Qué pasa si me niego?

–¿Negarse? Señorita Hamilton, si Dolph le hizo eso a Lucy, ¿no le parece lógico, incluso probable, en vista de su obsesión por usted, que sea usted la próxima?

Bel se sobresaltó y continuó con la vista fija en el suelo, aunque podía sentir la turbulenta mirada de Hawk.

–Puedo protegerla. Para llegar hasta usted, primero tendrá que llegar hasta mí. ¿De verdad cree que estará más segura ahí fuera con cualquier otro hombre que no sepa de lo que es capaz Dolph?

–¿Qué es lo que propone exactamente, excelencia? –consiguió decir ella con serenidad.

–Que me acepte como su protector. Se quedará conmigo en Knight House, donde la mantendré a salvo de cualquier amenaza por parte de él...

–No, eso es muy poco habitual. No puede hacer que viva bajo el mismo techo que usted. Habría rumores...

–¡Ya no me importan los escándalos! –gritó él, pasándose la mano por el pelo–. ¿Qué más da lo que digan? ¿Qué derecho tiene nadie a decir una palabra sobre lo que haga o deje de hacer? Estoy harto de vivir bajo su tiranía, y juro por Dios que no pienso dejar que otra mujer muera para proteger mi impecable reputación.

–¿Qué quiere decir con eso?

Visiblemente desgarrado, Hawkscliffe agachó la cabeza.

–Me preocupaba lo que la gente dijera sobre Lucy y yo. La gente intuye cosas, ya sabe, y... puedo asegurarle que ella no se mostraba indiferente ante mí.

«¿Qué mujer podría?», se preguntó Bel.

–Yo la evitaba a todas horas. Quería hacer lo correcto. Pero ahora no puedo evitar reprocharme... que si le hubiera dado la oportunidad de hablar conmigo en privado, tal vez habría confiado en mí... y eso me habría permitido salvarla. –Cuando la miró, los oscuros ojos de Hawk estaban llenos de angustia–. ¿Sabía ella que Dolph suponía una amenaza? ¿Sabía que estaba en peligro? Cada noche me hago esas preguntas mil veces, pero supongo que nunca llegaré a saberlo.

–No se haga esto, Robert –dijo ella con delicadeza–. Fuera lo que fuese lo que ocurrió, no fue culpa suya. Usted hizo lo que creía correcto en aquel momento. Es lo máximo a que puede aspirar una persona.

Bel se fijó en cómo él sopesaba aquella afirmación y luego la descartaba.

–Quizá no me comporté de forma virtuosa –dijo–. Quizá simplemente tuve miedo.

Ella lo miró con compasión, pero él se apartó rascándose la mandíbula.

–Soy consciente de que usted podría elegir a cualquier hombre de Londres, y de que lo que le pido no está exento de peligro, por eso estoy dispuesto a compensarla generosamente, señorita Hamilton. ¿Qué le parecería recibir mil libras por todo el proyecto? No debería durar más de dos meses como mucho. Además, tendrá su propio carruaje y un caballo ensillado, todos los criados que necesite, palcos en el teatro, una asignación para el vestuario, y muchas otras cosas. Y además... –Su postura se volvió más rígida cuando juntó las manos por detrás de la espalda e inspeccionó la calle a través de la ventana–. No exigiré su compañía en la cama.

Bel se quedó mirándolo fijamente, sin apenas atreverse a respirar.

–Está bromeando.

Él sacudió la cabeza.

–La mujer a la que amaba ha muerto, señorita Hamilton. Yo... no puedo. Espero que lo entienda.

–Por supuesto –dijo ella en voz baja.

«¿Espera que yo lo entienda? –pensó exaltada–. ¿Mil libras por dos meses de mi tiempo?» Era una suma imponente, una tercera parte de la deuda de su padre... ¡y ni siquiera tendría que irse a la cama con él!

Oh, se libraría de lo que más temía... ¡y para rematarlo todo, vería cómo Dolph recibía el castigo que merecía!

Sin embargo, de pronto reparó en el dolor que se reflejaba de forma tan visible en el bronceado rostro del duque, y su sensación de triunfo desapareció. Sintió una gran pena por él. Se levantó y fue a su lado. Tomándole la mano entre las suyas, lo miró con tierna compasión.

–Lamento su pérdida, Robert, de verdad. Al menos lady Coldfell se encuentra ahora con Dios, y en paz.

Él asintió con seriedad y contempló sus manos unidas: la suya, grande y morena, y la de ella, pequeña y pálida. Cuando la miró, sus ojos oscuros rebosaban una pena tormentosa y su voz sonó grave.

–¿Me ayudará a hacerle justicia, señorita Hamilton? Por favor. Usted es la única persona que puede ayudarme.

Bel lo miró totalmente conmovida.

«Oh, quién fuera amada por un hombre así.» Su dama había fallecido y él seguía amándola. Bel no sabía que hubiera hombres como él en el mundo.

No tenía la fuerza necesaria para oponerse a él, aunque en aquella historia ella sólo iba a ser el cebo, mientras que el recuerdo de lady Coldfell iba a mantenerse como algo sagrado.

Deseaba consolarlo de alguna manera, pero él no parecía querer que le arrancasen aquella pena.

–¿Dos meses?

–Si le resulta más cómodo, podemos fijar una fecha en la que venza nuestro acuerdo; por ejemplo, el uno de agosto.

–De acuerdo. Y... ¿de verdad no me pedirá que me vaya con usted a la cama? –se aventuró a preguntar ella.

–Le doy mi palabra, pero tendrá que ser nuestro secreto. Esta treta no serviría de nada si Dolph o cualquier otra persona sospechase la verdadera índole de nuestro trato. Tendremos que resultar convincentes.

–Bueno. –Bel se acercó a él, le agarró con suavidad las solapas del chaleco e inclinó hacia atrás la cabeza sonriendo irónicamente, con la esperanza de alegrarlo–. En ese caso, Hawkscliffe, ya ha encontrado a su amante.

Una sonrisa triste, casi tímida, cruzó el rostro de Hawkscliffe.

–Voy a ser la envidia de todo Londres.

«Soy yo la que va a ser envidiada», pensó Bel con una ligera sonrisa, mientras su corazón se aceleraba.

–Una cosa más, Robert.

–¿Sí?

–Tengo entendido que tiene una hermana pequeña que todavía no ha hecho su debut en sociedad.

–Sí, ¿por qué?

–No deje que entre en su casa mientras yo estoy allí.

–De acuerdo. Agradezco su discreción.

–Se nos paga para que seamos discretas –dijo ella con una sonrisa tensa. A continuación hubo un pesado silencio.

–Bueno, entonces supongo que debería poner el acuerdo por escrito.

–En la mesa de Harriette hay papel y tinta –dijo ella, señalando el escritorio con la cabeza.

Hawkscliffe se dirigió al escritorio y al poco rato había descrito el negocio, había estampado su firma y le había otorgado legalidad mediante su sello ducal. Sopló para apartar el polvo de la tinta, y ésta se secó.

–Espero que sepa lo que está haciendo –reflexionó Bel en voz alta mientras se inclinaba hacia delante, e incluyó su firma junto a la de él.

–Sé lo que hago en todo momento, señorita Hamilton. Es la maldición de mi existencia –dijo entre dientes con ironía.

En ese preciso instante se produjo un estruendo que los sobresaltó a los dos. Miraron en dirección a la puerta cerrada y el sonido de un furioso rugido atravesó la casa y llegó hasta ellos; todo un frenesí de gritos y golpes. Alguien estaba aporreando la puerta de la entrada.

–Es Dolph –dijo Bel, y un estremecimiento de inquietud recorrió todo su ser. Instintivamente se acercó a Hawkscliffe.

–No se preocupe –murmuró él–. Quédese aquí dentro.

Ella asintió con la cabeza y observó cómo él se dirigía hacia la puerta.

«Protector», susurró una voz en su cabeza.

–Tenga cuidado –le advirtió de forma angustiada, y sólo entonces reparó en el amenazante aire de excitación que emanaba de su alto y delgado cuerpo.

Hawkscliffe se detuvo en la puerta y le dirigió una sonrisa lúgubre.

–No tema, señorita Hamilton. A veces el oso acaba ganando.

Hawk atravesó el salón con grandes zancadas, perversamente entusiasmado con la idea de jugar con el frenético Dolph Breckinridge. A medida que se acercaba a la escalera la voz de Dolph se oía más fuerte.

–¿Dónde está? ¿Dónde está esa putita?

Bajó despacio los escalones que daban al vestíbulo, silbando, y se encontró a Harriette Wilson al pie de la escalera; un diminuto bulto pelirrojo de furia femenina.

–¡Lárguese de mi casa antes de que llame al alguacil! –le gritó a Dolph.

El baronet, a su vez, la insultó mientras intentaba abrirse paso entre los dos fornidos lacayos que forcejeaban con él para expulsarlo. Se había agarrado con una mano al marco de la puerta y se negaba a ser expulsado de allí a la fuerza. Tenía la cara roja del esfuerzo, y el pelo rubio y corto despeinado.

–Yo me ocuparé de él, señorita Wilson –murmuró Hawk, apartando educadamente a la altiva reina de las cortesanas.

–¡Sí, por favor, haga algo, Hawkscliffe! Está montando un espectáculo delante de todos mis vecinos.

–No se preocupe, pronto se habrá marchado. Por cierto, creo que la señorita Hamilton quiere hablar con usted.

–Oh –exclamó ella, volviéndose hacia él tímidamente–. ¿Es posible que hayan llegado a un acuerdo?

Hawk esbozó una sonrisa.

–Ella la pondrá al corriente.

–¡Estupendo! Enhorabuena, excelencia. Pensaba que no cambiaría nunca de opinión.

Harriette se marchó a toda prisa a hablar con Belinda.

–¡Tú! –rugió Dolph al ver que se le acercaba–. ¡Bellaco miserable y traidor! ¡Canalla! ¡Serpiente! ¡Ven aquí y deja que te coja!

–Mi querido amigo, ¿cuál es el problema?

Mientras caminaba en dirección a la puerta, Hawk hizo una señal con la cabeza a los lacayos de rudo aspecto, quienes soltaron a Dolph y se retiraron. Inmediatamente, Dolph se precipitó por la puerta con los puños en alto, e intentó atacarlo. Sin embargo, el hecho de haber crecido disciplinando a sus cuatro revoltosos hermanos y de haberlos criado a lo largo de la adolescencia le había servido a Hawk de algo. Las innumerables riñas entre hermanos, sobre todo con Jack, que era más corpulento que él, le habían enseñado a prever casi todos los movimientos que un hombre puede realizar con sus puños.

Esquivó la embestida de Dolph y, agarrándole el brazo derecho por detrás, se lo dobló hacia la espalda y tiró de él con fuerza hacia arriba. A su rival apenas le dio tiempo de gruñir antes de que Hawk le rodeara el cuello con el brazo izquierdo en una impecable llave asfixiante.

–¿No podemos arreglar esto como hombres civilizados?

Dolph se retorció y lo insultó, aunque fue en vano.

–¡Traidor! ¡Sabía que me harías esto! ¡Me dijiste que hablarías con ella por mí, no que la cortejarías para quedarte con ella! ¡Hoy me he levantado y me he enterado de que la has besado! –escupió–. Supongo que habrás pasado aquí la noche.

–Basta con decir que le he ofrecido a la señorita Hamilton mi protección y me ha dicho que sí. Así que, por lo que a ti respecta, se ha acabado todo.

Dolph soltó un alarido. Hawk esquivó un codazo directo a sus costillas.

–¡No puede ser tuya!

–Ella no te pertenece para decidir si la retienes o se la ofreces a alguien.

–¡Sí... lo... es! –Dolph logró soltarse–. Te mataré –dijo jadeando, mientras intentaba girar alrededor de él.

Hawk lo observó, divertido.

–Amigo mío, no vas a hacer nada de eso. Necesitas aprender a controlar tus pasiones. Algún día harán que te metas en problemas.

–¡Me engañaste! ¡Crees que eres muy listo y que yo soy estúpido, pero por lo menos yo no voy por ahí fingiendo ser una especie de santo!

–Dios mío, cuánto veneno. No es nada bueno para la digestión, Dolph.

–Belinda Hamilton es mía. ¡Belinda! –gritó en dirección a la escalera–. ¡Baja! ¡Te vienes conmigo!

–¿Por qué piensas que es tuya?

–¡Yo la vi primero!

–¿No entiendes que es un ser sensible con sus propios deseos y su propia voluntad? No te quiere y no va a bajar.

–¡Belinda! ¡Baja ahora mismo, putilla asquerosa!

–Vaya, eso no está nada bien –lo reprendió Hawk, dando un paso amenazante hacia él y luego otro–. ¿Salimos fuera?

–Con mucho gusto –gruñó Dolph, sin reparar en la treta de Hawk para conseguir que saliera de la casa.

Mirándolo con el ceño fruncido, Dolph volvió receloso al exterior, listo para atacar.

Al pasar ante un lacayo, Hawk le hizo una seña con la cabeza. El hombre corpulento vestido con librea cerró la puerta de la entrada y echó el cerrojo.

Sólo entonces Hawk sintió un ligero alivio, sabiendo que Belinda estaba a salvo dentro. Entornó los ojos mientras se acostumbraba al deslumbrante sol de la tarde. El faetón de Dolph estaba cerca, en la calle empedrada; el pobre mozo de cuadra tenía un ojo morado. «Maldito desgraciado.»

–Me acerqué a la señorita Hamilton en nombre tuyo, Dolph –dijo, apartándose un tanto de la verdad despreocupadamente–. Cuando me aseguró que no tenías ninguna posibilidad con ella, no vi razón por la que yo no pudiera ir tras ella. Es muy guapa, y me gusta bastante. Un hombre de mi posición necesita una anfitriona: ya sabes, para todos mis invitados del mundo de la política.

–¿Una anfitriona? –preguntó Dolph con una estruendosa carcajada de rabia–. ¿Eso es todo lo que se te ocurre hacer con ella, insulso? ¿Por qué me sorprendo? Nunca la querrás como yo la quiero. Nadie puede hacerlo.

–¿Amor, Dolph? Tus actos respecto a la señorita Hamilton hacen pensar en cualquier cosa menos en el amor. Teniendo en cuenta todo lo que le has hecho, ¿tanto te asombra que te deteste? ¿Después de meter a su padre en la cárcel? ¿En qué estabas pensando?

–¡Yo no tengo la culpa! No fui yo quien cargó de deudas a ese viejo loco –replicó, pero sus mejillas se sonrojaron de vergüenza–. Él mismo se lo buscó.

–Y tú mismo te has buscado esto. Pasaré por alto tu arrebato y tus estúpidas amenazas porque eres joven e impulsivo. Pero entérate de esto: Belinda Hamilton está ahora bajo mi protección. ¿Me he explicado claramente?

La desesperación asomó a los ojos de Dolph.

–Déjame sólo hablar con ella...

Dio una zancada en dirección a la puerta, pero Hawk le cerró el paso poniéndole firmemente una mano en el pecho.

–Quítame la mano de encima antes de que te la rompa –gruñó Dolph.

–Veo que no has oído mi advertencia. –Hawk le sostuvo la mirada–. ¿Estás prestando atención, Dolph? Mantente alejado de ella. ¿Qué crees que dirían los socios de White's, Watier's y todos los clubes de St. James si supieran cómo has maltratado a su ídolo? Piénsalo, Dolph. ¿Quieres que llegue a saberse?

–¡No tengo miedo de nadie! Además, nadie va a batirse en duelo por una fulana –contestó acalorado.

–Tal vez no se batan en duelo, pero te darán de lado. Te marginarán. Te condenarán al ostracismo. Como vuelvas a ofender a la señorita Hamilton o la molestes de alguna forma, la sociedad empezará a tratarte con mucha frialdad.

La amenaza se manifestó en los ojos color avellana de Dolph. Su expresión se tornó seria, pero miró de nuevo hacia la puerta cerrada de la casa de Harriette de forma diabólica, como si siguiera meditando el modo de entrar.

Al ver aquella mirada, Hawk se alegró en lo más profundo de su alma de contar con la construcción fortificada de Knight House. Belinda estaría allí a salvo. No se atrevía a dejarla en ningún otro sitio.

–De modo que, si de verdad quieres congraciarte con Belinda, puedes empezar haciendo todo lo que esté en tu mano para que el viejo salga de la cárcel –sugirió Hawk con elocuencia–. Tú lo metiste allí. Haz lo correcto. Yo en tu lugar conseguiría todo el dinero que debe y saldaría las cuentas.

–¿Pagar sus deudas? ¿Estás loco? –gritó Dolph–. Ese viejo chiflado debe casi tres mil libras, y en el caso de que quisiera pagarle las deudas, cosa que no deseo, no podría hacerlo, no tengo tanto dinero. Ya tengo suficientes preocupaciones con mis propios acreedores hasta que herede.

–Vaya, es una lástima. Pero entonces... si no puedes pagar unas miserables tres mil libras, no te podrías haber permitido a la señorita Hamilton. Que tengas un buen día, Breckinridge.

Y tras pronunciar esas palabras, volvió hacia la casa dejando a Dolph echando humo.

Los lacayos abrieron la puerta, lo dejaron pasar y volvieron a cerrarla cuando Dolph arremetió contra ella y empezó a golpearla con renovada furia. Mientras se limpiaba el polvo de las manos, Hawk lanzó una mirada a la puerta y vio cómo saltaba sobre los goznes. A continuación miró a los lacayos.

–Ese tipo está desquiciado. Bien hecho, chicos. Os agradezco lo rápido que reaccionasteis tanto anoche como ahora. –Les pasó un billete de diez libras a cada uno–. Si dentro de cinco minutos no se ha ido, venid a llamarme.

–Sí, excelencia. ¡Gracias, señor!

Asintió con la cabeza y regresó arriba para recoger a su nueva compañera.

Lo que no esperaba era encontrarse cara a cara en el vestíbulo con el mismísimo Wickedshifts, Henry Brougham, en mangas de camisa; rascándose el pecho y con aspecto de acabar de salir de la cama. La cama de Harriette, supuso Hawk, frunciendo los labios con una hostilidad contenida.

–¿Qué demonios es ese alboroto? –preguntó el niño bonito del partido whig.

Henry Brougham era de la edad de Hawk; de hecho, había nacido en Westmorland, el condado vecino de Cumberland, la tierra natal de Hawk. Brougham, el abogado más brillante y el reformista más radical de Londres, era temido y odiado por el gobierno tory al completo, algo que quizá sólo ocurría con Boney. El partido de Hawk tenía motivos para temerlo. Aquel hombre era un genio con una firme moral. Aunque, por lo visto, era tan sensible a los encantos de las cortesanas como cualquier otro hombre.

Una sonrisa de cínica diversión cruzó el atractivo rostro de Brougham mientras avanzaba por el vestíbulo en dirección a Hawk.

–Vaya, vaya, ¿a quién tenemos aquí? Muy buenos días, excelencia. Ha cambiado de ambiente, ¿no?

–Brougham –dijo Hawk refunfuñando.

–¿Qué es ese ruido?

–Un cliente insatisfecho.

–¿Necesita ayuda con él?

Hawk apretó ligeramente los labios.

–No, gracias.

–En ese caso, si me disculpa, voy a volver a la cama. –Se dio la vuelta y se encaminó hacia la habitación de Harriette–. Lady Holland sigue queriendo que asista usted a una de sus veladas –dijo por encima del hombro–. Ya sabe que estamos decididos a traerlo a nuestro bando.

Hawk no pudo contener la réplica.

–¿El bando de los que se quedan de brazos cruzados criticando?

–No, Hawkscliffe, el bando de la humanidad y la reforma.

–Se lo agradezco, pero puede decirle a su señoría que declino respetuosamente la oferta.

–Como desee, pero recuerde esto –Brougham se detuvo y se volvió hacia él–: todo lo que es viejo, corrupto y decadente debe desaparecer. Se acerca el cambio, Hawkscliffe, se lo advierto. Es sólo cuestión de tiempo. Espero que cuando ese día llegue sepa en qué lado ponerse.

–Un discurso maravilloso, Brougham, pero debería saber que es difícil hacer algo por el mundo cuando nadie quiere que su partido gobierne.

–No me preocupa eso. La justicia triunfará.

–Únicamente si se le da un pequeño empujón, como me ha enseñado la experiencia.

Brougham sonrió amargamente y sacudió la cabeza.

–Bueno, pues siga empujando al lado de esos tiranos con los que suele cenar, excelencia, como Liverpool, Sidmouth y Eldon, y puede que un día la gente de Inglaterra comience a empujar contra ustedes. Van a acabar provocándolo, sobre todo con el informe de los gastos del regente. A juzgar por su mirada, no me cree. ¿Por qué no? Si ha ocurrido en Francia, ¿por qué no va a ocurrir aquí?

–A usted le gustaría que fuera así, ¿verdad? Caos, sedición, violencia callejera. ¿Es eso lo que quiere?

–Caballeros –dijo Harriette, entrando en el vestíbulo justo en ese momento. Pasó deprisa por delante de Hawk y, yendo junto a Brougham, deslizó un brazo alrededor de su cintura–. Esto no es el Parlamento, queridos. No quiero discusiones en mi vestíbulo –les recriminó–. Hawkscliffe, Bel lo está esperando en el salón, y yo tengo que tratar unos asuntos privados con el señor Brougham. Si nos disculpa.

–Cómo no –dijo él tranquilamente.

Harriette condujo a Brougham hacia sus aposentos.

Hawk permaneció allí un segundo, restando importancia a la irritación que le producía el modo en que el partido whig intentaba persuadirlo continuamente. Los duques de Hawkscliffe eran tories, y punto.

El gobierno no era en absoluto perfecto, y era cierto que el regente suponía un estorbo para todos ellos, pero cualquier cosa era mejor que el caos. Descartó la idea que lo obsesionaba, la creencia en que las causas que hasta entonces había defendido Henry Brougham eran correctas y justas: el fin de la esclavitud, la educación de los pobres... Aun así, aquel hombre lo ponía furioso con su osada forma de pensar. ¿Quién se creía que era aquel plebeyo engreído? Mientras la gente de Brougham criaba ovejas, la suya se dedicaba a defender la marca del norte del ataque de los escoceses.

Dejó el tema, indignado, y recorrió el vestíbulo en dirección al salón, donde encontró a Belinda esperándolo junto a la ventana con forma de arco, intentando parecer animosa. Cuando entró, Bel le lanzó una mirada de ansiedad, con su delicado perfil dibujado a la luz del sol. Al percibir su miedo, Hawk le dedicó una sonrisa relajada para tranquilizarla.

–Dentro de poco Breckinridge se habrá marchado –le aseguró–. Le ha dado un berrinche, pero ha entrado en razón.

La reacción de Bel lo sorprendió. Se echó a correr hacia él agitando la ligera muselina amarilla, le ciñó la cintura y apretó la mejilla contra su pecho. Cerró los ojos de forma apasionada y lo abrazó con todas sus fuerzas. Desconcertado, Hawk no supo bien qué hacer.

Posó las manos tímidamente en los hombros de la joven. Ella echó atrás la cabeza y lo miró fijamente. La lastimera gratitud que expresaban sus ojos, cercana a la adulación, lo sonrojó. Aunque la conocía desde hacía menos de veinticuatro horas, le dio la impresión de que estaba viendo a la verdadera Belinda, oculta minutos antes bajo la estrella fría y distante del mundo de las cortesanas; aquélla no era la profesional curtida que fingía ser.

Movido por un extraño impulso, la rodeó con los brazos y le besó el pelo.

–Tranquila, cariño. No pasa nada. Ya no puede hacerle daño.

–Gracias, Robert –dijo ella entrecortadamente de forma apenas audible.

–Tonterías, Belinda, no ha sido nada.

Frunció el ceño y alzándole la barbilla con los dedos, escudriñó sus ojos. En medio del azul había unas sombras profundas de un tono violeta, como nubes de humo que atravesasen un silencioso campo de batalla ocultando escenas de destrucción violenta y muerte. Se preguntó qué habría ocurrido allí, mientras detenía una lágrima de Bel con la punta de su dedo y se la enjugaba. Tenía una mirada conmovedora, como si no pudiera hablar.

–Vamos –murmuró él con dulzura–, la llevaré a casa.

Bel se sorbió la nariz, asintió con la cabeza y se apretó contra Hawk mientras él la conducía lentamente a través del salón hacia la escalera.

–Robert, ¿qué pasa con esos perros suyos? Me dan miedo los perros. Me da miedo todo –dijo con tristeza.

Él la hizo girarse tomándola por sus finos hombros hasta que la tuvo de frente, y le sonrió con ternura.

–No creo que le dé miedo todo, Belinda. Al contrario, creo que tiene bastante aguante para ser tan hermosa. Por lo que respecta a mis perros, le prometo que la obedecerán.

Bel apartó la vista con los ojos enrojecidos.

–Devoción, ¿eh? –dijo en una voz tan baja que apenas se podía oír.

–¿Cómo dice?

Ella le sonrió débilmente.

–Nada.

Y asintiendo levemente con la cabeza, como si deseara calmarse, lo dejó allí y subió a recoger sus pertenencias.

Preocupado por aquella belleza joven y reservada, Hawk se apoyó contra el poste de la escalera y observó cómo subía los escalones. Un sentimiento instintivo de protección invadió todo su ser. Había fracasado a la hora de salvar a Lucy, pero juraba por Dios que no dejaría que Dolph le tocase un pelo a Bel.

«Es una criatura extraña, frágil, herida», pensó, olvidando momentáneamente su firme promesa de no involucrarse.

Siempre daba lo mejor de sí cuando alguien lo necesitaba.

6

La noche encontró a Bel en la laberíntica biblioteca revestida de roble de su nuevo protector.

Cuanto más tarde se hacía, más nerviosa se sentía, preguntándose si Hawkscliffe mantendría de verdad su palabra o si las reglas del juego cambiarían ahora que estaba prácticamente recluida en su barroca fortaleza de opulencia y decoro. Tratando de ocultar el temor que la dominaba, examinó los estantes en actitud ociosa mientras el duque trabajaba en su escritorio a la luz de las velas.

Había advertido una intensidad ardiente en los ojos del duque después de cenar, mientras la miraba a través de la lustrosa mesa de seis metros de largo, recostándose en su silla, bebiendo oporto a sorbos tras la opípara cena. Ella desconfiaba de aquella mirada.

La incertidumbre era angustiosa, y se vio agravada tras haber oído casualmente la discusión entre él y la señora Laverty, el ama de llaves, que se atrevió a echarle un buen rapapolvo por haber metido a una mujer de mala vida bajo su mismo techo. Las respuestas tolerantes de Robert le hicieron deducir que la señora Laverty llevaba décadas con la familia, si no generaciones. Sólo una sirvienta segura de su supremacía en la casa se atrevería a hablar de forma tan impertinente a su patrón. A pesar de todo, como antigua dama de casta que era, versada en el trato con los criados, Bel se sintió horrorizada al oír la diatriba de la anciana.

–¡Esto era antes una casa decente! Habría podido esperar un comportamiento semejante de Alec o Jack, pero ¿de ti, Robbie? ¿Qué diría tu padre?

–La señorita Hamilton es amiga mía y está en peligro.

–¡O la mandas a otra parte o dimito!

Bel no había querido oír el resto y se había ido volando de allí. Las doncellas la habían mirado al pasar con una mezcla de fascinación y desprecio, y los lacayos, con una curiosidad lasciva. Después de todo, no era más que una suerte de sirvienta, y su amo no estaba allí para reprenderlos por su grosería.

Le sorprendió que finalmente les sirviesen la cena, teniendo en cuenta lo alborotado que estaba el servicio desde su llegada. Afortunadamente, por lo menos a los espantosos perros ella les gustaba. En ese momento estaban montando guardia, rondando por las tierras verdes y cuidadas, vigilando en el interior de los altos muros rematados con clavos de Knight House.

Recorriendo con las puntas de los dedos unos viejos libros de historia que habrían extasiado a su padre, se sintió a salvo de Dolph, pero no del todo a salvo de Hawkscliffe. En el silencio de la biblioteca, podía sentir su mirada posada en su cuerpo. Cuando volvió la cabeza, se lo encontró mirándola.

Levantó la barbilla en señal de indignación.

–¿Le importa? –preguntó ella en un tono tranquilo y arrogante de bravata.

Al verse sorprendido, Hawk sonrió y dio un trago a su oporto, y a continuación se pasó la lengua por sus atractivos labios.

–Creo que una cantidad como mil libras me da derecho a mirarla. Estaba pensando que tal vez encargue a un pintor que le haga un retrato. Me parece que tiene un aire clásico que quedaría bien a modo de alegoría. ¿Posaría para Thomas Lawrence? ¿Le gustaría que inmortalizase su belleza? –Sonrió abiertamente–. ¿Desnuda, a ser posible?

–Oh, eso le gustaría, ¿verdad?

–Bastante.

–¿Una alegoría de qué?

Hawk se dio un golpecito en la boca con aire distraído, dejando que su mirada recorriera el cuerpo de Bel.

–De Afrodita, tal vez. De Perséfone. –Chasqueó los dedos–. ¿Cómo se llamaba la muchacha a la que Zeus sedujo en forma de lluvia dorada?

–Danae –dijo ella, riéndose a pesar de su indignación, ya

que los dos formaban una extraña pareja: el santo y la Magdalena–. Granuja, ¿está insultándome otra vez?

–Sólo bromeaba –dijo él con delicadeza.

Sus ojos habían recuperado aquel brillo seductor. Tal vez era obra del oporto, pero la habitación y el mismo aire que se interponía entre los dos estaban cargados de tensión.

Bel apartó la vista, cohibida, y comenzó a pasear en dirección al gran piano que había junto a la ventana de la esquina.

–¿Toca el piano?

–Ya no. ¿Y usted?

–Un poco.

–Toque una canción entonces, preciosa.

–A su servicio, señor –contestó ella en tono sarcástico sentándose en el banco. Cuando vio la insignia en letras doradas lanzó una exclamación ahogada–. Un Graf –exclamó maravillada. El espléndido e imponente piano parecía demasiado hermoso para ser tocado–. Oh, Robert, no me atrevo.

–Claro que sí –dijo él, sonriendo con indulgencia mientras la observaba.

–El señor Graf hacía los pianos del maestro Beethoven –afirmó Bel con aire reverente–. Mis mediocres aptitudes no le harán ninguna justicia.

–Pero quiero que toque para mí. Vamos.

–Me he fijado en que hay pianos en casi todas las habitaciones, Robert, pero no acabo de entender por qué guarda una obra de arte como ésta en la biblioteca.

–Considero que la música es algo personal, señorita Hamilton. Y ahora, ¿quiere tocar para mí o no?

–Bueno... si insiste. –Posó los dedos suavemente sobre las teclas y empezó a probar, tocando escalas para calentar las manos, pero súbitamente se detuvo y lo miró–. ¡Está desafinado!

Él asintió con la cabeza y tomó otro trago.

–Lo sé.

–Oh, es usted tan irritante que empieza a fascinarme –exclamó Bel–. ¿Cómo ha podido hacer algo así? Tiene un piano como éste aquí, en su biblioteca privada, donde sólo usted puede disfrutar de él, y deja que se desafine. Lord Eldon debería considerarlo delito.

Hawk sonrió.

–De todas formas me niego a darle el gusto, porque sé perfectamente que hasta que afine este pobre y regio piano mi serenata sonará como un par de gatos peleándose. Me niego totalmente a que mi interpretación, que ya es suficientemente mala, se vea todavía más perjudicada.

–Bueno, usted es una cortesana, ha de estar muy preparada. ¿Qué más sabe hacer?

–Nada por lo que haya pagado. –Apoyando el codo en la tapa del piano, Bel posó su mejilla en una mano con una descarada sonrisa.

–Picaruela. –Hawk se rió suavemente, pero ella siguió mirando con recelo el brillo de deseo que ardía en sus ojos.

Echó una ojeada a la biblioteca, intentando encontrar una distracción.

–¿Tiene algún retrato de lady Coldfell?

La expresión lánguida del duque se endureció automáticamente, pero permaneció inmóvil.

–¿Por qué?

–Quiero saber a quién vamos a vengar.

Hawk ocultó sus ojos bajo sus largas pestañas negras y metió la mano en un cajón del escritorio. Ella se levantó y se dirigió hacia él. Sin pronunciar palabra, Hawkscliffe le entregó un relicario de plata con cierre dorado que contenía un retrato en miniatura.

Bel lo abrió y contempló la imagen de serena belleza, con el cabello pelirrojo, los ojos verdes y la piel de porcelana. Estudió el retrato, entristecida por la pérdida de una mujer tan joven y llena de vida.

–¿Le dio esto lady Coldfell?

–Sí. –Hawk recuperó rápidamente el retrato y volvió a cerrarlo. Evitó la mirada de Bel; su rostro fuerte y cuadrado se mantuvo tenso. Durante un largo rato no dijo nada y se dedicó a toquetear el relicario–. En realidad es un autorretrato. Era una artista bastante dotada.

Bel se sentó en un lado del escritorio y lo observó detenidamente.

–¿Sabía que usted estaba enamorado de ella?

–No lo sé.

–¿Nunca se lo confesó?

–Por supuesto que no.

–Qué pena.

Hawk se encogió de hombros, con aspecto ligeramente culpable por haber aceptado como obsequio el retrato de una mujer casada. Si Lucy era un ser tan casto y sagrado, ¿por qué le había dado su retrato a un hombre que no era ni su esposo ni un familiar?, se preguntaba Bel. Era algo poco decente. ¿Había satisfecho la vanidad de la joven condesa el hecho de saber que Hawkscliffe estaba enamorado de ella? ¿Le había dado falsas esperanzas, intentando tentarlo más allá de los límites de su honor?

–¿Qué es lo que le cautivó de ella? –preguntó con delicadeza, mirando de cerca su cara tensa y bronceada y su marcado perfil.

Él sostuvo el relicario cerrado, evitando todavía su mirada mientras permanecía pensativo.

–Su sencillez. Su dulzura. Oh, no lo sé. Fue sólo un sueño. Yo la quería en mi imaginación. Suelo vivir demasiado a menudo en mi imaginación, ése es mi problema. De puertas afuera... no pasó nada. Nada en absoluto.

–¿Se arrepiente de ello?

–¿Qué habría ganado si hubiera tratado de conseguirla? Sólo habría logrado que los dos nos deshonrásemos, y habría hecho daño a un amigo.

«¿Siempre juega siguiendo las reglas?», quería preguntarle ella, pero vio que su táctica defensiva había funcionado. La mente de Hawkscliffe estaba libre de todo impulso amoroso hacia ella, y se hallaba enfangada en los recuerdos de lady Coldfell.

Aquel tema había inundado de tristeza sus conmovedores ojos, y Bel sintió tanto remordimiento que alargó la mano y le acarició el sedoso pelo para ofrecerle consuelo. Las puntas de sus cabellos se rizaban alrededor de los bordes de su pañuelo blanco.

Hawk dejó que le acariciara la cabeza, pero no la miró.

Bel dejó escapar un suspiro de nostalgia.

–Amor cortés. Me parece algo precioso, Robert, aunque sólo sea un sueño.

–Un sueño es mejor que nada.

Dejó el relicario sobre el escritorio y se quedó mirándolo.

–Sólo me pregunto por qué no prefirió soñar con una mujer que un día pudiera ser suya.

Él curvó los labios en una sonrisa débil y amarga, pero siguió sin mirarla.

–Tal vez no quería una mujer que pudiera ser mía.

–¿Por qué no?

–Porque no –dijo secamente, lanzándole una mirada brillante de advertencia.

Bel retiró la mano, juzgando más seguro parar mientras estaba a tiempo. Él bajó la vista y volvió a encerrarse en sí mismo; a pesar de todo, ella había logrado vislumbrar al hombre necesitado que había dentro del impecable duque.

Ocultando una sonrisa cariñosa, casi tierna, Bel bajó del escritorio.

–En ese caso, le deseo buenas noches, excelencia.

Él se puso en pie automáticamente e hizo una reverencia con una precisión señorial, manteniendo las manos a la espalda, y luego recuperó su postura rígida y erguida. Bel asintió con la cabeza y se marchó.

–Piense en el tipo de carruaje que le gustaría tener –ordenó Hawk en tono imperioso mientras ella se dirigía hacia la puerta–. Mañana voy a llevarla a Tattersall's.

Bel se volvió hacia él sorprendida. La luz de la lámpara que había en el escritorio parpadeó sobre su rostro bronceado de duros rasgos y acarició su poderosa silueta.

Se quedó mirándolo por un instante.

Lenta, profundamente, comprendió que allí estaba segura bajo su protección. Lo sabía. Podía sentirlo. Aunque había flirteado un poco con ella, no tenía intención de romper su promesa e insinuarse de un modo forzado.

Al asombro que le causó su descubrimiento le siguió una

oleada de alivio... y luego los remordimientos. Aquel hombre no suponía ningún peligro para ella, y no obstante lo había manipulado, había hecho que evocase dolorosos recuerdos únicamente con la intención de mantenerlo a raya.

–Lamento haber mencionado a lady Coldfell –consiguió decir, pero no se sintió con el valor suficiente para admitir que había sido una estratagema concebida de antemano. No quería que pensase que era una cobarde además de una puta.

–Oh, no se preocupe –dijo él en tono cansino–. Yo lamento haber sido brusco con usted.

Bel sintió una opresión en el cuello al contemplar la sencilla amabilidad de Hawk, que creía estar en la obligación de disculparse cuando había sido ella la que le había hecho daño. Aquel hombre era un regalo de Dios. Se merecía algo más de ella que aquello, pensó impetuosamente, prometiendo convertirse en el futuro en una mejor cortesana para él. No desempeñaría la función principal de las mujeres de su clase, pero una cortesana era mucho más que una compañera de cama; podría hacerle la vida más feliz y agradable de otras formas. Aquella casa grande y ostentosa reflejaba su soledad; ella podía ayudarlo, lo sabía. Él era como ella, aunque no lo sospechaba: los dos estaban atrapados dentro de sí mismos.

–¿Ocurre algo? –preguntó Hawk.

Bel alzó la vista y el brillo de las lágrimas desapareció de sus ojos, mientras forzaba una de sus sonrisas falsas y maliciosas.

–Imagínese: un hombre que cumple su palabra. Menuda novedad.

Él bajó la barbilla y le dedicó una sonrisa triste.

–Es usted demasiado joven para ser tan cínica. Buenas noches, señorita Hamilton.

–Excelencia.

Hizo una rápida reverencia, una muestra de respeto ofrecida con más sinceridad de la que él advirtió, salió de la biblioteca y avanzó por el pasillo en dirección a la escalera, confusa.

Había memorizado el recorrido hasta su habitación por miedo a perderse en la mansión. Knight House era un lugar deslumbrante diseñado para impresionar a todo aquel que entraba.

Todas las vistas a lo largo de los pasillos de mármol proclamaban la pompa y la antigüedad del noble linaje de su amo. Todo se hallaba en un estado de rígida y ordenada perfección. Era un lugar inquietante, más parecido a un gran mausoleo que a un hogar: como si Robert se hubiera sepultado a sí mismo con lady Coldfell.

En lo alto de la escalera cogió un candelabro de la lámpara situada en la pared y avanzó por el largo y oscuro vestíbulo hasta que llegó a la hermosa habitación que le había sido asignada. Abrió la puerta y entró.

Se metió sin hacer ruido y cerró la puerta tras ella; sus pies se hundieron en la mullida alfombra flamenca. La luz del candelabro parpadeó sobre el techo de intrincada moldura y las paredes blancas decoradas con sedas. Dejó el candelabro sobre el tocador de madera de satín y a continuación se dirigió al vestidor que comunicaba con la habitación para ponerse su ropa de noche. Se trataba de una prenda fina y breve de seda color perla, y no de un camisón de algodón blanco como el que ella tenía. Apagó de un soplo las velas de cera de abeja.

Después de trepar a la enorme cama de columnas adornada con colgaduras de damasco, se quedó despierta durante un rato, prestando atención a los nuevos olores y sonidos. Nunca se había alojado en un lugar tan espléndio, y probablemente no volvería a hacerlo una vez que aquello acabase. Knight House, el personal del servicio y su amo todavía la intimidaban; pero, ahora que sabía que estaba a salvo bajo la protección del duque de Hawkscliffe, la extrañeza de su nueva situación no le parecía tan amenazante como antes.

Quizá todo saliese bien, pensó mientras la tensión que agarrotaba sus extremidades y sus hombros desde hacía tiempo cedía lentamente, y entonces, por primera vez en semanas, se sumió en un sueño sin pesadillas oscuras y violentas.

Hawk empezó a descubrir muy pronto que el talante de su vida estaba cambiando con la señorita Belinda Hamilton. Aquella joven lo mantenía en un estado perpetuo de encantadora confusión.

A la mañana siguiente ella se encontraba de un humor alegre, sentada junto a él a la mesa en la habitación del desayuno, pintada de azul claro. La pared situada al este tenía altas ventanas con forma de arco por las que entraba la clara luz matutina, que se mezclaba con los mechones rubios de Bel e iluminaba el satén rosado de su piel.

Cuando Walsh, el mayordomo, apareció con el desayuno en un carrito de ruedas, Bel se giró para observar con curiosidad y Hawk miró por encima del *Times* y echó un vistazo furtivo a la joven. El movimiento de sus pestañas o el simple ángulo de su nariz despertaban extrañas reacciones en su interior.

–Oh, ¿qué tenemos aquí? ¿Tortitas? Qué ricas –exclamó Bel.

–Tortitas con moras, señorita Hamilton –declaró el imponente hombre, claramente alterado por la presencia de la muchacha.

–¿Moras? –Ella se rió alegremente y le dedicó a Hawk una sonrisa–. Preferiría que las mías no fueran de *moral*... pero estoy segura de que ya debe de habérselo imaginado.

Walsh comenzó a retirar el plato de Bel.

–Le pido disculpas, señorita, en la cocina le prepararán otra...

–Creo que la señorita Hamilton estaba haciendo un juego de palabras –dijo Hawk en voz alta, conteniendo una sonrisa de diversión.

Levantó su taza de té y le dio un sorbo, y a continuación se entregó a la contemplación de la joven dejando el *Times* a un lado.

–Puede decirle a su cocinera que es una magnífica tortita. –Pinchó uno de los pequeños frutos con el tenedor y lo levantó para que Hawk lo examinase–. Apuesto a que a usted le gustan mucho los frutos del moral.

–No siempre –murmuró él mientras el mayordomo le servía su plato y quitaba la tapadera.

Walsh preguntó si querían algo más, y luego hizo una reverencia y se retiró.

–Hoy está muy animada –comentó Hawk, alargando la mano para coger el pan tostado.

–He dormido como un bebé. Tengo una habitación muy cómoda, se lo agradezco.

–De nada. Coma. Nos espera un día muy ajetreado.

–¡Eso haré!

Por alguna razón el desayuno que comía a diario le pareció un festín ese día, tal vez porque su compañera exclamaba con entusiasmo cada vez que daba un bocado. El sabor de las cosas le sorprendió; Hawk supuso que durante las últimas semanas había perdido el interés por la comida. Además de las tortitas doradas, batidas hasta adquirir la consistencia ligera de una pluma, les sirvieron un grueso y rosado beicon de suculento sabor, una espléndida mantequilla y mermelada de frambuesa sobre pan blanco tostado o rosquillas con una pizca de azafrán, y peras frescas en rodajas.

–Tiene una excelente cocinera, Robert.

El duque asintió y cuando acabó de masticar dio un sorbo de té.

–Gracias a Dios, la cocinera al menos no se ha marchado. Puede que vivamos unos días un poco agitados en lo referente al funcionamiento de la casa. Le pido disculpas de antemano por cualquier inconveniente. Parece que la señora Laverty nos ha abandonado.

Belinda abrió los ojos como platos. Dejó el tenedor en el plato.

–¿Se ha marchado?

–No exactamente. Se ha ido a la mansión Hawkscliffe. –Sacudió la cabeza irritado–. Es una vieja arpía temperamental, pero hace bien su trabajo y, además, no puedo despedir a alguien que lleva conmigo desde que era un crío.

–¡Vaya! –dijo ella indignada, limpiándose con la servilleta las comisuras de los labios con elegante determinación–. Descuide, mantendré Knight House en orden durante la ausencia de la señora Laverty.

–¿Y cómo se propone conseguirlo? El personal del servicio cree que usted es una especie de bruja que me tiene hechizado. Además, ¿qué sabe una cortesana sobre el trabajo doméstico?

–No se preocupe –declaró Bel en tono altanero–. Informe a Walsh de que la autoridad de la señora Laverty me ha sido transferida, y yo asumiré la responsabilidad a partir de ahora. Es un trabajo insignificante para mí, y es lo mínimo que puedo hacer para... eh... compensarlo –dijo despreocupadamente.

Él le lanzó una mirada indecisa, lamentando de todo corazón haberla dispensado de acostarse con él, ahora que aludía al tema, pero se guardó su arrepentimiento para sus adentros.

–Parece bastante segura. ¿De verdad sabe lo que está haciendo? Detesto ver una casa desordenada.

Ella le dedicó una sonrisa bastante altanera y dio un tímido mordisco a la tortita.

Hawk estaba demasiado intrigado por sus talentos ocultos para llevarle la contraria. Llamó a Walsh y le comunicó en un tono severo de advertencia el relevo que se había producido en la supervisión de las tareas domésticas.

La señorita Hamilton miró al frente con serena altivez, sorbiendo su té, mientras el mayordomo se ponía rígido con un silencioso gesto de horror al oír la orden, y a continuación hizo una reverencia y se marchó, con el poco envidiable encargo de transmitir las noticias al resto del personal.

La cortesana permaneció allí sentada con tranquilidad, como si estuviera acostumbrada a tratar con sirvientes rebeldes a diario. Podía comportarse como una verdadera duquesa cuando le convenía. Tal vez la pequeña fullera tenía un as en la manga, pensó Hawk, observándola de cerca.

Después del desayuno la llevó hasta su coche negro de ciudad, que a ella le pareció el culmen del lujo más elegante. El cochero y los mozos de cuadra iban todos vestidos con una sobria librea azul marino, con pelucas empolvadas y sombreros tricornio. Tirado por cuatro caballos castrados negros, el coche tenía el escudo de armas de los Hawkscliffe dibujado en la puerta, y en el interior, suaves asientos de cuero de color marfil.

Su primera parada fue el Banco de Inglaterra, en Threadneedle Street, donde Hawk entró con ella del brazo llevando su bastón con puño de marfil colgando distraídamente en la otra mano. Inmediatamente se vio rodeado de empleados serviciales que empezaron a arrastrarse ante él. Los hicieron pasar a uno de los despachos del subdirector, donde Hawk mandó abrir una cuenta a nombre de Bel en la que ingresó la suma inicial de quinientas libras, de acuerdo con el trato de ambos.

Bel firmó los documentos tan metódicamente que hizo que el duque sonriera para sus adentros, y luego miró la hoja de ingreso como si temiese que los números fuesen a desaparecer en medio de una nube de humo. Finalmente metió reverentemente su pequeña cartera de cheques en blanco en su bolso.

Aquella muchacha había conocido la pobreza, pensó Hawk, y un sentimiento impetuoso y ardiente nació en su interior. Tuvo que apartarse de ella por miedo a acabar estrechándola con fuerza entre sus brazos. Debido a aquel descubrimiento en el despacho del empleado del banco, se gastó una suma absolutamente disparatada en los caballos y el carruaje de Bel en Tattersall's, su siguiente destino.

Sólo quería artículos de primera calidad. Tras recordar las desdeñosas miradas a las que ella había tenido que enfrentarse el día anterior en Rotten Row, estaba decidido a darle lo mejor, pues el estilo era el mejor reproche contra la insolencia. Era algo que había aprendido de su escandalosa madre.

Mientras recorrían los diversos pasillos y cuadras, Belinda congregó a un séquito formado por varios conocidos de Hawk, ya que el famoso y elegante parque de subastas era uno de los puntos de reunión favoritos de los hombres, habitualmente libre de la presencia de esposas y de un excesivo decoro.

Hawk no estaba seguro de si lo irritaba o le divertía ser el protector de una preciosidad tan codiciada. Lo desalentó bastante descubrir que tal vez deseaba que sólo le prestase atención a él, pero ella era demasiado educada para hacer caso omiso de la extraña colección de tipos afables que seguían su rastro: unos cuantos terratenientes viejos y amables y varios soldados de caballería retirados, un puñado de jóvenes aficionados a los caballos e incluso un jockey de breve estatura que se unió a ellos, los cuales hacían sagaces comentarios a Belinda sobre los mejores caballos para su carruaje.

Hawk la mantenía cerca de él. Cualquier espectador habría pensado que era realmente su amante y que hacía con él lo que quería, pero lo cierto es que fue ella quien se quejó del precio de la pareja de caballos negros de trote alto y del elegante *vis à vis* que el duque escogió para ella. Parecía una versión en miniatura de su coche, que según había dicho Bel le encantaba.

–Robert, es demasiado, querido –protestó suavemente, llevándolo a un lado.

–¿No le gusta?

–¿Gustarme? Es la cosa más elegante que he visto en mi vida, pero...

Él hizo un gesto rápido al corredor y el carruaje fue suyo.

«Hawkscliffe, estás alardeando», se regañó a sí mismo, sonriendo con la mirada en el suelo y las manos en los bolsillos, mientras ella acariciaba sus nuevos caballos con alegría infantil.

Cuando la acompañó de vuelta al coche, Bel parecía aturdida. En pleno trayecto Hawk le lanzó una mirada, satisfecho de sí mismo, y la sorprendió observándolo, tras lo cual arqueó una ceja en actitud interrogativa.

–Si lo que pretende es que me sienta en deuda con usted, lo está haciendo muy bien.

–Tonterías. Me estoy limitando a cumplir los términos de nuestro acuerdo. ¿No se fía de mí?

–Por lo menos me dejará comprarle algo... Un regalo.

–¿Quiere hacerme un regalo? –preguntó él sorprendido.

Ella asintió enfáticamente. Era un impulso absurdo, aunque encantador, pero algo en los ojos de Bel le dijo que sería mejor que no lo rechazase. No quería herir su orgullo.

–De acuerdo –dijo con cautela, y a continuación accedió a que Bel le comprase un poco de su rapé favorito en Fribourg & Treyer.

No alcanzaba a entender por qué aquello era tan terriblemente importante para ella. Se felicitó íntimamente cuando consiguió hacerla reír desafiándola a que probase una pizca. Después de todo, incluso la reina Carlota era una gran aficionada al rapé, y muchas damas ilustres de la sociedad lo consideraban un hábito saludable tanto para los hombres como para las mujeres.

Se entretuvieron en la famosa tienda de tabaco, riéndose de forma un tanto ruidosa, mientras él le mostraba los elegantes movimientos de mano que imponía la moda. Ella trató de imitarlo, entre carcajadas, siguiendo sus instrucciones cuidadosamente. Tras inhalar una pequeña cantidad que sostenía entre las puntas de los dedos, comenzó a estornudar violentamente con los ojos llorosos.

–¡Granuja! ¡Granuja! –exclamó ella con voz entrecortada–. ¡Puaj!

Hawk dirigió una mirada afable de disculpa a los dueños de la tienda y tendió a Bel un pañuelo de seda con sus iniciales grabadas. Ella siguió estornudando hasta quedarse casi sin sentido. Cuando estuvo totalmente recuperada salieron de la tienda con un humor de alegre camaradería. Hawk se sintió como si se hubiera quitado de encima diez años de mojigata cohibición.

Avanzaron Pall Mall abajo cogidos del brazo, como dos audaces aliados que hacían frente a las miradas de desaprobación. Al doblar la esquina en Haymarket estuvieron a punto de chocar con un trío de jóvenes oficiales vestidos con chaquetas rojas. Los tres se disculparon y Hawk murmuró «Perdón» en tono irritado, cuando de repente se dio cuenta de que Bel estaba mirando al soldado del medio.

Su rostro se había puesto pálido.

El atractivo oficial, lleno de un jactancioso encanto militar, tenía el pelo castaño ondulado y revuelto y cara de perplejidad.

–¿Bel?

–Mick –dijo ella débilmente.

La traviesa cara del joven se iluminó.

–¡Bel! ¡Aquí está mi chica! –Con un grito de alegría que resonó por toda la calle abarrotada, agarró a la muchacha por la cintura y la hizo girar en círculo–. ¡No puedo creer que seas tú! ¿Qué demonios estás haciendo en la ciudad? Ésta es la chica de la que os he hablado –gritó a sus amigos.

–¡Suéltame! –exclamó ella, tratando de soltarse, y retrocedió hacia Hawk cuando el joven la dejó.

Hawk no dijo una palabra, se limitó a sacar una mano del bolsillo y sostener a Bel por la cintura. Consciente de la intensa oleada de envidia que invadió todo su ser, atravesó al soldado con la mirada e inclinó la cabeza hacia la oreja de Bel.

–¿Pido el coche, querida? –murmuró a un volumen lo suficientemente alto para que el otro hombre pudiera oírlo.

Mick –así era como ella lo había llamado– miró a Hawk desconcertado en un arranque de ira. Abrió la boca como si fuera a decirle al duque que se apartara de ella, y volvió a cerrarla cuando Belinda alzó la vista para mirarlo con los ojos rebosantes de una silenciosa gratitud y dijo:

–Sí, excelencia, pídalo por favor.

Hawk asintió con la cabeza en actitud tranquilizadora y se volvió para dar la orden a su lacayo. El coche los estaba esperando más abajo. Miró a Bel con aire indeciso y decidió que tal vez deseaba tener un momento de intimidad con su amigo; si es que aquel tipo era su amigo. No resultaba fácil recorrer los pocos pasos que había hasta el coche, pero al fin y al cabo había que ser un caballero.

–¿Excelencia? –oyó decir a Mick furioso–. ¿Quién demonios es ése?

Con las manos en los bolsillos, Hawk echó un vistazo y reparó en la súbita comprensión que se reflejó en la mirada del oficial. Su rostro juvenil palideció mientras recorría con la mirada el bonito y lujoso traje de la muchacha.

–¿Qué ha pasado, Bel? –preguntó nervioso.

Hawk vio cómo Belinda alzaba la barbilla y adquiría una vez más el aspecto de una estatua de mármol de Afrodita, hermosa y distante.

–¿Dónde has estado, Mick?

–Por ahí... Bel, ¿quién es él?

–Es el duque de Hawkscliffe, mi protector. Buenos días, capitán Braden –dijo fríamente.

Hawk se giró y volvió con paso airado hacia Bel creyendo que podía haber problemas, pero Mick se limitó a permanecer allí pasmado. No parecía que se avecinara una discusión. Al oír el nombre de Hawk, los dos compañeros de Mick hicieron ver que miraban el escaparate de una tienda cercana y se largaron de allí.

El coche se detuvo en ese preciso instante junto a ellos, con el sonido tintineante de los arreos. El mozo de cuadra bajó del carruaje para abrirles la puerta. Hawk tendió a Bel la mano para ayudarla a entrar. Ella apoyó su mano sobre la de él, pero no lo miró.

–Bel, espera...

Mick dio un paso tras ella, pero Hawk se interpuso y le lanzó una serena mirada de advertencia, manteniendo una dura expresión.

Cuando el joven se echó atrás, demasiado desconcertado para protestar, Hawk se subió al coche, tomó asiento junto a ella y enseguida se pusieron en camino.

Belinda miró por la ventana, sin fijarse en el mundo que pasaba ante sus ojos. Su rostro era una máscara inexpresiva. Hawk comprendió que se hallaba encerrada en sí misma, y que él no podía acceder a ella. Se sentía incómodo sentado a su lado sin saber lo que debía hacer.

Cuando llegaron a Knight House, Bel salió rápidamente, masculló una excusa y se fue volando a su habitación. Él observó con los hombros caídos cómo subía pesadamente la escalera en forma de curva.

Se preguntó si debía brindarle intimidad hasta que se calmara.

Una cosa era protegerla de las miradas de sus entusiastas admiradores, pero dudaba de involucrarse hasta tal punto que se convirtiera para ella en un hombro en el que llorar. Francamente, estaba poco acostumbrado a las muestras de emoción, pero a pesar de ello resultaba condenadamente desalmado fingir que no ocurría nada. Tal vez debía ir a ver cómo se encontraba; simplemente como detalle de cortesía. No deseaba resultar brusco.

En cierto modo el acto de subir la escalera y caminar silenciosamente por el pasillo hasta su puerta era un ejercicio de valor. Se quedó escuchando y se estremeció al oír el sonido de un suave llanto. Arrugó el entrecejo, se debatió consigo mismo y, finalmente, sabiendo que era una mala idea, llamó a la puerta.

–¿Belinda?

Esperó pero no hubo respuesta. Frunció el ceño preocupado, giró el pomo, empujó la puerta unos centímetros y asomó la cabeza.

Bel estaba tumbada hecha un ovillo en la cama, con el largo pelo rubio desparramado sobre los hombros. No le dijo que pasara, pero por otra parte tampoco le invitó a marcharse. Vacilante, Robert decidió que la caballerosidad exigía que le ofreciera ayuda. Entró en la habitación y cerró suavemente la puerta.

Se acercó a ella y se sentó en el borde de la cama. Bel le daba la espalda. Tocó su sedoso pelo con aire inseguro.

–Pobrecilla –susurró–. Vamos, no puede ser tan grave.

El leve llanto continuó.

Hawk le acarició el hombro.

–¿Quiere decirme quién era aquel hombre? –preguntó con el tono más dulce del que fue capaz.

Bel permaneció en silencio durante un largo rato.

–El chico con el que iba a casarme.

Hawk sintió un dolor semejante a un golpe físico al oír su tranquila respuesta. Cerró los ojos y sacudió la cabeza mientras ella empezaba a llorar de nuevo.

–A todo el mundo se le rompe el corazón en alguna ocasión, cariño. Usted es joven. Lo superará.

Se recostó contra la cabecera de la cama y le retiró el pelo por detrás de la oreja. Sus sollozos se aplacaron un poco a medida que él continuaba acariciándole el pelo con un roce suave y dulce.

–Volverá a amar cuando aparezca la persona adecuada.

–No volveré a amar a nadie –dijo ella en voz baja y desconsolada, todavía de espaldas a él.

–¿Cómo puede saberlo? –murmuró Hawk, consciente de que su juvenil voto de tristeza era similar a los pensamientos que él había albergado tras la muerte de Lucy.

–Porque cuando una cortesana se enamora está perdida.

Ella se giró y lo miró; las lágrimas se acumulaban en sus largas pestañas de color castaño. Hawk nunca la había visto tan hermosa.

Estremecido por la emoción, a Robert le costó recuperar el habla.

–Belinda, tiene un corazón demasiado dulce para tirarlo por la borda.

–Todo el mundo me falla, Robert –susurró ella, mirándolo fijamente; una niña sin esperanzas ni sueños.

–Yo no le fallaré –dijo Hawk sin la menor vacilación, para gran asombro de él.

Durante el silencio que siguió Hawk le sostuvo la mirada, preguntándose si inexplicablemente había prometido más de lo que estaba dispuesto a dar.

De todas formas se dio cuenta de que aquella joven y adorable cínica no le creía, aunque la débil sonrisa de sus labios expresara su gratitud ante las buenas intenciones del duque. Bel suspiró, cerró los ojos y apoyó la cabeza en el muslo de Hawk.

–Es usted un buen hombre.

El duque alargó la mano con delicadeza, le apartó una lágrima con el dedo, y con voz extrañamente ronca dijo:

–Y usted, señorita Hamilton, es demasiado buena para ese soldado insensato.

Él observó cómo Bel curvaba los finos labios en un atisbo de sonrisa, pero ella mantuvo los ojos cerrados.

–Robert –susurró de forma apenas audible.

–¿Sí?

–Si le dijera que hay algo... muy importante para mí –dijo Bel titubeando–, algo que tengo que hacer... ¿me ayudaría?

–¿De qué se trata?

Ella abrió los ojos. Había en ellos unas sombras del color de la noche.

–Tengo que ir a visitar a mi padre a la prisión de Fleet, pero me da miedo ir sola. ¿Me acompañará? ¿Me llevará allí mañana?

–Pues claro. No hay ningún problema.

–¿No? –preguntó ella, mientras parecía contener la respiración.

–Podemos ir a donde quiera.

Hawk oyó cómo Bel expulsaba lentamente el aire con alivio. Ella le agarró la mano y entrelazó los dedos con los suyos.

Permanecieron en silencio durante un instante, limitándose a estar juntos. Él le acarició el pelo con la otra mano y se maravilló de su suavidad.

–Robert –susurró ella, esta vez en un tono más acuciante.

Él sonrió vagamente.

–¿Sí, Belinda?

Ella se quedó muy quieta, con el pelo esparcido por el colchón, y cerró los ojos.

–Creo... que quiero que me bese.

–¿De verdad?

–Con suavidad.

Bel abrió los ojos lentamente y contempló a Hawk.

Él la miró fijamente. Sin decir palabra, se inclinó hacia ella y rozó sus labios dándole un beso suave y acariciante. Hawk apenas se movió mientras mecía la cabeza de ella entre sus manos.

Bel dejó escapar un suspiro leve como la seda.

Se quedaron así durante un rato, una eternidad, hasta que, por algún motivo, él se apartó hacia atrás aturdido.

–¿Se encuentra mejor? –susurró Hawk confuso.

–Sí –dijo ella en voz baja. Abrió completamente sus ojos soñadores de largas pestañas–. Gracias, Robert.

Por un momento, Hawk fue incapaz de hacer otra cosa que mirarla, empaparse de su belleza, y luego sonrió ante la insensatez de todo aquello y le dio una palmadita cariñosa en la barbilla.

–Sé cómo puedo levantarle el ánimo. ¿Qué le parece si esta noche vamos a Vauxhall?

Una pequeña e inocente sonrisa cruzó el rostro de Bel. Soltó una risita y se apartó de él rodando.

7

Los jardines de Vauxhall no eran del todo deshonrosos, pero difícilmente podían considerarse refinados. Constituían una especie de festival ostentoso que duraba todo el año, y servían para ver y ser visto. Allí los ánimos se alborotaban, la moral era laxa, y las cortesanas se convertían en reinas.

El aire mismo parecía brillar de la excitación, y Bel se sintió verdaderamente embriagada al avanzar con paso decidido por la entrada y desfilar por el gran paseo del brazo de uno de los solteros más codiciados de la aristocracia, a pesar de que ella sólo fuera su querida.

No podía dejar de lanzar breves e intensas miradas de soslayo a Hawk, alto, sofisticado y elegante con su ropa de etiqueta blanca y negra. Llevaba la barbilla alzada y caminaba con un contoneo natural, conduciéndola más allá de las ruinas góticas artificiales y de la cascada.

En todas partes la gente se volvía para mirarlos y susurraban a su paso. ¡Cuánto deseaba que Hawkscliffe se sintiera orgulloso de estar con ella! Sabía que los dos hacían buena pareja: ella, una rubia resplandeciente de piel pálida, y él, moreno y elegante, pero el duque podía hacer que cualquier mujer se sintiera hermosa.

Se había ataviado con un estilo de sofisticada moderación que sabía que agradaría a Hawk. Su vestido blanco de muselina de gasa ondeaba alrededor de sus piernas al caminar, vaporoso como el aire. Su fino pañuelo rojo le cubría los hombros, haciendo juego con el ramito de diminutas rosas rojas que llevaba prendido en su pelo recogido. Debajo del vestido, como si de una broma irreverente se tratase, se había puesto la marca personal de toda cortesana: unas medias blancas de seda con un diamante rojo en los tobillos realzado con hilo dorado. Estaba pensando maliciosamente en dejar que el duque las vislumbrara si se presentaba la ocasión. ¿Por qué no? Aquel detalle podía añadir un poco más de emoción a la vida de Hawk.

Justo entonces él le tocó la mano que llevaba posada sobre su antebrazo.

–Mire.

Ella siguió su indicación. Delante de ellos se oyó la explosión de un globo al ascender desde debajo de los árboles que bordeaban las anchas avenidas. Podían oír la música de la orquesta que llegaba desde el pabellón, mientras los farolillos de papel iluminaban los principales pasajes.

Cuando los dos se miraron, Bel le dedicó una deslumbrante sonrisa; era como si el resto del mundo no existiera, ni siquiera Dolph. Entonces él tiró suavemente de ella y la condujo al brillante y ruidoso pabellón principal. Dentro, Robert le dio una palmada en la mano y comenzó a abrirse paso entre la multitud.

Una de las primeras personas con las que se encontraron fue el lord canciller Eldon, un viejo recio de Newcastle. El intelecto de Eldon y su gran carácter le habían reportado el título de baronet y le habían permitido ascender a uno de los cargos más elevados del país; sin embargo, él no procedía de ilustre cuna, sino que era el simple hijo de un agente del carbón. Después de haber originado más de un escándalo en su día y poderoso como era, cuando Eldon vio a Bel no se preocupó por las damas de la sociedad a las que ofendía.

Sabedora de la postura despiadada del lord canciller sobre el mantenimiento de la pena de muerte por las infracciones menores, Bel no sentía deseos de agradar a lord Eldon cuando Harriette se lo presentó, pero le resultó imposible resistirse a la sorprendente calidez con la que trataba a la gente que le gustaba, y lo cierto era que ella le gustaba mucho.

Apartándose de las temerosas mujeres casadas de la sociedad, lord Eldon saludó a Bel con un brusco alborozo sin prestar atención a Hawkscliffe. Ella agitó la mano afectuosamente mientras su protector y lord Eldon se miraban con recelo.

–Milord –dijo Robert inclinando la cabeza.

–Excelencia –respondió Eldon con un ligero desdén–. Más vale que cuide bien de ella –le advirtió.

–Oh, lo haré.

–Y usted, jovencita, resérveme un baile.

Bel asintió cortésmente, conteniendo una sonrisa.

–Será un placer, milord.

El anciano no pudo resistir el deseo de pellizcarla en la mejilla.

–Qué preciosidad –dijo con una risita–. Anda, váyanse.

Los dos continuaron avanzando en medio del gentío, y Robert se inclinó ligeramente hacia ella.

–Creo que ha hecho un trato con el demonio.

Bel se rió.

–Oh, no es lo que piensa. Lord Eldon está enamorado de su esposa. En realidad es algo curioso. Sólo somos amigos.

–¿De verdad? Pues durante los seis últimos meses he intentado conseguir el apoyo de su amigo para llevar a cabo cierto proyecto de reforma, pero a ese tipo le parece perfecto colgar a ingleses por cualquier delito menor.

–En ese caso tendremos que dar una cena, Robert. A ver si así podemos persuadirlo.

Riéndose en voz baja, Hawk deslizó un brazo alrededor de ella y la acercó a él, mientras le besaba la sien.

–Pequeña, sabía que se convertiría en mi arma secreta en el terreno político –murmuró en tono juguetón–. ¿Le he dicho que está deliciosa?

Bel lanzó al duque una astuta mirada y sus ojos brillaron.

–Usted no está del todo mal. Tendré que asegurarme de que nadie me lo roba.

–Puede ser.

Se arregló su pañuelo Obaldeston con falsa vanidad.

–¿Dónde está Brummell? Vamos a ver qué opina de mi chaqueta.

Ella se rió y advirtió que el duque estaba recorriendo el salón con la mirada. Notó una ligera rigidez en el brazo con el que le rodeaba la cintura, pero Hawk siguió empleando un tono elegantemente divertido.

–Ahí está nuestro amigo mutuo.

A Bel le dio un vuelco el corazón, aunque ocultó su reacción.
–Supongo que sabía que iba a venir.
–Lo sospechaba.
Bel abrió su abanico con un golpe seco.
–Bueno, ¿cómo quiere que interpretemos su farsa, Robert?
–Usted lo conoce mejor que yo. ¿Qué sugiere?
–¿Qué haría que Dolph se volviera loco...? –pensó ella en voz alta. La respuesta acudió a su cabeza al instante–. Tendré que fingir que estoy completamente enamorada de usted.
–¿Fingir? –exclamó Hawk, aparentando sentirse dolido, aunque le bailaban los ojos.
Ella le lanzó una mirada apagada.
–Después de todo, eso es lo que más le gustaría conseguir a Dolph.
–Esto va a ser más divertido de lo que pensaba.
–Disfrute mientras pueda, Hawkscliffe. Esto es una simple treta –dijo Bel entre dientes, agarrándole la mano.
Tiró de él en dirección al grupo de palcos situado en un rincón tenuemente iluminado donde las cortesanas holgazaneaban, reían, bebían y cenaban con sus protectores, luciendo un aspecto magnífico con sus atrevidas galas.
El alegre grupo estaba encabezado por las Tres Gracias: Harriette, Fanny y Julia, y los habituales caballeros de su círculo: Argyll, Hertford, el coronel Parker, Brummell, Alvanley, Leinster y su apasionado joven primo, el marqués de Worcester, que estaba perdidamente enamorado de Harriette.
Bel y Hawkscliffe fueron recibidos con un sonoro entusiasmo. Su relación era la comidilla de la ciudad. Cuando Harriette ordenó a los demás que les hiciesen sitio en el palco, los dos se deslizaron en sus asientos y pidieron la cena y vino. Al ver que Robert apoyaba su brazo en el respaldo del asiento de Bel en ademán protector, ella se rió para sus adentros, disfrutando secretamente de aquella farsa.
En ese preciso instante se elevó un coro de saludos cordiales cuando un hombre al que Bel no había visto antes se unió a ellos. Ninguna mujer podría haberse resistido a mirar a aquel joven de deslumbrante atractivo; su pícara sonrisa iluminó el

pabellón cuando entró y se abrió paso entre el mar de mujeres que lo adularon, le gastaron bromas y le hicieron proposiciones, acariciándolo furtivamente entre la multitud cuando pasaba. Rondaba los treinta y a todo el mundo le parecía un joven arcángel alegre y juerguista que hubiera caído a la tierra arrastrado por una ráfaga de viento.

Tenía una larga melena de cabello leonado recogida hacia atrás en una cola, e iba vestido de forma extravagante con una magnífica chaqueta de terciopelo azul y unos pantalones blancos muy ceñidos que se pegaban a sus musculosas piernas. Saludable, bronceado y ancho de hombros, se acercó pavoneándose con el aire elegante de un bandolero romántico y galante. Incluso Harriette se ruborizó cuando le pellizcó la mejilla a modo de saludo.

–Oh, no, ya estamos –murmuró Robert al verlo.

–¿Lo conoce?

Robert frunció el ceño y no le respondió, y en ese momento el apuesto truhán lo miró directamente por encima de las cabezas de todas las personas que había a la mesa, soltó una sonora carcajada de satisfacción y se dirigió a él.

–¡Ah! ¿Qué es esto? ¡Menuda desgracia! ¿Se ha caído el cielo? ¿Se ha congelado el infierno? ¿Es posible que mi impoluto hermano esté aquí, entre los pecadores? Sin duda me engañan los ojos.

–Oh, cállate, Alec.

Bel arqueó las cejas. ¿Su hermano? No se parecían en nada. Eran como el día y la noche: uno, moreno, de ojos oscuros y serio; el otro, rubio, con los ojos azules y gracioso. Mientras seguía riéndose, Alec, pues así lo había llamado, se acercó con aire fanfarrón y le dio a Robert cordialmente unas palmaditas en la espalda.

–Oh, mirad cómo caen los poderosos –manifestó dirigiéndose a todos los presentes como un cómico nato.

Todos se rieron, aunque Robert refunfuñó y torció el gesto, y no se mostró en absoluto divertido. Aún no había acabado de mofarse de su hermano mayor, cuando el pícaro se inclinó hacia abajo y se cruzó de brazos contra el respaldo de Bel.

–Hola –dijo alargando la palabra, mientras la miraba burlonamente de cerca con un interés claramente masculino.

Bel arqueó una ceja y lo miró con desinterés.

Él dejó caer su monóculo y se volvió hacia Robert con una amplia sonrisa.

–¿Así que ésta es la muchachita con la que has estado derrochando nuestras rentas? Excelencia, detecto una indudable mejora en su gusto. *Mademoiselle* –dijo con un ademán cortés a modo de reverencia–, me quito el sombrero ante usted. Tenía miedo de que mi hermano fuera un monje.

Ella reprimió una sonrisa. ¿De modo que aquel petimetre disoluto pretendía hacérselo pasar mal a su protector? Donde las dan las toman. Rodeó el cuello de Robert con los brazos y sonrió de forma evasiva.

–Oh, créame, no es ningún monje.

Las doradas cejas del joven se elevaron de repente cuando ella besó a Robert en la mejilla, aferrándose a él como si fuera el único hombre en el universo. Entonces el hermano libertino estalló en carcajadas.

–Ejem –dijo el duque con rigidez, removiéndose en su asiento. Bel sonrió afectuosamente, percibiendo un ligero rubor en sus mejillas varoniles–. Señorita Hamilton, permita que le presente a mi hermano, lord Alec Knight. Mi hermanito –refunfuñó con cierto sarcasmo.

–¿Qué tal está? –dijo ella distraídamente, sin molestarse en mirar a lord Alec, quien inmediatamente le pareció un auténtico presumido, acostumbrado a acaparar la atención de las mujeres frente al resto de los hombres.

En su lugar, se dedicó a mirar exclusivamente a Robert, a besarlo lánguidamente en la mejilla, el cuello y la oreja mientras él y su hermano charlaban. Se metió tanto en el papel que llegó un momento en que no sabía si su aparente adoración era auténtica o falsa. Podía sentir cómo a Robert se le aceleraba el pulso en la arteria cuando ella le besaba el cuello. Bel cerró los ojos y sonrió sensualmente mientras lo besaba y le mordisqueaba el lóbulo con suavidad.

¿Qué pasaría si aquello fuera real?, se preguntó Bel. ¿Qué ocurriría si ella fuese su verdadera amante?

Miró a Harriette, la siempre práctica y solvente Harriette, y comprendió que sólo una estúpida dejaría pasar una oportunidad como aquélla sin al menos intentar aferrarse a un protector como Hawkscliffe. ¿Por qué no iba a hacerlo ella? Se llevaban bien. Ella podía resultarle útil, y sabe Dios que él podía permitirse sus servicios. No tenía una esposa que se pudiera ver afectada por su relación, y desde luego a Bel no le hacía ninguna ilusión volver al mercado público cuando aquella farsa hubiera terminado. ¿Se dejaría él persuadir?

Jugueteando con el pañuelo de Hawk, Bel estuvo a punto de sentarse en su regazo mientras consideraba la posibilidad de conquistarlo de verdad.

Lord Alec se rió entre dientes.

–Me parece que preferís estar a solas. Señorita Hamilton.

Se despidió de ella con una inclinación de cabeza, lanzó a su hermano una sonrisa risueña, y se fue a hablar con los demás.

–Se está pasando un poco, ¿no cree? –murmuró Robert en voz baja.

–No se haga el estirado conmigo, Robert. Tenemos que resultar convincentes –musitó ella, riéndose nerviosamente mientras le acariciaba el pecho.

–Es usted muy convincente, Belinda. Créame.

–¿Cómo de convincente, Robert? –susurró ella.

Él le lanzó una mirada ansiosa.

–Dígamelo usted.

–Hum, eso suena a invitación.

En un arranque de estimulante osadía, Bel deslizó su mano por debajo de la mesa y rozó con la palma la palpitante evidencia de su reacción ante sus efusiones. Robert tomó aire cuando ella lo tocó pero no hizo ningún movimiento para detenerla.

Ella observó su rostro y decidió que le gustaba ser quien llevaba las riendas.

–Oh, Robert, me siento tan halagada. Desgraciadamente nuestro acuerdo no me permite ayudarle con ese gran... problema que tiene. –Retiró la mano con una sonrisa taimada.

–Será mejor que se comporte, picaruela desalmada –le advirtió en un susurro confuso.

–¿Y qué pasará si no lo hago?

–No lo sé, pero seguro que se me ocurre algo cuando tenga la cabeza despejada. Donde las dan las toman.

Él le posó la mano en la pierna, bajo la mesa, y la deslizó hacia arriba por el muslo acariciándola suavemente.

Un temblor incontrolable de excitación recorrió el cuerpo de la joven, pero optó por mostrarse desafiante.

–¿Qué cree que está haciendo?

Él le dedicó una tenue sonrisa íntima y cálida, y ella se sintió tan cautivada que rodeó con su mano la mejilla del duque y lo atrajo hacia sí para darle un beso lento y profundo. Bel no sabía lo que le pasaba. Parecía como si no se cansara de aquel hombre. Era la dignidad de su persona, la confianza que le transmitía y que le permitía desplegar las alas. «Si Dolph está mirando –pensó, con los ojos cerrados–, le dará un ataque de apoplejía.» De repente todo pensamiento se desvaneció mientras se sumía en una espiral de placer, embelesada por el roce rítmico y suave de sus deliciosos labios.

–Buscad una habitación –gritó alguien, y sólo entonces se separaron, entre carcajadas y aplausos, ruborizados y jadeantes, evitando con timidez la mirada del otro.

Robert alargó la mano con aire resuelto para coger su vaso y bebió un largo trago de vino mientras Bel, poniéndose cada vez más colorada, se apartaba el pelo detrás de la oreja y adoptaba la sonrisa más fría de la que fue capaz.

Poco después, lord Eldon acudió a reclamar su baile. Ella vaciló, sin saber si era aconsejable separarse de su protector cuando Dolph podía estar en cualquier parte del atestado pabellón, pero Robert asintió con la cabeza firmemente. Entonces ella comprendió que Dolph no se expondría a hacer el ridículo delante de alguien como lord Eldon.

–La estaré vigilando –murmuró Robert cuando ella pasó delante de él al salir del palco.

–Lo sé. –Ella le sonrió, le acarició una mejilla y se reunió con el lord canciller.

Tendría que haber estado ciega para no reparar en las incontables mujeres que la fulminaron con la mirada cuando la pareja ocupó su sitio para iniciar la pausada contradanza. La censura de la buena sociedad hizo que la invadiese una oleada de furiosa rebeldía.

Dolph consideraba que ella le pertenecía, del mismo modo que ciertas madres de la sociedad pensaban que Hawkscliffe era de su exclusiva propiedad y estaba reservado para una de sus hijas. Bel había conocido a aquel tipo de mujeres durante su etapa de maestra en la academia de la señora Hall. Ya entonces no le gustó aquella actitud prepotente y engreída; ahora sintió deseos de burlarse de todas ellas. Sin embargo, desplegó su sonrisa más osada de cortesana y lanzó un beso a Robert mientras esperaba a que comenzase a sonar la música.

Él sonrió irónicamente sin quitarle ojo. Ella era plenamente consciente de su mirada mientras bailaba. Moviéndose entre las figuras con lord Eldon, echó una ojeada al lugar donde estaba Robert. Lord Alec se había colocado junto a él. El hermano mayor y el menor de los Knight permanecían sentados juntos en la misma pose, con sus musculosos brazos cruzados y las cabezas inclinadas mientras dialogaban, mirando a las personas que bailaban en actitud impasible y bastante maliciosa. Supuso que Alec estaría interrogando a Robert sobre su aparente conquista.

Poco después terminó la contradanza. Bel hizo una reverencia en respuesta a la inclinación de lord Eldon. Cuando el lord canciller le ofreció el brazo para acompañarla de vuelta a su mesa, Bel tomó aire y descubrió que mientras ella había estado bailando había estallado una chispa en el barril de pólvora que era la relación entre Robert y Dolph.

Debería habérselo imaginado.

Por lo visto Dolph había intentado detenerla cuando regresaba de la pista de baile, pero Robert y Alec habían intervenido para impedírselo; al ver la doble amenaza que se cernía sobre Dolph, sus amigos, a su vez, habían aparecido para respaldarlo. En ese momento los dos grupos de hombres crispados se encontraban junto al borde de la pista de baile. Dolph estaba diciéndole algo a Robert. A juzgar por la feroz postura del duque y su mirada tensa y furiosa, la situación estaba a punto de desembocar en un estallido de violencia.

Murmurando una disculpa a lord Eldon, Bel salió corriendo y se abrió paso a empujones entre el gentío para regresar junto a su protector, rezando para llegar antes de que ocurriera algo terrible. Tal vez ella pudiera hacer que Dolph se calmara.

Argyll y el coronel Parker llegaron al lugar en el mismo instante que ella.

Dolph la miró con un odio lascivo, pero por alguna razón permaneció callado. No obstante, el amigo que estaba junto a él no fue tan cauto.

–Anda, fijaos, si es la nueva Zorra Hawkscliffe.

–¿Qué has dicho? –gruñó Robert apretando los dientes.

Alec dio un paso adelante.

El coronel Parker sujetó a Bel para que no fuera junto a Robert. Cuando se volvió para mirar con el ceño fruncido al atractivo oficial, las palabras fatales fueron pronunciadas:

–Todo el mundo sabe que los hermanos Knight no son más que un hatajo de bastardos mestizos.

La música se detuvo. Todas las personas que habían oído el insulto se quedaron inmóviles y miraron al petimetre borracho de cara alargada que había hablado de ese modo.

Robert miró a Dolph.

Dolph alzó las manos y soltó una carcajada insolente.

–Yo no he sido.

Entonces Alec se movió, lanzándose como un joven león en pleno ataque. Apartó a Dolph de un empujón, agarró al petimetre de las solapas y lo levantó del suelo. Le asestó un puñetazo en plena cara. El tipo cayó rodando hacia atrás por el parquet como si hubiera sido disparado por un cañón.

Se armó un pandemónium.

–¡Fuera! –bramó Argyll.

–¡Parker! ¡Ocúpate de Belinda! –rugió Robert, volviéndose para mirarla entre la multitud–. ¡Vete con el coronel Parker! –le ordenó, lanzándole una intensa mirada en medio del alboroto.

Ella intentó protestar, pero para entonces él ya había ido junto a su hermano, aunque demasiado tarde para evitar que Alec levantara del suelo a su víctima y lo golpeara de nuevo.

–¡Pégale fuera, Alec! –gritó furioso.

Bel apenas podía oírlo en medio de aquel caos.

–Venga, señorita Hamilton.

El coronel Parker tiró de ella a la fuerza y la puso a salvo junto a Harriette, Fanny y Julia, que contemplaban asombradas la escena.

–¿Qué ha pasado, querida? –exclamó Fanny, abrazándola en actitud protectora.

–Un amigo de Dolph ha dicho que soy la zorra de Hawkscliffe y ahora se están peleando –replicó, mientras el nutrido grupo de hombres avanzaba lentamente en tropel hacia la salida.

–¿La Zorra Hawkscliffe? –preguntó Julia, visiblemente divertida.

Harriette miró a Bel, sin mostrarse alterada en lo más mínimo por la pelea.

–Querida, si eso es lo que ha dicho, ten por seguro que no se refería a ti.

–¿Qué? –exclamó ella, sintiéndose como una novata histérica ante las impasibles Tres Gracias–. ¿A quién se iba a referir si no?

–¿Nunca has oído hablar de la Zorra Hawkscliffe?

–¡No! ¿Quién es?

Harriette inclinó la cabeza en dirección a Robert y Alec.

–Su madre.

–Su madre –repitió Bel conmocionada.

–Sí –asintió Julia–. Georgiana Knight: ya sabes, la duquesa de Hawkscliffe. Vivió para el amor. En sus tiempos habría hecho que nosotras pareciéramos monjas.

–¿Qué? –gritó Bel.

–Dicen que fue una belleza fabulosa, apasionada e indomable. Tuvo relaciones con todos los hombres importantes de su época.

–Desde poetas a boxeadores profesionales –intervino Fanny.

–Estoy impresionada –dijo Bel con voz entrecortada.

Los alborotadores habían salido por la puerta, y el salón bullía con el rumor de la cháchara expectante.

–¿No conoces la historia de la familia Knight? –preguntó Harriette, cogiéndola del codo y atrayéndola hacia sí para relatársela, pues si había una cosa que le gustaba más que un hombre rico era un buen escándalo.

–¡No! ¡Cuéntamela!

–El padre de Robert, el octavo duque, era todo un caballero y no se opuso a reconocer a los hijos de su mujer como suyos, pero tu protector es su único hijo verdadero. Los otros cuatro hermanos tienen padres diferentes, aunque supuestamente la hija también es de sangre verdadera: el fruto de la reconciliación entre los dos poco antes de que el octavo duque muriese.

–Oh, cielos –soltó Bel, asombrada. Sabía que debería estar por encima de los cotilleos, pero no había manera de que pudiera evitarlo–. ¿Quién es el padre real de lord Alec?

Harriette se inclinó hacia ella, con los ojos brillantes de regocijo ante aquel delicioso chisme.

–Supuestamente, Alec fue engendrado por un actor shakespeariano muy conocido que estuvo vinculado con Drury Lane.

Bel abrió los ojos como platos.

Harriette se llevó un dedo a los labios.

–Yo no te lo he dicho.

–¡Dios mío, qué escandalo! –dijo Bel, intentando asimilarlo todo–. ¿Ellos saben que en realidad son medio hermanos?

–Pues claro que lo saben, querida. Pero les da igual. No encontrarás a unos hermanos de sangre que sean más leales los unos con los otros que esa panda de guapos bribones.

–Robert no es un bribón, es un hombre ejemplar –dijo Bel suspirando.

–En absoluto –respondió Harriette soltando un bufido–. Puede haberse refinado, destacar e ir más recto que nadie si quiere, pero en el fondo, acuérdate bien de lo que te digo, sigue siendo el hijo de Georgiana, y su pasión corre por sus venas.

Tener que defender el honor de su madre no era nada nuevo para Hawk y sus hermanos. Era algo que habían hecho desde chicos. Podían pelearse entre ellos como pendencieros, pero cuando se ponía en duda el honor de la familia, los cinco se unirían contra el mundo si fuera necesario.

El bullicio general proseguía fuera, bajo las estrellas y los farolillos de papel. Unos veinte o treinta hombres se habían reunido en el césped situado entre el gran paseo y el paseo del sur para contemplar la trifulca, cuando no para unirse a la refriega. La mayoría se limitaban a aclamarlos a gritos y a hacer apuestas, pero todo aquel que se había topado alguna vez con los hermanos Knight sabía que no debía apostar contra ellos.

Con su extravagante ropa desaliñada y el pelo largo desprendido de la coleta, Alec seguía golpeando al necio que había insultado a su madre, mientras Hawk le cubría la espalda, intentando mantener la situación bajo control con escaso éxito.

Afortunadamente, la campana de aviso sonó por todo Vauxhall, indicando que había llegado el momento de que se separaran. En un momento de distracción, Hawk logró apartar a Alec de aquel tipo, que prácticamente se hallaba inconsciente.

Mientras la multitud se dispersaba y se alejaba para contemplar el milagro de la cascada artificial, apareció el gerente de los jardines de recreo y ordenó a Alec que se marchase. A continuación el beligerante hombrecillo mandó a todos los que habían participado en la pelea que hicieran lo mismo.

Hawk vio que su hermano no parecía muy maltrecho, exceptuando el hilillo de sangre que le chorreaba por una comisura de la boca. Alec sacó su pañuelo como un dandi consumado y se limpió con un imperioso aplomo lleno de elegancia.

–Un buen trabajo –declaró en tono liviano–. Creo que voy a ir a algún garito de juego a desplumar a alguien.

–Yo me quedo, me da igual lo que diga el enano del gerente. Belinda lo estaba pasando demasiado bien para llevarla a la fuerza. Son sólo las nueve.

–Tu amiguita no te dejará marchar, excelencia. Disfruta de tu nuevo juguete. Es condenadamente mejor que Lucy Coldfell.

–Cuidado con lo que dices –gruñó Hawk.

Alec le lanzó una mirada insolente y se marchó con varios de sus disolutos amigos.

Justo entonces Hawk vio que Dolph se iba. Todavía no había acabado con el baronet. Sobornó fácilmente al gerente para que lo dejase quedarse y fue tras su enemigo.

–¡Breckinridge!

Dolph se dio la vuelta. Sus amigos también.

–Me gustaría hablar contigo, por favor. A solas.

Con un gesto, Dolph indicó a sus fieles que se fueran, y éstos se marcharon, dos de ellos cargando con el aturdido instigador de la pelea. Acercándose a él con recelo, Dolph alzó insolentemente su cuadrada barbilla.

–¿Qué quieres?

–Te dije que no te acercaras a ella.

Dolph apretó los dientes.

–Me he mantenido a más de tres metros de tu zorra, Hawkscliffe.

–No me provoques, Breckinridge. No pienso advertírtelo otra vez; ponme a prueba. Está claro que tengo algo que tú quieres.

Dolph lanzó una rápida mirada de desprecio al lejano pabellón. Hawk siguió su mirada y vio a Belinda en la entrada, iluminada por los farolillos de papel. Para su tranquilidad, la joven no se acercó a ellos, sino que permaneció allí, mirando y esperando con ansiedad.

–Es preciosa, ¿verdad? –murmuró Hawk.

–Las he visto mejores.

Hawk se rió en voz baja de la grosera respuesta.

–Da la casualidad de que tú también tienes algo que yo quiero, Breckinridge.

–¿De qué estás hablando? ¿Qué es lo que tengo?

–Creo que ya lo sabes.

–No tengo ni repajolera idea de lo que quieres decir.

–Puede que esté interesado en hacer un intercambio –dijo Hawk, sin conceder importancia al escalofrío que sacudió su conciencia mientras hacía su despiadada propuesta, por mucho que aquello fuera sólo una estratagema.

–¿Qué tipo de intercambio?

–Si me das lo que necesito, tendrás a Belinda.

Dolph miró en dirección al pabellón donde estaba ella y a continuación miró a Hawk, nervioso.

–No sé lo que pretendes, Hawkscliffe, pero Belinda ya no me interesa. Es un producto usado.

–Puede que sí. Puede que no.

Las ventanas de la nariz de Dolph se ensancharon.

–¿Qué quieres decir?

–Puede que no haya recurrido a la señorita Hamilton por placer, Dolph. Tal vez tenía otros motivos. Motivos que te atañen personalmente.

–Maldito mojigato, ¿quieres decir que todavía no te has acostado con ella? –exclamó Dolph.

–Un caballero nunca cuenta esas cosas... pero ya sabes lo que dicen los epicúreos. No se deben engullir los bocados más dulces a la primera ocasión, sino saborearlos al máximo y dejarlos para el final. ¿Lo entiendes, Dolph? Todavía te queda una pequeña esperanza. Si sigues mis instrucciones al pie de la letra, todavía puede ser tuya. Si desaprovechas la oportunidad o intentas llevarme la contraria, te aseguro que me acostaré con ella y disfrutaré al máximo de sus habilidades.

–¿Qué quieres?

–Información.

–¿Sobre qué?

–Creo que ya lo sabes.

–¡No lo sé! ¿Quieres hablar claro? Dios, eres peor que la serpiente de mi tío.

–Controla ese genio, Dolph. Algún día te pillaré.

–¡Dime lo que quieres! Quiero que Belinda vuelva conmigo. ¿Qué quieres a cambio?

–En primer lugar Belinda nunca ha sido tuya, Dolph. Así que difícilmente te la voy a «devolver».

–¡Hawkscliffe!

–Bueno, veo que todavía no es el momento adecuado. No estás dispuesto a confesar.

–¿A qué? –gritó Dolph.

Hawk empezó a caminar de vuelta al pabellón con las manos en los bolsillos.

–¡Hawkscliffe!

–Otro día, Breckinridge. Ya me pondré en contacto contigo.

Bel contempló cómo Robert se acercaba a ella resueltamente, con las manos en los bolsillos, regresando victorioso de la pelea. Le bastó con sacudirse rápidamente su elegantísimo frac negro y tirar ligeramente de su chaleco de color blanco perla y su pañuelo para volver a estar impecable. Le sonrió con un tenue brillo posesivo en sus oscuros ojos y le ofreció el brazo, y juntos entraron en el pabellón.

Aunque Dolph, que era el principal objetivo de aquella farsa, se había marchado, por algún motivo ninguno de ellos deseaba poner fin a la mascarada. Bel pensó que los dos aparentaban muy bien sentir una atracción mutua. Incluso sacó al duque a la pista de baile a danzar un vals.

Vauxhall no era Almack's, pero aun así el vals que bailaron juntos fue glorioso. Bel tenía las mejillas sonrosadas y notaba la cabeza ligera por el torbellino del baile, mientras Robert la deslizaba por el suelo de parquet con una elegancia atlética natural.

Ella lo miró con adoración, mientras daba vueltas y vueltas por el suelo entre sus brazos hasta que el mundo que la desaprobaba se convirtió en una mancha de color insignificante a su alrededor, y no quedó nadie más que él, su sonrisa, sus ojos.

A medianoche salieron juntos de la mano y encontraron un sitio agradable junto al río desde el que contemplar los fuegos artificiales de Vauxhall. Situado detrás de ella, Robert le rodeó la cintura con los brazos para que se mantuviera en calor pese al fresco de la noche, pues a lo largo del Támesis corría una buena brisa. Ella apoyó la cabeza contra el pecho del duque y contempló las explosiones del cielo conteniendo un suspiro. Miró a Hawk y vio cómo los colores brillantes de los fuegos artificiales iluminaban sus facciones aguileñas en tonos rojos, plateados y azules. La luz de las estrellas parecía danzar en sus pestañas.

Incluso en el coche, de camino a casa, no parecía que ninguno de los dos estuviera dispuesto a poner fin a la farsa. Se estaba tan bien así... Debido a lo avanzado de la hora, Robert la estrechó entre sus fuertes y cálidos brazos y dejó que se adormilase con la cabeza apoyada en su hombro. Ninguno de los dos rompió el precioso silencio, como si una palabra equivocada pudiera romper el reciente vínculo que los unía, frágil como un hilo dorado.

Cuando llegaron a Knight House se demoraron en lo alto de la majestuosa escalera de mármol, ya que era la hora de darse las buenas noches. Se miraron con anhelo y ambos apartaron la vista.

De repente ella rompió el tenso silencio.

–Yo... creo que todo ha ido bien –dijo, con una expresión seria.

Él asintió de forma forzada.

–Así es.

–Robert...

Hawk le dirigió una brillante mirada de deseo como un relámpago, pero no movió un músculo. Parecía que estuviera conteniendo la respiración.

–¿Sí?

El corazón de ella latía con fuerza. La timidez hizo que se contuviera.

–Yo... lo he pasado estupendamente.

–Bien. Quiero decir que ésa era la idea. Yo también lo he pasado muy bien. –Se mojó los labios y bajó la mirada, manteniéndose tan rígido como la reluciente armadura del vestíbulo–. En fin... Buenas noches.

–Buenas noches, Robert.

Hawk se inclinó y Bel se dio la vuelta y comenzó a alejarse, pero de repente se detuvo y se giró de nuevo. Él seguía allí, con las manos en los bolsillos, mirándola con aspecto solitario, melancólico y un tanto desamparado, y los pómulos acentuados por la luz del candelabro de la pared.

–¿Qué ocurre, querida? –preguntó con suavidad.

–¿Sigue queriendo venir conmigo mañana a la cárcel? ¿Lo recuerda? Me lo prometió...

–Nunca olvido mis promesas, señorita Hamilton. Que tenga dulces sueños.

Ella le dedicó una sonrisa vacilante y se marchó a toda prisa a su habitación antes de que pudiera cometer una imprudencia.

8

Aquella mañana la sencilla y campechana compañía de los socios de su club alivió a Hawk temporalmente de su mal: desear a una mujer a la que no quería querer.

Estaba un tanto irritable después de haber pasado otra noche dando vueltas en la cama debido al deseo que sentía por ella. «Una farsa tras otra», pensó, decidido a seguir haciéndose el santo y apartar de él la tentación. Regresó con aire enérgico y serio a la una en punto, tal y como había prometido, para acompañarla a la prisión de Fleet. No era asunto suyo, pero Hawk sentía la tentación de decirle claramente al señor Hamilton lo que pensaba de su estúpida locura.

Belinda se había ido por la mañana de compras y había adquirido una gran variedad de obsequios para animar a su padre, entre los cuales se encontraba un ejemplar del *Times* de ese día. Mientras el coche de Hawk avanzaba Faringdon Street abajo en dirección a la enorme prisión, Bel abrió el periódico.

–Sólo... quiero comprobar una cosa –murmuró mientras examinaba la página de cotilleos.

A lo largo del trayecto Hawk se había dado cuenta de que ella estaba tensa, sentada enfrente de él. Con su vestido azul de talle alto, su chaqueta ligera y sus guantes blancos estaba tan hermosa como aquel día primaveral. De pronto se puso pálida, cerró rápidamente el periódico y lo arrojó a un lado con una mueca.

–¿Malas noticias? –preguntó él.

–Hablan de nosotros.

Hawk resopló y sacudió la cabeza. ¿Qué le importaba al mundo a quién cortejaba una persona? ¿Acaso no existía la intimidad? Cuando llegaron a la prisión de Fleet, Bel dejó el *Times* y descendió del coche. Pasó el brazo por el pliegue del codo de Hawk y se mantuvo un tanto rezagada mientras avanzaban hacia la gran entrada con forma de arco.

Cualquiera que hubiera visto su cara lívida habría pensado que la conducían a su ejecución. Recorrió con la mirada los inmensos muros de piedra, mientras retorcía los cordones de su bolso con tanta fuerza que estuvo a punto de romperlos. A la derecha se alzaban los muros fortificados del patio de la cárcel, con clavos en lo alto para evitar fugas. Ella los examinó con inquietud.

–Vamos, Belinda, estoy seguro de que no hay nada que temer –dijo él en tono bastante impaciente.

Hawk no tenía el menor deseo de que aquello durase más de lo necesario. Aquel lugar era desagradable, y él tenía que estar en la Cámara de los Lores a las dos.

Bel lo miró. Detrás de Robert estaba el lacayo, impávido, cargado con los regalos de su padre.

–No tenemos por qué entrar si no quiere –añadió Hawk en un tono más cortés–. Puedo enviar a mi criado...

–No, tengo que ver a papá –consiguió decir ella–. Soy lo único que tiene en el mundo.

Él le acarició la barbilla, consciente de que debía suponer toda una humillación para ella mostrarle la desgracia de su familia.

–Su lealtad es encantadora. Sólo me pregunto si él se la merece.

–Es mi padre. Por supuesto que la merece. Robert, dijo que haría esto conmigo. No me abandone ahora...

–Estoy aquí –dijo él con ternura, desconcertado por el semblante aterrado de Bel. Y de repente pensó que ella lo estaba sometiendo a una especie de prueba. La miró fijamente, preguntándose qué era lo que se esperaba de él–. Estaré a su lado, Belinda. ¿Está lista?

–Sí..., sí. Le debo una, Robert. –Bel le dedicó una sonrisa tibia, en el mejor de los casos, mientras se subía el sombrero y se agarraba nuevamente al brazo del duque–. Recuerde que él no sabe... lo mío.

–Soy consciente de ello –replicó él con sequedad.

Dios, ¿cómo se había metido en aquel asunto? Nunca se había imaginado que se vería obligado a conocer al padre de la cortesana que tenía por amante. Seguramente era una mala idea, se dijo mientras la conducía al interior. Cortesana o no, era una joven de buena familia y no debía exponerse a un sitio como aquél. Aun así, tenía que elogiar su sentido de la obligación como hija.

Advirtió que Belinda temblaba ligeramente. Se arrimaba a él mientras caminaban juntos, y cuando pasaron ante el despacho del alcaide se pegó a él. La puerta estaba entornada, y ella avanzó a su lado, con la cara oculta bajo el sombrero. Al oír un sonido ronco de gritos Hawk sintió curiosidad y echó un vistazo.

Un tipo bruto lleno de cicatrices, obviamente el alcaide, estaba reprendiendo a uno de sus subordinados. Robert sacudió la cabeza y pensó: «Menudo infierno».

Un guardia los condujo por varios pasillos. Todos los lugares de la prisión eran estrechos, además de hediondos, caóticos y ruidosos, llenos de presos que les imploraban y los insultaban a través de las rejas. Hawk apretó las mandíbulas con aire ceñudo y, rodeando los hombros de Belinda con un brazo, la acercó más a él, deseando poder protegerla de aquellas obscenidades.

Al llegar al fondo del pasillo accedieron a un pabellón más decente. Hawk tan sólo se relajó un poco cuando los llevaron por un tramo de escaleras hasta el lugar donde los deudores más educados tenían habitaciones privadas.

Cuando se detuvieron ante la sólida puerta de madera de una de las celdas privadas, Belinda se quitó el sombrero. Tenía el rostro de un color pálido enfermizo. Hawk frunció los labios y se quedó atrás, sin saber si ella deseaba que la siguiese hasta el interior o si prefería que la esperase. Belinda miró al frente. Él vio cómo alzaba la barbilla y forzaba una sonrisa. Algo se desgarró en el interior de Hawk al observar el modo en que enderezaba sus finos hombros.

El carcelero abrió la puerta, y la cara de la joven se iluminó.

–¡Papá!

Bel abrió los brazos y entró corriendo en la celda con una risa que sonó extrañamente frágil. Hawk se apostó en la entrada y vio cómo Bel se arrojaba a los brazos de un hombre con gafas y pelo blanco.

–¡La bella Linda! ¡Bienvenida, querida! Tienes mejor aspecto que la última vez que te vi. Debe de ser que la comida francesa te ha sentado bien. Pero dime, ¿te gustó París?

Sin el menor aviso ni motivo aparente, Bel rompió a llorar. El anciano se subió las gafas en la nariz y la miró con ojos de miope.

–¿Qué tontería es ésta, llorona?

Estaba demasiado histérica para responder. Hawk decidió que había llegado el momento de hacerse cargo de ciertas cuestiones. Carraspeó para hacer notar su presencia y entró en la habitación con paso resuelto, se quitó el sombrero e indicó a su lacayo con un gesto que pasase con los regalos.

–El señor Hamilton, supongo. –Tendió la mano al viejo erudito–. Robert Knight, a su servicio.

El padre de Bel le estrechó la mano con indecisión, entornando los ojos para mirarlo.

–¿El señor Knight, ha dicho? ¿Cómo está? ¿Es amigo de Bel? Y, si es así, ¿puede decirme por qué está llorando mi muchachita?

Belinda rodeó el cuello de su padre.

–¡Es que me alegro tanto de verte, papá! Te eché mucho de menos cuando estuve en... –miró a Hawk en actitud suplicante– París.

Hawk frunció el ceño y la miró fijamente, y a continuación abandonó su intento por entender aquello.

–Su hija le ha traído unas cuantas chucherías para animarle, señor Hamilton.

–No es un señor cualquiera, papá. Es el duque de Hawkscliffe. Es muy modesto. Demasiado –susurró, sorbiéndose la nariz.

–Oh. –Alfred se rió con regocijo de su error–. Le ruego que me perdone, excelencia.

–No tiene importancia.

Hawk era consciente de que estaba comportándose de forma insensible y brusca, pero no podía evitar mirar con odio al viejo estudioso al ver la expresión de desconsuelo en los bellos ojos de Bel. ¿En qué pensaba aquel hombre? ¿En manuscritos iluminados antes que en su preciosa hija?

–Lo siento –dijo ella, sorbiéndose la nariz–. Tienes razón: me estoy portando como una tonta. Es que te echaba de menos, viejo hechicero. –Limpiándose las lágrimas rápidamente, fue hacia el catre donde el criado de Hawk había dejado los regalos–. ¿Ves esto, papá? Una nueva almohada y una manta, brandy y un poco de rapé...

–¿Me gusta el rapé, bella Linda? ¡Vaya, no lo recuerdo!

Se rió como si su cabeza hueca fuera lo más divertido del mundo.

Hawk frunció el entrecejo y se apartó.

–No lo sé, papá, pero si no lo quieres puedes utilizarlo para sobornar a los guardas.

–¡Oh, claro! ¡Pero qué lista es mi chica! No me habrás traído por casualidad ningún... libro, ¿verdad? –preguntó, moviéndose nerviosamente como un niño la mañana del día de Navidad.

–Claro que sí.

Padre e hija procedieron a alabar los tres libros que ella le había llevado: tratados de historia clásica y medieval extremadamente aburridos que hicieron que Hawk y su lacayo intercambiaran miradas de desconcierto.

Finalmente el anciano se volvió hacia él.

–Excelencia, por qué no abrimos el brandy que ha traído Bel y le damos un traguito, ¿eh?

Ante un comportamiento tan campechano y cortés, cualquiera hubiera pensado que se encontraban en el estudio de Hamilton y no en su celda.

Hawk sonrió de manera insulsa.

–No, señor, pero le agradezco el ofrecimiento.

–¿Y cómo... conoció a mi hija, por cierto? –preguntó con cierta cautela.

Por fin aquel hombre mostraba un atisbo de sentido común. Si hubiera sido su hija la que hubiera aparecido vestida de gala con un extraño a su lado, habría sido la primera pregunta que habría salido de sus labios, tal vez después de derribar al tipo de un puñetazo. Hawk respiró hondo y se dispuso a responder, pero la señorita Hamilton no le dio la oportunidad.

–Su excelencia es la bondad personificada. Su hermana pequeña, lady Jacinda Knight, es una de las estudiantes a las que acompañé a París.

–Ah –respondió el hombre, sonriendo alegremente a Hawk–. Qué amable.

Hawk frunció el ceño. No recordaba haberle dicho a Bel el nombre de su hermana.

–Bel, querida –continuó Alfred–, ¿vas a seguir dando clases en la academia de la señora Hall el año que viene?

Hawk alzó la ceja izquierda. «¿Dando clases?»

Belinda evitó con cuidado su mirada mientras se movía con nerviosismo por la habitación.

–Lo haré si es necesario, papá. No me importa trabajar, pero el año que viene seguro que volvemos a Kelmscot. Ya casi tengo ahorrado todo el dinero.

–¡Oh! Perfecto, perfecto. ¡Bien hecho, hija! ¿No le parece una chica lista, señor... digo, excelencia?

Hawk miró a Belinda y le pareció que la veía por primera vez.

Ella le lanzó una mirada de advertencia y de súplica, como si intuyera que Robert estaba siguiendo mentalmente aquella absurda conversación y desentrañando aspectos que ella no le había comentado.

–¿Llevó usted a las chicas a París, excelencia? –le preguntó el padre de forma titubeante.

–Por supuesto que no –respondió Belinda en nombre de Hawk con una sonrisa recriminatoria, y le dio a su padre un golpecito en el brazo–. Su excelencia es un hombre demasiado importante para llevar a unas debutantes por el continente.

Con una risa nerviosa que no sonó en absoluto como la de la estrella fría y distante del mundo de las cortesanas, Bel se apartó y empezó a hacer el catre de su padre con unas sábanas frescas, extendió la nueva colcha y ahuecó la cara almohada de plumas de oca que le había comprado.

Hawk la observó con el corazón roto. Habría sido fácil, muy fácil, ir al magistrado y conseguir que soltasen a su padre de la cárcel de deudores, pero sabía que no lo iba a hacer.

La suma en cuestión era una miseria para un hombre acaudalado como él, pero aquel cabeza de chorlito se merecía el encierro como castigo por el sufrimiento de su hija. Además, si sacase a Hamilton de la cárcel, Belinda no podría quedarse más tiempo con él y, qué demonios, la necesitaba. La necesitaba para resolver el misterio de la muerte de Lucy. La necesitaba en su casa, sentada a su piano desafinado.

Cuando regresó el carcelero y dijo que se había acabado el tiempo de la visita, Belinda se despidió de su padre con un abrazo y le prometió que volvería al cabo de un par de días. Le preguntó si necesitaba algo; Hamilton dijo que le encantaría que le llevara más papel y tinta. Luego se volvió hacia Hawk con una mirada ingenua.

–Me consuela mucho saber que mi hija tiene un amigo fiel en el ancho mundo que se extiende detrás de estos barrotes. Excelencia, estoy en deuda con usted.

El hombre pronunció aquellas sencillas palabras de agradecimiento de una forma tan desarmante que Hawk asintió con la cabeza y estrechó la mano que le ofrecía.

Tras separarse de su padre, Belinda lanzó a Hawk una mirada de profunda gratitud al pasar junto a él de camino a la puerta. Aquella mirada hizo que todo adquiriera sentido. Resoplando irritado ante su propia indulgencia, el duque se dio la vuelta y salió de la celda detrás de ella. Su lacayo, que ahora tenía las manos vacías, se colocó al final del trío y juntos siguieron al carcelero por el camino que habían recorrido antes.

Ahora que conocía a Hamilton, comprendía el motivo por el que Belinda había tomado unas medidas tan drásticas para que pudiera estar en la zona superior de la cárcel, que era más limpia, caliente y salubre. El anciano caballero no habría sobrevivido en las atestadas y violentas celdas colectivas.

A pesar de todo, no sabía lo que iba a decirle a ella cuando estuvieran a solas. ¿Una profesora de una academia para señoritas? El único sentido que le veía es que hubiera estado dando clases en la academia de la señora Hall, esperando a que su joven soldado volviera de la guerra para casarse con ella, y al final hubiera renunciado a ambas cosas y se hubiera decidido por una carrera más lucrativa para salvar a su padre y también a sí misma. En ese preciso instante ni siquiera quería pensar en la relación de la joven con Jacinda.

De repente oyó sonidos de pelea y gritos furiosos a lo lejos. Al doblar una esquina para enfilar el siguiente pasillo oscuro y resonante, se toparon con una escena brutal. El alcaide que Hawk había visto abajo, un hombre grande como un oso con un enorme llavero que le colgaba de la cintura, había lanzado a un preso joven y desafiante contra la pared. Aquel animal le estaba impartiendo una severa paliza con su cachiporra.

Hawk alargó la mano y detuvo a Belinda. Sabía que el alcaide sólo estaba haciendo su duro y peligroso trabajo, pero desde luego no quería que ella lo viera.

–Alto, querida. –Rápidamente echó un vistazo al lugar–. ¿Hay otra salida? –preguntó, volviéndose hacia el guardia, pero el hombre ya había echado a correr para a ayudar a su superior.

Entonces Hawk se fijó en Belinda.

Permanecía en un estado de inquietante tranquilidad, contemplando la violenta escena con la cara pálida e inexpresiva. Estaba tan lívida y silenciosa en medio del oscuro pasillo como un fantasma o un ángel que revoloteara por allí, con aire triste aunque distante. Algunos mechones rubios ondeaban con la corriente de aire procedente del final del pasillo.

Hawk apretó los dientes, decidido a sacarla inmediatamente de allí. Tendría que encontrar otra salida. Extendió el brazo y le agarró la mano.

–Venga, querida –murmuró, pero ella no se movió.

–No pienso huir de él –dijo Bel, y su voz tenía la tersura de unos pétalos de rosa al lado de los gritos del preso.

Agarrada a la mano de él como una niña, hizo caso omiso de su protesta y siguió avanzando.

En la guerra de Bel no había fuego de cañones ni disparos de bala. Los ejércitos que combatían en ese momento se encontraban en su interior, luchando como si fueran a desgarrarle el corazón, pero ella se negó a huir. Sabía que debía mantenerse firme y no acobardarse a la sombra de su poderoso protector, sino pasar y mirar a aquel monstruo a los ojos, y hacerle ver que ya no le tenía miedo. Tal vez él ni siquiera lo entendiera, pero ella sabría que lo había hecho, y con eso bastaba.

«No voy a correr. No voy a correr. No voy a correr», pensó una y otra vez a cada paso, pese a que el tintineo de las llaves del alcaide penetraba en su conciencia como un cristal roto.

Era el sonido que se filtraba en sus pesadillas.

Tenía miedo, mucho miedo; temblaba, y el temor hacía que sintiese frío hasta en las puntas de los dedos. Pero había conseguido ponerse de nuevo en pie después de que él la hubiera destrozado, y ahora tenía un aliado que la llevaba cogida de la mano.

–Belinda...

–No pasa nada –se oyó decir ella a lo lejos, por encima de la sangre que se agolpaba con fuerza en sus oídos.

El pobre Robert la siguió sin entender nada.

O bien el desgraciado preso había dejado de batirse o el alcaide se percató de que ambos se aproximaban lentamente. El caso es que aquel hombre se enderezó moviéndose pesadamente, mientras sostenía en la mano la cachiporra dura, brutal, manchada de sangre.

Y entonces se giró y miró a Bel directamente.

Ella sintió que el pánico le oprimía la garganta. Todo se movía con enorme lentitud, como la noche del callejón. El tiempo avanzaba despacio. Bel quería echar a correr, huir como un caballo que se dirige a la cuadra en plena tormenta. Pero se mantuvo firme pese a las náuseas, los estremecimientos y el frío helador. Le temblaba el cuerpo del odio que albergaba, y apretaba tanto las mandíbulas que éstas le dolían.

Una leve y bestial sonrisa asomó a los labios del alcaide, y ella advirtió que aquel hombre esperaba que se echase atrás o que revelara algún indicio de lo que él le había hecho. Pero no hizo ninguna de las dos cosas. Tenía un nudo en el estómago, pero su rostro se mantuvo impasible. Consiguió armarse de valor y apartar el temor con el que había aprendido a vivir. Robert le decía que tenía mucho coraje. Ella no olvidaría aquel comentario.

Caminó hacia delante.

Advirtió que aquello sorprendía al alcaide, que dirigió su torva mirada a Robert sin dejar de parpadear.

De repente Bel se preguntó si acababa de poner en peligro a su guardián, pero cuando miró a Robert vio cómo le lanzaba a aquel hombre una altiva mirada de aversión. Sonrió débilmente con fría satisfacción mientras el alcaide se percataba de que ahora ella tenía un amigo poderoso. Un protector. Procedía de un linaje de guerreros y su apellido era Knight, «caballero». ¿Quién mejor que él?

El alcaide la miró de nuevo con recelo comprendiendo, según ella supuso, que estaban en tablas: su crimen sería silenciado a cambio de la seguridad del padre de Bel. Él ignoraba que no tenía por qué preocuparse. La idea de que Robert o cualquiera de sus admiradores descubrieran que había perdido la virginidad con aquel ogro hacía que la embargara una terrible vergüenza. Los vestidos elegantes y los aires altivos les habían hecho creer que ella era una pieza codiciada. Cómo los había engañado: ella, la fría cortesana, más sucia e inferior que una puta. Incluso para Robert no era más que carnaza.

Sin intercambiar una palabra, ella, su protector y el lacayo pasaron junto al preso desplomado, el alcaide y el guarda.

Bel sabía que había ganado aquel combate, pero el alcaide asestó el último golpe en forma de una risita socarrona que la siguió por el pasillo. Hizo tintinear las llaves con alegre despreocupación, y aquel sonido estuvo a punto de hacer que Bel se desmoronase.

Soltó la mano de Robert y siguió avanzando mecánicamente hasta que al fin se encontró a pocos pasos de la entrada de la cárcel. Notando que le costaba respirar, consiguió salir por la puerta. Cuando alzó la vista, aturdida, le pareció que el cielo daba vueltas, y unos círculos negros brotaron en medio de su campo de visión. Sintió que las manos de Robert la sostenían. Se agarró a su antebrazo y se aferró a él, haciendo un esfuerzo por no desmayarse. Él deslizó su brazo alrededor de su cintura a modo de apoyo.

–Belinda, parece realmente enferma. ¿Se encuentra bien?

Su refinado tono de barítono parecía llegar a ella a través de un grueso muro de cristal.

Una oleada de dolor recorrió todo su ser. Dios, cómo deseaba que él llegase hasta ella, que rompiera la caja de cristal en la que se había encerrado y la estrechase contra él, con su pecho desnudo contra el de ella, sin nada que ocultar. Pero eso no ocurriría nunca. No habría amor. No para ella.

–Estoy... bien –logró decir, apartándose de él mientras se recuperaba lentamente–. Gracias.

Oyó cómo Robert murmuraba una orden al lacayo para que fuera en busca del coche. Él se paseó por la acera mientras Bel, en un silencio glacial, esperaba a que llegara el coche.

–Belinda, no quiero que vuelva a este infierno –dijo, lanzándole una feroz mirada autoritaria.

Ella agachó lentamente la cabeza.

–¿Cree que yo quiero volver?

–Entonces no lo haga.

No tenía fuerzas para discutir con él en ese momento. Por supuesto que tenía que volver. Su padre estaba allí. Por un momento estuvo a punto de preguntarle a Robert directamente si le prestaba el dinero para soltarlo, pero últimamente su orgullo se había visto herido varias veces. No era una niña que pidiese limosna, y la opinión que él tenía de ella ya era lo bastante mala sin tener que añadir la mendicidad a la prostitución.

Robert se le acercó y se detuvo a escasos centímetros de ella, con las manos en los bolsillos. Ella se armó de todo su valor, alzó la barbilla y lo miró a los ojos con serenidad. Él la observó atentamente. Los ojos oscuros y penetrantes de Hawk parecían llegar directamente hasta el fondo de su alma.

Bel no podía pronunciar palabra ni apartar la vista.

Él sacudió la cabeza con aire irritado mientras la miraba, pero su voz sonó suave.

–Debería haber dejado que la llevara por un camino diferente. No tenía por qué ver tanta brutalidad, Belinda.

Ella estuvo a punto de echarse a reír a carcajadas. El muy ingenuo. Si él supiera. La bondad y la nobleza de Robert hicieron que las lágrimas aflorasen a sus ojos.

–Mi hombre virtuoso –susurró.

–¿Por qué me llama así? No tiene gracia.

Hawk frunció el ceño y se apartó de ella con un aire tan remilgado y pomposo que Bel se atrevió a sonreír mientras el elegante coche se detenía ante ellos.

Subieron al carruaje y Bel se sentó junto a él y apoyó la cabeza en su ancho hombro. Sabía que estaba molesto con ella; pero, en lugar de protestar, se movió para que estuviera más cómoda y la rodeó con el brazo. Bel cerró los ojos, agotada tras su íntima victoria. Robert olía deliciosamente y mantuvo su brazo en torno a ella con fuerza y firmeza, mientras su hombro duro y musculoso hacía las veces de almohada para su cabeza.

«Me has ayudado –pensó ella–. No lo sabes, pero me has dado la fuerza necesaria para conseguirlo.»

–La próxima vez debería escucharme –mascculló Robert, tratando de parecer enfadado.

–Lo haré, querido. Lo que usted diga –susurró ella con un atisbo de sonrisa, dando gracias a Dios por tener a aquel hombre a su lado.

«Deja que me quede contigo.»

9

El caprichoso clima inglés se había vuelto inopinadamente frío para aquella época del año, y esa noche a las diez y media desencadenó un torrente de lluvia cuando Hawk salía airado de la Casa de los Lores, hambriento, cansado y malhumorado. Para colmo de males, le dolía terriblemente la cabeza tras haber discutido durante la hora de la cena con Eldon, Sidmouth y sus compinches tories extremistas, y sus sanguinarias opiniones lo habían indignado tanto que le habían quitado las ganas de comer.

Durante todo el rato le habían estado rondando la cabeza pensamientos confusos sobre Belinda que le habían inquietado y desconcertado, entremezclándose con su ansiosa libido hasta crear un gran embrollo en su cerebro.

Al volver a casa por Westminster miró por la ventanilla y vio cómo el viento y la lluvia zarandeaban los plátanos mientras su tambaleante carruaje bajaba por el paseo. Las débiles llamas de algunas farolas de hierro forjado se habían apagado, dejando huecos en la fila de faroles que resultaban tan oscuros como su mente confusa.

La historia de Jacinda, París y la academia de la señora Hall... ¿era verdadera o falsa? ¿Y podía permitirse siquiera preocuparse por una u otra versión?

La idea de que una cortesana se hubiera dedicado en el pasado a formar el carácter de su testaruda hermana lo horrorizaba. Tenía que descubrir la verdad por el bien de Jacinda, aunque no estaba seguro de querer saber algo más sobre la señorita Hamilton de lo que ya sabía.

Sabía Dios que había intentado mantener una distancia prudencial entre los dos para no comprometerse con Bel, pero sentía que estaba siendo irremediablemente arrastrado hacia su órbita como por efecto de un enorme imán cósmico utilizado por mujeres como ella para esclavizar a hombres ricos con títulos como él. Maldita sea, no era justo. Frunciendo el entrecejo en dirección a la ventanilla, mientras la lluvia punzante era arrojada en ambas direcciones contra el cristal, se rascó las sienes palpitantes y repasó lo que sabía sobre la señorita Hamilton.

Había preocupantes lagunas en la información de la que disponía. Por ejemplo, se preguntaba cómo se había convertido exactamente en una cortesana. Preguntarlo habría estado mal visto, de modo que supuso que nunca lo sabría a menos que ella le brindara esa información, lo cual parecía improbable. A diferencia de todas las mujeres habladoras que conocía, la señorita Hamilton era extremadamente reservada con los aspectos relacionados con su persona. Ella no soltaba prenda y él no hacía preguntas. Robert se preguntaba indignado por qué debía interrogarla sobre su vida. No había nada entre ellos a excepción de un acuerdo práctico y provechoso para los dos.

A pesar de todo, mientras escuchaba el repiqueteo de la lluvia sobre el techo del coche, lo incomodaba la idea de preguntarle, no por primera vez, cuál de sus conocidos o compañeros de club en White's había comprado su inocencia. ¿Hertford? Él era lo suficientemente depravado... ¿O se la había entregado ella libremente a aquel soldado insensato ante su insulsa promesa de matrimonio en una fecha cercana?, meditó mientras el coche atravesaba las puertas de Knight House. «No es asunto tuyo, Hawk. Te da igual, no te importa. Déjalo estar», se dijo.

Gruñendo de indignación y deseo contenido, salió fuera y avanzó chapoteando por los charcos que separaban su carruaje de la puerta principal, de modo que cuando llegó al iluminado vestíbulo de la entrada estaba medio empapado. Apenas había atravesado la puerta cuando Belinda se dirigió hacia él por el pasillo, elegante y serena.

–Oh, mírese. Pobrecillo –dijo.

«Dios, está preciosa», pensó él, y se le formó un nudo en la garganta. Iba vestida con sobria elegancia con un traje de seda marrón de Manila, y llevaba una gargantilla de perlas alrededor del cuello y el pelo dorado recogido en un moño. Se deslizó hacia él con unos ojos oscuros como zafiros, reluciendo sensualmente mientras recorría el cuerpo de Robert con una mirada de evaluación y reparaba en su estado de cansancio.

–Bienvenido a casa, querido. –Tomó el portadocumentos de piel de Hawk y se lo tendió al mayordomo, que acababa de cerrar la puerta–. Déjelo en el estudio de su excelencia –ordenó en tono sereno.

Walsh hizo una reverencia.

–Sí, señora –asintió, y a continuación obedeció su mandato.

Hawk siguió a su mayordomo con la mirada, bastante sorprendido ante el tono cortés que había empleado con ella, y luego miró a Belinda con cautela, con la intuición de que se traía algo entre manos. Pero mientras la observaba le dio un vuelco el corazón, y las preguntas que se le habían ocurrido en el carruaje se desvanecieron.

¿Cómo podía la mera razón oponerse al poder sensorial de su presencia: su andar grácil, su piel nacarada, su perfume de gardenias, el brillo de la luz del candelabro en sus labios húmedos? Qué diablos, era la mujer más misteriosa y seductora que había visto nunca, y lo único que podía hacer era reprimir la fascinación que sentía.

Bel le dedicó una sonrisa tranquilizadora, se colocó detrás de él y lo ayudó amablemente a quitarse el abrigo mojado.

–Deje que se lo quite, querido. ¿Ha cenado?

–Me muero de hambre.

–Bien. Le he guardado la cena caliente. Venga.

Se dio la vuelta y caminó tranquilamente por el vestíbulo en dirección al comedor; su vestido de seda emitía un frufrú al rozar con sus largas piernas.

Desconcertado por la cordialidad con que ella se ocupaba de las gestiones y el cambio que advirtió en toda la casa, Robert se pasó la mano por el pelo mojado y la siguió, demasiado hambriento para pensar en exceso. Cuando tomó asiento a la cabeza de la larga mesa de caoba, la boca se le hacía agua.

Belinda dio una orden a una de las doncellas, que hizo una reverencia y se escabulló para cumplir el encargo. Ella se movió con ligereza hacia el trinchero, donde había un cubo de hielo con una botella de vino blanco, y le sirvió una copa mientras Hawk se preguntaba qué diablos había ocurrido allí mientras él estaba fuera.

¿Qué demonios les había hecho a sus sirvientes? Esa misma mañana la consideraban una auténtica Jezabel, ¿por qué acataban sus órdenes tan obedientemente por la noche?

Al acercarle la copa de vino, Bel reparó en su expresión confundida y le lanzó una sonrisa irónica.

–He convocado una pequeña reunión con los criados que tienen los puestos más importantes mientras usted estaba fuera.

–¿Y ha recurrido a la brujería o simplemente los ha sobornado, si puede saberse?

–Ninguna de las dos cosas. Sencillamente les he recordado el honor del que gozan al servir en Knight House y que no les corresponde a ellos juzgar los actos de su amo, y les he dicho... Bueno, olvídese de lo que les he dicho. Basta con decir que se han dado cuenta de que no estoy aquí para tontear con... su excelencia –añadió con una reverencia formal, y a continuación se deslizó hacia atrás y se sirvió una copa de vino.

–¿Me está advirtiendo a mí también?

Sonriendo con dulzura, Bel se dirigió a la mesa y se sentó tranquilamente en la silla situada a la derecha de Robert.

–¿Qué tal la sesión?

–Desesperante –gruñó él mientras partía un pedazo de pan.

–¿Qué ha pasado?

Belinda escuchó en silencio, con la mejilla apoyada en una mano, asintiendo mientras él relataba con cierta impaciencia su discusión con Eldon y Sidmouth y se quejaba de su maldito dolor de cabeza. Sin embargo, cuando el mayordomo trajo la cena, ya se había desahogado y librado de gran parte de su frustración y estaba listo para cenar.

Cuando la tapadera plateada fue retirada de su plato, descubrió una de sus comidas favoritas: chuletas de cordero *à la braise* con espárragos tiernos embadurnados con mantequilla. Belinda le sirvió vino tinto para acompañar la carne, y Robert metió mano a la comida.

Ella dio un sorbo de vino mientras contemplaba la lengua de la llama que ardía en lo alto de la vela.

–Tenemos que fijar un día para la cena, Robert.
–¿Hum? –dijo él, devorando el cordero.
–Necesito que me dé una lista de invitados. Cuanto antes invitemos a esos caballeros, mejor. Al fin y al cabo, no voy a estar aquí eternamente.
Le dedicó una sonrisa velada y dio un trago de vino.
–¿De verdad espera hacer cambiar de opinión a esos viejos tercos sobre los asuntos de Estado moviendo sus bonitas pestañas?
–A usted es al que le toca hacerlos cambiar de opinión, Robert. Por lo menos yo puedo hacer que lo escuchen. Tendrá que ser una cena exclusiva para caballeros. Evidentemente, sus esposas no vendrán mientras yo sea la anfitriona. Por el bien de su reputación, no se me ocurriría invitar a Harriette y a sus amigas para que entretuvieran a los hombres, o su casa ganaría fama de burdel.
–¿De verdad es buena idea?
–Confíe en mí. Prepáreme una lista de invitados. Yo me ocuparé de lo demás.
–Me asusta –murmuró él.
Bel se rió entre dientes y le tocó el brazo cariñosamente. Muy a pesar suyo, Robert sonrió.
De postre había tarta de frambuesa y crema de almendra, para ser disfrutadas con una copita de brandy. Al final de aquella magnífica cena era un hombre nuevo. Estiró los brazos por encima de la cabeza con satisfacción y contuvo un gran bostezo.
Belinda le tomó la mano afectuosamente.
–Venga, tengo una sorpresa para usted.
Él la miró intrigado.
–¿Qué tipo de sorpresa?
–Si se lo dijese no sería una sorpresa, ¿no cree, Robert? Ahora pórtese bien y venga conmigo.
Él cogió su brandy y se dejó llevar de la mano a la biblioteca, donde una pequeña lumbre crepitante aplacaba el insólito frío de aquella noche. Robert entró sin prisa en la habitación y miró alrededor con curiosidad. «¿Otro regalo?», se preguntó. Su humor había mejorado considerablemente, pero el dolor de cabeza persistía.

–Espero que no le moleste el fuego. Con este tiempo tan deprimente, pensé que...

–Está bien –masculló él.

–Siéntese en su sillón –sugirió Bel, cruzando las manos por detrás de la espalda.

Él se dejó caer de buena gana en su gran butaca de cuero junto a la chimenea y permaneció a la espera.

–Eche la cabeza hacia atrás y cierre los ojos.

Robert obedeció.

Oyó cómo ella se movía por la habitación y luego todo se quedó en silencio. Un momento después brotaron del piano las primeras notas lentas y delicadas. Abrió los ojos y se quedó mirándola fijamente mientras tocaba para él. Era evidente que había afinado el Graf mientras él estaba fuera.

Por un instante deseó estar enfadado con ella por haberse atrevido a entrometerse en su vida, pero le resultó imposible indignarse ante la oleada de felicidad que lo embargó al reconocer los primeros compases de «Voi che sapete», la dulce y hermosa aria de Cherubino en *Las bodas de Fígaro*.

«Es una pieza que se toca en las academias para señoritas», pensó él, sonriendo para sus adentros mientras observaba cómo ella leía la partitura completamente absorta. Bel no cantó para él, pero Robert conocía la letra:

> Vosotras que sabéis
> lo que es el amor,
> mujeres, decidme
> si yo lo tengo en el corazón.
> Lo que yo siento,
> os diré,
> es para mí nuevo,
> comprenderlo no sé.
> Siento un afecto
> lleno de deseo
> que ora es placer,
> ora es martirio.
> Me hielo, y después siento

el alma inflamar,
y en un momento
me vuelvo a helar.
Busco un bien
fuera de mí,
no sé quién lo tiene,
no sé qué es.
Suspiro y gimo
sin querer,
palpito y tiemblo
sin saber,
no encuentro paz
ni de noche ni de día,
y sin embargo me gusta
languidecer así.
Vosotras que sabéis
lo que es el amor,
mujeres, decidme
si yo lo tengo en el corazón.

Posó el codo en el brazo del sillón y, apoyando la barbilla en su mano entrecerrada, miró a su anfitriona y disfrutó de su interpretación absolutamente extasiado, más por la bondad de sus intenciones que por su destreza.

Le parecía un hermoso regalo. Cerró los ojos y echó la cabeza hacia atrás como ella le había indicado y se relajó.

La vida era agradable.

La interpretación de Bel concluyó, pero él siguió con los ojos cerrados, por fin completamente relajado. La biblioteca era un hueco enorme, negro y reverberante situado detrás de él, que permanecía repantigado en la gran butaca de orejas junto al fuego, con la copita de brandy en una mano y el pie de cristal balanceándose entre sus dedos.

Las llamas danzarinas proyectaban una luz anaranjada sobre su rostro, inmerso en la sombra. Tenía el chaleco desabrochado. Se había pasado la mano por el pelo intentando aliviar el dolor de cabeza que lo atormentaba y el cabello le había quedado ligeramente revuelto. Los párpados le pesaban demasiado para levantarlos cuando oyó un sedoso susurro y percibió la fragancia de Belinda al acercarse a él.

–¿Qué tal el dolor de cabeza? –preguntó ella, y su voz suave e íntima sonó en el enorme vacío de la habitación.

–Sigue haciendo de las suyas –murmuró Robert, sin moverse ni abrir los ojos–. La verdad es que toca bastante decentemente, señorita Hamilton.

–No tan bien como usted, por lo que me han dicho.

–He perdido la práctica.

–¿Por qué ha dejado de tocar?

–No tengo tiempo.

El duque oyó que ella suspiraba suavemente.

–Nuestras almas necesitan música, Robert, al igual que nuestros cuerpos necesitan contacto.

Hawk notó cómo le quitaba delicadamente de la mano la copa de brandy, pero no reaccionó. Bel le dio un golpecito en las piernas estiradas para que las separase, se situó entre ellas y se inclinó para desatarle el pañuelo. Él abrió los ojos perezosamente y la miró.

Se le ocurrió protestar.

–¿Se puede saber qué está haciendo? –preguntó en un tono de afable curiosidad.

–Hago que se sienta más cómodo.

–Ah.

Cerró de nuevo los ojos, disfrutando de la singular sensación de sus delicados dedos al aflojar el meticuloso nudo del pañuelo, y un instante después Bel tiró de él y se lo quitó deslizándolo.

Le acarició ligeramente el cuello y le desabotonó la parte de arriba de su camisa blanca almidonada.

–¿Mejor? –murmuró ella mientras le pasaba lentamente la mano por el pecho.

Él emitió un sonido a medio camino entre un gruñido de asentimiento y un gemido de deseo. El corazón le palpitaba y mantenía los ojos cerrados.

Posando una mano en su hombro, Bel rodeó la butaca despreocupadamente para colocarse detrás de Robert; él era plenamente consciente de su presencia. Todo su cuerpo se estremeció cuando ella deslizó los dedos por su cabello.

–¿Se puede saber qué está haciendo ahora, señorita Hamilton? –preguntó con rigidez.

–Aliviándole el dolor de cabeza, querido. Relájese.

Confuso y ansioso, trató de obedecer mientras ella le acariciaba el pelo muy suavemente. ¿Acaso no sabía cómo estaba tentándolo?

–¿Dónde le duele? –murmuró ella–. ¿Aquí?

–Sí –asintió él, mientras ella presionaba con sus pulgares en dos puntos palpitantes situados en la base del cráneo.

Sus pulgares trazaron círculos con una suave insistencia sobre los músculos agarrotados del cuello hasta que empezaron a relajarse poco a poco.

Los instantes pasaron.

–Belinda –dijo él con cautela, adoptando un tono cortés por miedo a que una palabra equivocada hiciera que ella dejara de proporcionarle aquel glorioso placer–, esa historia sobre París y la academia de señoritas en la que daba clases... ¿era cierta?

Las manos de ella interrumpieron el masaje.

–Robert, querido. –Habló con un dulce tono de amonestación–. ¿Qué le hace pensar que nuestro acuerdo le da derecho a conocer los detalles de mi pasado?

–En lo que respecta a mi hermana, su pasado es de mi incumbencia.

–Bueno, no se preocupe, no corrompí a su hermana. Lady Jacinda no corre ningún peligro. Aunque en mi opinión es una chica impetuosa y me aventuro a pensar que se debe a la falta de consejo materno.

–Lo he hecho lo mejor que he podido –dijo él poniéndose a la defensiva.

Bel se rió dulcemente y le pasó los dedos por el pelo.

–Estoy segura de que lo hizo, querido, en todos los aspectos. Pero usted es un hombre –añadió en un elocuente susurro.

–Está evitando mi pregunta.

–Muy bien, si tanto le interesa, durante un tiempo di clases de francés, música, historia y conducta en la academia de la señora Hall. Fue mi último puesto respetable antes de... esto.

Hawk cerró los ojos y se rascó una ceja lleno de indignación. Una cosa era que una cortesana le estuviera frotando la espalda y otra bien distinta que lo estuviera haciendo una condenada profesora de una academia para señoritas.

–Dolph se las ingenió para que me despidieran –continuó Bel–. Durante un mes vino a verme cada día, y al final convenció a la directora de que él era mi verdadero amor... de que yo no era ni respetable ni casta, y de que ejercía una mala influencia sobre las chicas. La señora Hall llegó a la conclusión de que era una amenaza para las estudiantes, de que mi «conducta» pondría en peligro el bienestar moral de las chicas, y me despidió.

–¿Y no le dijo que Dolph mentía?

–Desde luego, pero ya sabe lo pesada que puede llegar a ser la señora Hall, si ha tratado alguna vez con ella. Le preocupaba el prestigio de la academia, y yo no quería que la reputación de las chicas se viese manchada por nada antes de que hicieran su debut en sociedad –añadió–. Dejé el trabajo por el bien de ellas sin oponerme demasiado.

–¿Y qué hizo entonces?

–Fui a ver a Harriette y luego apareció usted.

–Ah –dijo él, percibiendo una nota sutil en su voz que le advirtió que había pisado en terreno pantanoso.

–Y ahora, excelencia, ¿hará el favor de mantenerse callado y disfrutar del masaje? ¿O quiere que pare?

Él inclinó la cabeza hacia atrás y le sonrió arrepentido.

–No diré una palabra.

Ella le respondió con una sonrisa serena y le acarició la mejilla, que estaba áspera por la barba incipiente de aquel día.

–Es usted un granuja atractivo, Hawkscliffe. Al menos cuando no tiene el entrecejo fruncido. Eche la cabeza atrás.

Robert obedeció. Bel le acarició, masajeó y frotó el cuello y la espalda en silencio. Para sorpresa de él, su remedio surtió efecto.

–¿Le gusta?

–Mmm.

Poco a poco Hawk se dejó llevar por el placer de sus caricias. La tensión comenzó a disminuir lentamente.

–Sí, así está mejor, mi amor –susurró ella, deslizando lentamente hacia arriba sus cálidas y firmes manos a ambos lados del cuello para acariciar la mandíbula tensa.

Robert se fue relajando, cautivado por aquella sensación. Su cuerpo estaba en su poder, como si fuera arcilla en sus manos. Tras los párpados imaginó lo que deseaba hacerle. *Fille de joie.* Chica de placer. Mientras tanto ella le acarició las sienes con cuidado, y luego las yemas de sus dedos se posaron levemente sobre su frente, presionando en las pequeñas cavidades situadas bajo la curva de sus cejas, apretando en ciertos puntos que palpitaban débilmente.

Bel se detuvo el tiempo suficiente para que una punzada de desilusión recorriera el cuerpo de Robert y le hiciera pensar que ya había acabado, pero estaba equivocado. Tras rozarle suavemente los lados de la cara y el cuello con los nudillos, le desabotonó varios botones de la camisa. Luego deslizó las manos por dentro, acariciando y explorando su torso desnudo.

Hawk se puso en tensión lleno de deseo, mientras el corazón le latía con fuerza. No se atrevía a abrir los ojos por miedo a que todo fuera un sueño del que no quería despertar; notó cómo le desabotonaba del todo la camisa, y sus manos sedosas la abrieron rozándole a ambos lados. El aire fresco le acarició la piel, y el calor del fuego tiñó su vientre y le caldeó la ingle.

Robert sintió su suave rostro junto al de él, meciéndose contra su mejilla al tiempo que sus manos resbalaban por su pecho hacia el vientre. Una fuerza angustiosa y anhelante se propagó por su piel bajo el suave roce de ella. La expectación recorrió todo su ser como el fuego, un deseo que no había experimentado con ninguna otra amante en el pasado. «Tócame. Oh, Dios, por favor, tócame, ayúdame.» Respiró profundamente. Se aferró a los brazos de la butaca, a la espera de lo que iba a hacer ella.

Sintió que lo besaba en la oreja, acariciándole suavemente el lóbulo con la lengua, y cayó completamente bajo su hechizo. Cuando ella abarcó con la mano la protuberancia de sus pantalones negros y lo acarició, Hawk dejó escapar un leve gemido de profunda gratitud y relajó los muslos.

Tal vez ella estaba esperando a que protestara, pero a él le resultaba imposible; estaba completamente a su merced.

La respiración de Robert se aceleró; ella le desabrochó los pantalones y deslizó su mano dentro, y para entonces él ya estaba listo y palpitaba.

–Oh, Robert –susurró Bel en señal de aprobación, al tiempo que agarraba su miembro suave y rígido y lo acariciaba de arriba abajo una y otra vez.

Él gimió y abrió los muslos, con hambre de algo más. Ella se lo concedió; lo liberó totalmente de los pantalones y lo acarició, al principio con suavidad y luego con más firmeza. Hawk curvó las manos sobre los brazos de la butaca y se aferró a ellos hasta que los nudillos se le pusieron blancos.

Podía sentir la mirada de ella posada sobre su rostro, como si estudiase su reacción a la más mínima caricia... aprendiendo los requisitos exactos del placer como una verdadera profesional. Con la punta de la lengua recorrió la curva de su oreja, haciéndolo enloquecer.

Él giró la cabeza, buscó sus labios y la besó con una temblorosa codicia mientras ella no paraba de acariciarlo. De pronto Bel interrumpió sus caricias. Dejó de besarlo y él abrió los ojos, confuso y ardoroso. La miró con una consternación llena de asombro bajo el pelo revuelto. No podía dejarlo así bajo ningún concepto. Él le había pagado.

Sin embargo, comprobó con alivio que ella no se iba; sólo estaba moviéndose para colocarse frente a él. La miró fijamente, necesitado, sorprendido y ansioso, consciente de que aquello era lo que había soñado. Belinda le sostuvo la mirada, con su hermoso rostro seductor y sereno, y sus ojos azules como una orquídea oscura brillantes de deseo.

Apoyando las manos en los anchos muslos de Robert, se arrodilló entre sus piernas. Él se mantuvo a la espera con la respiración entrecortada, extasiado; nunca había estado tan excitado en su vida. Como una hermosa devota pagana, Bel deslizó las manos por el amplio pecho de Hawk besándolo a medida que avanzaba. Removió con los dedos el rizado vello de su pecho y le rozó los pezones con la lengua mientras, más abajo, ahuecaba la mano y acariciaba su pene rígido.

Hawk no podía creer su suerte. No lo había pedido, ni había pagado por ello; ella no tenía por qué hacerlo... lo cual sólo podía significar que en ese preciso instante no era dinero lo que ella deseaba, sino que lo deseaba a él.

Cuando ella descendió con sus besos hacia el vientre, su asombro se desvaneció ante la oleada de éxtasis que invadió su ser. Bel trazó un círculo de forma suave y provocativa alrededor de su ombligo, y luego separó los labios mojados y recibió con lentitud e indecisión la cima de su imponente erección en su boca húmeda. Él apoyó la cabeza en el respaldo de la butaca con un gemido de deleite y tocó su cabello sedoso. Bel lo chupó amorosamente, frotándolo con vigor en todo momento con sus manos cálidas y firmes, y acariciándolo con dulzura por todas partes.

Soltando un profundo gemido, Robert deslizó las manos por el pelo de Belinda, inclinó la cabeza hacia delante y la miró, mientras le rozaba la mejilla con los nudillos lleno de un tierno y turbulento deseo. No lograba entender por qué y cómo había renunciado a aquello durante tanto tiempo.

Tras varios minutos de absoluto éxtasis, Bel miró hacia arriba con una maliciosa sonrisa de mujer mundana, el ideal de los sueños de todo escolar, deslizando la punta de la lengua por su miembro. Su mirada sensual y cómplice se cruzó con la de Robert, y a continuación agachó de nuevo la cabeza, y dio vueltas y vueltas con la lengua alrededor de su glande, extraordinariamente sensible.

Si bien sus movimientos y sus ojos grandes y rebosantes de afecto al levantar las pestañas poseían cierto candor ingenuo, aquella pequeña revelación de su inexperiencia no disminuyó el placer, sino que lo incrementó. Una excesiva experiencia por su parte tal vez habría resultado irritante. Él la encontraba irresistible tal y como era.

Robert no supo cuánto tiempo pasó hasta que ella se apartó y lo miró a los ojos de forma erótica y seductora; él le sostuvo la mirada con un feroz deseo animal. Ansiaba levantarle la falda y dejar que se montase sobre él en la butaca. Pero ella tenía otros planes. Permaneció de rodillas aferrada a las caderas de Hawk, arañándolo con las uñas. De pronto la cogió por la nuca y, tirando de ella hacia arriba, la besó apasionadamente.

Ella gimió de placer bajo su ardiente beso. Dios, había querido besarla así desde el primer día que la había visto en casa de Harriette. Quería que los dos se dejasen llevar, hasta que el último cristal de hielo que cubría la altiva fachada de Bel se derritiera, y amarla fogosamente hasta que lograse liberar el ángel que residía en su interior.

Finalmente Belinda lo detuvo, empujándolo contra el respaldo del sillón. Él la tomó de la mano, entrelazando sus dedos con los suyos.

–Déjame hacerte el amor –susurró.

Ella sacudió la cabeza y esbozó una sonrisa leve, serena y misteriosa.

–Disfruta.

Hawk no tuvo fuerzas para oponerse cuando ella volvió a arrodillarse. Bel abrió su dulce boca e introdujo su miembro hasta el fondo de tal forma que por poco se ahoga con su tamaño, y a continuación lo extrajo y lo chupó apasionadamente con renovada e inequívoca determinación. Él cerró los ojos y se abandonó.

Robert estaba tan necesitado que no tardó mucho en culminar. Mientras sus gemidos de éxtasis inundaban la habitación, la joven y hermosa cortesana se echó hacia atrás y lo llevó al orgasmo con sus manos sedosas y calientes, una explosión liberadora que brotó a chorros sobre su vientre y su pecho.

–Oh, Dios, Belinda –exclamó al fin con voz entrecortada, recostándose en el sillón, completamente agotado.

Apenas se dio cuenta de que habían pasado unos instantes y que ella se había puesto en pie, pero entonces vio que Bel cogía el pañuelo de muselina desdoblado y lo desplegaba sobre su vientre con una sonrisilla sensual y cómplice.

–¿Te encuentras mejor, Hawkscliffe?

Él se echó a reír fatigosamente mientras ella apuraba el resto de brandy. Bel retiró el pañuelo empapado con aire indiferente y lo lanzó despreocupadamente al fuego.

Hawk se limitó a contemplarla con una admiración llena de asombro, excesivamente saciado para mover un músculo.

«Menuda mujer.»

Bel regresó junto a él en silencio y le abrochó de nuevo los pantalones, y luego se recreó acariciándole distraídamente el pecho y los hombros con la punta de los dedos. Sus pestañas ocultaban su mirada.

–¿Vas a dormir aquí? ¿Te traigo una manta?

Él la cogió de la muñeca con delicadeza y tiró de ella para que se sentara en su regazo. Deslizó el otro brazo alrededor de su cintura para que no pudiera escapar. Le apartó detrás de la oreja el pelo que se le había despeinado y reparó en su mirada velada de incertidumbre.

–¿Por qué lo has hecho? –le preguntó en voz baja.

–Porque lo necesitabas. ¿No te ha gustado? –dijo ella, poniéndose inmediatamente a la defensiva.

–Oh, claro que sí –declaró él con una sonrisa ronca–. ¿Te ha molestado?

–No digas tonterías. Has estado poniendo en duda mis dotes como cortesana desde la noche que nos conocimos, y pensé que debía ponerte en tu sitio –dijo ella en tono arrogante, con los brazos en tensión.

Él se rió suavemente y le dio un beso dulce en la mejilla.

–Pues has ganado un adepto, señorita Hamilton. Puedes ponerme en mi sitio siempre que quieras.

Ella bajó los párpados, sonriendo. Permanecieron de ese modo durante un largo rato: ella, rígida y recelosa; él, acariciándole la mejilla y la curva del cuello con la nariz, tratando de hacer que se relajase. Tenía un tacto cálido y maravilloso.

–¿Lo he hecho bien, Robert? –preguntó Bel casi con timidez al cabo de un rato–. Puedes decirme la verdad. –Él se echó a reír ante lo absurdo de la pregunta, pero se quedó inmóvil cuando ella añadió–: Porque yo... nunca...

Hawk la miró sorprendido.

–No te ha gustado –dijo ella, poniéndose rígida al ver su expresión.

–Sí, has estado magnífica, mi amor. Ven aquí –susurró él, tomando su rostro entre sus manos con ternura.

Acalló sus preocupaciones con un beso suave que se volvió cada vez más profundo. Poco a poco Bel dejó que separara sus labios y saboreara su lengua. Que Dios lo perdonara, pero la creía. Sin embargo, ¿por qué había decidido concederle aquel privilegio a él? Un temblor le recorrió el cuerpo cuando la besó. En ese momento, mientras acariciaba con su boca los blandos y satinados labios de Bel, ella era todo su mundo; retuvo el aliento de su cortesana en los pulmones, recibió su leve suspiro con la lengua, y se sumió en una obsesiva adoración, disfrutando de aquella boca que lo consumía.

Le dio un beso delicioso y profundo con el que expresarle todas las cosas que no podía decir. Ella empezó a ablandarse entre sus brazos, devolviéndole el beso de forma más apremiante y deslizando los dedos entre su pelo. Robert sintió que su deseo florecía como un capullo prieto de rosa que se abre para recibir el calor pausado y fastuoso del sol.

Bajó la mano por el cuello de Bel, ansioso por besarla en aquel lugar pero incapaz de despegarse de sus suaves labios. Deleitándose en su boca con tierna insistencia, acarició su cabello claro y pensó: «Dios mío, ¿qué me estás haciendo, muchacha?».

Unos minutos más tarde ella puso fin al beso y respiró hondo. Cuando se apartó y miró fijamente a Robert, sus ojos de tono azul violáceo tenían una expresión vulnerable y angustiada. Él recorrió con los dedos la curva de su mejilla.

–Duerme conmigo. Déjame que te devuelva el favor...

–No. Buenas noches, Robert, tengo que irme.

Se retorció entre sus brazos, pero él la estrechó con más fuerza, sonriendo fatuamente ante su tibio forcejeo.

–Quédate, amor. Duerme entre mis brazos.

Rodeó su rostro con las manos y se inclinó para besarla otra vez, pero ella se escabulló y salió rápidamente de la biblioteca en medio del susurro de la seda.

Hawk frunció el entrecejo cuando la puerta se cerró. Se preguntaba si debía ir tras ella, pero decidió que no lo haría. Fueran cuales fuesen sus motivos, Belinda no quería que él la tocase en ese preciso instante, y Robert se negó a cometer un error. Ella sabía cómo mantener a un hombre a raya mejor que cualquiera de las mujeres que había conocido. ¿Cómo podía un caballero escalar sus muros, asaltar su ciudadela, conquistar la torre de marfil de su corazón?, pensó, sintiéndose solo ahora que ella se había marchado. Su mirada de preocupación comenzó a vagar por el perímetro de la biblioteca y se posó en el piano afinado, y cayó en la cuenta de que Bel poseía otros sentidos que él podía deleitar.

«Nuestras almas necesitan música, al igual que nuestros cuerpos necesitan contacto.» Sonriendo con tristeza, Robert pensó: «Qué cortesana tan sabia».

Haciendo un gran esfuerzo, se levantó de la butaca. Al dirigirse hacia el piano haciendo crujir los nudillos, la camisa y el chaleco dejaron su pecho al descubierto.

Sintiendo una punzada de nostalgia por la parte de sí mismo que había perdido, tocó una tecla con aire vacilante, y sintió que aquella nota solitaria resonaba en el pozo de su alma. Si Bel no estaba dispuesta a aceptar sus caricias, le ofrecería música.

Las teclas de marfil tenían un tacto suave como el satén bajo las yemas de sus dedos. Se quedó quieto con los ojos cerrados y rescató de su memoria la queridísima pieza, pues aún se acordaba de cómo dar rienda suelta a sus emociones por medio de las manos...

Conmocionada, reprimiendo las lágrimas de confusión, Bel se puso su bata y se dirigió hacia su tocador de madera satinada.

«Dios mío, qué beso.»

Le tembló la mano al verter agua con el jarrón en la palangana. Dejó el jarrón a un lado y se inclinó para salpicarse la cara antes de irse a la cama. Se restregó con cierta brusquedad, mientras por dentro se debatía con la ciega desesperación de quien lucha contra un enemigo invisible.

No podía creer lo que había hecho. Le había hecho una felación al duque de Hawkscliffe como una auténtica y decidida prostituta, y él estaba tan... atractivo. Tan atractivo en su abandono, tan atractivo en la culminación, con la bruma luminosa de satisfacción que apareció después en sus ojos oscuros. Ni siquiera estaba segura de cuáles habían sido sus motivos, pero parecía como si hubiera sentido la necesidad de exhibir su poder sobre él; de mostrarle que, al juzgarla como una puta, no se había dado cuenta de que ella sabía exactamente cómo derribar su fachada de superioridad moral.

Había sentido la necesidad de ofrecerle una muestra de lo que podía llegar a hacer por él, de forma que tal vez dejara de verla como un señuelo y la contemplara como un ser humano, o por lo menos como una mujer digna de su papel de auténtica amante. Y había sentido la necesidad de demostrarle que no estaba tan por encima de ella como le gustaba hacer ver. De modo que casi había seducido a su protector. ¿Por qué debía tener miedo? Su condición de amante consentida y selecta probablemente había quedado consolidada. Iba a ser rica. A él le había gustado mucho, y posiblemente querría que siguiera siendo su querida incluso después de que hubiera acabado con Dolph. Pero él no iba a respetarla ahora. No después de aquello.

Ni siquiera ella se respetaba a sí misma, y a esas alturas debía de haberse convertido en una verdadera puta porque por alguna razón no se arrepentía. El contacto de él bajo sus manos, su fuerza, su ardor y su suavidad aterciopelada. Su sabor. Su reacción ante los besos de ella, ante cada caricia...

Bel se había propuesto conquistarlo y con ello tan sólo había logrado descubrir la terrible soledad de su propio corazón, reflejada en la vulnerable necesidad de él: el vacío que anidaba en su interior y precisaba urgentemente la fuerza y la ternura de Robert. Y al final todas las cuestiones relacionadas con el poder habían quedado olvidadas. Besarlo, servirle, ofrecerle placer eran cosas lo suficientemente placenteras para ella, y aquélla era una situación ciertamente peligrosa.

«Robert.» Belinda se estremeció, frotándose los ojos con fuerza mientras el agua se escurría entre sus dedos y caía de nuevo en el recipiente, tan inaprehensible como el amor. Se apartó de la palangana y se dobló en silencio, llevándose la mano al vientre y conteniendo un enorme sentimiento de aterradora soledad, casi tan intenso como un dolor físico.

Él no debía saberlo, no debía notarlo. Una cortesana no podía amar, o de lo contrario acabaría destrozada.

Se dirigió a la cama, se tumbó y se cubrió los ojos con el antebrazo para reprimir las lágrimas.

Fue entonces cuando se elevaron las primeras notas de la planta baja, vacilantes, inquisitivas, como el primer beso que se habían dado en casa de Harriette. Contuvo la respiración y permaneció a la escucha. El embrujo aumentó a medida que la música progresaba, envolviéndola. Bel escuchaba con atención, aferrándose a cada nota como si su vida dependiera de ello.

Robert tocaba como un maestro. La sonata en cuestión era mucho más intrincada que cualquiera de las piezas que ella podría haber interpretado, delicada, triste y lenta hasta estallar en una magnificencia y complejidad que sólo podían corresponder a Beethoven. A medida que pasaban los segundos comprendió que Robert le estaba hablando, sólo a ella, y una carcajada incontenible de alegría escapó de sus labios mientras prorrumpía en lágrimas; por primera vez y de aquella forma tan inesperada, separados por media casa, la fría reina de las cortesanas permitió finalmente que un hombre la tocara.

10

Más de quince días después Bel se encontraba frente al espejo de la tienda que su modista tenía en Bond Street. La enérgica mujer francesa estaba comprobando cómo le quedaba el último vestido que había creado para la Belle Hamilton, una espléndida prenda de seda de color azul pálido con un escote en forma de corazón que se hundía en el valle formado entre sus senos. No cabía ninguna duda: se trataba del vestido de una cortesana.

Bel seguía con la mirada las manos de la modista mientras le alisaba la larga y pulcra raya de la falda a la altura de las caderas y la cintura. No podía evitar pensar que según las apariencias se estaba convirtiendo en lo que fingía ser, y a pesar de ello, había descubierto la joya más valiosa que había visto nunca.

Sólo podía pensar en Robert.

–A él le encantará, *mademoiselle* –murmuró la mujer, y sus ojos oscuros brillaron con orgullo ante su creación.

–Oh, sí –asintió Bel, admirando la destreza de la mujer.

Apenas podía esperar a ver la cara de Robert cuando vislumbrara el atrevido escote.

–¿Es para alguna ocasión especial?

–Para ir al salón Argyle.

–Pensaba que era para una cena.

–No, el rosa es para la cena. Éste es para el baile de las cortesanas.

Algo había surgido entre ellos desde lo ocurrido aquella noche en la biblioteca, algo que había crecido como el brote tierno y verde de una flor hasta entonces desconocida. Bel había olvidado lo que era sentirse a salvo, ser feliz.

Siguieron adelante con su farsa: reuniones tumultuosas, conciertos, veladas, visitas a Vauxhall, el salón Picadilly, el teatro, la ópera, el parque. Robert ya no hablaba de Dolph ni de lady

Coldfell. Bel evitaba mencionarlos, consciente de que el uno de agosto llegaría muy pronto y, con él, el fin del acuerdo que ella y Robert habían firmado. Antes de que llegara esa fecha, quería que la invitase a quedarse junto a él indefinidamente como su amante.

Era la solución perfecta en medio de un mundo terriblemente imperfecto; tal vez fuese la única. Nunca podría volver a ser una persona respetable, y no le agradaba la perspectiva de ponerse otra vez en venta cuando su plan hubiese concluido. ¿Qué probabilidades tenía de encontrar a un protector en el que pudiese confiar la mitad de lo que confiaba en su duque remilgado y lleno de obligaciones morales? Además, se atrevía a pensar que estaba aprendiendo a hacer feliz a Robert.

Se había enterado de que cierto día, en plena sesión de la Cámara de los Lores, él se había echado a reír a carcajadas sin ninguna razón aparente. Luego, para diversión de sus colegas, había votado la moción equivocada, y había tenido que ponerse en pie ante el escaño del gran canciller y cambiar su voto negativo por uno positivo.

Mick Braden había ido a visitarla la última semana, pero Robert se había negado a dejarlo entrar; un incidente que, para su sorpresa, la había hecho sentirse protegida antes que molesta.

No habían vuelto a gozar de un momento íntimo como el que habían vivido en la biblioteca, pero todo había cambiado entre ellos. Bel comprendió de forma lenta pero segura que los dos se estaban quitando sus máscaras, derribando la fachada del otro y convirtiéndose en muy buenos amigos.

Además, ella tenía ahora unas setecientas cincuenta libras de las tres mil que necesitaba para sacar a su padre de la prisión de Fleet.

Dejó a un lado sus cavilaciones al darse cuenta de que su modista parisina le había hecho una pregunta.

–¿Qué tal está *madame* Julia? ¡Es tan guapa! Hace mucho que no la veo.

–Está otra vez embarazada –murmuró Bel en tono confidencial.

La mujer se quedó parada y alzó la vista boquiabierta.

–*Mon dieu!* Pero ¿no tiene ya cinco hijos?

–Seis... Éste es del coronel Napier.

La modista habló entre dientes con un alfiler en la boca e inclinó la cabeza.

–Tenga cuidado, *mademoiselle.*

–Oh, lo tendré, créame –aseguró Bel.

Harriette le había dado instrucciones exhaustivas sobre el empleo de una pequeña esponja atada a una bobina de hilo, su única defensa contra el embarazo junto al uso inteligente del calendario.

Se trataba de un método desarrollado en Europa que garantizaba un pleno placer por ambas partes. En Inglaterra esa modalidad anticonceptiva era recomendada incluso por los sabios comadrones a las mujeres con una salud delicada para las que un embarazo podía resultar peligroso. También se podían emplear condones elaborados con tripas de cabra, pero Harriette le había dicho que ninguna compañera con amor propio se dignaba utilizar uno, lo cual le pareció perfecto, pues la simple idea le resultaba repugnante. Si ninguna de aquellas cosas funcionaba, había ciertos remedios caseros que le habían enseñado a fabricar que podían poner fin al embarazo, como el cornezuelo, el áloe o los preparados de plomo.

–*Six enfants!* –murmuró la mujer francesa–. *Je ne sais pas* cómo mantiene la figura.

Cuando la modista terminó de colocar alfileres en varias zonas, Bel volvió al vestidor, se quitó el vestido cuidadosamente y se puso su elegante traje vespertino de inspiración militar. Llevaba una chaqueta corta de velarte azul oscuro con mangas muy ceñidas, botones de latón y charreteras doradas por encima de un vestido de muselina blanca.

Extendió cuidadosamente un cheque para pagar el exorbitante vestido de baile, encantada de que Robert hubiera ingresado doscientas cincuenta libras más en su cuenta; gracias a Dios, no eran para pagarle por lo que le había hecho, sino simplemente porque la asignación para el vestuario constituía una parte de su trato.

Mientras salía de la tienda y caminaba en dirección a su elegante *vis à vis* negro, pensó con orgullo en las cien libras que había invertido en un fondo. Era una cifra que aumentaría lentamente con un interés del cinco por ciento, pero al menos ya había empezado a crecer. Bel tampoco se olvidó de dar las gracias a su protector comprándole un regalo, una pequeña chuchería a modo de detalle. Ese día, antes de ir a la tienda de la modista, había escogido una elegante petaca de plata para ir de caza en la que había hecho grabar al platero una irónica dedicatoria subida de tono:

Para Robert, con un beso:
Que su excelencia moje sus labios para futuras
partidas de veintiuno.
De su Belinda, felizmente conquistada.
Junio de 1814

Aquel pequeño recuerdo haría buena compañía a la caja de exquisito brandy del mercado negro francés que su hermano corsario, lord Jack, acababa de enviarle, pensó Bel mientras William, el joven mozo de cuadra, le abría la puerta del carruaje. Le entregó el paquetito con los diversos objetos que había comprado en las diferentes tiendas y le pidió que lo pusiera en el maletero.

Al echar una ojeada por casualidad a la calle abarrotada, vio a Dolph Breckinridge sentado en su faetón, fumando un puro y mirándola fijamente. No la saludó llevándose la mano al sombrero ni dedicándole una de sus desconcertantes sonrisas; se limitó a seguir mirándola, sin hacer el menor movimiento para acercarse. Con la sensación primaria de una presa al ser acechada, Bel notó que un escalofrío le descendía por la columna cuando se dio cuenta de que había estado sentado fuera todo el rato, observándolas a ella y a su modista a través de la ventana de la tienda.

–Será mejor que vayamos a casa –dijo William con inquietud al reparar en la presencia de Dolph, pero Bel sacudió la cabeza y cobró ánimo.

No había huido del alcaide de la prisión de Fleet, y desde

luego no iba a huir de Dolph Breckinridge. Se negó a regresar a toda prisa a Knight House. Todavía no había acabado de hacer sus recados.

–No, William. Llévame a casa de Harriette Wilson, por favor.

El último ingreso de Robert implicaba que le debía a Harriette otro cheque por el veinte por ciento. Esperaba que su mentora no estuviera con ningún cliente en ese momento, pues desde hacía mucho tiempo no disponían de ocasiones para hablar.

Dolph permaneció sentado y contempló cómo se alejaba sin hacer ningún movimiento para seguirla. Bel soltó un suspiro de alivio y miró otra vez hacia delante, bastante cansada por las abundantes salidas hasta altas horas de la noche. Necesitaba un respiro de aquel torbellino social, pero esa noche tenían planeado asistir a una fiesta después del concierto al aire libre en honor del héroe prusiano que se encontraba de visita, el general Blücher. No le dio importancia a su cansancio. La idea de salir a cualquier parte con Robert la llenaba de una feliz excitación.

Miró por la ventanilla mientras los caballos negros tiraban de su *vis à vis* por las atestadas calles de la ciudad. Dirigió una mirada inexpresiva a la gente que la observaba al pasar, siguiendo con los ojos el carruaje como si supieran lo que ella era.

Probablemente lo sabían.

Echó un vistazo atrás con cautela y vio que Dolph la seguía en su faetón, aunque un carro de reparto y una carreta se habían colocado en medio. Nerviosa, miró de nuevo hacia delante. Finalmente William detuvo el *vis-à-vis* con suavidad frente a la casa de Harriette. Dolph paró su carruaje más abajo, a escasa distancia de ella, y siguió observándola. William bajó del asiento del conductor de un salto y fue hacia la puerta para anunciar su llegada y comprobar si Harriette estaba disponible. Al ver que uno de los dos lacayos grandes y rudos respondía a la puerta, Bel se sintió suficientemente segura para salir del carruaje, aunque Dolph no estaba muy lejos. Descendió del *vis à vis* y se dirigió a la puerta dando grandes zancadas justo cuando Harriette salía para recibirla.

No señaló a Dolph porque resultaba incómodo ser el objeto de la obsesión de un hombre inestable. En lugar de ello, forzó una sonrisa jovial cuando Harriette apareció en el portal de su casa. La pequeña reina de las cortesanas se quedó boquiabierta y abandonó su habitual talante divertido para lanzar una exclamación de envidia al ver el carruaje y los caballos de Bel.

–¿No los habías visto? –preguntó Bel con una sonrisa, cruzando la acera en dirección a ella–. Creía que ya te los había enseñado. Estoy estupenda, ¿verdad?

–*La grande cortesane!* –gritó Harriette con una risa cantarina, al tiempo que le daba un cariñoso abrazo–. Tú y tu carruaje tenéis un aspecto tan magnífico que casi no puedo soportarlo. Ven, entra y toma una taza de té.

Bel obedeció de buena gana cuando Harriette tiró de ella hacia dentro.

–Ah, mi pequeña protegida, has puesto la ciudad patas arriba –exclamó Harriette poco después, cuando se instalaron cómodamente en el sofá una enfrente de la otra, sosteniendo las tazas del té en sus platillos sobre el regazo. Era la misma habitación en la que Robert le había hecho su atrevida propuesta semanas antes–. ¡Hawkscliffe, nada más y nada menos! Si tuviera tu edad te odiaría. Pero en realidad siento un orgullo casi maternal por tus éxitos: ¡Hawkscliffe y la Belle Hamilton! La gente no habla de otra cosa. Así pues, cuéntame –dijo Harriette, lanzándole de soslayo una mirada perspicaz–, ¿qué tal se porta tu duque?

–Bien. En general creo que está de mejor humor que cuando fui con él por primera vez...

–No, tontorrona, me refiero a qué tal se porta en la cama.

–¡Harrie! –Bel se echó a reír y se puso colorada, ya que ni siquiera Harriette conocía la verdadera naturaleza de su relación.

–Me imagino que una persona tan escrupulosa como él debe de ser o bien un auténtico pelmazo o bien alguien lleno de perversiones. Así que ¿cuál es su caso?

Pasmada, Bel abrió la boca para hablar pero ningún sonido salió de ella.

–¡Oh, vamos, suéltalo, Bel! Sabes que no se lo diré a nadie.

–Sí que lo harás. Se lo dirás a Argyll y a Hertford... y luego me enteraré de que en el Parlamento se discuten las magistrales... actuaciones de Hawk.

Harriette se rió alegremente y se recostó contra el sofá.

–Bueno, tal vez sea realmente un hombre virtuoso. –Suspiró y bajó la mirada con aire contemplativo–. Ah, Bel, es ideal: rico, poderoso, condenadamente guapo, generoso y buen amante. Debo confesar que me preocupas.

–¿Por qué? Como ves estoy en una situación perfecta.

–Demasiado perfecta. –Harriette sacudió la cabeza–. Me he fijado en cómo lo miras. Está bien sentir atracción por tu protector, incluso cariño, pero por tu propio bien te ruego que no olvides la regla principal.

Se quedaron mirándose fijamente.

Naturalmente, Bel la sabía de memoria: «No te enamorarás».

Bajó la mirada hacia su té.

–Claro que no, Harrie.

–Mírame, Bel. ¿Estás enfadada?

–Es sólo que... ¿Cómo se creó esa regla? –soltó–. ¿Por qué no podemos enamorarnos?

–Ya sabes por qué... ¡Porque se pierde la partida! Quien se declara primero pierde. Ya lo sabes, Bel. Mira lo que me pasó a mí.

–¿Qué te pasó? Eres la mujer más deseada de Inglaterra...

–Entregué mi corazón a Ponsonby, que resultó ser tan guapo como traidor, y lo rompió en mil pedazos al volver con su mujer. Y ahora todos mis amantes me disgustan... pero tengo que seguir recibiéndolos porque ésta es la única vida que conozco. Y si me paro a pensar en ello, me doy cuenta de que soy bastante desgraciada. –Harriette miró hacia la chimenea y lanzó un suspiro melodramático–. No quiero que te pase lo mismo que me ocurrió a mí. Ponte guapa y muéstrate alegre y cruel, Bel. Pero no te enamores nunca.

–Pero, Harriette –aventuró Bel–, lord Blessington se casó con Marguerite...

–No, ni hablar –le espetó Harriette enfadada–. Por cada Marguerite hay cientos de nosotras que acaban sin un centavo, viejas y viviendo en barrios de mala muerte.

–¡En barrios de mala muerte!

–Dios sabe que iré a parar a uno por culpa de mis acreedores.

–Tonterías, Harrie. Sabes perfectamente que podrías casarte con Worcester en un santiamén.

–Pobre insensato –dijo ella con pesar–. Lo quiero demasiado para aceptar, porque sé que esa unión no le convendría a mi pequeño marqués, ni a mí tampoco.

–Puede que sea más joven que tú, pero todo el mundo sabe que te quiere.

–¿Que me quiere? –Harriette posó una mano en la mejilla de Bel con expresión de tristeza–. Basta de tonterías románticas. Ya me remuerde bastante la conciencia por haberte metido en este maldito mundo. No quiero ver cómo te destruye. No quiero ver que cometes los mismos errores que cometí yo cuando tenía quince años y acababa de empezar. Por muy espléndido que sea Hawk, se largará un buen día. Cuando Blessington se casó con Marguerite no era un político en alza del Parlamento.

Bel no dijo nada, y se limitó a contemplar el suelo en señal de rebeldía.

–Bel –dijo Harriette–, ¿crees que la suerte de Marguerite es tan maravillosa ahora que es lady Blessington? Pues te equivocas si piensas así. Ninguna de las mujeres de la sociedad la aceptará nunca; ni siquiera le dirigen la palabra, aunque ella se comporta de forma intachable. Si consiguieras que Hawkscliffe te propusiera matrimonio, se armaría tal escándalo que arruinaría su carrera como hombre de Estado. Si le arrebataras eso, si le permitieras, sobre todo a él, elegir entre el placer y el deber, se arrepentiría y con el tiempo te acabaría despreciando, y entonces ¿en qué situación estarías?

–Sé que lo que dices es cierto, pero Hawkscliffe no es como los demás. Es bueno y cariñoso, y noble de verdad...

–¡No quiero oír más! –gritó Harriette exasperada, y saltó del sofá tapándose los oídos con las manos–. Vas a destruirte. Tienes que evitar encariñarte con él. Sácale todo lo que puedas, pero estate preparada para dejarlo en cuanto notes la menor señal de que empieza a aburrirse.

–Pero eso es tan despiadado...

–Es la realidad, querida. Te estoy enseñando a sobrevivir.

Bel suspiró angustiada y estiró el brazo para cogerle la mano.

–No te enfades conmigo, Harrie. Lo estoy haciendo lo mejor que puedo. Sabes que siempre oiré tus consejos –mintió, simplemente para poner fin a la discusión.

Harriette no lo sabía todo, pensó Bel rebelándose. Tal vez la regla principal resultase acertada en circunstancias normales, pero su situación con Hawkscliffe era distinta.

Harriette se hizo la ofendida hasta que Bel abrió su bolso y le extendió un cheque por valor de cincuenta libras, el veinte por ciento del último ingreso de Robert. El talón ayudó a mitigar su mal humor. Hablaron de otros temas hasta que por fin Bel se levantó y se despidió de ella. Cuando regresó a su *vis à vis,* reparó en que Dolph se había marchado. William no le comentó que hubiera tenido ningún problema con el baronet.

Se dirigieron hacia Knight House. Bel miró varias veces por la ventanilla trasera y escudriñó las calles para asegurarse de que Dolph no la estaba espiando desde algún sitio cercano. Satisfecha por fin de haberse librado de él, apoyó la barbilla en el puño y se dedicó a mirar por la ventanilla del carruaje, convenciéndose de que Harriette no entendía nada. Robert no era como el conde, uno de los galanes egocéntricos que pululaban alrededor de las hermanas Wilson.

De repente vio una pareja de rostros familiares en medio del ajetreo, en la esquina de Regent y Beak Street. Retrocedió a los días en que vendía naranjas al reconocer al golfillo de ocho años del que se había hecho amiga, Tommy, que barría el cruce para que pasara un caballero con sombrero de copa, mientras, para su horror, su hermano de nueve años, Andrew, situado un paso por detrás de él, ¡le robaba al hombre el contenido del bolsillo!

Bel tiró de la cuerda del freno con todas sus fuerzas. William detuvo el *vis-à-vis* prácticamente de forma inmediata. Ella no esperó a que le abriera la puerta, sino que saltó del carruaje y se dirigió hacia la esquina, y una vez allí cogió de las orejas a los dos niños.

Comenzó a tirar de ellos sin la menor delicadeza en dirección al carruaje.

–¡Oiga, señora, suéltenos!

–¡Soy yo, bobos! ¿No me reconocéis?

–¿Señorita Bel? –gritó Tommy, boquiabierto.

–¿Se puede saber qué pretendéis? ¿Que os cuelguen? ¡Entrad en el coche! ¡Ahora mismo!

–¡Sí, señora!

–Sí, señorita Bel.

Pálidos y repentinamente escarmentados, subieron al *vis à vis*. Lanzándoles una mirada de ira mientras el corazón le palpitaba de miedo, Bel se preguntó si alguien había presenciado el robo. Entró en el carruaje y se sentó enfrente de los muchachos. El espantoso olor de las mugrientas criaturas inundó el carruaje; estaban tan desnutridos que los dos cabían perfectamente en el asiento individual situado frente a ella.

Bel se cruzó de brazos y los miró con el entrecejo fruncido.

–Estoy escandalizada y horrorizada por lo que habéis hecho, chicos. Dámelo. –Tendió la mano.

Andrew se revolvió en su asiento y sacó un reloj de bolsillo de oro.

–Eres un niño muy malo y travieso –le dijo–. ¿Tienes idea de lo que podría pasar si alguien te hubiera visto robar esto?

Los dos niños intercambiaron miradas de abatimiento.

–Eso es –dijo Bel en tono severo–, irías a la cárcel.

–¿Te dan de comer en la cárcel, señorita Bel? –preguntó Andrew.

–Qué impertinencia –exclamó ella, ocultando a duras penas la tristeza que le causó aquella pregunta.

Sintió el impulso de abrazarlo, pero tenía que reprenderlo, ya que el hecho de darles cualquier motivo para que siguieran aquel camino de delincuencia sería fatal. Dios santo, no podía volver a dejarlos en la calle.

Andrew agachó la cabeza.

–Lo sentimos, señorita Bel.

–Sé que lo sentís –dijo ella seriamente–. A partir de ahora no volveréis a robar, pero tampoco pasaréis hambre. Tommy, Andrew, voy a llevaros a un sitio donde os cuidarán como es debido.

–¿Qué sitio? –preguntó Andrew, con un recelo instantáneo.

–Un colegio.

Las cejas de Tommy se arquearon.

–¿Un colegio?

Bel asintió firmemente con la cabeza, llena de determinación. Podía cancelar el pedido del próximo vestido. Aquellos niños tendrían un techo sobre la cabeza, ropa limpia con que cubrirse y comida en el estómago aunque ella tuviera que sacar dinero de sus fondos.

–No quiero ir a ningún colegio –dijo Andrew un instante después, mirándola con el entrecejo fruncido.

–Me da igual –replicó Bel.

–¿Cómo es que ya no vendes naranjas? –soltó Tommy de sopetón.

–Mira qué ropa más fina lleva, Tom. Se dedica a hacer la calle –dijo Andrew como cualquier sufrido hermano mayor.

Desconcertada, Bel se quedó mirando al muchacho con la boca abierta y se quiso morir de vergüenza. Cerró la boca de golpe y apartó la vista, recordándose que después de haber vivido en la madriguera aquellos niños habían visto de todo. A pesar de ello, se alegraba sinceramente de que no le hubieran preguntado por qué le parecía bien prostituirse y sin embargo consideraba que estaba mal que ellos robasen, pues no habría sabido qué responder. El sentimiento de culpa arrasó su conciencia por haberse olvidado de aquellos pobres granujas durante más de un mes, absorta en sus propios problemas.

Se asomó e indicó a William que siguiese por Edgware Road hasta Paddington. Cuando daba clases en la academia de la señora Hall había oído hablar de una escuela benéfica fundada por la Sociedad Filantrópica. Seguro que podía convencer al director para que admitiese a aquellos niños abandonados.

Cuando llegaron Bel cogió a los niños de la mano para evitar que salieran corriendo y los condujo con determinación hasta el edificio bajo de ladrillo.

Ella y los jóvenes alumnos fueron recibidos con inquietud por la secretaria. Bel solicitó ver al director. La secretaria accedió a vigilar a los niños, que se sentaron obedientemente en la sala de recepción mientras ella era acompañada hasta el despacho del director. Esperó impacientemente un par de minutos y luego alzó la vista con una serenidad distante cuando apareció un hombrecillo de rostro enjuto, nariz aguileña y aspecto de entrometido.

–Siento haberla hecho esperar, señorita. Soy el señor Webb. ¿En qué puedo ayudarla? –pronunció en un tono nasal lleno de pompa.

–Gracias por recibirme, señor Webb. He venido porque me gustaría matricular a dos niños en su escuela.

Las comisuras de los labios del hombre se curvaron hacia abajo.

–Me temo que estamos casi al completo. ¿Nacieron en esta parroquia?

Bel vaciló.

–¿Ha traído sus partidas de nacimiento, señorita...?

–Hamilton, Belinda Hamilton...

El hombre arqueó la ceja izquierda.

Bel se maldijo a sí misma en el mismo instante en que su nombre completo salió de sus labios.

Sabía que gozaba de fama –o mala fama– en la ciudad, pero ¿quién demonios iba a pensar que el director de una escuela benéfica había oído hablar de ella?

Él levantó la cabeza y la observó como un pajarillo de mal genio.

–¿Qué relación guardan los niños con usted? –preguntó con suspicacia.

–Son amigos míos. Señor Webb, estos niños necesitan cobijo. Han estado viviendo en la calle. No tienen nada que comer...

–Un momento –la interrumpió–. ¿Viviendo en la calle? No parecen en absoluto apropiados para nuestro centro, señorita Hamilton. No puedo permitir que corrompan al resto de los niños.

–¡Señor! –exclamó Bel, desconcertada–. No van a corromper a nadie.

–Tenemos huérfanos, pero todos proceden de hogares decentes de pobres respetables. Estoy seguro de que esos pilluelos son muy desgraciados, pero si no me trae las partidas de nacimiento no tengo la obligación de acogerlos.

–Tal vez no me haya explicado bien. –Bel forzó una sonrisa irresistible–. Le estoy ofreciendo dinero a cambio de la matrícula y la manutención. Son unos niños buenos y encantadores. Sólo necesitan recibir una educación que les sirva para trabajar algún día, y un poco de disciplina...

–Señorita Hamilton –la interrumpió él de nuevo–, los niños como ellos no son bien recibidos aquí. Ni tampoco las mujeres como usted.

Bel se quedó boquiabierta.

–¿Las mujeres como yo? No puede condenar a los niños por mi culpa.

–Éste es un centro cristiano decente, señorita Hamilton. Estoy seguro de que lo comprenderá.

–¿De verdad? No me parece que sea muy cristiano. ¿Acaso no tuvo Jesús una amiga prostituta?

–Buenos días, señora –respondió él fríamente.

–Señor Webb, está condenando a esos niños a la horca.

–Son sus padres quienes tienen la obligación de enseñarles una conducta virtuosa.

–No tienen padres. Yo soy la única persona adulta que conocen.

–En el asilo de pobres de Marylebone se ocuparán de ellos...

Bel reprimió una maldición.

–No entregaría al asilo ni a un perro de la calle. Le pagaré más...

–No podemos aceptar su dinero, señorita Hamilton, teniendo en cuenta cómo lo ha obtenido.

–¿Y qué sugiere que haga con ellos, señor Webb? Porque no puedo dejarlos otra vez en la calle.

–Tal vez debería cuidar de ellos usted –apuntó el hombre, lanzando rápidamente una mirada mojigata a su caro vestido y observando luego por la ventana su espléndido carruaje–. Parece que se lo puede permitir.

Bel se levantó furiosa, tan avergonzada que fue incapaz de articular palabra. Se dio la vuelta haciendo girar la muselina de su vestido y salió del pequeño despacho con aire majestuoso.

–Andrew, Tommy, vámonos.

A pesar de lo humillada que se sentía, abandonó el centro con la cabeza en alto llevando a los niños de la mano. Notó cómo el director la seguía con la mirada en actitud crítica. Metió a los niños en el carruaje y ordenó a William en un tono glacial de cólera que los llevara a Knight House. Miró por la ventana con los brazos cruzados mientras los dos muchachos, asustados por su furia contenida contemplaban su rostro con ansiedad.

–¿No... no nos han querido, señorita Bel? –preguntó Tommy cautelosamente.

–No es eso, Tommy. Simplemente no tenían espacio para vosotros –consiguió decir ella en un tono más sereno–. No os preocupéis, todo va a salir bien.

«No sé qué voy a hacer con vosotros.»

A Hawk seguramente le daría un ataque de apoplejía si los llevaba a Knight House, pero ¿qué otra cosa podía hacer? Mientras pensaba en ello se dio cuenta de que Robert no tenía por qué saber que estaban allí. Cada muchacho realizaría un trabajo a cambio de la manutención. Andrew podía ocuparse de los perros, y Tommy podía servir como ayudante de cocina. Bel no veía ninguna otra opción viable.

Cuando llegaron a Knight House le pidió a William que la ayudase a hacerse cargo de los niños. En vista de que él también había vivido una infancia pobre, el antiguo deshollinador se mostró alegre y encantado de ayudar. La cocinera los tomó inmediatamente bajo su protección. La gruesa mujer con aspecto de abuela parecía encantada de tener niños a los que mimar y dar de comer.

Bel desplazó la mirada de la cara sucia, pálida y con los ojos desorbitados de uno de los niños a la del otro, mientras les explicaba su nueva situación y les dejaba bien claro que si uno de ellos robaba un mísero terrón de azúcar, ella se encargaría de zurrarlo personalmente. Era preferible recibir unos azotes a acabar en Newgate o con una soga al cuello. Tenían malos hábitos que corregir.

Había suficiente espacio para ellos en las habitaciones del servicio. Rápidamente se les prepararon dos catres cerca de la chimenea. Los animados muchachos comenzaron a cautivar al personal del servicio desde el momento en que cruzaron el umbral de la aburrida mansión. Una de las doncellas, que era todo sonrisas, se marchó a toda prisa en busca de ropa limpia para los pequeños. En una casa donde se habían criado cinco hermanos e incontables sirvientes varones, había montones de baúles en el ático con prendas de chico en desuso, algunas de las cuales todavía se encontraban en condiciones aceptables.

Mientras tanto el duque se hallaba reunido con alguien en su despacho, según dijo Walsh. El mayordomo contemplaba aquellos tejemanejes frunciendo el entrecejo con inquietud, evitando comentar lo que diría su excelencia sobre el hecho de que su anfitriona llevara a niños descarriados a su casa. Mientras tanto, la cocinera empezó a calentar un poco de estofado del día anterior para aquella pareja de andrajosos. Cuando los niños, desconcertados pero contentos, metieron por fin mano a la comida, Bel dedicó a la cocinera una sonrisa de profundo agradecimiento. La gruesa y competente mujer le sonrió en respuesta, con un brillo en sus ojos azules.

Una vez que se sintió más satisfecha en lo referente a la seguridad de los niños, Bel regresó a sus aposentos. Sabía que no debía permitir que aquello la inquietase, pero todavía seguía furiosa por la descortesía del director. Cansada y un tanto mugrienta tras haber recorrido la ciudad durante todo el día, tiró del cordón de la campana que había junto a la puerta y le pidió a la doncella que respondió a su llamada que le preparara un baño.

Lo único que necesitaba para estar lista para la fiesta de la noche era tomar un baño y descansar. Entró en el vestidor y echó una mirada a su creciente colección de vestidos, tratando de decidir cuál ponerse esa noche.

Al cabo de media hora se encontraba en el cielo, disfrutando de un baño caliente perfumado con leche de rosas, con las piernas cruzadas y los tobillos apoyados en el borde de la bañera. El vapor denso se elevaba desde el agua formando volutas, humedeciendo alrededor de su cara los mechones de su pelo recogido. Se había frotado la cara y el cuello con un claro y preciado bálsamo de La Meca, y sentía su cutis revitalizado. Tomó un sorbo de vino, suspiró y dejó que sus preocupaciones se desvanecieran, apoyando la cabeza contra el borde de la bañera. No sabía cuánto tiempo había pasado cuando un golpe brusco en la puerta la sacó de su estado de profunda relajación.

–Belinda, soy Hawkscliffe.

Ella ahogó una exclamación y abrió los ojos de golpe. Apenas tuvo tiempo de sentarse en la bañera, cuando él entró sin más.

–Quería hablarte de la fiesta de esta noche...

Robert se quedó parado. Ella lo miró fijamente, sin apenas atreverse a respirar.

Entonces una sonrisa maliciosa y lasciva cruzó lentamente el rostro del duque.

–Vaya, vaya, vaya. –Cerró la puerta de un codazo y echó el cerrojo, dedicándole una sonrisilla seductora–. Hawkscliffe, amigo, tienes el don de la oportunidad.

Bel sonrió nerviosamente y se puso colorada. Temía que hubiera ido a pedirle que echara a los muchachos de su casa, pero de momento sólo parecía interesado en mirarla. Ella se sumergió en la bañera y acumuló montones de espuma con los que cubrir su cuerpo de su mirada curiosa. Puesto que se suponía que era una cortesana de mundo, no quería que él reparase en su timidez, pero a decir verdad nunca antes había estado desnuda en una habitación con un hombre.

–¿Quería... algo, excelencia?

–Hasta ahora no –dijo él con una sonrisa pícara.

Bel lo miró frunciendo el entrecejo altivamente. Él se paseó por la habitación, mostrándose muy satisfecho de sí mismo. «Debe de haber estado trabajando duro en el despacho», pensó ella. Lleva el chaleco desabotonado y la camisa blanca remangada.

Se acercó al borde de la bañera, se inclinó y, cogiéndole la barbilla, le rozó los labios en un beso suave.

–Hola, hermosa campanilla –murmuró–. Gracias por la petaca nueva. La guardaré –le dio un golpecito en la punta de la nariz– siempre.

Ella se recostó y le sonrió, y una sensación de alivio recorrió todo su ser. Si aquél era el motivo de su visita, tal vez todavía no se hubiera enterado de la llegada de los niños.

–¿Por qué siempre me estás haciendo regalos? –le preguntó mientras se sentaba en el borde de la cama de Bel, a varios centímetros de distancia de ella.

–Porque me hace feliz.

Él la miró y sacudió la cabeza con aire desconcertado.

–Quería decirte que tienes que añadir otro invitado a la lista de la cena de esta noche.

–No será el regente, ¿no? –susurró ella con temor, abriendo los ojos como platos.

Le esperaba un buen lío a la hora de decidir el orden adecuado de los asientos, con la presencia de hombres poco cultos que ocupaban puestos importantes en el gobierno, mezclados con duques y algún vizconde. Tenía miedo de herir el amor propio de alguien colocándolo en la mesa en función de un orden y una categoría equivocados.

–No, es lord Coldfell –dijo Robert.

–Ah.

Sorprendida, Bel depositó la copa de vino en la mesita que había junto a la bañera.

–Sí, las circunstancias son un poco extrañas –admitió él–, pero Coldfell es amigo de la familia desde hace años. Él sabía que nunca me dejaría llevar por mis sentimientos por su esposa. Fue lord Coldfell quien me comunicó por primera vez sus sospechas sobre Dolph y me mostró el camino para seguirlo.

Bel asintió con la cabeza de forma grave.

–¿Y sabe la verdad sobre nuestra farsa?

–No, querida. Es nuestro pequeño secreto –murmuró él con una sonrisa seductora, y ella le respondió de igual modo.

–Supongo que lord Coldfell era la persona con la que estabas hablando en tu estudio.

Observando las pompas de jabón que flotaban y brillaban en el agua, Robert hizo un gesto de rechazo con la mano.

–No, era el señor Clive Griffon, que venía a acosarme otra vez.

–¿Quién es?

–Un soñador idealista que me ha estado pidiendo que lo meta en la Cámara de los Comunes.

–Oh, ¿de verdad?

–Uno de los distritos que están bajo mi control tiene un escaño libre. Griffon quiere probar suerte.

Bel arqueó una ceja.

–¿Te refieres a un «burgo de bolsillo»?

–Así se los llama vulgarmente.

–Entiendo. –Tranquilizada con aquel tema neutral, Bel cruzó las piernas en sentido contrario y flexionó los pies con satisfacción–. ¿Y cuántos distritos como ése tiene a su cargo, excelencia?

Robert miró sus pies divertido.

–Un caballero nunca habla de esas cosas.

–Tonterías.

–Seis.

Bel lo miró con la boca abierta.

–¡Seis!

–Son muchos, lo sé –dijo él avergonzado, pese a tener los ojos brillantes–. Bueno, Devonshire tiene siete.

–¿Es que los duques siempre tenéis que acapararlo todo? ¿No podéis limitaros a White's y la Cámara de los Lores? Se supone que la Cámara de los Comunes es electoral.

Robert se encogió de hombros.

–Yo no tengo la culpa. Los he heredado. –Con la vista clavada en las piernas de ella, Hawk se recostó y se cruzó de brazos. Bel descubrió que ya no le molestaba su examen pausado–. La verdad –continuó él distraídamente– es que he intentado que Alec se haga cargo, pero él no lo soportaría. Sólo le interesan el juego y las mujeres.

–Tu hermano no parece precisamente un hombre al que le guste la política –afirmó ella.

–Pero el joven Griffon... es demasiado entusiasta.

–Los fanáticos suelen serlo.

–Tiene ideas audaces.

–¿No será un radical?

–Es un independiente.

–Pareces intrigado.

Él se encogió de hombros.

–Reformar el código penal... Sí, puedo entenderlo. Pero ¿reformar el Parlamento? –dijo, sacudiendo la cabeza–. Es algo que nunca se hará... aunque tal vez debería hacerse.

–Todavía harán de ti un whig, querido –dijo Bel, contemplando divertida su ceño pensativo–. ¿Por qué no le das al señor Griffon una oportunidad?

–Tiene unos antecedentes adecuados, lo reconozco. Es hijo de un juez y conoce la ley. Pero es joven.

–También Alec lo es. Y de hecho, tú también...

–Belinda –la interrumpió en un tono grave e íntimo.

–¿Sí? –dijo ella, limpiándose el brazo distraídamente.

–Me niego a seguir hablando de política un segundo más cuando tengo a una mujer desnuda bañándose delante de mí. No hay hombre lo bastante virtuoso para soportarlo.

Bel apoyó los codos en el borde de la bañera y le sonrió maliciosamente.

–¿Estás flirteando conmigo, Hawkscliffe?

–Lo intento.

–¿Y pretendes sentarte ahí y mirarme como un bobo mientras me baño?

–¿Puedo?

–Preferiría que por lo menos hicieras algo útil. Ven y frótame la espalda.

Robert se puso derecho y arqueó las cejas.

–¿Es eso una invitación?

–En realidad es más bien una orden.

–Ajá. –Él se levantó de la cama y caminó lentamente alrededor de la bañera, detrás de ella. A Bel le empezó a latir con fuerza el corazón cuando lo vio por el rabillo del ojo–. Eres... una... guasona –murmuró él.

–¿Quién dice que esté de guasa? Creía que te atraía.

–Lo mismo digo, señorita Hamilton, y déjeme decirle que es para mí un honor.

Retiró la otomana del sillón que había al lado y se sentó. Bel se estremeció cuando él introdujo la mano en el agua y buscó el jabón, rozándole el costado hasta que lo atrapó. Ella se encorvó de espaldas a Robert.

Él acercó la boca a la oreja de Bel.

–Eres una picarona.

–¿Acaso te he dado permiso para hablar? –replicó ella con un ronroneo lujurioso–. Límpiame la espalda, esclavo. Ahora.

Notó cómo él sonreía contra su piel y la besaba en el hombro.

–Qué curioso –murmuró él mientras deslizaba el jabón por su espalda–. Pensaba que tú eras mi juguete.

–Lo has entendido al revés, cabeza de chorlito.

–Basta de cháchara, mi diosa, a menos que quieras perder a tu esclavo del amor.

Ella sonrió y se inclinó hacia delante para que él pudiera seguir limpiándole la espalda. Sus manos expertas y sensibles comenzaron a deslizarse lentamente por su piel.

–Excelente trabajo, Robert –susurró Bel, mientras él le recorría la columna con los dedos.

–A su servicio, señora. –Le acarició los costados, con el sonido chapoteante de las burbujas de jabón entre sus dedos, y le masajeó los hombros durante un largo rato. Bel podía sentir cómo la tensión cedía bajo su roce–. ¿Le lavo los brazos, señorita Hamilton? –le susurró al oído.

Ella posó la cabeza en el ancho hombro de Robert. Sonrió con aire soñoliento y se movió entre sus brazos con un placer lánguido.

–Di «por favor».

–Por favor –repitió él con voz ronca.

–Adelante.

Él lo hizo. Agachado junto a la bañera, permaneció absorto en su trabajo.

El brillante cabello negro de Robert se rizaba por el vapor. Mientras él le embadurnaba lentamente el brazo de jabón, ella estiró la mano por encima del hombro, le aflojó el pañuelo y se lo dejó desatado alrededor del cuello. Le desabotonó un par de botones de la camisa y tocó su pecho reluciente con admiración. Alzó la mano y la posó en la mejilla de Robert, mientras lo miraba con ardiente deseo y lo atraía hacia sí para darle un beso.

Los firmes labios de Robert se unieron a los suyos con una suave calidez; ella le separó los labios delicadamente con la lengua y lo besó con avidez. Él soltó un gemido ahogado y estiró la mano por debajo del brazo de Bel y la posó sobre su pecho. Bel gimió, derritiéndose contra él. La sensación de aquellas manos sobre su piel era sublime. Robert le acarició el pecho con una ternura exquisita, y a continuación movió los dedos enjabonados de forma lenta y hábil alrededor de su pezón, dejándola aturdida.

El placer la cautivó de tal forma que dejó de besarlo y se limitó a cerrar los ojos y disfrutar, al tiempo que su cuerpo se quedaba sin fuerzas, invadido por un creciente ardor. Él exploró su cuerpo con las manos, sin dejar de besarla ansiosamente. Mientras se encorvaba para recibir sus caricias, Bel no albergó ningún temor; sólo sentía confianza y un gozo exuberante, pues estaba con él, Robert, su protector.

Colocado de rodillas detrás de ella, Hawk sumergió los brazos en el agua hasta los codos y se mojó la camisa remangada mientras moldeaba la silueta de sus caderas y sus muslos con sus grandes y suaves manos.

–Dios mío, ¿tienes idea de lo perfecta que eres? –le susurró al oído–. He soñado que te tocaba, pero eres todavía más hermosa de lo que me imaginaba, y tu piel... es como la seda más celestial.

–Oh, Robert, por favor –dijo ella con un gemido entrecortado de deseo.

Cerrando los ojos, apoyó la cabeza en el pecho de Hawk.

–¿Qué quieres, cielo? Enséñamelo.

Olvidado todo recato, atrapó la mano de Robert bajo el agua y la deslizó entre sus piernas, y el corazón comenzó a latirle a toda velocidad ante su propia lascivia.

–Hum, me lo figuraba –susurró, mientras la acariciaba suavemente, desencadenando un estallido de sensaciones que recorrió los miembros de Bel como un arco iris de placer–. Pero la señorita debe tomar primero su baño –murmuró.

Ella gimió de impaciencia, pero le dejó hacer lo que él quería. Robert avanzó a un ritmo pausado por su brazo hasta llegar a su mano, y entonces inclinó la cabeza y se la besó. Ella giró la mano y le ofreció la palma. Robert la besó y a continuación rozó su muñeca con los labios, mirándola a los ojos con anhelo.

–¿Puedo lavar sus bonitas piernas, señorita Hamilton?

–Si tú... te quitas la camisa –replicó Bel atrevidamente con voz entrecortada.

Él esbozó una sonrisa.

–De acuerdo.

Sosteniéndole la mirada, se quitó el chaleco y deslizó el pañuelo desanudado por su cuello.

Bel se mordió el labio, observando cómo el linón blanco rozaba su vientre plano y dejaba al descubierto su amplio y musculoso pecho al sacarse la camisa por la cabeza.

Robert lanzó la camisa detrás de él con un movimiento que recorrió los músculos de su brazo. Bel no pudo resistir el impulso de tocarlo. Acarició con la mano el bulto cálido de su hombro, disfrutando de su masculinidad, su músculo de acero y su piel de satén. Recorrió con los dedos el centro de su pecho ligeramente cubierto de vello, y deslizó la punta de un dedo hacia el surco central de su vientre hasta llegar a la cintura de los pantalones. Curvó el dedo y miró maliciosamente a Robert a la cara.

Él la estaba mirando fijamente, con sus oscuros ojos empañados de un halo turbulento.

Bel se recostó en la bañera sonriendo, mientras el corazón le latía con fuerza.

–Muy bien, Hawkscliffe.

Robert le sonrió abiertamente y, alargando la mano bajo el agua, le acarició la pantorrilla al tiempo que emitía un gruñido grave y entusiasta. Ella se rió de forma entrecortada, sintiendo que unos escalofríos de deseo le recorrían los miembros ante el roce. Le tendió el jabón y miró cómo le restregaba la espuma por la pantorrilla. Robert le besó la pierna flexionada.

–Tiene unas piernas realmente exquisitas, señorita Hamilton.

Bel sonrió, apoyó la mejilla en la mano y lo miró fijamente. Él descendió diligentemente por su pierna izquierda, tomó su pie y lo masajeó, frotando y apretando con delicadeza. Hizo presión en un punto situado en el puente del pie que emitió unas ondas de doloroso placer hasta la altura de la pantorrilla. Luego hizo lo mismo en la pierna derecha. Le acarició la planta de los pies con las puntas de los dedos hasta que a Bel le entró la risa tonta y se retorció ante aquella sensación cosquilleante. Finalmente le enjuagó el pie derecho con ternura, lo sacó del agua y le dio un beso en la parte superior.

Ella abrió los ojos desorbitadamente.

–Dios mío, Robert.

Él le dedicó una sonrisa perezosa y pícara, y dijo lentamente con voz suave y calmada:

–¿Acaso no es lo que querías, Belinda? ¿Un hombre que te besase los pies? ¿Un hombre que adorase el suelo que pisas? ¿Acaso no es lo que estabas pidiendo, lo que merecías? ¿Me equivoco?

Ella no pudo hacer otra cosa que mirarlo embelesada. Robert le lanzó una mirada ardiente y le lamió la parte interior del tobillo, y a continuación inclinó la cabeza y cubrió lentamente sus pies con besos cariñosos. Extasiada, Bel contempló el movimiento flexible de los músculos de sus hombros, sus brazos y su pecho mientras él le acariciaba las piernas y los muslos en dirección ascendente.

Su pecho se hinchó de deseo cuando él alzó la vista y la miró ardientemente a los ojos. Al hablar su voz sonó ronca.

–Ponte de pie, Belinda, por favor.

A ella no se le ocurrió desobedecer. Cuando se levantó con las piernas un tanto temblorosas, y el agua resbalando por su piel, un hormigueo recorrió cada centímetro de su cuerpo. Agachado junto a la bañera, Robert miró arriba y contempló su cuerpo, rosado a la luz de la chimenea. Sus senos resaltaban con plena excitación en medio del aire fresco. Tenía las areolas oscuras y turgentes, y los pezones rígidos por sus caricias.

Robert la miraba embelesado.

–No hay dinero en el mundo que pueda permitir a un hombre gozar de tanta belleza –dijo él en voz baja.

Bel pronunció su nombre con un gemido y alargó la mano en dirección a sus hombros en busca de apoyo. Él la sujetó con delicadeza por las caderas y le besó el vientre. Bel le acarició el pelo con los dedos, ligeramente asombrada de no sentir miedo. Robert deslizó sus manos hacia su trasero y sus labios rozaron la parte superior de su vello púbico, perfectamente rasurado, como correspondía a una cortesana.

Ella sintió cómo su cálido aliento penetraba deliciosamente en su centro más sensible y gimió de deseo, totalmente húmeda entre los muslos aunque su piel se estaba secando tras el baño. Hizo un esfuerzo por mantener la cordura, consciente de que era una batalla perdida.

–Esto no es lo que acordamos –dijo débilmente.

–Lo sé. Dios santo, claro que lo sé. –Acarició su vientre con los labios–. Quiero saborearte.

Sin aguardar a obtener su permiso, Robert hundió la cabeza y le dio un atrevido beso en el montículo. Bel gimió. La tocó suavemente con el pulgar y luego la acarició ejerciendo más presión, y justo cuando ella pensaba que no iba a poder soportar tanto placer, Robert siguió con la lengua. Ella ahogó una exclamación, extasiada.

Su beso erótico se volvió cada vez más profundo, recorriendo delicadamente su pequeña y rígida protuberancia con la lengua. Ella deslizó los dedos entre su tupido cabello oscuro en un violento arrebato de deseo y se serenó aferrándose a sus grandes hombros, resbaladizos por el vapor.

Harriette y Fanny le habían hablado de aquello, pero nunca... nunca había sentido algo que se pareciera lejanamente al gozo que él le estaba proporcionando.

Al final Robert le ordenó que levantara el pie derecho y lo apoyara en el borde de la bañera. Se movió entre sus piernas separadas y deslizó la lengua profundamente. La acarició primero con la mano abierta, luego introdujo un dedo en su interior y gimió contra su vientre.

–Dios santo, estás tensa como una virgen.

Ella estuvo a punto de echarse a reír al oír sus palabras, pero de repente todo pensamiento se elevó y desapareció como una bandada de pájaros inquietos cuando él le lamió con avidez el clítoris e introdujo dos dedos en su cavidad hasta que sus gemidos se convirtieron en gritos salvajes en un progresivo crescendo. Se movió con él, echando hacia atrás la cabeza, agarrándose a sus hombros, notando la inminente tormenta que se abría paso en su interior. Una intensa alegría la invadió y sintió un escozor en el mismísimo cuero cabelludo. Los estremecimientos de placer la sacudieron, y a continuación el estallido de gozo la atravesó como un relámpago, cegándola con aquella gloriosa sensación. Bel gritó y jadeó en estado de delirio, y estuvo a punto de desplomarse sobre los hombros de Robert cuando él absorbió su lluvia hasta que todas sus fuerzas la abandonaron, dejándola débil y temblorosa.

Se aferró a él.

–Oh, Dios mío, Robert.

Cuando el clímax se hubo disipado, Robert se puso en pie, la estrechó entre sus brazos y la llevó a la cama. Echó atrás la colcha y la metió bajo las sábanas. Bel lo miró alarmada, pensando que en ese momento iba a aprovecharse de ella, pero él se limitó a alargar la mano para coger la manta y taparla.

Se sentó en el borde de la cama y se inclinó para besarla suavemente. Luego cerró los ojos y apoyó su frente contra la de ella. Bel sintió la lucha que se estaba librando en su poderoso cuerpo para contener el ardiente deseo.

–¿Qué estamos haciendo? –preguntó él en un confuso susurro.

–No lo sé.

Bel lo rodeó con sus brazos.

Él pronunció su nombre en un suspiro, casi un gemido de deseo, y se inclinó para besarle el cuello.

–Sabías que me pasaría esto, ¿verdad? Sabías que no podría resistirme, que lo único que tenías que hacer era esperar.

Ella le pasó los dedos por el pelo y cerró los ojos, ardientemente extasiada.

–¿Eso es bueno, Robert? ¿Estás contento?

–Tanto como asustado. –Levantó las pestañas y la miró fijamente a los ojos–. He estado solo mucho tiempo, pero cuando estoy contigo... cuando estoy contigo, Bel, la tierra canta y las estrellas bailan, y no me odio por ser alguien aburrido.

Sorprendida, ella sostuvo su querido rostro entre las manos, sonriendo con los ojos brillantes de lágrimas.

–Oh, Robert, tú nunca podrías aburrirme. ¿Cuántas veces tengo que decírtelo?

Él se apartó con una débil y triste sonrisa, y sus ojos relucieron como una puesta de sol bajo sus largas pestañas negras.

«Te quiero –quería decirle Bel–. Has cambiado mi vida.» Pero no se atrevió a hacerlo.

Tras soltar un último suspiro de reticencia, Robert se levantó y abandonó la cama de Bel.

Ella se incorporó apoyándose en los codos y disfrutó del efecto de la luz del fuego sobre la suave y musculosa espalda de Hawk.

–¿Adónde vas, amor?

–A vestirme para la fiesta de Blücher. ¿Me vas a echar de menos?

–Terriblemente.

Él le dedicó una media sonrisa, se echó la camisa, el chaleco y el pañuelo al hombro, y se dirigió tranquilamente a la puerta.

–Robert.

Él se giró y le lanzó una mirada interrogativa mientras alargaba la mano en dirección al pomo de la puerta; las sombras cada vez más profundas y las llamas parpadeantes perfilaban su rostro seductor.

Bel movió mudamente los labios en señal de agradecimiento y le lanzó un beso.

Robert le hizo una reverencia sonriendo sarcásticamente.

–A su servicio, señorita Hamilton. El placer ha sido mío.

11

Poco después Hawk esperaba impacientemente mientras Knowles, su valet, daba los últimos retoques a su pañuelo. Estuvo luchando con su conciencia durante todo el rato, preguntándose por qué no pagar el resto de la deuda de Alfred Hamilton y sacar al viejo loco de la cárcel. Cuanto más se interesaba por Belinda, más quería ayudarla de todas las formas posibles.

Por un lado sabía que si liquidaba las deudas de su padre se ganaría la simpatía de ella indefinidamente, pero dicha perspectiva conllevaba serios riesgos. Bel había firmado el acuerdo prometiendo prestar su ayuda, pero ¿cómo podía asegurarse de que no lo abandonaría y renunciaría al plan de atrapar a Dolph en cuanto tuviera suficiente dinero para liberar a su padre? ¿Era conveniente hacer un gesto que demostrara abiertamente lo atraído que se sentía por ella? Además, tenía miedo de que, al pagar las deudas de su padre, sentase un peligroso precedente y ella acabase recurriendo a él y sus millones cada vez que se viese en un aprieto.

En último lugar, y tal vez lo más serio, si el viejo Hamilton se enteraba de cuál era la verdadera profesión de su hija, puede que entrase en razón y desempeñase el papel del padre ultrajado, y la separase de su lado. Al reparar en ello descartó violentamente la idea de sacar a Alfred de la cárcel. Nadie iba a apartarla de él.

–Muy bien, excelencia –dijo su valet, tras dar el último retoque al nudo de seda blanca. A continuación añadió con picardía–: Algo así debería llamar la atención de ella.

Hawk lo miró arqueando una ceja.

Knowles ocultó su diversión de forma educada e hizo una reverencia.

–Que pase una espléndida velada, señor.

–Gracias, Knowles. Estoy bastante elegante, ¿verdad? –añadió con una amplia sonrisa, y abandonó sus aposentos con paso resuelto y bajó a esperar a Belinda.

Mientras descendía por la curva brillante que formaba la escalera, escuchó un sonido muy extraño, un sonido que conocía perfectamente pero que no oía desde hacía décadas: la risa de unos niños. En realidad tenía un tono peculiar de travesura. ¿Qué diablos sería?

En cuanto divisó la entrada de mármol se detuvo y entornó los ojos, asegurándose de que no lo engañaba la vista. Allí, bajo la araña de luces, había dos niños inspeccionando la antigua armadura que Enrique VIII había ofrecido a un antepasado suyo. Tironeaban de las joyas y deslizaban los dedos mugrientos a lo largo de la hoja roma de la brillante espada.

–Uau...

–¡Fíjate, podría matar a alguien!

–Ejem –dijo Hawk.

Los dos niños soltaron un chillido, se dieron la vuelta de repente y chocaron entre ellos, mientras Hawk bajaba el resto de los escalones con la cabeza en alto y las manos a la espalda, observándolos con desagrado. Pensó que lo más probable era que fueran amigos de uno de sus sirvientes.

–Por favor, caballeros, eso no se debe tocar. Es muy antiguo. ¿Qué estáis haciendo fuera de las dependencias del servicio?

Ellos no respondieron y se quedaron mirándolo sobrecogidos. Cuando él se les acercó, abrieron los ojos como platos.

Robert se alzó por encima de ellos con los brazos cruzados, echó una ojeada a la armadura y frunció el entrecejo.

–Habéis dejado manchas por todas partes. Ahora habrá que pulirla otra vez.

–Lo sentimos –dijo el muchacho más alto, repentinamente decidido a aparentar valentía.

–¿Quiénes son vuestros padres?

Hablaron entre ellos en voz baja sobre aquella pregunta, y a Hawk le recordaron a los gemelos, sus hermanos medianos, Lucien y Damien. De niños habían creado un lenguaje propio, y en la actualidad parecía que podían penetrar en la mente del otro.

–Caballeros, les he hecho una pregunta.

Hawk se inclinó lentamente hasta situarse a la altura de sus ojos.

–Oh, ¿cuál era? –preguntó el más alto, rascándose la cabeza.

–¿Quién es vuestra madre y dónde está?

Los muchachos se encogieron de hombros. Hawk frunció el entrecejo.

El más alto pareció envalentonarse mientras se ponía derecho.

–¿Es suya?

Hizo un gesto con la cabeza en dirección a la armadura.

–Sí.

–¿Se la ha puesto alguna vez?

Sorprendido, Hawk se echó a reír.

–No.

–¿Por qué?

–No he tenido ocasión. Además, soy demasiado alto.

–¿Podría intentarlo yo?

–No, eres demasiado bajo. ¿Cómo habéis entrado en mi casa, chicos?

–La señorita Bel nos trajo –soltó de sopetón el más pequeño.

–¿La señorita Hamilton?

El muchacho más alto lanzó a Robert una mirada perspicaz.

–¿Así que usted es el ricachón?

Hawk lo miró sin comprender.

–¿De qué conocéis a la señorita Hamilton?

–Antes nos daba naranjas.

–¿Qué?

–Naranjas –explicó el hermano mayor–. Nos daba naranjas cuando las vendía en una cesta.

–Ahora ya nadie nos da naranjas –dijo el hermano pequeño con aire cariacontecido.

Bel descendió por la escalera curva de mármol, maravillosamente ataviada para asistir a la fiesta del general Blücher con un vestido color perla. Llevaba un vistoso turbante con plumas en la cabeza y balanceaba en la muñeca enguantada su bolso adornado con aljófares, tarareando una canción en voz baja. Al llegar a la mitad de la escalera, oyó a Robert hablar con los niños.

Se quedó paralizada.

Se agarró al pasamano con una mano y se llevó la otra al estómago, sintiendo que se le formaba un nudo de espanto al oír cómo Tommy revelaba aquella parte humillante de su pasado; una parte que no quería que su protector descubriera ni en mil años.

Robert se agachó ante los niños de espaldas a ella.

–¿Vendía naranjas? –repitió, mostrándose muy sorprendido. A los ojos de un hombre elegante, una vendedora ambulante era cien veces más despreciable que una mujer mundana.

Bel se frotó los ojos avergonzada y luego los abrió y contempló al insólito trío, sintiéndose atrapada. Antes de que pudiera escapar, Andrew la vio y sus ojos se iluminaron.

–¡Señorita Bel!

Los dos niños dejaron a Robert y echaron a correr hacia ella; subieron la escalera pesadamente. Tommy la abrazó alrededor de las caderas y Andrew le cogió la mano y tiró de ella para que viera la armadura, mientras parloteaban emocionados.

Robert se puso de pie lentamente, se cruzó de brazos y la observó con una expresión inescrutable.

Al ver aquella mirada, Bel estuvo a punto de dejarse llevar por la desesperación. Justo cuando todo parecía ir bien en su vida, justo cuando Robert por fin estaba empezando a verla como una persona digna de él... ¿Por qué tenía que descubrir ahora que aquella concubina supuestamente elegante era una antigua vendedora de naranjas? ¡Maldita sea! ¡No era justo!

Mientras tanto, los niños no dejaban de tirar de ella.

–Tommy, vas a tirarme por la escalera. ¡Suelta!

Miró hacia abajo impacientemente con la intención de librarse del abrazo del niño, sólo para descubrir que éste había posado sus dedos mugrientos en el vestido color perla.

–¡Maldita sea! –gritó en un tono atronador por encima de las risas de los muchachos–. ¿Sabes lo que me ha costado este vestido? ¡Lo has estropeado! ¡Ahora tendré que subir otra vez y cambiarme, llegaremos tarde a la fiesta y ni siquiera tengo ganas de ir!

–Chicos –ordenó Robert bruscamente–, venid aquí.

Chasqueó los dedos y señaló el escalón inferior.

Los dos se zafaron de ella y obedecieron mirando a Robert fijamente. A continuación lanzaron una mirada a Bel con ansiedad.

–Ha sido un accidente, señorita Bel...

–Lo sé, lo sé –dijo ella con más suavidad, sintiendo la desazón que siguió inevitablemente a su arrebato–. No te preocupes, Tommy. No pretendía gritarte. –Deseó que la tierra la tragase.

Con el rubor todavía en las mejillas, se obligó a mirar a Robert, temiendo ver el desagrado altivo que seguramente encontraría en su mirada. Pero cuando se atrevió a mirarlo, lo único que encontró fue una expresión paciente.

–No tenemos por qué ir. ¿Quieres quedarte en casa?

«En casa –pensó ella con tristeza–. ¿Es el sitio en el que estoy?»

Robert se ocupó de todo y envió a los niños con la cocinera para que los vigilase. Los pequeños no se atrevieron a desobedecerle.

Se acercó lentamente a Bel y examinó las pequeñas huellas dactilares que tenía en el vestido.

–Seguro que mi valet consigue quitarlas con vino blanco. Y si no, compraremos otro.

Empleó un tono suave que desarmó a Bel. Ella se cubrió la cara con las manos y se sentó en el escalón sobre el que había estado de pie.

Robert se sentó con cuidado en el escalón de debajo y le hizo una caricia en la rodilla.

–¿Por qué no me lo dijiste?

–¿Cómo iba a hacerlo? No quería que supieras hasta qué punto me tuve que rebajar. Tengo mi orgullo, Robert. Lo he intentado todo antes de llevar esta vida, créeme...

–No me refiero a lo de las naranjas, cariño. Eso me da igual. ¿Por qué no me dijiste que habías traído a esos niños?

Su pregunta la sorprendió. Alzó la cabeza y lo miró con indecisión.

–Me haré responsable exclusiva de ellos, Robert. Te juro que no causarán ningún problema. Yo misma limpiaré la armadura...

–Calla. ¿De dónde proceden?

–Sólo Dios lo sabe. Me los encontré cuando vendía naranjas, antes de decidirme a visitar a Harriette para ver si me contrataba. Intenté cuidar de ellos. Hoy, cuando los he visto, he intentado matricularlos en una escuela de la caridad, pero el director no los ha admitido. Trabajarán para ganarse el alojamiento, Robert, te lo prometo. Soy la única persona adulta que conocen. Son buenos niños, tal vez un poco traviesos, pero no tienen adónde ir. Siento que mi deber es cuidar de ellos...

–Y ahora mismo el mío es cuidar de ti –dijo él, tomando la mano de ella dulcemente entre las suyas.

Bel se quedó mirándolo.

–¿No vas a decirme que los eche?

–Por supuesto que no. ¿Por qué estás tan alterada, Belinda? –Su voz sonaba grave y sosegada–. Me da la impresión de que te preocupa algo más. ¿Qué es lo que no me has contado?

Ella lo miró con anhelo.

–No quiero que mi pasado se interponga entre nosotros.

–Señorita Hamilton –la reprendió él suavemente–, da la casualidad de que me gustan las naranjas.

–¿De verdad?

Él le acarició la mejilla.

–¿Qué pasa, cielo? Confía en mí.

«No puedo», pensó Bel, y se le partió el corazón.

–¿Acaso no te prometí que nunca te fallaría? El primer día que fui a verte no querías hablarme de Dolph, pero te he protegido de él. No querías que supiera nada de Mick Braden, pero estuve a tu lado cuando lo viste. No querías que me enterara de que tu padre estaba en la cárcel ni de que habías dado clases en la academia de la señora Hall. ¿Te fallé cuando me confesaste cada una de esas cosas?

–No –susurró ella.

–¿Te he asustado alguna vez? ¿Te he traicionado? ¿Te he hecho enfadar?

–No.

–Estoy de tu lado, Belinda. ¿Es que no podemos acabar con los secretos?

Bel creyó que si él no dejaba de mirarla con tanta dulzura y de hacerle preguntas con aquella suave determinación, se acabaría desmoronando.

–Sólo quiero ayudar.

–Lo sé. Y ya me has ayudado, Robert. Más de lo que crees.

Él le acarició la pierna, siguiendo con la mirada el recorrido de su mano.

–Ojalá me dejaras saber por qué hay tanta tristeza en tus ojos. Yo intento apartarla –dijo–, pero siempre parece volver.

Bel agachó la cabeza, tratando de mantener la compostura con todas sus fuerzas. No sabía cuánto podría aguantar aquella gentil caballerosidad sin venirse abajo.

–Supongo que he visto cosas tristes –consiguió decir con rigidez.

–¿Como cuáles?

–Bueno... –Apenas podía hablar debido al nudo que tenía en la garganta. Buscó mentalmente una excusa–. Esos niños, por ejemplo. Hay cientos como ellos que viven en la más absoluta pobreza.

De repente lo miró: era Hawkscliffe, uno de los hombres más poderosos del Parlamento, con la fuerza y los recursos necesarios para cambiar las cosas en cuestiones en las que los simples mortales como ella no podían hacer nada. Era mucho más fácil pensar en aquellos problemas que en los suyos propios.

–¿Sí? –la apremió Robert, que permanecía a la espera.

Su mano reposaba ligeramente en la de él, pero en ese momento rodeó sus dedos y miró sus ojos marrones aterciopelados.

–Si no te importa saltarte la fiesta del general Blücher, hay un sitio al que me gustaría ir..., algo que me gustaría enseñarte esta noche... aunque te costará asimilarlo.

–¿De qué se trata?

–Una cara de la vida que apuesto a que no has visto nunca. Esos niños...

–Belinda, estamos hablando de ti.

–Sí... lo sé. –Bajó la mirada–. Y te agradezco que te preocupes por mí y que me apoyes como lo haces. Eres uno de los mejores amigos que he tenido, Robert. Mis problemas no son nada comparados con los suyos. Por favor, ¿no me vas a complacer en esto?

Él la examinó y luego asintió con aire de desconcierto.

–Si es lo que deseas.

Bel se inclinó hacia él y lo besó lentamente en la mejilla.

–Gracias. Será mejor que nos quitemos estos trajes elegantes y nos pongamos ropa de diario. En el sitio al que vamos hay gente de la edad de Andrew que te cortaría el cuello por la cadena del reloj.

–¿Qué? –exclamó él.

–Te veré aquí dentro de diez minutos –dijo Bel, y subió la escalera a toda prisa antes de que él pudiera hacerle más preguntas difíciles.

Poco después Hawk estaba maldiciendo mentalmente su buena disposición para seguir adelante con aquel asunto. Avanzaban montados a caballo por el oscuro laberinto de callejuelas cubiertas de porquería que integraban el barrio de mala muerte de St. Giles. No era lugar para una dama ni para un hombre civilizado. Montado a horcajadas sobre su alto y nervioso semental, Hawk se movía a paso rápido junto al dócil caballo castrado de color gris de Belinda, examinando la calle y los edificios destartalados con una mano en la culata de su pistola. William cerraba la marcha, montado en uno de los rocines de los sirvientes.

El hedor a humedad y a almizcle del río estancado invadía las callejuelas cercanas. Ninguna farola iluminaba la implacable oscuridad. Las tiendas tenían letreros rotos colgando que chirriaban con la brisa tibia y ventanas cubiertas con rejas. En la superficie de las calles medievales se podían ver agujeros lo suficientemente profundos para dejar tullido a un caballo.

–Espero que todo esto tenga algún sentido –masculló Robert.

Bajo su etéreo velo para montar, la cara de Belinda lucía de nuevo la cautivadora máscara de la serenidad. Montada elegantemente a la amazona, detuvo su caballo tirando ligeramente de las riendas.

–Ahí –murmuró ella, señalando un gran almacén con su mano enguantada.

Hawk observó el lugar.

–Parece desierto.

–Ojalá lo estuviera. –Bel espoleó su caballo para que se pusiera de nuevo en movimiento.

Hawk sacudió la cabeza ante la imprudencia de la joven y apremió a su caballo con los tobillos para mantenerse a su lado.

Bel se detuvo otra vez al otro lado de la calle, enfrente del ruinoso almacén, y desmontó.

–¿Qué estás haciendo, Belinda?

–Voy a entrar ahí.

–Oh, no, no vas a...

–William, mi caballo –se giró hacia el mozo de cuadra.

–Sí, señora. –El muchacho desmontó de un salto con una expresión ceñuda y cogió las riendas del caballo de Bel.

–¡Belinda!

–Hemos venido para esto, Robert. Déjame entrar primero.

–No puedes estar hablando en serio.

–Ellos me conocen. Te llamaré dentro de un momento, cuando hayan comprendido que no eres ninguna amenaza.

–Belinda Hamilton, no vas a entrar ahí dentro. Vuelve a tu caballo –ordenó Robert, pero ella no le hizo caso y, quitándose el sombrero de montar de ala rígida, se apresuró en dirección al otro lado de la calle.

Hawk ya había saltado de su caballo y la seguía, maldiciendo entre dientes, cuando de repente apareció un movimiento en la penumbra, cerca de la puerta del almacén. Sacó la pistola, pero ante sus ojos aparecieron unas pequeñas sombras que empezaron a rodearla.

Se detuvo y se quedó mirando fijamente.

Niños.

Comprendió que aquello era una madriguera. Sabía de la existencia de esos siniestros y terribles lugares, por supuesto, pero no había visto ninguno con sus propios ojos.

Belinda se inclinó y saludó a las pequeñas e irregulares sombras que se recortaban contra el muro. Varias de ellas acudieron a abrazarla. Robert vio cómo ella echaba mano de su bolso y les daba dinero. La observó, conmovido por la elegancia y la compasión que mostraba en medio de aquel submundo de miseria brutal.

Robert se sintió invadido por una creciente oleada de tristeza mientras contemplaba a los niños delgados, recelosos y necesitados que la rodeaban: todos ellos ladrones en ciernes y prostitutas, futura carne de cañón de las horcas de lord Eldon. Debido a lo sombrío de aquel pensamiento, su preocupación por la seguridad de Belinda aumentó todavía más. Seguro que el chulo acechaba en algún lugar cercano junto con sus compinches, sin duda gamberros adultos y peligrosos que estaban beneficiándose claramente de la situación. Sólo Dios sabía la clase de criminales que rondaban por aquel barrio de maleantes. Se alegraba de haber llevado sus pistolas y de haber armado también a William. Los tres tendrían suerte si no acababan la noche flotando boca abajo en el Támesis.

Justo entonces Belinda le hizo señas para que se acercara. Robert guardó el arma en la pistolera, miró por encima del hombro para asegurarse de que William no tenía problemas con su fogoso caballo, y se acercó, sintiéndose como un imponente Gulliver en el país de los liliputienses, mientras los silenciosos y ojerosos niños se apartaban de su camino.

Se asomó a la puerta del almacén ante la insistencia de Belinda. Al recorrer con la mirada la masa de muchachos que había en el interior, el horror se apoderó de él.

Cuando llevó a Bel afuera, la conmoción lo había dejado sin palabras.

–¿Estás bien? –preguntó ella mientras regresaban hacia sus caballos.

Robert asintió.

–¿Y tú?

–Oh, ya estoy acostumbrada. –Se quedó mirando por un instante un callejón cercano que se abría en medio de la absoluta oscuridad como un pasadizo al infierno, y se sacudió con aire ausente–. Ojalá no me hubieran visto así. Doy mal ejemplo.

Se alejó tras ponerse de nuevo su sombrero de montar.

Él la siguió hasta el caballo y la aupó mientras William intentaba calmar al nervioso semental. A los pocos minutos salían del laberinto de St. Giles.

–Hay que hacer algo por ellos –dijo Hawk en voz queda.

Belinda lo miró como si pudiera ver su misma alma.

–Sabía que sentirías lo mismo que siento yo. Hay un pequeño número de organizaciones benéficas que ofrecen ayuda a esos niños, como la Sociedad Filantrópica y la Sociedad de Ayuda a los Indigentes, pero, a juzgar por lo que he visto, es como intentar detener una inundación con el tapón de una botella.

Robert salvó el espacio que los separaba estirando el brazo y le cogió la mano. Ella le lanzó una mirada de preocupación bajo su velo.

–Nunca me has parecido más hermosa que en este preciso instante –susurró él–. Haré todo lo que esté en mi mano para ayudarlos, Belinda.

–Sabía que podía contar contigo.

Apretó la mano de Hawk y luego la soltó para sujetar su caballo.

Cuando llegaron a Knight House, Belinda le dio un beso en la mejilla y se fue a la cama murmurando que estaba agotada.

Entristecido por la perversidad del mundo, Hawk entró en su biblioteca, rozó el piano al pasar de camino a su escritorio y se sentó para poner por escrito sus pensamientos y preguntas con vistas a una futura investigación sobre las madrigueras, el crimen juvenil y la enfermedad oculta que infectaba Londres a un tiro de piedra de Carlton House, Buckingham Palace y todas las grandes casas de la aristocracia como la suya.

Una y otra vez se sorprendió con la mirada perdida, mientras su mente volvía a Belinda. Nunca habría pensado que diría aquello, pero estaba empezando a comprender que su decisión de convertirse en cortesana no procedía de la avaricia mercenaria y la vanidad, como él había dado por hecho automáticamente la primera vez que la vio. Aunque la culpa no había sido de ella, sino de la incompetencia de su padre y las artimañas de Dolph, la formal señorita Hamilton se había visto degradada al nivel de una vendedora ambulante. Qué humillación debía de haber sentido, pensó él, muerto de vergüenza al recordar las indirectas que le había lanzado en relación con sus diversas ocupaciones.

Él no había acabado de comprender que su decisión había sido una cuestión de supervivencia. Esa noche Robert había vislumbrado el significado de aquella palabra. En ningún momento ella había perdido su capacidad para interesarse y preocuparse por los demás.

Dejó su pluma y apoyó la cabeza entre las manos, sintiéndose como un condenado hipócrita. Mientras él se dedicaba a mirarla por encima del hombro, tachándola de furcia, el corazón de Bel rebosaba amor hacia los demás y conservaba una virtud serena, luminosa y nunca reconocida.

«Por Dios, déjate de tonterías», le ordenó de repente la voz de su conciencia, de un modo que recordaba considerablemente el tono frío y entrecortado que había empleado su padre en sus últimos días de vida. De hecho, casi podía vislumbrar el fantasma del octavo duque mirándolo con el entrecejo fruncido. «Esto es absurdo –parecía decir–. Tú, un Hawkscliffe, estás poniéndote en ridículo con una fulana. Deja de idealizar a esa mujer y de atormentarte. Recupera el control antes de que te convierta en un completo idiota, porque eso es exactamente lo que hará si sigues adelante con esto.» La visión teñida de culpabilidad de su padre se desvaneció al oír la campanada del reloj de su abuelo, dejándolo a solas con el temor a los sentimientos que Belinda despertaba en él.

No había resuelto nada. La lucha entre su corazón y su cabeza se reanudó con renovada intensidad. Incluso ahora ansiaba reunirse con ella. Se quedó mirando absorto la llama que brotaba de la vela.

«No puedo usarla como cebo –pensó–. Pero tengo que hacerlo.» Y supo que lo haría. Frunció los labios en una mueca de amargura. Después de todo, su única opción consistía en arrodillarse a los pies de la reina de las cortesanas y confesarle que se había convertido en su esclavo.

12

El coche del correo paraba diariamente en la suave y ondulada campiña del condado de Leicester, a la altura del pintoresco mercado de Melton Mowbray. Un robusto muchacho a cargo de una importante responsabilidad saludaba al tranquilo conductor del coche del correo todos los días y recogía los envíos del gobierno que habían sido franqueados para su patrón, junto con el ejemplar diario del *London Times* del señor.

El muchacho emprendía entonces el trayecto de una hora de duración por la verde y agradable campiña, agradeciendo los caminos con sombra, pues el sol brillante calentaba con fuerza. Al final, el tejado de pizarra de cuatro aguas de la majestuosa casa solariega se elevaba por encima de la cuesta que tenía ante él. Al llegar a lo alto de la cuesta el muchacho se detuvo para recobrar el aliento.

La brisa ensortijaba su cabello despeinado mientras contemplaba la casa solariega de ladrillo rojo abrigada por las colinas onduladas, con su estanque brillante bajo el cielo azul veraniego. Sin embargo, no se detuvo demasiado ya que el conde de Coldfell estaría esperando el *Times*.

Colgándose en el hombro la cartera de piel con el correo y el periódico, entornó los ojos para protegerse de la luz del sol. Podía ver a lo lejos a los albañiles y carpinteros subidos en los andamios, arreglando el ala este de la casa que se había incendiado antes de que la pobre y guapa condesa pelirroja se ahogase.

«Pobre señor», pensó el muchacho, mientras divisaba cómo su señoría salía cojeando apoyado en su bastón para inspeccionar los progresos de los trabajadores.

El muchacho realizó el resto del trayecto hasta su destino andando a trote corto, portando su preciosa carga. Cuando se acercó a él, el amable y anciano conde le revolvió los cabellos con una sonrisa y cogió el periódico.

Coldfell se metió en su estudio con el ejemplar del día del *Times* bajo el brazo, cerró la puerta tras él y apoyó su bastón contra la pared. Con la boca contraída de ansiedad, se puso el monóculo y examinó el diario en busca de alguna noticia sobre la muerte de Dolph. Tras varios minutos de búsqueda concienzuda, los ojos de Coldfell se entornaron.

Nada.

Se puso en pie con el ceño fruncido y el monóculo se le cayó del ojo.

–Maldita sea, Hawkscliffe, ¿a qué estás esperando?

Robert había prometido que vengaría la muerte de Lucy y que destruiría a Dolph, pero desde que Coldfell se había marchado a la campiña el duque no había hecho más que pasear por Londres del brazo de su joven y deslumbrante acompañante. Podía entender perfectamente que Hawkscliffe fuera un hombre viril y que tal vez necesitara el consuelo de una mujer después de la muerte de Lucy. Sin embargo, no le agradaba la idea. Estaba claro que el duque necesitaba que le recordasen cuál era su misión. Coldfell pensaba regresar a la ciudad al cabo de unos días para asistir a la velada tory que iba a celebrar la anfitriona de Hawkscliffe en nombre de su protector. Entonces vería por sí mismo qué demonios había entre aquella cortesana y el hombre destinado a ser su yerno.

A medida que avanzaba el verano, Dolph Breckinridge se vio inundado por un abatimiento y una tristeza absolutos cuya existencia desconocía hasta entonces.

Sólo tenía ganas de sentarse en el mirador del club y contemplar con amargura el desfile de la Victoria, que parecía burlarse de su derrota. «Ya no querrá ser mi esposa.»

Se bebió de un trago su vaso de cerveza y se marchó, intentando eludir la inquietud que anidaba en su pecho conduciendo un rato. Redujo la velocidad para mirar lascivamente por la ventana de la tienda donde había visto a Belinda probarse sus bonitos vestidos. «La odio. La quiero. La necesito.» Maldita sea, ¿a qué clase de intercambio se refería Hawkscliffe aquella noche en Vauxhall?

Lanzó la colilla de su puro a la calle e hizo restallar nuevamente las riendas de su faetón con una sonrisa desdeñosa. Avanzó a toda velocidad por las calles de Londres como si quisiera dejar atrás su obsesión. ¿Por qué no podía olvidarla? No entendía por qué ella lo atormentaba de ese modo y hacía que se enfadase tanto. O bien era el destino, o mucho se temía que había algo que no funcionaba bien en su cabeza.

Fue a todos los lugares donde solía encontrarla vendiendo naranjas y al piso sombrío en una de cuyas habitaciones de alquiler se había alojado.

Abandonó los alrededores de la ciudad y se dirigió hacia el norte en dirección a Islington, hasta que llegó al sombreado camino bordeado de árboles que conducía a la Academia para Jóvenes Damas de la señora Hall, el lugar donde había trabajado Belinda, ya que había dado con una forma de vengarse de Hawkscliffe, si finalmente se atrevía.

La academia se alzaba en la vecindad de un pequeño y pintoresco pueblo, aunque apartada y distante como una soltera adinerada a la hora del té. Después de haber ido a ver a Bel todos los días durante un mes, Dolph conocía el horario diario de la escuela, al igual que la distribución de los jardines.

La imponente academia de ladrillo estaba separada del grupo de tiendas y del pub por una extensión de campo verde, unos antiguos campos comunales en los que se habían plantado flores y se habían acabado convirtiendo en un parquecillo. En medio del césped había un estanque perfectamente cuidado con una bandada de gansos, algunos patos y un espléndido cisne que contemplaba vanidosamente su reflejo. A las estudiantes les gustaba dar de comer a las aves acuáticas.

Dolph detuvo su faetón al lado del camino, saltó del carruaje y dejó el vehículo al cuidado de su temeroso mozo de cuadra. Miró su reloj de bolsillo mientras cruzaba la calle despreocupadamente en dirección a la panadería. Allí compró una barra de pan y a continuación salió de nuevo al exterior, bajo el sol cegador, y caminó hacia el estanque para dar de comer a los patos con el aire de un hombre que no se metía donde no lo llamaban.

Al inclinarse para lanzar unas migas a las aves oyó, justo a tiempo, el sonido de la campana de la academia a sus espaldas. Una tenue sonrisa asomó a sus labios. Ese día iba a atraer a su presa lo suficiente para que se acercase a hablar con él. Lo intuía.

Oyó a su espalda a las alumnas riendo entre dientes y charlando mientras salían en fila de la exclusiva academia, de dos en dos, para disfrutar de su paseo diario. Miró lentamente por encima del hombro en dirección a las muchachas.

Caminando con elegante decoro y vestidas de blanco virginal, las estudiantes avanzaban por el camino que conducía hacia los campos comunales donde solían entretenerse. Había unas treinta en total. Dolph las recorrió con sus ojos expertos, pero su mirada se posó en una joven belleza que permanecía apartada del grupo como el cisne entre los patos.

Lady Jacinda Knight: la querida hermana pequeña de Hawkscliffe.

Ella constituía el medio perfecto para enseñarle a Hawkscliffe que no se jugaba con Dolph Breckinridge.

Mientras que las otras chicas lucían sombreros o llevaban el pelo recogido en trenzas o rizado, Jacinda tenía una melena de pelo rizado color miel que flotaba como una nube alrededor de su cara con mejillas de manzana. Era una joven traviesa, descarada, atrevida y precoz, con los pómulos elevados y brillantes ojos marrones con una sensual forma de almendra; se reía más a menudo y de forma más sonora que cualquiera de las demás chicas, estaba siempre en movimiento, y parecía bailar cuando andaba. Tenía al menos dieciséis años, diecisiete como mucho, y su cuerpo poseía una elegancia grácil digna de una ninfa que se adecuaba perfectamente a su conducta animada y traviesa.

Era lo que Dolph necesitaba.

Mientras aguardaba a que se acercase con la experta paciencia de un cazador, sintió algo más que el despertar del deseo. La excitación palpitaba en su interior. La brisa llevó hasta él unas risitas nerviosas, y percibió la emoción de la muchacha al descubrir que había vuelto su admirador. Pero ¿cómo iban a hablar el uno con el otro?

Él esperaba aprovecharse de su ingenuidad juvenil, pero sabía que ella tenía prohibido dirigirse a un hombre sin que antes le hubiera sido presentado formalmente. Él tampoco podía dirigirle la palabra sin infringir las normas del decoro.

Lady Jacinda se acercó por el sendero con su compañera, una chica insulsa con el pelo castaño recogido en un moño que parecía resignada a la soltería. Jacinda llevaba una sombrilla llena de volantes y andaba con la delicadeza de una potrilla vanidosa en una plaza de armas ante la proximidad de un semental, mientras su anodina amiga leía un libro en voz alta.

En vista de las seductoras y coquetas miradas que la joven le lanzaba, Dolph consideró que estaba más que ansiosa por ser seducida. Podía imaginar perfectamente lo mucho que debía de atormentar a los muchachos de su edad, pero seguramente no había recibido antes semejantes atenciones por parte de un hombre; un hombre que sabía cómo satisfacer los florecientes deseos que sin duda invadían su cuerpo adolescente. Todo apuntaba a que la joven tenía una naturaleza lujuriosa. Después de todo, era la única hija de la Zorra Hawkscliffe original.

Cuando Jacinda le lanzó otra mirada furtiva, él se mojó los labios y le sonrió.

Ella agitó los rizos y apartó la vista al tiempo que se sonrojaba. Su amiga con aspecto de solterona siguió su mirada e inmediatamente frunció el entrecejo, con el rostro demacrado y reprobatorio de una institutriz. Hablaron en voz baja. Dolph sonrió para sus adentros. Se le ocurrió que cuando consiguiera estar a solas con ella a Jacinda tal vez le apeteciera echar una ojeada a sus cicatrices. A las mujeres les encantaban.

Partió unos pedazos de pan y se los tiró a los patos, sintiendo las miradas de las muchachas posadas sobre él. De repente, en un abrir y cerrar de ojos, lady Jacinda demostró que había heredado el don de su madre para el flirteo. Ya fuese debido al ingenio femenino o a la intervención de una hembra todavía más coqueta que ella, la madre naturaleza, la ligera sombrilla de seda de Jacinda resbaló de su mano enguantada, fue arrastrada por una ráfaga de aire igual que una cometa y aterrizó en medio del estanque.

Dolph se dio la vuelta justo cuando ella echaba a correr en dirección a la orilla del estanque, en medio de los ruidosos patos. Jacinda patinó y se detuvo junto a él.

–¡Oh, no! –gritó la joven, llevándose las manos a las mejillas como Sarah Siddons en el escenario del Covent Garden.

Dolph estuvo a punto de caer rendido a sus pies ante aquel gesto.

–Señorita –dijo con una humilde reverencia, conteniendo la risa–, permítame.

–Señor, no puedo abusar de su amabilidad...

Pero Dolph se quitó la chaqueta con una media sonrisa galante y empezó a meterse en el agua para recuperar el caro adminículo. Con el cuerpo sumergido en el agua fría hasta los muslos, alargó la mano y agarró el objeto, ocultando su irritación por haber estropeado unas botas que le habían costado setenta guineas. Vengarse de Hawkscliffe merecería la pena, se dijo. Regresó a la orilla, donde su pequeña presa lo esperaba radiante y sonrojada, mientras el viento agitaba sus rizos dorados.

–Me temo que ha quedado inservible –dijo, saliendo del lodo y tendiéndole la sombrilla.

Una cascada de risas entrecortadas brotó de los labios de ella.

–Gracias, señor...

–Sir Dolph Breckinridge, a su servicio, *mademoiselle*.

–Hola, yo soy Jacinda –susurró, echando una ojeada por encima del hombro.

Su amiga permanecía apartada con el entrecejo fruncido. Una maestra con delantal avanzaba hacia ellas.

–Es usted preciosa –susurró él–. ¿Puedo escribirle?

Jacinda abrió los ojos como platos, radiante de emoción.

–¡Creo que no es lo correcto!

–Tampoco lo es que las señoritas tiren sus sombrillas a los estanques –se burló Dolph sutilmente–. ¿Tanto le agrada la corrección?

–¡Jacinda –le avisó su compañera–, viene la señorita Alverston!

–Entretenla, Lizzie –replicó ella por encima del hombro.

–¿Le gusta pasear en coche? Venga a dar una vuelta conmigo.

–¡Sir Dolph! –exclamó ella, mostrándose escandalizada e increíblemente anhelante al mismo tiempo.

–Le enseñaré a conducir mi faetón. ¿No le gustaría? Se lo enseñaré todo –susurró, mirando sus labios rosados.

–¡Lady Jacinda! ¡Deja de molestar a ese caballero ahora mismo! –chilló la monitora al llegar junto a ellas.

–Se le cayó la sombrilla, señorita Alverston –intentó explicar la compañera con aspecto de solterona.

Jacinda no prestó atención a ninguna de las dos y se quedó mirando a Dolph, embelesada ante las seductoras palabras que había pronunciado, con sus grandes y aterciopelados ojos marrones muy abiertos.

La mujer se acercó y la agarró de la muñeca.

–Buenos días, señor, esto es una propiedad privada. Tendrá que leer el periódico en otra parte.

–Oh, no lo sabía, lo siento –dijo él con suavidad, mirando a la mujer despectivamente.

–Gracias por recuperar mi sombrilla –afirmó Jacinda mientras la maestra le tiraba de la muñeca, y a continuación la joven belleza se dio la vuelta y empezó a moverse para no quedarse atrás.

Sin embargo, su prudente compañera, a la que ella había llamado Lizzie, se detuvo y miró a Dolph con los brazos en jarras.

–Me acuerdo de usted –le advirtió Lizzie–. Es el hombre cruel que hizo que despidieran a nuestra profesora favorita. ¡Será mejor que no vuelva por aquí!

–¿Y qué vas a hacer tú para evitarlo?

–¡Me chivaré!

–Dios mío, tendré que soportar el rapapolvo de la directora.

–No es a ella a quien se lo contaré... grosero. Se lo diré a los hermanos de lady Jacinda... ¡A los cinco! ¡Y lo harán picadillo!

–Lizzie –gritó alguien.

–¡Ya voy!

–Más vale que tengas la boca cerrada –refunfuñó Dolph.

–Y más vale que usted no se acerque a mi mejor amiga –dijo

ella en tono malhumorado. Se dio media vuelta y volvió corriendo a la escuela.

Dolph se burló de ella mientras veía cómo se marchaba, consciente de que sus planes probablemente se iban a ver frustrados.

Por muy dulce que aquella venganza pudiese resultar, perseguir a Jacinda Knight era un acto suicida. Hawkscliffe solo ya era un enemigo lo suficientemente importante; no quería ni pensar lo que sería ponerse a mal con el bandido de Jack o con Damien, el héroe de guerra que seguramente regresaría pronto.

Escupió sobre la hierba de color esmeralda y volvió al faetón con paso airado.

Tal vez no fuera imparcial, pensó Hawk, pero mientras la música de la orquesta vibraba a través del salón Argyle la noche del baile de las cortesanas, decidió con considerable orgullo que su anfitriona era de lejos la mujer más hermosa del lugar. Un deslumbrante vestido azul claro cubría sus esbeltas curvas y dejaba a la vista una porción tan generosa de escote que hacía que a Robert se le hiciese la boca agua. Le habría gustado verla sin nada a excepción de aquella gargantilla de diamantes y lapislázulis que brillaba en su cuello.

Había vuelto a gastarse un dineral en ella y la había sorprendido con aquel regalo justo antes de la fiesta. Cuando Hawk se dio cuenta de que estaba sumiéndose rápidamente en aquella locura y de que ni siquiera le importaba, dejó escapar un suspiro de arrepentimiento. Sólo con verla se le levantaron los ánimos.

Bel estaba charlando con tres de las Cuatro Estupendas, animando la fiesta para diversión de Robert, y encandilando a todo el que se cruzaba con ella. Parecía que tuviera un fulgor dorado a su alrededor que hiciera que todo el mundo se dirigiera hacia ella y se marchara sonriendo... sobre todo si esas personas eran hombres, pensó Hawk, que empezaba a impacientarse con el círculo social de Bel. Quería que volviese a su lado, que era donde ella debía estar. Que Dios lo perdonase, pero estaba loco por ella.

Agitó su brandy con el entrecejo fruncido y dejó la copita en el bar, preguntándose si acabaría tan obsesionado con aquella mujer como Dolph. Con la mirada clavada en ella, avanzó resueltamente entre la multitud respondiendo mecánicamente a los saludos de sus conocidos. No hizo el menor caso a la vistosa fiesta que tenía lugar a su alrededor; toda su atención estaba centrada en ella. Historias picantes, carcajadas roncas, brincos, besos y arrumacos descarados se sucedían por todas partes. Las cortesanas daban permiso a los hombres para que se portasen mal.

Belinda vio que él se acercaba y sus ojos resplandecieron de tal forma que su brillo oscureció el lustre de las joyas. Una sonrisa cautivadora asomó a sus labios. Robert estaba hipnotizado.

Ella le sostuvo la mirada mientras él atravesaba el grupo de hombres que la rodeaban. El corazón de Hawk se encendió en cuanto la tocó. La tomó de la mano mirándola con embeleso y la condujo hacia la pista de baile, ajeno a las protestas de los jóvenes que habían estado pidiéndole un baile. La persuadió con una mirada leve e íntima y la introdujo en el minué. Ninguno de los dos alteró su mirada desafiante durante el baile. Hawk estuvo pendiente de todos los movimientos de Bel, aspirando la fragancia de su perfume cada vez que ella pasaba junto a él siguiendo los pasos del baile. Ella bajó la barbilla y le lanzó una mirada cautivadora por encima del hombro al pasar a su lado. Robert extendió el brazo y la detuvo poniéndole una mano en la cintura. Belinda lo miró en actitud dubitativa.

Dejaron de bailar, aunque el minué continuó a su alrededor. Se miraron el uno al otro a escasos centímetros de distancia, inmóviles, sin besarse siquiera, como las figurillas de porcelana de una pareja de amantes. Robert podía oír el pulso de la sangre en sus oídos. Y entonces, bajo los alegres sones de la orquesta, oyó otra melodía en el interior de su corazón, libre, salvaje y dulce como el canto de un ruiseñor.

Belinda lo miró fijamente con los labios ligeramente entreabiertos y los ojos brillantes de asombro, como si ella también lo oyera.

Entonces él lo supo. Le cogió la mano, temblando por dentro con un temor reverencial. Era inútil. Lo imposible había sucedido. Estaba enamorado de ella.

Bel no sabía qué estaba pasando. Su protector la miraba fijamente como si hubiese sido alcanzado por un cometa llameante. Estaba a punto de preguntarle si se encontraba bien, cuando Harriette se acercó a ellos y enlazó alegremente su brazo en el de Bel.

–Excelencia, lo siento mucho pero tengo que llevármela un momento. Se la traeré en un periquete. Bel, si eres tan amable, hay alguien que quiere verte...

–No –dijo Robert con voz áspera, agarrando a Bel con fuerza de la muñeca.

Harriette y Bel se giraron sorprendidas. Él pareció percatarse entonces de lo descortés de su conducta.

Harriette se echó a reír y lo golpeó suavemente en el brazo con el abanico.

–Pórtese bien, Hawkscliffe. Bel está aquí para entretener al personal, ya lo sabe.

Robert soltó la mano de Bel y la miró de forma implorante.

–Ella puede hacer lo que le parezca correcto, de eso estoy seguro.

Bel frunció el entrecejo.

–¿Te encuentras bien?

–Estoy perfectamente –susurró él.

–Date prisa, niña. Es urgente.

Harriette empezó a tirar de ella.

Bel la siguió con paso ligero, pero miró por encima del hombro en dirección a Robert mientras Harriette tiraba de ella. Él seguía mirándola, con sus ojos oscuros brillando intensamente.

–¡Vamos, deprisa! No te imaginas quién quiere verte. Me muero de envidia.

–¿Quién es?

–El zar Alejandro.

Bel se quedó boquiabierta, se paró y soltó su mano.

–Estás de guasa.

–No mires ahora, está en la tribuna con su séquito. Te ha visto entre la gente –dijo Harriette chillando de alegría.

Bel alzó la vista en dirección a la tribuna y advirtió movimiento, pero la gente situada ante la barandilla estaba dispersándose.

–¿Qué... qué quiere?
–¿Tú qué crees, querida? Le has llamado la atención. Espero que seas servicial.
–¡No!
–¿No? –Harriette la llevó a un lado, se giró hacia ella y se colocó los brazos en la cintura de forma agresiva–. ¿Cómo que no?
–He venido con Hawkscliffe.
–Pero ¿qué te pasa?
–Nada...
–Bel, insensata, ¿cuántas veces te lo he advertido?
–No sé de qué me estás hablando.
–Estás enamorada de él.
–No, no lo estoy –replicó Bel, aunque podía sentir cómo se le encendían las mejillas.
–Sí que lo estás. Has perdido el juego.
–¡No!
–¿De verdad? Vaya, me alegro de oírlo, porque ahora mismo el zar de todas las Rusias está esperando para llevarte a la cama. Vamos. No quiero que lo ofendas y me pongas en evidencia.
Harriette la agarró de la muñeca y empezó a tirar de ella en dirección a la escalera, pero Bel afirmó los pies en el suelo y se negó a ceder lo más mínimo.
–¡No!
–No puedes decir que no, eres una cortesana –exclamó Harriette.
–Yo elijo a mis amantes. No lo quiero.
–¡No seas estúpida! ¡Es el zar! No es alguien repugnante. Es muy guapo. ¿No lo has visto?
–Sí, lo he visto, pero no voy a dejar a Robert solo toda la noche.
–Mandaré a alguien para que lo entretenga...
–Ni se te ocurra –le advirtió ella.
–Belinda Hamilton, no puedes rechazar al zar de Rusia. Hazlo por Inglaterra.
–¡Por favor! Si es un caballero como todo el mundo dice, lo entenderá.

–No puedo creerlo. ¡Estás desperdiciando una oportunidad única en la vida! Si lo tratas bien, quién sabe hasta dónde puedes llegar. Es un emperador, Bel. ¡No seas estúpida!

–¡Si tanto te impresiona, llévatelo tú a la cama, Harrie!

Se soltó, se dio la vuelta y se alejó a grandes zancadas sobre sus piernas temblorosas.

–¡Puta desagradecida y arrogante! ¿Cómo te atreves a ponerme en este compromiso después de todo lo que he hecho por ti?

–Te he pagado el veinte por ciento a cambio de todo lo que has hecho por mí, Harrie, así que discúlpame si me niego a arrastrarme.

–¿Y qué se supone que le voy a decir al zar?

–Dile que me siento halagada, pero que le debo lealtad a Hawkscliffe. Me marcho a casa.

–Knight House no es tu casa, estúpida. Vas a tener que aprenderlo a base de batacazos. Allí no eres más que una sirvienta.

Bel se apresuró entre la multitud mientras la advertencia de Harriette resonaba todavía en sus oídos. Estaba desesperada por ver a Robert. Rezó para que no estuviera enfadado por haber permitido que Harriette se la llevase a la fuerza. ¿Qué significaba la mirada que le había lanzado? Se abrió paso entre la gente y de repente se encontró cara a cara con él.

Sus ojos oscuros brillaban de rabia y de dolor. Bel se acercó a él y le tocó el pecho en una silenciosa súplica. Él le cogió la barbilla, le inclinó bruscamente la cabeza hacia atrás y buscó sus ojos.

–¿Qué ocurre? ¿Has cambiado de opinión? –dijo con un gruñido.

Sin dejar de temblar, Bel le rodeó el cuello con los brazos, lo atrajo hacia ella y lo besó en plena boca. Él la abrazó por la cintura y la besó con un ardiente y lujurioso desenfreno en medio del salón de baile, reclamándola con una pasión casi violenta.

Permanecieron ajenos a los gritos roncos y los silbidos de la gente que los rodeaba. Nadie reparó en su furiosa desesperación, y todos se tomaron aquello en broma, pero cuando Bel deslizó los dedos entre el cabello de Robert sentía un deseo agónico, mientras abría cada vez más la boca para recibir su beso encendido y avasallador. Podía intuir su verdadera intención: enseñarle una lección, enseñarle que le pertenecía a él por entero. Ella sólo quería rendirse.

Deseó con atrevimiento que el zar y su séquito y Harriette estuviesen mirando. Dejó de besarlo, pero sostuvo su rostro entre sus temblorosas manos y apretó su antebrazo contra el de él.

–Llévame a casa –dijo Bel en voz baja.

No hizo falta que se lo repitiera. Robert la condujo hacia el exterior del salón Argyle, en dirección a su carruaje.

Ella apenas reparó en la rapidez con que el cochero y los mozos de cuadra se colocaron en sus puestos. Cuando Robert y ella estuvieron dentro, bajaron las persianas y se fundieron en un abrazo mientras el coche los llevaba suavemente por la ciudad oscura en dirección a Green Park.

Él se recostó contra el asiento de piel color marfil. Se palparon y acariciaron el uno al otro, saboreándose y tocándose, manoseándose y arropándose, y no dejaron de besarse durante todo el rato como si no se cansasen de ello. Cuando Robert se enderezó y sentó a Bel a horcajadas sobre él con sus manos ardientes y trémulas, el coche se inundó del sonido de sus jadeos y del crujido de los asientos de piel.

–Llevo toda la noche deseando hacer esto. Dame esos deliciosos... –Abrió la parte delantera de su corpiño desgarrándolo, dejó los pechos de Bel al descubierto y hundió su cabeza entre ellos–. Mmm. Dios, podría devorarte –gimió, mientras su boca caliente y húmeda atrapaba un pezón.

Bel jadeó y a continuación soltó una carcajada grave y entrecortada de placer.

Mientras le chupaba el pecho, le bajó el escote rasgado del vestido acariciándola por todas partes.

Ella inclinó la cabeza hacia atrás y deslizó los dedos por el pelo negro azabache de Robert, mientras él se movía para degustar su otro pecho. Bajo la falda, las manos de Hawk ascendieron por sus muslos, separados en una lasciva invitación sobre su regazo.

–Mmm, no llevas enaguas –dijo él jadeando.

Bel cerró los ojos y sonrió embriagada cuando Robert deslizó los dedos entre sus piernas. La acarició sin dejar de besarla en el cuello, hasta que ella pensó que iba a enloquecer de deseo. Pero cuando la llevó al límite de la pasión se detuvo. Bel abrió los ojos lentamente cuando él la levantó y la posó sobre el asiento de enfrente. Mirándola fijamente con una media sonrisa oscura y maliciosa, Robert la empujó suavemente contra la piel lujosa y se puso de rodillas.

–Robert...

–Disfruta –susurró–. Yo sé que voy a disfrutar.

Y con un suave gemido, Bel cerró los ojos y se entregó a aquel sensual regalo, enroscando los dedos en su sedoso pelo.

Al poco rato tenía los pies apoyados contra el asiento de enfrente y el vestido recogido alrededor de las caderas, aferrada a las correas de piel como si le fuera la vida en ello, mientras Robert la tomaba con los dedos y la devoraba con la lengua. Bel alzó las caderas y comenzó a moverse con él; todas sus inhibiciones se evaporaron con el calor húmedo de aquella noche de verano. Robert aumentó el ritmo adaptándolo al deseo de ella y la elevó a nuevas cotas de éxtasis sensual.

De pronto se detuvo, agitado, y se llevó la mano a los pantalones, mientras su barbilla afeitada relucía en la oscuridad iluminada por la luna.

–Tengo que hacerte mía. Ahora.

Bel sintió inmediatamente que un escalofrío de pánico recorría todo su ser. Aquello no. No estaba preparada. Posó su mano en el pecho de Robert con la intención de refrenarlo. Se estremeció al rechazarlo, pero rezó para que no se enfadase.

–Cariño, en el coche no. No nuestra primera vez, por favor.

Él echó atrás la cabeza y dejó escapar un gemido de frustración agónica.

–Oh, mi cielo –susurró Bel, rodeándolo con las piernas mientras deslizaba una mano por su cuerpo y acariciaba la dura protuberancia que se marcaba en sus pantalones ceñidos–. ¿Puedo, excelencia? –preguntó con una mirada coqueta.

Al oír el gruñido grave y lúbrico de deseo del duque, lo empujó contra el asiento y se hizo cargo de la situación.

Cuando el carruaje se detuvo enfrente de Knight House, Robert y ella salieron tratando de recuperar un mínimo de dignidad.

En el momento en que el lacayo abrió la puerta del coche, un olor a sexo emanó de su interior. Se habían dado placer el uno al otro de forma apasionada, y el clímax de Robert había sido explosivo.

Ruborizada y conteniendo la risa nerviosa, Bel no pudo mirar a los sirvientes de camino hacia la casa. Estaba segura de que los mozos de cuadra e incluso los caballos sabían lo que habían estado haciendo durante el trayecto.

Con los zapatos en una mano y el bolso en la otra, logró entrar en la casa con la cabeza en alto, perfectamente consciente de que se encontraba en un estado de desaliño absoluto, con un rasgón en medio del escote, ya de por sí bajo, y las mejillas arreboladas. Sin embargo, experimentaba una sensación maravillosa por todo el cuerpo, y se moría de ganas de irse a dormir.

Robert se encontraba en un estado algo peor. Con el pañuelo suelto y la camisa abierta a la altura del torso, tenía un aspecto desaliñado y satisfecho, un tanto salvaje y bastante tosco. Permaneció en silencio mientras subía junto a ella la escalera en forma de curva. Los escalones de mármol tenían un tacto frío bajo los pies enfundados en medias de Bel.

Al llegar arriba se detuvieron y se miraron el uno al otro con aire indeciso.

Bel le dedicó una sonrisa y él le respondió con una risita de arrepentimiento, pasándose la mano por el cabello despeinado. Bajó la vista y por un instante hubo un silencio cargado de avidez y vacilación.

–Nunca había ido a un baile de las cortesanas –dijo él.

–Yo tampoco.

Otra pausa embarazosa.

Él le lanzó una mirada inquisitiva.

–Lo he pasado muy bien.

La sonrisa de Bel se hizo más grande.

–De eso se trataba. –Dio un paso hacia él y se puso de puntillas para darle un delicado beso en la mejilla–. Buenas noches, Robert.

Cuando Bel se retiró, él buscó sus ojos y le dirigió una mirada ardiente.

–¿Cuándo, Belinda? –susurró.

Ella le alisó la solapa de satén negro del frac con una caricia.

–Pronto.

Súbitamente desconcertada, Bel forzó una sonrisa de despreocupación, se dio la vuelta y se echó el pañuelo por encima del hombro, mientras se dirigía hacia su habitación con paso resuelto como si no le preocupara nada en absoluto.

–Buenas noches, señorita Hamilton –respondió él, y permaneció allí con las manos en los bolsillos, observando cómo ella se alejaba.

13

El conde de Coldfell estaba sentado bebiendo oporto en el salón de Hawkscliffe con el resto de los dirigentes del partido tory. La noche de la cena largamente esperada de la señorita Hamilton había llegado por fin. Coldfell lucía una sonrisa tensa en su rostro surcado de arrugas, pero por dentro se sentía como un titiritero profundamente disgustado. Sus marionetas no estaban bailando en absoluto al son que él marcaba, pero pronto lo harían. Desde luego que sí.

Esa noche había acudido simplemente para observar la relación existente entre Robert y su concubina. Le costaba creer que hubiera juzgado erróneamente el carácter de Hawkscliffe. El joven y fogoso duque ya debería haber matado a Dolph para entonces, pero allí estaba, cómodamente instalado junto a su belleza rubia, descaradamente indiferente a la conmoción que había causado en la sociedad y al escándalo que rodeaba su nombre.

Por lo que respectaba a su promesa de vengarse de Dolph, parecía haber olvidado completamente aquel asunto. La única conclusión que se le ocurría a Coldfell era que la culpa la tenía aquella hechicera rubia, aquella *belle dame sans merci,* que se había servido de artimañas para disuadir al duque de cumplir su juramento y vengar la muerte de Lucy. Hawkscliffe estaba claramente a su merced.

Teniendo en cuenta que él era un hombre que siempre había sentido una debilidad por la belleza, Coldfell no podía reprocharle a la hermosa Bel Hamilton la vida que llevaba. Lo que no aprobaba era la forma en que se había hecho con el mando de Knight House, de sus sirvientes e incluso hasta cierto punto del mismísimo duque. Se comportaba como una duquesa y no como su fulana, y a Coldfell aquello no le gustaba en lo más mínimo, decidido como estaba a ver convertirse a su hija en la novena duquesa de Hawkscliffe.

Robert y Juliet harían muy buena pareja.

Coldfell sabía que poseía defectos, pero si tenía una virtud era su condición de padre extraordinariamente protector y celoso con su hija. Antes de dejar este mundo quería verla bien casada con un marido considerado que cuidase de ella. ¿Y a quién sino a Hawkscliffe podía confiarle su dulce, incapacitada y frágil hija? ¿Quién más tendría la cortesía de casarse con aquella inocente criatura enclaustrada, sabiendo que no era tonta, sino que la fiebre amarilla la había privado de la audición cuando era una niña?

A diferencia de la cortesana experimentada con la que el duque compartía su cama, Juliet era completamente inocente en lo que respectaba a las costumbres del mundo. Ella no podía disfrutar de una temporada social normal. El destino le había arrebatado la oportunidad de hacer su solemne debut, el cual constituía un derecho de toda joven de alta cuna. No podía bailar ni oír música. A Juliet le resultaba prácticamente imposible mantener conversaciones con gente a la que no conocía, aunque en el caso de su padre y su ama podía leer los labios suficientemente bien. Era tímida como un cervatillo, e igual de adorable.

Con sus modales de caballero, Hawkscliffe sería incapaz de negarse, sobre todo después de que hubiera visto los ojos azules llenos de asombro de Juliet y sus rizos de chocolate. Coldfell contaba con ello. El primer hijo que tuvieran –su primer nieto– heredaría el título de conde, y entonces podría irse a la tumba sabiendo que su hija y sus posesiones estaban en buenas manos.

«Deja que Hawkscliffe tenga a su cortesana –pensó–. Así Juliet tendrá menos obligaciones matrimoniales.»

Justo entonces se abrieron las puertas de dos hojas que conectaban el salón y el comedor, y apareció el imponente mayordomo con guantes blancos haciendo una reverencia.

–La cena está servida –anunció en tono solemne.

–Wellington, ¿quiere hacer los honores? –propuso Hawkscliffe, presentando a su anfitriona al Duque de Hierro con un elegante gesto.

Alto, imperturbable y con un porte severamente erguido, el gran general de rostro pétreo estuvo a punto de sonreír mientras asentía y le ofrecía a Bel el brazo.

–Señorita Hamilton, es para mí un honor.

Ella aceptó con garbo su compañía.

«Vaya, la cortesana es igual de conquistadora que el general», pensó Coldfell cínicamente, mientras observaba cómo entraban en el comedor.

Tenía que admitir que era de una belleza arrebatadora. Ningún hombre, por viejo que fuera, habría sido inmune a sus encantos. Su sonrisa serena y reservada los cautivó a todos. Eldon parecía haberse quedado especialmente prendado de ella. El lord canciller se había colocado a su lado en el sofá, y seguramente habría intentado engatusarla para que se sentase en su escuálido regazo si Hawkscliffe no hubiera estado delante... y tal vez ella habría aceptado a cambio de dinero.

La Belle Hamilton tenía un estilo y un porte suave y elegante. Su cuerpo celestial estaba cubierto por un vestido ceñido de muselina de un pálido color rosa perla. Si la pelirroja Lucy, con su pasión y sus ansias de vivir, era el fuego, Bel Hamilton era el hielo, deslumbrante y con multitud de facetas, desprendiendo luz como un diamante perfecto, pensó Coldfell, aunque se imaginaba perfectamente que ella se derretía por Hawkscliffe.

Situado al final del grupo, el joven y atractivo duque dedicó a los demás presentes una sonrisa de una calidez reservada y cordial y alargó la mano en dirección al comedor.

–Caballeros, después de ustedes.

Coldfell asintió afablemente con la cabeza al pasar junto a su anfitrión apoyándose en su bastón, y se dirigió hacia la mesa para ocupar su sitio. Resopló para sus adentros cuando observó que la mesa estaba excelentemente dispuesta. La cortesana era una experta anfitriona. Había tenido en cuenta el más mínimo detalle. Las velas de cera de abeja reflejaban el lustre extremo en cada centímetro de la caoba tallada y relucían en la vajilla de plata rococó y en el magnífico centro de mesa. Pequeños y delicados lavafrutas con agua de azahar los esperaban sobre el mantel de lino blanco, mientras que los lacayos con peluca y librea aguardaban preparados en las esquinas de la habitación.

Cuando Hawkscliffe se sentó a la cabecera de la mesa, lanzó una mirada a los pies de su anfitriona y esbozó una sonrisa íntima. Coldfell vio cómo intercambiaban una mirada de mutuo entendimiento. Formaban una pareja tan compenetrada que era como observar una danza grácil y airosa.

Coldfell miró furtivamente a uno y otro.

Había que reconocer que aquella mujer le convenía a Hawkscliffe. Parecía mucho más relajado y tranquilo de lo que lo había visto en el pasado; sus ojos marrones ya no tenían un aspecto atormentado. Su anfitriona sabía cómo manejarlo, como había hecho en el salón al interrumpir sutilmente la conversación con un comentario encantador cuando Sidmouth empezó a hacer que el duque se sulfurase.

La señorita Hamilton, por su parte, se había puesto visiblemente nerviosa cuando los invitados habían empezado a llegar, pero Coldfell había visto cómo Robert lograba calmarla con tan sólo acariciarla suavemente en el codo; una caricia que revelaba un mundo de afecto y confianza. Mientras presenciaba cómo intercambiaban miradas de forma silenciosa y apenas perceptible, lo comprendió todo.

«Están enamorados.»

El brillo de los ojos oscuros de Robert y el rubor de las mejillas rosadas de Belinda los traicionaban. Coldfell frunció los labios y advirtió que la magia que emanaba de ellos estaba surtiendo un efecto contagioso en los magnates tories. Toda la fiesta se estaba desarrollando en un ambiente tan alegre que parecía que la señorita Hamilton hubiese echado una droga en el vino espumoso.

Cuando el elaborado primer plato fue trasladado al salón –espléndidas bandejas de oca y trucha asada, carne de venado y suculenta ternera con incontables platos adicionales como guisado de col y cotufas–, Coldfell bajó la vista. Extendió la servilleta blanca sobre su regazo y se mojó los dedos con el agua perfumada.

«Muy bien –se dijo lacónicamente–. Va a haber que tomar medidas drásticas.»

Todo parecía estar desarrollándose sin contratiempos, pero Bel estaba muy nerviosa y temía dar más bocados de los necesarios al pavo asado del segundo plato o picotear en exceso de la langosta *à la braise* del tercero. Su misión en el salón había consistido en ocuparse de los magnates tories, pero ahora que se habían desplazado al comedor se sentía más interesada por los escritores. Después de todo, había que sentar poetas a su mesa. Sólo los whigs hablaban de política en las cenas.

Trató de conseguir que Walter Scott les diera alguna indicación de la obra en la que estaba trabajando, pero él no se dignó hablar de sus deliciosas historias de caballería, sino de Abbotsford, la magnífica casa de imitación medieval que llevaba mucho tiempo construyendo en la frontera de Inglaterra y Escocia. Estuvo divagando sobre los aspectos prácticos de la construcción de una mansión: vigas, añadidos, cimientos y torreones, y a Bel le recordó a una gran gaita escocesa, henchido como estaba de aire caliente, aunque agradable.

Sonriendo cortésmente, tomó nota mental de que debería recordar en lo sucesivo que los novelistas eran criaturas prolijas, y a continuación se volvió esperanzadamente hacia Robert Southey. Seguro que el apacible y laureado poeta tenía algo estimulante que decir. Sin embargo, resultó ser el espíritu del conservadurismo, un romántico reformado al que no le interesaba hablar de su musa cuando el vino fluía, sino de Byron, aquel escritorzuelo pervertido y pagano al que despreciaba por encima de todas las cosas.

Bel cruzó una mirada con su protector al otro lado de la mesa y ambos tuvieron que contenerse para no echarse a reír de la diatriba del envidioso escritor. Ya habían hablado suficiente de poesía. Robert le preguntó con delicadeza al señor Southey por su excelente *Vida de Nelson,* y luego entablaron una discusión a la que se unió incluso el taciturno Wellington, que propuso un brindis, y todos acabaron bebiendo por Nelson.

–Lord Castlereagh –dijo Bel, dirigiéndose al elegante y atractivo ministro de Asuntos Exteriores de origen irlandés–, Hawkscliffe me ha comentado que ha presentado una moción en el Parlamento para que se erija un monumento en honor a lord Nelson.

–¿Quién lo merece más que nuestro almirante caído? –replicó Castlereagh, moderando la angustiosa melancolía que ella había advertido en sus ojos. Tenía fama de hombre desdichado, demasiado brillante para su propia conveniencia–. Me gustaría que Nelson estuviera aquí para que hubiera visto cómo nuestro viejo amigo Wellesley acababa por fin con Napoleón por él... Oh, perdóneme, excelencia –dijo en tono de broma dirigiéndose al general, que acababa de ser nombrado hacía apenas un mes duque de Wellington.

Bel sonrió al oír la risa ronca de Wellington, mientras los demás decían:

–Eso, eso.

–¿En qué tipo de monumento se está pensando?

–Nuestros arquitectos han propuesto construir una gran columna con una estatua de Nelson en lo alto.

–Sería algo imponente –dijo ella con una cálida sonrisa–. De ese modo lo inmortalizaría en el mármol al igual que lo ha hecho Southey empleando la prosa.

–Fueron sus acciones las que lo hicieron inmortal, señorita Hamilton. Yo simplemente hice de cronista –dijo humildemente el señor Southey–. Díganos, ¿qué está leyendo ahora mismo nuestra hermosa anfitriona?

–Es usted muy amable al preguntarlo. Lo cierto es que hace poco descubrí una novela increíblemente asombrosa. Paso mucho tiempo en las librerías –añadió, pensando también en las numerosas veces que acudía en busca de los preciados tomos de su padre–. Encontré esa novela anónima en Hatchard's. Se publicó el año pasado. Leí la primera frase y no pude soltarla.

–Anónima, ¿eh? ¿No será uno de esos libros franceses picantes? –bromeó Eldon.

–No, señor –lo increpó, mientras los hombres se reían.

–¿Cómo se titula?

–*Orgullo y prejuicio.*

–Hum, suena político.

Bel se rió entre dientes.

–No exactamente.

Entonces se dio cuenta de que Robert la estaba mirando fijamente con una extraña y tierna sonrisa y se puso colorada, tras lo cual decidió dejar el tema. Apartó la vista con las mejillas encendidas.

–¿Alguien quiere más vino?

Cuando se sirvieron los postres –pasteles de albaricoque, torta de limón, crema de vainilla y un original dulce de bizcocho borracho elaborado con galletas machacadas y adornado con flores de verdad–, Bel se percató de que el conde de Coldfell la estaba mirando nuevamente.

El pálido anciano tenía unos ojos azules fríos y desvaídos y unos pómulos que recordaban los mangos de unos cuchillos.

Ella apartó la vista, y la embargó un profundo sentimiento de compasión por la hermosa pelirroja que aparecía en el retrato en miniatura de Robert. Lady Coldfell no había podido disfrutar de su cama de matrimonio. Teniendo a un hombre guapo y viril como Hawkscliffe a sus pies, ¿cómo había podido resistirse?

Pero entonces Bel recordó que había sido Robert quien se había resistido. La condesa no tenía por qué haberse negado a flirtear un poco.

Finalmente Bel decidió retirarse y dejó a los hombres bebiendo su oporto y hablando de sus asuntos. Todos se pusieron en pie e hicieron una reverencia cuando ella se inclinó ligeramente y les dio las gracias por su asistencia. Ellos le dieron las gracias a su vez por el maravilloso festín.

Desde la cabecera de la mesa, Robert le hizo una reverencia a modo de tributo, y en sus ojos oscuros brilló una promesa.

En cuanto salió del comedor se apoyó contra la puerta cerrada y dejó escapar un largo suspiro. Cruzó una mirada silenciosa de victoria con el señor Walsh, que estaba esperando en el vestíbulo con las manos enguantadas a la espalda. Una sonrisa asomó a su rostro solemne, y a continuación Bel se apresuró hacia las cocinas para felicitar al chef de formación francesa, a su repostero y a sus ayudantes, a quienes había contratado especialmente para la ocasión.

Las cocinas se encontraban en un estado de caos controlado, mientras la cocinera organizaba afanosamente la limpieza.

Una montaña interminable de cazuelas de cobre y sartenes de hierro fundido y utensilios de plata y acero esperaban para ser lavados. Al ver el enorme esfuerzo que había supuesto conseguir que aquella cena fuera un éxito, permitió a todo el personal de la cocina que se tomase el día siguiente libre.

Apenas hecha la generosa oferta se dio cuenta de que no tenía autoridad para ello; ella no era precisamente la señora de la casa. Demasiado tarde. Los sirvientes le tomaron la palabra como si de un juramento se tratase y, jubilosos, comenzaron a hacer planes al instante para ir a Hyde Park a deambular por los puestos del festival de la Victoria y ver las extravagancias que se estaban preparando para las festividades más importantes, que debían comenzar el uno de agosto según las órdenes del regente. Había templos orientales, pagodas y puentes. A un tiro de piedra, en Green Park, estaban erigiendo el Templo de la Concordia, un monumento tremendamente ostentoso de treinta metros de altura, con el propósito de que se encendiesen allí los fuegos artificiales.

No tuvo valor para retirar su oferta. Estaban todos tan emocionados... Sin duda se había excedido, pero Robert era un amo comprensivo con su gente. Después del trabajo tan duro que habían realizado, Bel confiaba en que no le importase.

Descubrió a Tommy y a Andrew jugando tranquilamente bajo la mesa de trabajo situada en el centro. Puesto que casi era medianoche, decidió llevarlos a la cama. Los acompañó a lavarse la cara y cepillarse los dientes; a ninguno de los dos lo entusiasmaba demasiado la novedad de la higiene. Luego se pusieron sus largos camisones de algodón y se tumbaron en sus catres. Bel les leyó un libro de cuentos de la biblioteca mientras esperaba a que Robert terminase con los lores del partido tory. Los cuidados de los niños aliviaron la excitación que le causaba la idea de acceder a las peticiones de Robert.

Esa noche estaba totalmente preparada para entregarse a él.

Tras soplar la vela abandonó en silencio las dependencias del servicio situadas en el tercer piso y bajó la escalera con un ligero temblor de expectación en las extremidades; los hombres estaban en el vestíbulo dándose las buenas noches los unos a los otros.

Coldfell fue el último en irse. Robert lo acompañó hasta la puerta.

–Lo veré mañana al mediodía.

–Muy bien, lo esperaré. Gracias otra vez por la cena, Robert. Una criatura encantadora, la señorita Hamilton.

Su sonrisa se hizo más grande.

–Buenas noches, James.

Coldfell se dirigió hacia su carruaje ayudado por su lacayo.

Robert le dijo adiós con la mano y, una vez que el carro hubo desaparecido, cerró la puerta de forma silenciosa. Se giró, apoyado contra la puerta, y la divisó allí, en la mitad de la escalera, observándolo. Le dirigió una sonrisa reluciente y lobuna. Se apartó de la puerta y empezó a caminar en dirección a la escalera.

–Ahí está. Mi arma secreta –dijo–. Mi hechicera. Castlereagh y Wellington han ganado; Eldon y Liverpool han accedido a revisar mis informes, y Sidmouth ha dicho que, si esos dos apoyaban mis ideas, él no iba a impedirlo.

Bel gritó de alegría, se recogió la larga falda y se precipitó escaleras abajo hacia él. Él la cogió cuando llegó abajo y ella le echó las manos al cuello. Robert la hizo girar en círculo riéndose a carcajadas, rodeándole la cintura con las manos.

–¡Has estado maravillosa! Señorita Hamilton, formamos un equipo imparable –murmuró–. ¿Qué te parece si conquistamos el mundo? ¿Lo probamos?

–Se me ocurren otras cosas mejores que probar con usted, señor –dijo ella con una media sonrisa retozona–. Llevo toda la noche deseando ponerle las manos encima.

–Como desee, señorita Hamilton. –Comenzó a atravesar el vestíbulo llevándola en brazos–. Me tiene impresionado.

–Se lo dije. ¿El comedor, Robert? –preguntó de forma socarrona cuando él giró a la izquierda en dirección a la citada sala–. Eres realmente de lo más depravado.

–Apenas has probado bocado. Yo me fijo en esas cosas –dijo en tono de reprimenda–. Alguien tiene que cuidar de ti. Te tengo guardada una sorpresa especial.

–¿Qué es?

–Tarta de cereza... con nata montada.

La sentó sobre la mesa, donde sólo quedaba el centro de mesa de plata, la tarta de cereza y el pequeño cuenco con la nata, y más allá, un pequeño montón de cubiertos de plata que no habían sido usados y esperaban a que Walsh los recogiera. La mesa era una enorme superficie cubierta con lino blanco, y en todas las paredes había grandes espejos en los que se reflejaban ellos dos, por fin solos, embelesados el uno con el otro.

–Robert, ¿no querrás que coma con las manos? Alcánzame uno de esos tenedores.

–Qué poca imaginación tiene, señorita Hamilton –murmuró él, mojando el dedo en la nata montada.

A continuación se lo ofreció a ella con una sonrisa sensual.

Ella se rió con picardía y aceptó ansiosamente, chupando su dedo hasta dejarlo limpio.

Robert permaneció de pie frente a ella; Bel separó las piernas para dejar que se acercase más. Él le tomó el rostro entre las manos con delicadeza y la besó con una intensidad lenta y embriagadora. Mientras se aferraba a él, cada vez más debilitada por el deseo, Bel se dio cuenta de que nunca se había sentido tan cerca de Robert, todavía bajo la euforia de su victoria en común.

Suspiró con deleite cuando él empezó a descender, besándole la barbilla y el cuello. Sus manos le recorrían la espalda arriba y abajo haciéndole suaves caricias, y cuando de repente notó un pequeño tirón y lo miró de reojo, comprendió que acababa de desabotonarle el vestido.

–¿Se puede saber lo que está haciendo, señor? –preguntó en un tono de falsa altanería.

–Estoy tomando mi postre –susurró él, bajándole el corpiño hasta la cintura, de forma que quedó sentada en el borde de la mesa del comedor con el pecho descubierto y la gargantilla de diamantes alrededor del cuello.

Ella se apoyó con las manos por detrás del cuerpo y se quedó mirándolo fijamente, a la espera. Robert miró el cuenco de nata. Bel se echó a reír, embargada de deseo, cuando él le untó los pechos de nata y empezó a lamérselos. La risa se fue apagando a medida que la sensación cálida y sugestiva de su boca hambrienta la sumía en unas oleadas de deseo cada vez más profundas.

Bel rodeó los anchos hombros de Robert con las manos y deslizó los dedos por su cabello, moreno y sedoso. Él la recostó sobre la mesa, acariciándole los pechos con una mano y sosteniéndole la cabeza con la otra.

Con el pelo revuelto por sus caricias, Robert la miró sonriendo de forma arrogante, con nata alrededor de su boca húmeda y lasciva.

–Tienes una boca preciosa –susurró ella, mientras se incorporaba y le limpiaba los labios con la lengua.

Las manos le temblaban al desvestirlo.

Poco después Robert estaba desnudo hasta la cintura. Bel jadeó suavemente al experimentar la maravillosa sensación de tener su pecho musculoso y aterciopelado contra su piel desnuda; una sensación tremendamente íntima y cálida. Recorrió con las manos los fuertes hombros de Robert y luego las deslizó hacia sus enormes brazos, extasiada por las formas de su cuerpo.

Él le rozó la frente con los labios y descendió por su mejilla hasta su cuello.

–¿Me vas a dejar hacerte el amor esta noche?

–Puede que sí –dijo ella débilmente, con los ojos cerrados y embargada por una sensación de ansiedad.

–Vaya, tendré que hacerlo mejor. «Puede que sí» –repitió él en tono de mofa.

–Puedes probar si quieres.

–Eso suena... –la besó y le soltó el cabello– claramente a desafío, señorita Hamilton.

Ella recorrió con los dedos los músculos de su vientre plano.

–Mmm.

–Me parece que acabas de arrojar el guante. Ahora tendré que seducirte.

Bel se rió y se tumbó extendiendo las piernas sobre la mesa.

–Hazlo lo mejor que sepas.

–Eso haré. –Las manos de Robert se deslizaron por sus caderas, siguiendo sus curvas–. Dios, eres preciosa.

–Oh, Hawk, tócame –dijo ella con la respiración agitada.

Cuando la mano de él ascendió bajo su falda, el cuerpo de Bel se humedeció, ansioso por recibir sus caricias. Ella cedió y separó los muslos ante la suave presión que él ejercía. A continuación los cálidos dedos de Robert se introdujeron cuidadosamente en su cavidad empapada, mientras el pulgar se movía suavemente en círculos sobre su montículo. Bel gimió, totalmente rendida. Él le besó los pechos con un pausado deleite.

Con sus oscuros ojos enturbiados y velados por los párpados, Robert vio cómo ella caía bajo su hechizo. La masturbó hasta que se retorció y arañó la mesa con las uñas. Entonces se levantó y la miró fijamente mientras se desabotonaba sus pantalones negros. Ella aguardó temblorosa, llena de expectación. Él dirigió su tremenda erección hacia aquel umbral inundado.

Con una sonrisa ardiente y pícara, se dedicó a divertirse con ella y a provocarla. Se frotó contra su sexo húmedo hasta hacerla suplicar, y sólo entonces decidió introducir su miembro un par de centímetros, tentándola.

–Eres malvado –dijo ella jadeando.

–Sí –susurró Robert–. Sí, pero dejemos que sea nuestro pequeño secreto. ¿Me necesitas ahora, cariño? ¿Me necesitas dentro de ti?

–Oh, sí, Hawk, por favor –gimió ella, agitándose bajo él.

Robert la agarró de las manos, entrelazando sus dedos con los de Bel, y escuchó sus gemidos de asombro mientras la penetraba centímetro a centímetro hasta el fondo.

Bel apenas osaba respirar. Él deslizó sus dedos por su cabello, susurrando de forma incoherente su gratitud y su gozo, pero la mente de ella estaba centrada en la extraña sensación que experimentaba su cuerpo, mientras se estiraba para recibirlo. No sabía por qué no le dolía. Era algo delicioso, pero lo sentía tan grande dentro de ella que no sabía si la partiría en dos si hacía un movimiento en falso.

–Ah, Belinda –dijo Robert con un suave gemido–, te he estado esperando tanto tiempo, mi ángel, *ma belle*.

Empezó a montarla a un ritmo muy suave. Ella se dejó arrastrar por el puro instinto, entregándose a su amante y satisfaciendo en todo momento su deseo.

Sin embargo, en lo más profundo de su mente, era consciente de los susurros lejanos que le dictaba su más secreto temor. Se negó a escucharlos y se aferró a él con más fuerza.

Él deslizó las manos por debajo del trasero de Bel y comenzó a estrujar su carne vigorosamente. Robert se encontraba en un estado febril y temblaba. Su piel brillaba con una fina capa de sudor a la luz de las velas, y parecía decidido a devorarla.

«Está siendo un poco brusco, ¿no crees?», le susurraban a Bel sus demonios.

Ella los reprimió en silencio con todas sus fuerzas. «Es tan grande y tan fuerte que si le dijeras que parara podría hacer oídos sordos.»

Le tocó el cabello suavemente intentando apaciguar su ardor, pero se echó atrás al pensar que podía delatarse. Robert creía que estaba haciendo el amor con una cortesana experimentada y de mundo. Si conseguía interpretar ese papel hasta que él llegase al clímax, todo iría bien. El placer remitió cuando ella comenzó a debatirse con sus pensamientos. Intentó dejar la mente en blanco. Cerró los ojos con fuerza y se esforzó por aguantar, dejando que él disfrutase de su cuerpo, pero inmediatamente su suerte quedó decidida por ella.

Cuando Robert le sujetó las manos sobre la cabeza mientras le acariciaba la boca con la lengua al ritmo acompasado que marcaba su miembro grande y rígido embistiéndola como un ariete, la mesa se sacudió y el montón de cubiertos comenzó a emitir un sonido metálico suave y rítmico.

Un eco procedente de su pesadilla.

Bel abrió los ojos desorbitadamente. Aquel sonido. Era como el tintineo de las llaves. Sintió las manos sujetas sobre la cabeza, y la dura mesa en la espalda como si del muro de piedra se tratase.

Y todo volvió a empezar.

Gritó con un terror irracional y evitó el beso de Robert apartando la cara, e inmediatamente trató de incorporarse, lo cual, obviamente, le resultó imposible. Él pesaba demasiado, y eso hacía que Bel sintiera más pánico. Le dio un empujón en los hombros y lo golpeó al tiempo que le decía gimoteando que parara.

–¿Qué? –oyó decir a Robert entre jadeos–. ¿Qué te pasa, Bel?

–¡Apártate de mí! –gritó ella.

Él obedeció de inmediato y el temor asomó a sus ojos.

–¿Qué ocurre? ¿Estás bien? ¿Te he hecho daño?

Ella ya se encontraba de camino hacia la puerta, subiéndose el vestido sin dejar de llorar.

–¡Bel! ¡Espera!

Ella no se detuvo.

Robert la alcanzó en un abrir y cerrar de ojos y le cerró el paso.

–¿Qué demonios pasa? –le preguntó, mientras se subía los pantalones.

–Apártate de mi camino.

–¿Que me aparte? –gritó él–. Pero nosotros... estábamos...

–Ya hemos terminado. Buenas noches, excelencia –dijo ella apretando los dientes.

–¿Quién ha terminado? –Atónito, Robert se pasó la mano por el pelo con aire de desconcierto–. ¿Qué es esto? ¿Alguna clase de juego?

–Sí, es un juego. Y ahora apártate de mi camino, Robert. Lo digo en serio. –Todo su cuerpo temblaba.

–Ni hablar. –Puso la mano en la puerta–. Pero ¿qué me estás haciendo?

Ella tragó saliva y siguió con la mirada los músculos firmes de su brazo y sus hombros fibrosos, y a continuación retrocedió un paso.

–¿Un juego? –Su voz sonaba inquietantemente suave, amenazadora–. Ahora que por fin sentía algo por ti, ¿crees que puedes jugar conmigo?

–Puedo hacer lo que me venga en gana –dijo ella fríamente, sintiendo que se moría por dentro, pero aunque lo hubiera deseado ya no podía echarse atrás–. Mi cuerpo no te pertenece.

–Oh, ya veo –murmuró Robert–. Quieres sacarme más dinero, ¿verdad? Se trata de eso, zorra avariciosa.

Bel soltó un grito entrecortado y le dio una bofetada con todas sus fuerzas.

Él se llevó la mano a la mejilla y la miró con ojos ardientes de cólera.

Temblando, Bel le devolvió la mirada, sorprendida y horrorizada por haberle golpeado, pero el daño ya estaba hecho. Era una causa perdida.

–Nunca pagaré por lo que no debería venderse –le espetó él–. No estoy tan desesperado.

Y tras decir esas palabras se marchó y le cerró a Bel la puerta en las narices.

14

La cálida y radiante mañana del día siguiente no logró aliviar la ira, el dolor y la incredulidad de Hawk. Debería haber estado levantándose de la cama de su amante, pero apenas eran las siete y ya estaba vestido de la cabeza a los pies con una chaqueta de montar, unos pantalones de ante y unas botas altas impecablemente lustradas.

Con el cabello perfectamente peinado y el pañuelo más rígido que nunca, bajó la escalera moviéndose con una fría y mecánica precisión. Solicitó que ensillaran su caballo y se fue a dar un paseo por Green Park a galope corto.

«Te está bien empleado, Hawkscliffe –le dijo su sentido común–. Te lo advertí, pero te empeñaste en que fuera tuya, ¿verdad? Estúpido. Mira que enamorarte de una fulana.»

Llegó al extremo del parque demasiado pronto y su disgusto no había disminuido un ápice. Miró con un altivo desdén los chapuceros adornos del festival de la Victoria, que sembraban los anteriormente tranquilos espacios verdes del parque, y espoleó su semental por Hyde Park Corner hacia Serpentine Road. El sol de la mañana resplandecía en el agua a su izquierda, mientras cabalgaba pesadamente sobre su caballo por el tramo de recta.

¿Acaso no sabía perfectamente que ella estaba obsesionada con el dinero? Estaba constantemente estudiando los tratados financieros, los gráficos de las acciones y los informes del *Change*. Él había sido tan idiota que había considerado aquello una atractiva cualidad que revelaba su aguda inteligencia. Se había sentido tan estúpidamente orgulloso del ingenio de Bel que no había reparado en las consecuencias de su avaricia.

No podía creer que lo hubiera abofeteado, aunque tal vez tuviera todo el derecho a hacerlo. No debería haber alcanzado el extremo de llamarla «zorra», pero había llegado todo lo lejos que podía llegar dentro de aquel precioso cuerpo y había sido rechazado y apartado momentos antes de alcanzar el orgasmo como si a ella le repugnase hacer el amor con él. Nunca se había sentido tan utilizado y repudiado, pensó con amargura, con los pies en los estribos, cabalgando despacio a lomos de su caballo mientras se adentraba en Inner Ring Road en medio de una nube de polvo.

¿Acaso no había sido bueno con ella en todo momento? No pagaría para hacer el amor con Belinda Hamilton o con cualquier otra mujer ni en un millón de años. Maldita sea, creía que ambos estaban por encima de aquello.

Tal vez su enfado había sido beneficioso. Bel era una cortesana. Si él fuera juicioso, se sentiría aliviado frente a la oportunidad de distanciarse de ella antes de involucrarse demasiado. Cierto, aquello resultaba doloroso, pero a largo plazo resultaría más seguro dejar que ella saliera de su vida. Desde luego la noche anterior ella había dejado bien claro que no compartía sus sentimientos.

Al darse cuenta de que su caballo se estaba quedando sin aliento, redujo la marcha hasta avanzar a trote.

La visión del camino de grava que bordeaba Long Water, por donde había caminado con ella cierto día, hizo que se sintiera abatido. Si ella no lo quería, a él le parecía perfecto. Sentía que había cosas que ella no le había contado sobre su pasado, pero ¿cómo iba a ayudarla si se negaba a confiar en él? Por él, podía guardarse todos sus secretos.

Una cosa estaba clara: había llegado el momento de enfrentarse a Dolph Breckinridge y poner fin rápidamente a aquel asunto de una maldita vez. Cuanto antes saliera Doña Engreída de su casa y de su vida, mejor.

Por algún motivo aquella idea lo puso de un humor de perros.

Regresó a Knight House a medio galope, sin apenas reparar en el tráfico. Le dio a su fiel caballo una sonora palmada en el cuello reluciente y se dirigió resueltamente hacia la puerta, mientras se quitaba los guantes de montar. Notó que le sonaba el estómago, pero cuando entró en la habitación del desayuno a la hora de siempre no encontró ni rastro de la tortilla habitual, ni tostadas, ni zumo, ni siquiera una taza de té. El personal del servicio había desaparecido.

Sorprendido, buscó algún sirviente y se dirigió a las cocinas, pero no encontró la menor señal de vida. Finalmente empujó la puerta trasera y vio a los dos pilluelos que había llevado Belinda jugando con los perros en la zona enlosada de los suministros.

Los perros brincaron hacia él pero Robert los apartó, irritado ante la alegría con la que saltaban y meneaban la cola.

Los dos niños se levantaron de golpe cuando él entró y se pusieron firmes como soldados de madera.

–¿Dónde están todos? –preguntó él.

Los muchachos se miraron entre ellos y luego alzaron la vista hacia él.

–Estoy esperando.

–Se han ido a dar un paseo en barco –soltó el más pequeño.

Hawk parpadeó desconcertado.

–¿Cómo dices?

Los hermanos comenzaron a debatir entre ellos en voz baja.

–¿Dónde está la cocinera? –inquirió Hawk–. ¿Dónde está mi desayuno?

–La cocinera y sus ayudantes se han ido a dar un paseo en barco, señor.

–Pero... ¿cómo es posible?

–La señorita Bel les dio el día libre.

–Ah, ¿eso hizo? ¡Ja! –exclamó, soltando una carcajada de indignación.

Uno de los perros empezó a gañir y se agachó a los pies de Robert. El niño pequeño se escondió detrás de su hermano.

Hawk emitió un gruñido, se dio la vuelta y se marchó hacia dentro. Si a la señorita Bel le parecía adecuado conceder a sus sirvientes el día libre, entonces tendría que levantar su adorable trasero de la cama y prepararle ella misma el desayuno. No hizo el menor caso a los niños, que se dedicaron a seguirlo furtivamente y a espiarlo. Subió la escalera sonoramente y avanzó dando fuertes pisadas por el vestíbulo, y una vez allí golpeó en la puerta de su cuarto.

–Levántate, vaga –dijo entre dientes–. ¡Señorita Hamilton, le pido que abra esta puerta! No finjas que no me estás oyendo –dijo sarcásticamente junto a la rendija de la puerta.

–No está ahí, señor.

Se volvió y vio a los dos niños a unos metros de distancia. El más pequeño estaba chupándose el pulgar. Hawk lo miró frunciendo el entrecejo.

–¿No eres un poco mayorcito para eso? ¿Dónde está la señorita Hamilton?

–Se ha marchado.

–¿Cómo que se ha marchado?

El pánico se apoderó de él. Giró el pomo y abrió la puerta. Entró en la habitación y comprobó que el muchacho estaba en lo cierto. Revisó el vestidor y miró por la ventana, como si pudiera estar escondida entre las cortinas.

Se volvió hacia ellos.

–¿Adónde ha ido?

–A la iglesia.

–¡Hace bien! –afirmó indignado, pero la oleada de alivio que lo recorrió hizo que le flaquearan las piernas.

Examinó a los niños arrugando el entrecejo.

–¿Os ha preparado el desayuno?

Los pequeños sacudieron la cabeza.

Hawk frunció los labios. Debía de encontrarse bastante mal para haberse olvidado de aquellos pilluelos. Suspiró disgustado y se acercó a los niños con el propósito de hacerse cargo de la situación.

–Bueno, pues vamos a ello. Solucionaremos esto como hombres. No puede ser tan difícil.

El duque de Hawkscliffe se dirigió con aire resuelto a la cocina, se quitó la chaqueta, se arremangó la camisa y procedió a cocinar media docena de huevos mientras sus pequeños cómplices lo miraban con inquietud.

–La cocinera pone primero mantequilla en la sartén –dijo Tommy, tras observar juiciosamente durante un largo rato las cenizas chamuscadas de lo que debían ser sus tortillas.

Hawk tiró la espátula.

–Dime cómo se hace.
–Lo he olvidado.
–Dáselo a los perros.
Andrew arrugó la nariz.
–No se lo van a comer.
Al final Hawk descubrió las sobras de la cena de la noche anterior en la fría bodega. Él y los niños se dieron un banquete con las tajadas de pavo asado frío acompañadas de una porción quebradiza de torta de limón.
Él debía presentarse al cabo de poco rato en la villa de Coldfell en South Kensington, de modo que dejó a los muchachos al cuidado de William con la seguridad de que Bel estaría en casa a tiempo para prepararles la comida. Menos mal que él comería en White's, ya que no quería verla. ¿Qué podían decirse?
Antes de marcharse a casa de Coldfell fue a la biblioteca. Apartando de su cabeza los recuerdos de su amante, se dirigió a su escritorio y escribió una escueta nota dirigida a Dolph Breckinridge:

> Ya estoy listo para hacer nuestro intercambio. Mañana a las once de la noche en la taberna White Swan, en New Row con Bedford Street. Ven solo.
>
> H.

Franqueó la nota a la dirección de Dolph y regresó junto a su caballo con aire serio, y partió para asistir a la prometida cita con el conde de Coldfell. Suponía que Coldfell estaba esperando ciertas explicaciones por su parte. No lo entusiasmaba la idea, pero al menos ahora podía asegurar al conde que estaba a punto de concluir aquella empresa.
Justo cuando cruzaba las puertas de hierro forjado de Knight House, se encontró montado a caballo nada más y nada menos que a Clive Griffon, el joven idealista de irritante alegría, que acudía para incordiarlo de nuevo. Griffon tenía veintiún años y poseía un atractivo juvenil, con sus mejillas suaves y coloradas y su maraña de rizos dorados como guineas.
–¡Bienhallado sea, excelencia! Precisamente venía a verlo.

–Qué coincidencia –mascullό Hawk.

Aquel muchacho siempre parecía entusiasmado con la vida.

–Hace un tiempo maravilloso, ¿verdad? –comentó el joven en tono radiante, mientras hacía volver grupas a su pura sangre blanco de largas patas para cabalgar al lado de Hawk.

–Lloverá pronto.

Griffon se echó a reír y decidió acompañarlo hasta la villa de Coldfell, en medio de la elegancia refinada y medio rural de South Kensington. Las extensiones verdes y sombreadas se habían convertido en lugares de moda poseedores de una serena solemnidad para aquellos a quienes desagradaba el ruido y las multitudes, o quienes consideraban las casas adosadas demasiado opresivas. Allí había modestas mansiones, situadas discretamente en medio de los árboles, cada una de ellas rodeada de varias hectáreas de campos, y todas ubicadas cerca del Parlamento.

Griffon parloteó durante todo el trayecto por Brompton Road. Ese día Hawk escuchó los entusiastas comentarios del muchacho idealista únicamente porque resultaba mejor que pensar en Belinda.

–¿Qué piensa del tema de las mujeres, Griffon? –soltó, interrumpiendo la diatriba del joven contra las leyes referentes a los cereales.

–¿Las mujeres? –exclamó el muchacho mientras cruzaban Gloucester.

–Sí, las mujeres, señor Griffon. Las hembras. El condenado sexo débil.

–Perdóneme, excelencia, pero no acabo de entender qué tienen que ver las mujeres en todo esto. ¿No estábamos hablando sobre las arcas de la nación?

–¡A eso mismo voy! Eso es lo único que les preocupa a las mujeres: llenarse los bolsillos.

–Así es –dijo Griffon un tanto vacilante, lanzándole una extraña mirada.

La actitud de Hawk respecto al muchacho se suavizó a partir de ese momento: todos los hombres que habían sido maltratados necesitaban unirse en este mundo de mujeres hermosas y taimadas.

–Escuche, Griffon –dijo seriamente cuando pasaban frente a la nueva mansión de George Canning–. Voy a darle una oportunidad para que exponga su caso ante lord Coldfell. Si a él le gusta lo que usted tiene que decirle, el escaño es suyo. ¿Conforme?

–¡Excelencia! –dijo el muchacho asombrado, con los ojos como platos–. ¡Sí, señor!

Y a continuación empezó a agradecerle efusivamente la oportunidad de exponer sus opiniones ante el poderoso conde.

–Bah –dijo Hawk con un bufido, y luego señaló con la cabeza en dirección al caballo de Griffon–. Menudo pura sangre está montando.

Griffon sonrió abiertamente y le dio al caballo una cariñosa palmada en el cuello.

–Es descendiente de *Eclipse*, no me importa decírselo. ¿Quiere ver de lo que es capaz?

–La verdad es que no.

Griffon se rió e hizo que el caballo se irguiera sobre las patas traseras. El animal sacudió la cabeza, y cualquiera hubiera dicho que se trataba de un Pegaso sin alas, ansioso por alzar el vuelo. Hawk sonrió a su pesar cuando el semental blanco se posó de nuevo sobre las cuatro patas, y entonces el muchacho salió como un rayo sobre el caballo, como si estuvieran en el hipódromo. «Ah, la juventud», pensó Hawk irónicamente. Se dirigió a su caballo chasqueando la lengua y los siguió a medio galope.

Poco después entraban por las altas puertas de la finca donde Lucy había vivido y encontrado la muerte, y divisaron la mansión, que se alzaba orgullosa bajo el ancho cielo azul. Avanzaron por el camino de acceso, largo y recto, que discurría entre campos cultivados. Hawk lanzó una mirada de aprobación a su alrededor. No había ni una brizna de hierba fuera de su sitio. Era algo innegable: el conde de Coldfell y él estaban cortados por el mismo patrón. Compartían los mismos valores y, desgraciadamente, habían amado a la misma mujer.

La imagen de un rostro de mujer cruzó la mente de Hawk; no era el de una dama pelirroja de ojos verdes, sino el de una rubia con los ojos del color dulce y suave de las campanillas.

Cuando llegaron a la casa se apearon de sus caballos. Hawk se volvió hacia su joven compañero.

–Espere donde le digan. No se aleje demasiado ni dé problemas.

–¡Sí, excelencia! –dijo Griffon con una amplia sonrisa de entusiasmo.

Hawk le hizo una señal con la cabeza y ambos desfilaron hacia la entrada mientras el mayordomo les abría la puerta. El conde los recibió en el luminoso salón desde el que se veía el jardín y el estanque donde Lucy se había ahogado. Encima de la repisa de la chimenea había un retrato grande de ella. Hawk lo contempló y sintió que lo embargaba el dolor.

Ese día sentía que su pérdida era doble. Belinda no había dejado este mundo como Lucy, pero la había perdido de igual forma, y probablemente le resultaba más duro admitirlo, ya que durante un breve período de tiempo había sentido que Belinda era suya como Lucy no lo había sido nunca. No había sido consciente de que mientras él se enamoraba ella se estaba ganando la vida.

Sin duda ella esperaba que él se rindiera, que le propusiera que se quedase junto a él como su amante, pero él nunca haría eso. Ninguna mujer lo pondría en ridículo. Era la única lección que había aprendido viendo cómo su padre se acobardaba poco a poco ante cada nueva aventura amorosa de su madre.

–Qué amable ha sido viniendo, excelencia –dijo Coldfell, caminando hacia él arrastrando sus zapatillas de andar por casa, con su bata de seda oscura abierta sobre su impecable chaleco marrón y sus pantalones.

–Milord –dijo Hawk a modo de saludo, forzando una tensa sonrisa.

Se estrecharon las manos y Hawk se sentó enfrente del conde.

Coldfell cruzó las piernas y apoyó las manos entrelazadas sobre la rodilla.

–Robert, conocí a su padre y lo conozco a usted desde que era un muchacho. Lo he invitado a venir hoy para hacerle una sencilla pregunta: ¿qué demonios hace manteniendo a esa mujer en su casa?

Hawk suspiró y reclinó la cabeza contra el sillón.

–Me parece saludable que tenga una amante a su edad. De hecho, lo felicito por su buen gusto, pero...

–Lo sé.

–¿Lo sabe? ¿Sabe que se está armando todo un escándalo? Su reputación corre peligro.

Hawk levantó la cabeza y miró de forma cansina al conde.

–No es lo que parece. Basta con decir que Dolph está obsesionado con la señorita Hamilton, y pienso aprovechar el poder que ella tiene sobre él. Todo es una farsa.

–Pues a mí me ha parecido condenadamente real –dijo Coldfell en tono malhumorado–. Tenga cuidado con esa mujer, Robert. Ya sabe lo que es.

Hawk no hizo el menor comentario al respecto.

–Esté tranquilo, todo habrá acabado dentro de muy poco, milord. Dentro de un día o dos espero enfrentarme con su sobrino tal y como le prometí.

–Bien –dijo el conde en un tono más grave–. Quiero estar presente cuando llegue el momento. ¿Me avisará?

Hawk asintió con la cabeza.

Coldfell se recostó con expresión satisfecha.

–Bueno, y ahora, si me permite abusar de su paciencia, creo que a mi Juliet le haría mucho bien verlo. No se relaciona con nadie y recibe muy pocas visitas –dijo, levantándose con rigidez de su asiento.

Hawk adoptó una expresión afable y cordial que únicamente respondía a su arraigada educación.

–Le aseguro que no es ningún abuso.

Se resignó a intentar resultar cortés a pesar de su recién descubierta aversión a las mujeres.

–Buen chico –dijo Coldfell con una sonrisa radiante.

El anciano lo condujo por los extensos jardines. Obviamente, Coldfell estaba tramando emparejarlos nuevamente, pero Hawk se encontraba demasiado abatido para protestar siquiera. Lady Juliet procedía de un extraordinario linaje, era demasiado dócil, consentida y amable para que un hombre temiera algún escándalo, y no podía transmitir su sordera a sus hijos puesto que era producto de la fiebre amarilla y no un defecto congénito. Hawk ya conocía a la muchacha y había tenido ocasión de comprobar que era una chica lo suficientemente encantadora para despertar su compasión. Podía entender perfectamente la preocupación de Coldfell por buscarle a su frágil hijita un marido considerado que la honrase y protegiese.

Sin embargo, ese día se sorprendió deseando en vano que Alfred Hamilton tuviera un ápice del espíritu paternal y sobreprotector del conde.

Hawk sostenía su sombrero en la mano mientras contemplaba a su alrededor los jardines iluminados por el sol, perfectamente distribuidos, con sus estanques artificiales, sus fuentes y sus arbustos. Se puso en tensión al divisar el estanque verde y plácido donde Lucy se había ahogado y apartó la vista con firmeza.

–Por cierto, he traído a alguien para que lo conozca: un joven prometedor que ambiciona un escaño en la Cámara de los Comunes. Esperaba que me diera su opinión sobre él.

–Lo entrevistaré con mucho gusto en nombre del partido –concedió el conde, que avanzaba primero apoyándose en su bastón a cada paso.

–Gracias, señor.

Hawk consideró prudente no mencionar que Griffon no era un seguidor del partido, sino un acérrimo independiente.

–¿Cómo se llama?

–Clive Griffon.

–¿De los Griffon del condado de Derby? Una familia con muchas tierras.

–Sí, señor.

–¿Es el heredero?

–Pues sí, lo cierto es que sí. Tiene excelentes perspectivas.

–Hum.

Llegaron al linde de una arboleda de pequeños cerezos, donde Hawk logró atisbar a través de la celosía verde formada por las hojas una imagen de una inocencia dulce y virginal.

Arrodillada ante un original palomar, lady Juliet estaba acariciando una paloma blanca que se había posado en su dedo. Tenía diecisiete años y era una criatura deliciosamente encantadora, con sus abundantes rizos castaños, sus mejillas sonrosadas y su piel lechosa. Ella permanecía ajena a su presencia, arrullando a sus palomas.

Hawk sonrió de refilón a Coldfell, con la emoción a flor de piel a pesar de su humor.

–Creo que no deberíamos molestarla. Parece ensimismada con sus mascotas.

El conde sonrió con un fervoroso orgullo paternal.

–Tonterías, se pondrá contentísima al verlo. Tiene que llegar a conocerla mejor. La pobrecilla está muy sola. Se lo he contado todo sobre usted.

Hawk miró de reojo a Coldfell, preguntándose qué podía haberle dicho: «Mira, Juliet, éste es el simpático señor que quería acostarse con tu madrastra».

–Recuerde: hable despacio para que pueda leerle los labios.

Y apoyándose en su bastón, Coldfell se adentró en la arboleda.

Hawk empezó a seguirlo, pero antes de que llegasen se oyeron unas carcajadas juveniles.

–¿Qué demonios...? –exclamó Coldfell, que se detuvo y se quedó mirando en dirección al círculo formado por los árboles.

Cuando Hawk miró se sorprendió y arqueó una ceja irónicamente. Parecía que lady Juliet ya había encontrado un compañero, además de sus palomas. Los cerezos les habían impedido ver antes a Clive Griffon, que hacía el pino, con la cabeza apoyada en el suelo, y agitaba las piernas para entretener a la joven.

–¡Uau! –gritó al caer sobre la hierba, pero dio una voltereta y apareció de repente ante ella como un payaso, obsequiando a la doncella con un diente de león–. Pide un deseo –le dijo Griffon, dirigiéndose a ella con tanta naturalidad que parecía que hubiera estado allí fuera con ella la última media hora.

Ella lo miró como si estuviera perdidamente enamorada de él y sopló la bola blanca y sedosa. La pelusa salió volando formando remolinos; Juliet todavía tenía los labios fruncidos para soplar cuando Griffon se inclinó osadamente para besarla, pero se quedó inmóvil cuando el conde de Coldfell soltó un alarido. A Hawk se le cayó el alma a los pies.

–¡Ya está bien, caballero! –rugió el padre, dirigiéndose hacia la joven pareja sobre su bastón–. ¡Apártese de mi hija ahora mismo!

El encuentro no fue bien.

Al poco rato Hawk y un impávido Clive Griffon abandonaban el jardín y se encaminaban hacia sus caballos.

–Estoy enamorado de ella.

–No haga el imbécil más de lo que lo ha hecho ya. ¿Cómo se le ocurrió besarla, Griffon? ¡Delante de su padre!

–No pude evitarlo, ¡hice lo que me dictó el corazón! Además, a ella le gustó.

–¿Cómo lo sabe? ¿Cómo pudo hablar con ella?

–Me habló con los ojos. Tengo un primo que es sordo. Cuando uno se acostumbra no supone ningún problema. ¡Es tan hermosa!

Griffon aferró su sombrero contra su pecho y se dirigió a su caballo sin dejar de mirar hacia la casa.

Hawk miró en aquella dirección justo a tiempo para ver cómo una alicaída Juliet le lanzaba un beso a Griffon desde una de las ventanas superiores. Griffon recibió el beso con una exclamación de alegría y se echó a reír sonoramente. Hawk frunció el ceño, movido más por la preocupación que por los celos con respecto a su posible futura esposa. Por el momento la idea de permanecer soltero el resto de sus días lo complacía bastante. Se caló su sombrero de castor dándole unos golpecitos y se subió a la silla de montar de un salto.

–Tengo que casarme con ella, Hawkscliffe. Es la mujer de mi vida.

–Es usted la criatura más absurda que he conocido –murmuró Robert mientras regresaban trotando por el camino hacia Knightsbridge.

–Alguien tendrá que casarse con ella, ¿no? No me importa que sea sorda. Es maravillosa...

Estuvo elogiándola todo el rato hasta que Hawk no pudo soportar más.

–Griffon, he decidido concederle el escaño –dijo, interrumpiéndolo bruscamente.

El joven se quedó boquiabierto.

–¿Cómo dice?

–La señorita Hamilton cree que debo darle una oportunidad. Y ahora cállese antes de que me haga cambiar de opinión.

Dolph Breckinridge volvió de su club a su residencia de soltero en Curzon Street, donde estaba esperándolo una nota. Al ver el sello ducal de Hawkscliffe la abrió rasgando el sobre y leyó la apremiante citación con expresión de desprecio.

Había llegado la hora.

A pesar de todo, no estaba dispuesto a bailar al son de Hawkscliffe. Cogió papel y pluma y garabateó rápidamente su respuesta:

> El White Swan no me parece adecuado. Allí me conocen, y este asunto sólo nos concierne a nosotros dos y a ella. Dirígete a Hampstead Heath. Sigue por Chalk Farm Road en dirección a Haverstock Hill. A unos dos kilómetros después del cruce con Adelaide, verás a tu derecha una casita apartada del camino con el techo de paja. Te veré allí mañana. Las nueve de la noche me parece una hora aceptable, teniendo en cuenta la distancia añadida. Trae a la señorita Hamilton.
>
> D. B.

Esa noche, rodeada de pretendientes y deslumbrante con sus joyas, Bel se hallaba sentada en su palco del Royal Theater, de doscientas cincuenta libras la temporada, mirando al escenario en un estado de tristeza absoluta.

Ahora que había echado a perder su relación con Hawkscliffe y había quebrantado la regla principal de toda cortesana, suponía que tendría que empezar a buscar un nuevo protector. Harriette le había aconsejado que estuviera siempre al tanto con vistas a atrapar a su próximo amante rico. Tal vez había llegado el momento de seguir el consejo de su mentora.

No podía creer que hubiera abofeteado a Hawkscliffe. ¿De verdad creía que ella sólo quería su dinero? La desesperación se apoderó de ella al comprender que la única forma de reparar el daño que había infligido al vínculo que los unía era decirle la verdad.

Había disfrutado sobradamente de su encuentro sexual, participando con una fogosidad que ahora le causaba rubor, pero ¿cómo podía explicarle los temores profundamente arraigados que había desencadenado el simple sonido de la cubertería? Para enmendarlo tendría que hablarle del alcaide, y no podría soportar que él conociera su deshonra. Robert había visto a aquel hombre horrible con sus propios ojos. ¿Qué pasaría si pensaba que lo había tentado de alguna manera? ¿Qué ocurriría si creía que todo había sido una estratagema para ganarse el favor del alcaide, con la esperanza de que su padre obtuviera ciertos privilegios especiales en la cárcel? No podría soportar que después de que ella le confiara su dolor él la hiciese avergonzarse todavía más por haber malinterpretado lo sucedido.

Después de todo, él la veía como una puta, una mujer que utilizaba su cuerpo para conseguir lo que quería. Y eso es lo que era. Pero por aquel entonces todavía no era así.

Él no lo entendería nunca.

Lanzó una mirada furtiva a las caras de los hombres que la rodeaban en el oscuro palco del teatro, y se dio cuenta de que no sabía cómo iba a conseguir el más mínimo progreso con ellos cuando era incapaz de permitir que el hombre al que adoraba le hiciera el amor. Era una mujer asexuada, impotente... frígida.

Cuando regresó a Knight House después de la ópera, bajó de su carruaje con la ayuda de William y cobró ánimos mientras se dirigía hacia la entrada. Se preguntaba qué pensaría Hawkscliffe de que hubiera salido sola por la noche, o si tan siquiera habría reparado en su ausencia.

Se recogió la falda con una mano lanzando un profundo suspiro y comenzó a subir la imponente escalera, resignada a meterse en la cama sin haberlo visto en todo el día. Se aferró al liso pasamano y su bolso empezó a balancearse en su antebrazo. Llevaba subido medio tramo de la escalera cuando oyó el eco de las pisadas lentas y sonoras de Robert en el suelo de mármol del piso inferior. Su voz profunda y refinada de barítono llegó hasta ella:

–Un momento, por favor, señorita Hamilton.

Ella tomó aliento y se volvió hacia él. Hawk estaba en el vestíbulo, alto y cortés, vestido de negro y de cara a la puerta. Permanecía erguido con una rígida altivez, con sus elegantes manos a la espalda.

–¿Sí? –dijo ella con la respiración un tanto entrecortada.

Robert estudió la puerta.

–Mañana a las nueve de la noche nos reuniremos con Dolph Breckinridge. Le daré las instrucciones referentes a su papel.

–Muy bien –dijo ella débilmente, desanimada ante su tono sereno.

–Después será libre para hacer lo que le plazca.

Bel asimiló aquellas palabras y una pequeña parte de sí misma se murió al oírlas.

¿Por qué se sorprendía al oír que quería librarse de ella lo antes posible? Contempló la figura distante y absorta de Hawk mientras la suntuosa sala de techo alto se estremecía y su corazón se rompía de nuevo. Quería gritarle, pero en lugar de ello consiguió decir con voz tensa:

–Entiendo.

–Buenas noches... señorita Hamilton.

Robert miró el suelo de mármol mientras la tenue luz de la vela relucía en su pelo moreno rizado.

Ella fue incapaz de responder; se le formó un nudo en la garganta. Sentía que se estaba desmoronando pero, como si ya no quedara nada por hacer ni decir, se armó de sangre fría, alzó la cabeza obcecadamente y se encaminó hacia sus aposentos con una actitud de rígida e inexpresiva serenidad.

15

La noche siguiente llegó muy rápida.

Mientras ella y Robert trotaban sobre sus caballos hacia el norte por Chalk Farm Road en dirección a Hampstead Heath, Bel no albergaba otro deseo que hacer volver grupas a su caballo gris y echar a correr hacia Londres, consciente de que Dolph, su odiado y lascivo enemigo, la estaba esperando ansioso por hacerla suya, pero ella no le fallaría a Hawk. Interpretar su papel y ayudarlo a vengar a su amada lady Coldfell era la única esperanza que tenía de redimirse ante él.

Aunque, por otra parte, tal vez la despreciara lo suficiente para dejar que Dolph se quedara con ella.

Pasaron por Adelaide Road y siguieron hacia Haverstock Hill. Robert miraba constantemente a la derecha con la esperanza de divisar la casita apartada del camino.

Finalmente redujo el paso, indicándole a ella que hiciera lo mismo. Habían dado con el lugar.

La luna llena se mantenía suspendida a baja altura sobre la casita de piedra, bañando de plata las hojas del gran olmo que se arqueaba sobre el techo de paja. Las ventanas estaban a oscuras, y el portal permanecía inmerso en la sombra. El pura sangre de Dolph pacía junto a la casita, pero alzó la cabeza y aguzó el oído cuando se acercaron al muro de piedra.

Bel miró a Robert con nerviosismo. Su rostro aguileño no reflejaba la menor emoción, tan distante como siempre, pero sus ojos oscuros brillaron con el fulgor de la fría traición. Iba vestido todo de negro y llevaba dos pistolas y una espada sujetas a su estrecha cintura.

Se distinguió una señal de movimiento en la oscuridad y apareció Dolph.

–Puntual como siempre, Hawkscliffe. Veo que has traído mi premio.

Bel tragó saliva.

–Esta noche será tuya, Dolph, siempre que colabores.

–¿Está ella de acuerdo? No quiero trucos.

–Sí, estoy de acuerdo –consiguió decir ella en tono vacilante.

–Entremos.

Robert saltó de su caballo y bajó a Bel de su silla de montar. El breve momento de contacto en el que ella sintió sus brazos alrededor de la cintura resultó doloroso. Quería abrazarlo y rogarle que no la dejara entrar allí, pero no dijo nada. Hawk la posó en el suelo.

Ella se alisó la ropa de montar y se irguió, y a continuación los dos entraron juntos por la portilla y se dirigieron hacia la casita solitaria.

El jardín de la parte delantera estaba descuidado, y la gruesa maraña de rosas que trepaban por el enrejado combado inundaba la noche veraniega de una empalagosa dulzura.

Dolph retrocedió cuando se le acercó Robert. El duque, alto e irradiando autoridad, cruzó resueltamente el umbral; Bel lo seguía dos pasos por detrás.

Dolph la miró lascivamente como un sátiro.

–Cómo me pones –susurró cuando Belinda se acercó a la entrada.

Ella tragó saliva y vaciló por un instante, pero sabía cuál era su papel. Se obligó de alguna manera a tocar a Dolph. Rozándolo al pasar, le acarició el vientre plano con la mano y le lanzó una mirada lánguida al tiempo que entraba.

–Ven.

Sintió sobre ella la mirada penetrante de Robert al pasar junto a él en dirección a la pequeña sala contigua. Bel se volvió en la oscuridad y esperó mientras Dolph la seguía con cautela.

Robert permaneció en la otra habitación, según lo previsto.

Bel miró fijamente a Dolph mientras se quitaba lentamente su ceñida chaqueta de montar. Cuando Dolph se acercó a ella con expresión recelosa, pareció que fuera a abrasarle la camisa de lino con la mirada.

–Has cambiado.

–Sí.

–¿Estás lista por fin para quedarte conmigo?

–Sí, Dolph.

Él la miró como si quisiera devorarla, pero sus ojos revelaban una ardiente suspicacia.

–¿Por qué ahora?

–Porque he comprendido que eres el único al que le importo de verdad –dijo ella en voz baja.

Desde un punto de vista un tanto retorcido, era cierto.

–Bel –susurró él con aire afligido–. Pensaba que nunca te darías cuenta.

Se detuvo a escasos centímetros de ella y la miró fijamente, fornido e imponente. Ella podía sentir cómo su respiración se volvía cada vez más profunda. A pesar de estar muerta de miedo, ocultó su temor y se mantuvo firme, reprimiendo la protesta que acudió a sus labios cuando Dolph posó una mano sobre su pecho.

Sin hacer el menor intento por actuar con delicadeza, él aguardó su reacción como si quisiera que se sobresaltase. Bel se limitó a mirarlo de forma inexpresiva y desafiante. Sonriendo débilmente, Dolph apretó más fuerte... y luego más fuerte.

«Entra y provócalo –le había ordenado Robert previamente. Y había añadido entre dientes–: No debería costarte mucho lograrlo.»

Consiguió que Dolph le apretase con menos fuerza alzando las manos y deslizando los brazos alrededor de su cuello.

Él parpadeó con un ardiente y repentino deseo. Inmediatamente le rodeó la cintura con los brazos y la atrajo hacia sí. Entonces soltó un pequeño gemido y hundió su rostro en la curva de su cuello.

–Bel –susurró–. Oh, Bel, has sido tan mala. Yo habría hecho cualquier cosa por ti, pero tenías que alejarte de mí, y ahora...

De repente le apretó la cintura con tanta fuerza que la obligó a expulsar el aire de los pulmones.

Con la otra mano la agarró del pelo y tiró de su cabeza hacia atrás.

Bel lo miró, paralizada por el miedo.

–Ahora que eres mía voy a asegurarme de que no vuelvas a escaparte de mí –susurró.

Cuando la levantó del suelo y dio un par de pasos con ella a cuestas, Bel sintió que le faltaba el aliento. Lo siguiente de lo que tuvo conciencia fue del golpe que se dio en la espalda contra la pared y de cómo Dolph la asfixiaba con besos rápidos, húmedos y salvajes, sin dejarla respirar, y mucho menos protestar. Con el rostro descompuesto de terror, empujó en vano a Dolph en los hombros. Él le mordió los labios al tiempo que empleaba su propio cuerpo para castigarla, apretando sus caderas entre los muslos de Bel. Comenzó a desabotonarle bruscamente el traje de montar con una destreza que ella no había previsto.

«Dios mío –pensó, con una claridad cristalina–. Me va a violar.»

Sus pies no tocaban el suelo, pero lo más terrible era saber que el hombre al que amaba estaba en la habitación de al lado.

Permitiendo que aquello ocurriera.

«Esto está demasiado tranquilo», pensó Hawk, paseándose con inquietud por la cocina.

Sabía que tenía que dar suficiente tiempo a Bel para que Dolph resultara más fácil de persuadir, pero el silencio de la habitación contigua se asentó como un nudo en la boca de su estómago hasta que ya no pudo aguantar más.

Con el corazón palpitando, entró en la sala y vio cómo Dolph la tenía sujeta contra la pared. Una furia que no había sentido antes brotó de lo más hondo de su ser ante aquella visión... y ante el insoportable sentimiento de culpa..

Soltando una maldición, avanzó resueltamente y agarró a Dolph del brazo con rudeza.

–Basta ya.

–Lárgate de aquí –rugió Dolph.

Hawk no pudo soportar mirar a Belinda, consciente del terror que vería en sus ojos. Logró reprimir su ira haciendo un esfuerzo supremo de voluntad.

–Vayamos al grano, ¿de acuerdo?

–¡He dicho que te largues de una vez! –bramó Dolph, volviéndose hacia él y soltando a Belinda–. Ya estoy harto de ti, Hawkscliffe. ¿Qué diablos quieres?

Hawk sacó su pistola y se la colocó a Dolph bajo la barbilla.

Dolph se quedó inmovil; Hawk lo miró fijamente.

Belinda se soltó llorando y huyó de la habitación. Hawk contuvo el impulso de acudir en su ayuda.

–Te diré lo que quiero, Dolph. ¿De acuerdo? Dejémonos de juegos. –Apretó la pistola más fuerte contra el cuello de Dolph–. Quiero saber por qué mataste a Lucy, hijo de puta.

Hawk se quedó mirándolo en un estado de visible conmoción.

–¿Lucy? ¿Crees que yo maté a Lucy?

–Sólo tengo que apretar el gatillo. Te sugiero que empieces a contar la verdad.

–¿Estás loco? Lucy se ahogó. ¡Todo el mundo lo sabe! –Miró nerviosamente el arma–. Baja la pistola, Hawkscliffe. ¿Qué te pasa?

–Tú la ahogaste. Confiésalo.

–Yo no tuve nada que ver con su muerte...

–Admítelo. Compórtate como un hombre por una vez en tu vida. La mataste por miedo a que tuviera un hijo y perdieses la herencia.

Dolph soltó una carcajada de mofa e incredulidad.

–¿Y de quién crees que hubiera sido el hijo si hubiera dado a luz? Dios, ¿por qué iba a matarla? Era mi amante.

Hawk sintió que la tierra se desplomaba bajo sus pies. Durante un largo rato fue incapaz de recuperar el habla, y cuando lo logró soltó un gruñido.

–¿Qué has dicho?

–Ya me has oído. Éramos compañeros de cama, y créeme: tenía tan pocas ganas de tener críos como yo.

La furia se apoderó de Hawk. Rodeó la culata de la pistola con fuerza y le asestó un puñetazo brutal a Dolph en el ojo. El baronet soltó una maldición, tropezó contra un bonito escabel situado detrás de él, y cayó derribado contra el suelo.

Hawk le apuntó sosteniendo la pistola con ambas manos.

–Di la verdad ahora mismo, Dolph, o te volaré los sesos, lo juro por Dios.

–¡Cálmate, Hawkscliffe! ¡Santo Dios! Estoy intentando decírtelo...

–Ella no era tu amante. No lo era. Ella era... pura.

Estaba temblando debido a la furia y a una extraña y terrible certeza que había empezado a asentarse en su corazón como un metal fundido al enfriarse y endurecerse.

–¿Pura? ¿Lucy? Estás de guasa.

–No estoy de guasa –susurró Robert–. Tú la violaste, como habrías hecho con Bel si te hubiera dado la oportunidad.

–Y un cuerno. Mira, amigo, fue ella la que me sedujo.

–Ella nunca habría hecho eso. Era... una mujer virtuosa.

–Si piensas eso es que no la conocías... Claro que Lucy tampoco quería que conocieras a la persona real, porque entonces el poderoso Hawkscliffe habría dejado de quererla. Estaba jugando contigo, excelencia, acostándose con la mitad de los jóvenes de Londres mientras planeaba convertirse en tu duquesa. Y te diré otra cosa, inocentón duque de Hawkscliffe –afirmó con una sonrisa maliciosa–, te diré lo pura que era la dulce Lucy: solía desvestirse delante de la ventana de su dormitorio sólo para atormentar a los mozos de cuadra.

–Te voy a matar –susurró Hawk mientras una gota de sudor se deslizaba por su cara–. Estás mintiendo. Ella no era tu amante, y lo sé con seguridad porque durante meses has estado enamorado de Bel.

–¿Amor? –se burló Dolph–. ¿Desde cuándo uno ha de estar enamorado para aceptar la invitación de una mujer a su cama? Santo Dios, eres un mojigato.

Robert asimiló aquellas palabras horrorizado.

–Era la mujer de tu tío.

Dolph se encogió de hombros.

–Sí, bueno, tal vez fue algo un poco perverso, pero fue idea de Lucy. Yo me limité a complacerla.

–¡Eso es mentira, hijo de puta! –rugió Robert, levantando el martillo de la pistola.

Iba a matar a Breckinridge a sangre fría. Su dedo soltó el gatillo cuando una voz suave y firme llegó hasta él.

–Robert, no lo hagas.

Bel había huido, pero regresó una vez que logró calmarse. Había permanecido en la habitación de al lado lo suficiente para oír la mayor parte de la conversación. Ahora estaba allí para presenciar cómo se venía abajo el sueño de amor cortés de Robert. El rostro del duque, veteado por la luz de la luna y con una expresión feroz, parecía el de un salvaje antes de entrar en combate. Empuñaba el arma de forma tensa, apuntando con la mira al corazón de Dolph.

Bel avanzó otro paso en dirección a él.

–No voy a permitir que lo hagas, Robert.

–¿Acaso él te importa?

–Tú eres quien me importa, y no eres así.

–Es un mentiroso.

–Es un hombre desarmado. Robert, por favor, te podrían ahorcar. No merece la pena. Además, podría estar diciendo la verdad.

–Estoy diciendo la verdad –murmuró Dolph, incorporándose lentamente.

–Demuéstralo –gruñó Robert.

–Esta casa era de ella. Me la dejó a mí –dijo Dolph–. Aquí es donde nos citábamos. Creo que aquí también se veía con otros hombres, pero siempre insistió en mantener una discreción absoluta para que mi tío no lo descubriera.

Bel miró a Robert. Tenía los labios pálidos y los ojos brillantes. Parecía encontrarse en estado de shock. Ella se giró hacia Dolph.

–Demuestra que algo de lo que has dicho es verdad y te creeremos.

–No sé... Mirad en ese escritorio de ahí. –Dolph señaló con la cabeza en dirección a la izquierda, sin apartar la mirada de la pistola de Robert–. Tal vez encontréis algún efecto personal de ella que os convenza.

–Ve –ordenó Robert a Bel.

Bel encontró una pequeña lámpara de aceite encima del escritorio y palpó a su alrededor en la oscuridad en busca de yescas. Finalmente consiguió encenderla. Cuando la pequeña llama brotó, levantó la tapa inclinada del escritorio, miró dentro y revolvió su contenido.

–¿Tengo que buscar cartas o algo parecido? Oh, hay un cuaderno con dibujos.

–Tráelo.

Bel obedeció y cogió el cuaderno con bocetos al carboncillo. Se lo acercó a Robert y lo abrió por la primera hoja.

–Cisnes. Muy bien dibujados –dijo ella con sequedad, y pasó la hoja–. Narcisos. Un retrato de una chica.

Robert le echó un vistazo, con los labios lívidos y una mirada de angustia.

–Es la hija de Coldfell.

Bel comenzó a pasar la hoja, pero al vislumbrar el siguiente boceto se detuvo impresionada. «Dios mío.»

–Robert –dijo con cautela–, ¿crees que son dibujos de lady Coldfell?

–Reconocería su estilo en cualquier parte. Pero eso no significa que usase este sitio para tener citas.

–Pues entonces será mejor que mires esto.

Con una mueca de desagrado, Bel pasó la hoja y mostró un dibujo de Dolph Breckinridge tumbado en la cama desnudo y sumido en un sueño profundo.

Robert le echó una ojeada y soltó una maldición.

–Toma –gruñó, colocándole a Bel la pistola en las manos–. Si mueve un músculo, aprieta el gatillo.

Bel agarró la pistola consternada mientras Robert se alejaba con el dibujo para luego apoyarse en el brazo del sofá y acercar la linterna.

Dolph empezó a levantarse.

–No me provoques, salvaje –le advirtió ella, apuntándole justo entre los ojos.

Él se burló de ella.

–No serías capaz de dispararme, Bel. Soy la única persona a la que le importas de verdad, ¿recuerdas?

–¡Cállate!

–Breckinridge –gruñó Robert en señal de advertencia.

Dolph volvió a tumbarse en el suelo como un perro enfadado ante la reprimenda de su amo. Entonces Robert pasó la hoja.

Bel contempló la angustia creciente de su rostro a medida que pasaba una hoja tras otra, que mostraban unos dibujos en blanco y negro magníficamente elaborados, no sólo de Dolph, sino de toda una serie de jóvenes de la sociedad cuidadosamente seleccionados, todos ellos desnudos.

–Dios mío –dijo él con voz apagada.

Ella le lanzó una mirada y vio cómo los ojos oscuros y turbulentos de Robert se llenaban de tristeza y asombro al topar con un dibujo de su rostro.

En ese momento Bel sintió su dolor como propio.

Pasó las hojas, mirando dibujos de sí mismo en una docena de poses distintas. Independientemente de si Lucy había jugado o no con su corazón, aquella mujer había estado claramente enamorada de él. La nostalgia se hacía patente en cada suave trazo. La condesa debía de haberlo estudiado detenidamente, aunque de forma furtiva, para dibujarlo tan perfectamente de memoria. Había logrado captar su inquietud y la pasión que encerraba su rigidez, y su integridad y orgullo de noble.

Robert levantó su mirada devastada hacia Bel, sin saber qué decir.

–Me parece que estaba intentando conquistarte, y tú ni siquiera te diste cuenta –dijo ella en voz baja.

–Claro que lo estaba conquistando –murmuró Dolph–. Es justo lo que he dicho yo.

–Pero si era a Hawkscliffe a quien quería, ¿por qué te sedujo a ti? –preguntó Bel a Dolph.

–¿Tú qué crees? –replicó él–. Mi tío no le servía de nada. Ella necesitaba sentir a un hombre entre sus piernas, no como tú, frígida...

–Antes de insultarme recuerda que te estoy apuntando con una pistola –le avisó ella, y en ese mismo instante advirtió un signo de culpabilidad en sus ojos.

Lo examinó detenidamente. Puede que él no hubiera matado a lady Coldfell, gracias a Dios, pero Bel empezaba a tener la sensación de que definitivamente estaba ocultando algo.

Robert se levantó del brazo del sofá.

–Breckinridge, puedes irte. Te pido perdón por todo esto. Obviamente estaba equivocado.

Bel miró a un hombre y luego al otro en actitud de tímida protesta.

–Bueno –dijo Dolph con un bufido. Se puso en pie cautelosamente y se limpió su vistoso atuendo–, puede que sienta la tentación de retarte a duelo por esto, Hawkscliffe; pero, por suerte para ti, yo también puedo hacerme el santo. Te perdono –dijo con un bufido sarcástico.

–Robert, creo que está ocultando algo. Conozco a este tipo...

–Él no mató a Lucy –dijo él, interrumpiéndola bruscamente con una mirada de irritación–. Lo demás me importa un bledo.

–Una sabia respuesta, excelencia. Ahora ya tienes lo que querías, así que, si ya hemos acabado con esta farsa, Belinda y yo nos podemos ir.

–¡No! –gritó ella, amenazando a Dolph con la pistola.

–Un trato es un trato, corazón –dijo él con una sonrisa lasciva.

–¡Robert!

Hawkscliffe regresó junto a Bel y cogió la pistola con cuidado.

–Sal fuera y monta al caballo –le dijo en voz baja.

–¡No pienso ir con él! –gritó Belinda horrorizada.

–Sí que lo harás –dijo Dolph.

–No, no se irá contigo.

Dolph entornó los ojos. Avanzó hacia Robert sin preocuparse por la pistola.

–Ella va a venir conmigo. Ése era el objeto de todo esto. Me diste tu palabra: información a cambio de la chica.

–Mentí –dijo Hawk.

Dolph lo miró sin comprender.

–¿Mentiste?

–Sí.

–No puedo creerlo. Te cuento la verdad ¿y así es como me lo pagas, engañándome?

Robert permaneció inmóvil, sosteniéndole la mirada.

Bel retrocedió pero no se atrevió a abandonar la habitación; tenía la corazonada de que se avecinaba algo terrible.

Dolph miró a Robert indignado.

–¿Tú..., Hawkscliffe, el puritano? ¡No eres más que un maldito mentiroso! ¡Farsante!

Bel estiró el brazo para agarrar la mano de su protector, consciente de lo que estaba a punto de suceder. Sólo había un desenlace posible cuando un hombre llamaba a otro mentiroso. El honor tenía su precio.

–Ven conmigo, por favor, no merece la pena –le susurró ella.

–Eres hombre muerto –dijo Dolph.

–Por favor, Robert, vámonos...

Dolph era un famoso tirador y tenía una puntería de primera.

–Sí, vete, Hawkscliffe –espetó el baronet con desprecio–. Vete a tu mansión, maldito hipócrita, y llévate a tu puta contigo. Mi padrino te visitará en breve. Entonces arreglaremos esto como hombres.

–¡No! –gritó Bel, pero Robert alzó la barbilla sin rechistar.

Dolph pasó airadamente entre los dos y cerró de un golpe la puerta principal al marcharse.

16

Regresaron a Knight House en un silencio lúgubre: Robert estaba ensimismado y taciturno, mientras que Bel luchaba contra el pánico, sabedora de que al amanecer aquel patán insufrible y lascivo iba a disparar contra el hombre al que amaba. Agarrando las riendas del caballo, miraba ansiosamente de soslayo a Robert, que cabalgaba junto a ella. La luz de la luna dibujaba sus anchos hombros y perfilaba su rostro aguileño, pero su mirada distante y oscura permanecía fija en el polvoriento camino que se extendía ante él. Después de una hora de trayecto hacia el sur a través del campo iluminado por la luna, avanzaron Regent Street abajo y giraron por Piccadilly.

La multitud aumentaba a medida que se acercaban a Green Park, cuando de pronto una serie de fuertes estampidos y explosiones retumbaron por las calles y asustaron a sus caballos. Robert logró dominar su montura y a continuación extendió el brazo para agarrar las bridas del caballo de ella y tranquilizarlo. Una vez que los animales se hubieron calmado, Bel y Robert, cada uno en su sombrío mundo, miraron hacia arriba y vieron los fuegos artificiales que estallaban en el cielo negro sobre Green Park, en la apertura del festival de la Victoria del regente.

El uno de agosto había llegado; la fecha límite de su acuerdo. Los cohetes se elevaban a toda velocidad y se abrían como flores prácticamente encima del tejado de Knight House.

Bel sintió un estremecimiento de nostalgia.

Miró a Robert y vio cómo el fulgor rojo iluminaba su fuerte rostro. Ninguno de los dos dijo una palabra. Bel contuvo la emoción, recordando la noche increíblemente romántica en que habían contemplado juntos los fuegos artificiales de Vauxhall. Robert hizo una seña a su caballo chasqueando la lengua y evitó la mirada de Bel.

Entraron por las puertas de Knight House, donde los mozos de cuadra recogieron sus caballos. Bel se apeó del animal, se quitó el gorro de montar y se limpió el sudor de la frente, observando cómo Robert se dirigía con cansancio a la puerta principal. La luz dorada de los faroles que flanqueaban la entrada proyectaba un halo rojizo sobre su rizado cabello moreno.

A Bel se le partió el alma al ver cómo desaparecía en el interior. Después de todo el honor y la galantería que él había demostrado, había quedado patente que su dama ideal era toda una impostora.

No obstante, en medio de aquella compasión había un sentimiento de culpa, pues sabía que, a su manera, ella era igual de impostora que lady Coldfell. ¿Cómo podía dejar que él pensara que lo había rechazado como parte de una estratagema para sacarle más dinero? Sin embargo, a diferencia de lady Coldfell, ella todavía tenía una oportunidad de confesárselo todo, si tan sólo se atreviera. Ésa podía ser su última oportunidad de hacer las paces.

Miró la casa suntuosa y ricamente decorada, medio esperando que su impecable fachada se desmoronase como había ocurrido con todo esa noche.

Un escalofrío de miedo le recorrió nuevamente el cuerpo, pero se enderezó, consciente de lo que debía hacer. Por muy humillante que aquello resultara, él era su protector y ella le debía la verdad.

Una vez en la biblioteca, Hawk hizo unos encargos a dos de sus sirvientes: a uno lo mandó a localizar a su hermano Alec para que ejerciese de padrino, y al otro lo envió a la villa de Coldfell para avisarle de que el duelo largamente esperado tendría lugar al amanecer.

Cuando se hubieron marchado, se sentó detrás de su escritorio y se frotó los ojos lentamente con la palma de las manos. Se quedó así, sintiéndose derrotado y completamente solo.

No podía creer lo equivocado que había estado. Santo Dios, Lucy lo había engañado. Él se había involucrado en aquella historia creyéndose el honrado vengador y había acabado pareciendo un estúpido patán.

No podía culpar a Dolph Breckinridge por haberlo retado a duelo. Cualquier hombre que hubiera sido acusado de un crimen tan atroz habría hecho lo mismo. Hawk sabía perfectamente que había obrado mal y, por lo tanto, consideraba que su única opción honrosa consistía en disparar al aire.

–Robert...

Él la miró al oír su suave llamada. Belinda permanecía en la puerta, entre las sombras, con el rostro tenso y pálido. Su belleza lo impactó como un golpe imprevisto en el pecho. Cogió una pluma de ganso y fingió que la estaba examinando.

–¿Desea algo, señorita Hamilton? Me temo que tengo un poco de prisa. Debo poner en orden varios asuntos, ya que parece que tengo muchas probabilidades de dejar este mundo con más rapidez de la esperada.

Ella se estremeció y agachó la cabeza al oír sus palabras. Él la miró fijamente.

–No dice nada, ¿eh? Déjeme adivinarlo: ha venido a decirme «Ya se lo dije». Y con razón lo hizo. Usted sabía desde el principio que Dolph no mató a Lucy, pero yo me negué a escucharla. Lo asumo; me inclino ante su gran sabiduría, y seguiré siendo hasta el final el pelele de Lucy... y de usted.

–Dios, sabes cómo hacerme daño –susurró ella, mirándolo con expresión de angustia–. No me compares con Lucy. Por lo menos yo no oculto que soy una puta.

Robert arrojó la pluma sobre el escritorio y se acarició los labios con la mano.

–Tengo algo que decirte –declaró ella en voz baja, armándose de valor.

«Sin duda», pensó él, preparándose para recibir un rapapolvo si aquello seguía así.

Belinda cerró la puerta. Robert la siguió con la mirada empañada mientras ella entraba con cautela en la habitación donde habían compartido tantas intimidades. ¿Acaso su demostración de amor había sido una ilusión, como todo lo demás? Él ya no sabía lo que era real, y estaba francamente cansado de intentar averiguarlo.

Bel se dirigió hacia el piano y posó la mano sobre la tapa reluciente mientras miraba la chimenea vacía.

–Quería decirte que durante los últimos dos meses he... intentado alegrarte la vida un poco. Hacer que te se sintieras más cómodo y darte... placer.

Él reprimió el impulso de confesarle lo bien que lo había hecho.

Había acabado con ella y no había más que decir. Después de todo, iba a morir por ella debido a su negativa a entregársela a Dolph. ¿Bastaba con eso? Sentía un deseo traicionero de estrecharla entre sus brazos, de consolarla y encontrar consuelo.

Permaneció sentado tras su escritorio, en silencio, esperándo oír lo que ella tenía que decirle y observando el despliegue de emociones que reflejaban sus bien proporcionadas facciones.

–Robert, anoche no te rechacé por avaricia –dijo en voz baja–. La verdad es... Oh, Robert, por favor.

–¿Qué? –preguntó él en tono prosaico.

La grácil postura de Bel se tornó rígida, y su mano, pequeña y delicada, se tensó sobre el piano. Cerró los ojos pero mantuvo la cara ligeramente apartada de él.

–Ya sé que desprecias a las cortesanas. Por favor, trata de comprenderme. Tú eres mi primer... protector. Si te rechacé fue por...

Se detuvo, debatiéndose consigo misma.

Él permaneció a la espera, inmóvil, pero adoptó un tono insulso de superioridad.

–¿Sí?

–No sé hacer el amor –dijo Bel con un hilillo de voz.

Robert la miró fijamente.

–Perdona mi falta de delicadeza, Belinda, pero seamos razonables. El amor es tu oficio. No es que fueras virgen cuando te penetré.

–No. –Su voz se convirtió en un ruego angustioso–. Hay algo que tengo que decirte..., algo que no he contado a nadie. Algo que me ocurrió. –Alzó la cabeza y finalmente lo miró a los ojos con una tormentosa intensidad–. Robert, no decidí hacerme cortesana porque un buen día me cansara de ser pobre. Yo era una mujer decente. Cuando Dolph hizo que me despidieran de la academia, me mantuve a flote vendiendo naranjas de día y remendando camisas de noche, como los niños te dijeron. No paraba de trabajar, pero conservaba mi dignidad. Un día de invierno vi a Tommy y a Andy, y llevaban los pies descalzos y llenos de sangre. –Las palabras comenzaron a brotar cada vez más rápido, y un terrible presentimiento empezó a cobrar forma en el pecho de Robert–. Así que utilicé el dinero destinado a pagar la habitación de mi padre en la prisión para comprarles botas –continuó, y al instante se desvaneció toda su serenidad–. Entonces fui a explicarle al alcaide que no tenía dinero y le pedí que me concediera un plazo de quince días, y me dijo que lo pensaría. Estaba lloviendo.

–Siéntate, Bel –susurró él, mientras se levantaba y rodeaba lentamente el escritorio, sin quitarle los ojos de encima.

El rostro de Bel había adquirido una palidez mortecina.

–No –dijo ella vehementemente, con un brillo febril en sus ojos de orquídea–. Escúchame. –Se apartó de él cuando se le acercó, pero siguió hablando–. El alcaide sabía que estaba lloviendo, de modo que le dijo a su cochero que me llevara a casa. Yo pensé que simplemente estaba siendo amable, pero... lo que quería era descubrir dónde vivía. Me preguntó si tenía hermanos o un marido que me ayudase, y fui tan tonta que le dije que no.

–No, ángel mío, por favor... –le rogó Robert de forma apenas audible, con lágrimas en los ojos, comenzando a vislumbrar algo a lo que no quería enfrentarse.

–Sí. Él vino esa misma noche, Robert, y me forzó. Yo era virgen. Oh, Dios mío, ¿por qué me hizo aquello? –se lamentó Bel, mientras él daba dos rápidas zancadas y la estrechaba entre sus brazos.

Ella se aferró a él, a punto de ahogarse de la amargura.

–¿Por qué? –gritó–. Yo nunca he hecho daño a nadie. Robert, ¿por qué tuvo que hacérmelo a mí?

Pero él únicamente podía susurrar «Dios mío, cariño, no, no, no», mientras la abrazaba, meciéndola en sus brazos, sintiendo cómo el horror y la ira se apoderaban de él. La cabeza le daba vueltas como si le hubieran golpeado con un mazo. «Lo mataré.»

–Por ese motivo me hice cortesana, pero Lucy ha resultado ser una farsante, y Dolph te ha llamado farsante, y yo también soy una farsante –dijo sollozando–. No sé cómo... anoche pensé que podría hacerlo porque te quiero mucho... pero el ruido de los cubiertos... Sé que parece estúpido, pero sonaba como las horribles llaves que él llevaba.

Hawk se acordó del gran llavero que aquel bárbaro hijo de puta llevaba colgado del cinturón.

–Fue como vivirlo de nuevo –dijo Bel gimiendo, apoyándose en él como si ya no le quedaran fuerzas–. Nunca te diría que no por dinero. Robert, ayúdame. Es algo tan doloroso.

–Estoy aquí –consiguió decir él.

A Bel le temblaban las piernas, y la ayudó a sentarse en el sofá. La abrazó con fuerza, sintiendo el escozor de sus lágrimas de rabia tras los ojos cerrados.

Oh, Dios, si tan sólo lo hubiera sabido, no la habría hecho entrar en aquella habitación oscura con Dolph. El alcaide de la prisión de Fleet. Santo Dios. Aquella bestia con una cicatriz en la cara hacía que Dolph pareciera un niño de pecho. Pero él no lo sabía, ya que había procurado no involucrarse demasiado. Se había equivocado con Lucy y con Dolph, pero con Belinda se había engañado a sí mismo de forma ciega y obstinada. Había reparado en su inocencia desde el primer momento, pero no había creído en su autenticidad, a la vista de lo que parecía ser.

–Lo siento mucho –susurró Robert una y otra vez, besándola en la cara manchada de lágrimas.

Sus disculpas no servían de mucho, pero no podía hacer nada para evitar que brotaran de sus labios. Ella se estremecía en sus brazos sin soltarlo en ningún momento.

–No puedo perderte, Robert. Renuncia al duelo. Los hombres no se baten en duelo por cortesanas.

Él tomó el rostro de Bel entre sus manos y la miró apasionadamente a los ojos, con lágrimas en los suyos.

–Para mí eres más importante que eso. Te lo voy a demostrar.

–¿Arriesgando la vida? ¡No quiero perderte! –Lo besó de forma febril sin dejar de derramar lágrimas–. Quédate conmigo. Ámame, Robert. Hazme sentir completa otra vez.

Él cerró los ojos y apoyó la frente contra la de Bel, reprimiendo el caos oscuro que su furia amenazaba con desatar.

–Lo haré, mi amor –dijo él en tono mesurado–, pero no esta noche. No así.

–¡Ésta puede ser nuestra última noche si sigues adelante con el duelo! –dijo ella airadamente, rechazando su abrazo–. No lo hagas, Robert.

Mirando su rostro angustiado y empañado de lágrimas, Hawk le cubrió una mejilla con la mano y sostuvo su mirada con una intensa ternura.

–Ten fe en mí. Todavía no soy digno de ti, pero después de haberme enfrentado a los hombres que te hicieron daño, tal vez sea merecedor de ese regalo. –Le acarició el rostro con tristeza–. Oh, mi cielo, ¿quién podría hacerte daño?

Sus ojos se llenaron de lágrimas y volvió a estrecharla entre sus brazos, acariciándole el pelo y la espalda como si así pudiera aliviar su dolor. Al cabo de un rato, sus caricias lograron calmarla y sosegar su respiración entrecortada.

–Ojalá me lo hubieras contado antes de dejar que te tocara.

–¿Cómo podía decírtelo? Lo único que he deseado desde que te conocí es que me respetaras.

Ningún reproche podría haber hecho escarmentar más a Robert que aquella humilde confesión. Agachó la cabeza y cerró los ojos, condenándose por su arrogancia triplemente maldita. ¿Cuántas veces le había restregado por las narices su desaprobación? ¿Qué le había hecho pensar que tenía derecho a juzgarla? Susurrando otra vana disculpa, la acarició debajo de la barbilla y la abrazó contra su pecho como si estuviera hecha de la más fina porcelana. Permanecieron así hasta que él sintió que los temblores de Bel daban paso a una respiración lenta y pausada.

–¿Quieres un poco de vino para calmarte? –le preguntó con suavidad.

Ella asintió con la cabeza.

Robert le dio un beso en la frente, la apartó y se puso en pie. Cruzó la habitación en dirección al mueble bar y le sirvió una copa de vino. Lanzó a Bel una mirada perspicaz por encima del hombro, consciente de que si ella supiera lo que pretendía hacer esa noche intentaría detenerlo.

Dolph no era el único que iba a ser castigado antes de que amaneciera. La ira le hervía en las venas, ardiente y salvaje.

Alargó la mano dentro del mueble bar y sacó la petaca de plata que ella le había regalado semanas antes en circunstancias más felices. La llenaría del brandy francés que le había enviado su hermano Jack, pues esa noche lo esperaba una tarea aciaga e iba a necesitar algún estímulo.

Vertió en el vino una gota del láudano que guardaba en el mueble bar para las noches en que no lograba conciliar el sueño. Eso la calmaría y la ayudaría a descansar.

Tapó la elegante petaca y la guardó en su chaleco.

Cuando le entregó la copa de vino, Bel le dio las gracias en un murmullo. Luego dejó entrar en la biblioteca a su perro favorito, *Hyperion*, para que la custodiara y le hiciera compañía. El perro de Terranova de dorado pelaje se hizo un ovillo en la alfombra situada junto al sofá en el que reposaba Bel, manchada de lágrimas y agotada. Hawk se inclinó y le dio un beso suave en su fría y húmeda frente.

Ella entrelazó sus dedos con los de él.

–No me dejes, Robert.

–Estoy aquí.

Hawk se sentó en el borde del sofá.

Permaneció largo rato a su lado mientras ella se bebía el vino a sorbos. Le acarició el pelo y la tomó de la mano. Le sostuvo la copa mientras Bel se aflojaba el cuello prieto de la camisa blanca de montar, y a continuación se la devolvió.

–Gracias.

Robert sonrió y sintió que se le partía el corazón ante la espontánea cortesía de Belinda.

–Has sido muy valiente esta noche –susurró, mientras le acariciaba el pelo–. Si lo hubiera sabido, no te habría hecho pasar por eso por nada del mundo.

–Lo sé. –Una trémula sonrisa asomó a sus labios.

–Todo el plan de utilizarte como cebo para atraer a Dolph... ha sido un gran error por mi parte. ¿Por qué me dejaste seguir con él?

–Tenía que mantener mi palabra –dijo ella–. Quería demostrarte que soy valiente.

–Lo haces constantemente, Belinda. Tienes mucho coraje, cariño.

Ella sonrió al oír sus palabras y se arrellanó entre los cojines del sofá.

Robert miró en dirección al piano.

–¿Quieres que te toque una nana?

–No, quédate a mi lado –le rogó ella de forma ansiosa, estirando el brazo para cogerle la mano.

–Estoy aquí, estoy aquí. Pobre angelito, durante todo este tiempo has estado cargando con ese peso sobre las espaldas tú sola.

Siguió acariciándola con ternura, rozando con los nudillos los finos cabellos que le caían sobre las sienes, pero la idea de que aquel bruto hubiera abusado de aquella criatura refinada e inocente hacía que le hirviera la sangre. Tuvo que echar mano de todo su autocontrol para permanecer sentado tranquilamente y calmarla durante otro cuarto de hora.

Pensó en lo fácil que resultaba sobornar a los carceleros de la prisión y recordó el modo en que el alcaide había reprendido a uno de sus subordinados. Dentro de los muros de la prisión seguro que había alguien que podía decirle lo que necesitaba saber a cambio de dinero.

Ansioso por ponerse en marcha, Hawk miró el reloj de la repisa de la chimenea.

–Quiero que ahora descanses, cariño. Intenta dormir –dijo en voz baja–. Volveré dentro de un rato.

–¿Por qué te vas? Quédate –murmuró Bel, cerrando los ojos.

El láudano comenzaba a surtir efecto.

–Ahora descansa, ángel mío. –Se inclinó y le dio un beso suave como un susurro en la frente–. Soy tu protector y no dejaré que nadie te vuelva a hacer daño nunca más.

–Mmm –dijo ella, dejándose arrastrar por el sopor.

Robert se levantó sin hacer ruido, hizo los últimos preparativos y salió de la biblioteca; se armó con dos pistolas Manton que guardó bajo una chaqueta negra. Se quitó el anillo con el escudo de armas de la familia por si acaso. Era mejor que nadie lo identificase.

Descendió con ligereza por la escalera, salió al patio cubierto de grava que había en la parte trasera de Knight House y lo atravesó en dirección al cobertizo de los carruajes.

Al final de la hilera de relucientes carruajes –el *vis à vis* de Belinda, su propio coche, el coche de viaje y el carrocín–, se hallaba un viejo carruaje negro que él había destinado hacía años a sus sirvientes. Era perfecto para el fin que se había propuesto esa noche, sólido pero corriente. Hizo que William enjaezara los cuatro caballos del tiro, se subió al asiento del conductor y tomó las riendas.

William interpretó con preocupación su expresión sombría y le preguntó si precisaba que él lo acompañase, pero Hawk no quería que nadie más se viese involucrado en la venganza que se había propuesto llevar a cabo. Se caló su sombrero hasta los ojos y se adentró en las concurridas calles, donde la multitud que había acudido a ver los fuegos artificiales comenzaba a dispersarse.

Debía de hacer bien el papel, ya que unos jóvenes borrachos que procedían del festival lo tomaron por el conductor de un coche de alquiler y le hicieron señas, pero al ver que no se detenía lo insultaron y agitaron los puños en alto. Su primer destino era Faringdon Street y la prisión de Fleet. Se bajó del carruaje de un salto, llamó a un muchacho que había en el exterior de la cárcel para que le sujetase los caballos, y le prometió en tono brusco que volvería al cabo de quince minutos.

Hawk solicitó ver a Alfred Hamilton y fue admitido en el recinto. Examinó el vestíbulo a medida que lo atravesaba detrás del guardia.

Se fijó en que el despacho del alcaide estaba cerrado.

–¿El alcaide tiene libre esta noche? –preguntó cautelosamente en tono distendido.

–Sólo trabaja de día.

–Ah –dijo Hawk asintiendo con la cabeza, mientras trataba de evaluar al guardia–. Debe de ser un alivio. Es un tipo duro.

–A mí me lo va a contar. Es un maldito negrero –gruñó el joven guardia.

Cuando llegaron a la puerta de la celda del viejo Hamilton, el carcelero se volvió hacia él con aire expectante, aguardando su gratificación a cambio de girar la llave.

Hawk le puso diez soberanos de oro en la mano, probablemente más de lo que el hombre ganaba en un mes.

–¿Sabe dónde puedo encontrarlo? –preguntó en voz queda.

–¿Al alcaide?

–Esperaba poder hablar con él.

El guardia miró las monedas que sostenía en la mano. Cerró el puño en torno a ellas y tragó saliva con nerviosismo.

–Apuesto a que está en la taberna The Cock Pit.

–¿Y dónde está eso? –preguntó Hawk con delicadeza.

–En Pudding Lane, a un tiro de piedra de Billingsgate.

–¿Está seguro?

El guarda lanzó una mirada furtiva por encima del hombro.

–Estoy seguro. A nosotros apenas nos paga y él se va allí a apostar a las peleas de gallos. Además, en el local sirven alcohol fuera de horas para atender a los mozos del pescado. Al alcaide le gusta beber, ya sea temprano o tarde.

Hawk asintió con la cabeza, satisfecho.

–Sería conveniente que no quedase constancia de mi visita, ¿no le parece?

–Se podría negociar.

–Chico listo.

Hawk sonrió, le dio otras cinco monedas de oro y entró en la celda de Alfred para contarle la dura verdad.

Robert lo hizo sin compasión; el lamento de angustia del anciano todavía resonaba en los oídos de Hawk cuando abandonó la prisión con un nudo en la boca del estómago. Cualquier deseo que hubiera podido sentir de liberar a Alfred Hamilton de la cárcel se había desvanecido al enterarse de las consecuencias que había tenido para Belinda la irresponsabilidad de aquel hombre. Por lo que a él respectaba, el viejo podía pudrirse allí dentro.

Pagó al muchacho la moneda que le había prometido y subió de nuevo al carruaje, y a continuación atravesó el centro de la ciudad hacia el este en dirección a Lower Thames Street. La niebla había caído sobre el río. Cuando el aire se inundó del hedor a pescado del mercado ribereño de Billingsgate, supo que se encontraba cerca.

La gigantesca y amenazante Torre de Londres asomaba a lo lejos, cubierta por la niebla.

Hawk giró a la izquierda por una calle lateral llamada Pudding Lane y encontró rápidamente la taberna, donde, a juzgar por el ruido, había mucho movimiento. Aparcó el coche en la sombra de un callejón que había calle abajo y se zambulló en el atestado local, pegándose a la pared mientras buscaba al alcaide entre la estridente multitud. Hawk lo divisó entre el corrillo de hombres que vociferaban a los tahúres, quienes estaban muy ocupados anotando sus apuestas.

Hawk volvió al exterior nocturno y regresó a su carruaje. Subió al asiento del conductor, se recostó, se cruzó de brazos y esperó en un silencio amenazador e implacable. De vez en cuando daba un trago a la petaca de plata. El brandy lo mantuvo en calor mientras estuvo lloviznando.

Cada vez que se abría la puerta de la taberna, derramando un cálido fulgor sobre los adoquines húmedos, Robert se ponía alerta, pero el alcaide no aparecía.

Cuando pasó la primera hora se bajó del coche y se paseó por el callejón para estirar las piernas. Había algo que brillaba entre un montón de escombros arrojados junto al muro de uno de los edificios. Se acercó, se inclinó y lo recogió: un trozo de una tubería de plomo. Lo sopesó entre las manos con un atisbo de sonrisa y volvió al otro sitio a esperar, aguardando su momento. Pasó otra hora. Consultó su reloj de bolsillo. Las dos y cuarto. Sólo faltaban dos horas para su duelo con Dolph Breckinridge; en verano amanecía a las cuatro.

La llovizna se transformó en una lluvia más intensa. Miró irritado al cielo por debajo del ala empapada de su sombrero, y de repente se abrió la puerta de la taberna y salió el alcaide de la prisión de Fleet dando traspiés.

Hawk se puso en tensión. El corazón empezó a latirle de forma desbocada. Se irguió lentamente en el asiento del conductor mientras un trueno rugía a lo lejos.

El alcaide iba con dos hombres, pero se despidieron al llegar a la esquina y los otros dos se alejaron haciendo eses en dirección al río mientras el alcaide giraba y comenzaba a subir penosamente la calle. Hawk aguardaba en la oscuridad como un depredador.

Se deslizó del asiento sin hacer ruido. Cuando el alcaide se acercó tambaleándose, Hawk salió de las sombras y caminó hacia el hombre. El alcaide lo vio y miró hacia el coche entornando los ojos.

–¡Cochero! Llévame a Cheapside –farfulló con rudeza.

Hawk se sorprendió al oír la orden y esbozó una sonrisa.

–Ahora mismo.

Momentos más tarde el alcaide se hallaba en el suelo del coche con la boca amordazada y la rodilla de Hawk en su espalda. El alcaide tenía una fuerza brutal; lucharon en el carruaje como dos bestias salvajes despedazándose en pleno combate, pero al final al hombre no le quedó alternativa. Hawk estaba demasiado furioso para sentir siquiera los golpes que le propinaba el alcaide. Una vez que logró reducirlo, le ató las muñecas por detrás de la espalda y regresó junto a los caballos.

Mientras fustigaba a las bestias a través de las sucias y estrechas callejuelas, el corazón le latía con una furia primaria. Después de pasar la Torre de Londres corriendo desenfrenadamente y llegar a la zona del muelle de Shadwell, Robert detuvo el carruaje entre dos almacenes abandonados.

La lluvia seguía tamborileando de forma ininterrumpida; no había un alma alrededor.

Bajó del asiento del conductor y fue a abrir la puerta del coche. Tiró del enorme y corpulento borracho, atado y amordazado, hasta sacarlo al callejón. Cogió el trozo de tubería y se acercó a él lentamente. La ecuanimidad era algo que no le preocupaba lo más mínimo en aquella pelea. ¿Acaso le había preocupado a aquel hombre cuando había sometido a una chica inocente?

El alcaide vio la maza de metal y miró horrorizado a Robert.

–¿Me reconoces?

El hombre sacudió la cabeza.

Hawk se sentó en cuclillas delante de él.

–Sólo te diré dos palabras: Belinda Hamilton.

Mientras balbuceaba aterrado bajo la mordaza, el alcaide intentó ponerse en pie. Hawk le dio una patada en el pecho y lo lanzó otra vez contra los húmedos adoquines. Como si pudiera contemplarse desde algún lugar situado fuera de su cuerpo, Hawk se vio a sí mismo levantando la tubería de plomo y golpeándolo.

Otra vez.

El impacto del metal al golpear contra el hueso resonó en el alma de Hawk.

Belinda.

La lluvia caía; la sangre se derramaba.

Cascadas de lluvia se vertían desde los aleros.

Nada en la vida lo había preparado para la brutalidad que emergió de él cuando descargó su venganza sobre el hombre que había violado a su amada. En la oscuridad, con el cabello empapado por la lluvia pegándosele al rostro y un gruñido en los labios, se convirtió en algo o alguien que no conocía, y era una sensación terrible y gloriosa. Hawk se dirigía a él entre golpe y golpe, girando a su alrededor como un depredador que juega con su presa. El alcaide gimoteaba de rodillas. Hawk le dio una patada en las costillas y en la cara, imprecándolo, pero de repente detuvo su arma brutal, consciente de que si no paraba en ese momento iba a matar a aquel hombre.

Temblando, tiró a un lado la tubería y permaneció de pie con el pecho palpitante, el pelo moreno pegado a la cara y la camisa adherida al cuerpo. Impresionado por su propia crueldad, caminó hacia el borde del muelle mientras el alcaide se retorcía en el suelo sin dejar de gemir.

Miró hacia el río plácido y oscuro. En el último punto de control había un pesado barco cargado de presos con rumbo a la colonia penitenciaria de Australia. Los ojos de Hawk brillaron de satisfacción ante la oportunidad de hacer justicia poética sobornando a los tripulantes del barco para que subiesen al alcaide a bordo y lo arrojasen entre los convictos.

Sin duda algunos presos del buque se acordarían de él y le pagarían con la misma brutalidad que él había empleado en la cárcel de Fleet.

Al pie de la escalera del muelle había un pequeño bote de pesca balanceándose. Volvió a mirar al barco de los presos. Lo que el nombre del duque de Hawkscliffe no podría conseguir entre aquellas ratas de río lo lograría fácilmente el de lord Jack Knight, su hermano corsario. Si todo lo demás fallaba, podía deshacerse del alcaide tirándolo por encima del bote y dejar que el Támesis se lo tragara.

Regresó junto al alcaide, lo arrastró por el muelle y lo bajó hasta el bote de remos, y a continuación desenrolló la cuerda que amarraba la embarcación al poste. Comenzó a moverse, remando con fuerza contra la corriente.

Cuando regresó a la orilla, la lluvia había limpiado la sangre de los adoquines.

Sintiéndose todavía embriagado por el instinto salvaje que le corría por las venas, Hawk echó la cabeza hacia atrás, cerró los ojos y dejó que la lluvia le cayera por la cara.

–Caballeros, tienen dos minutos –dijo el padrino de Dolph mirando su reloj de bolsillo.

Bel observó cómo Robert consultaba con lord Alec a escasa distancia de ella.

Se habían citado en una arboleda apartada, en medio de la neblina grisácea previa al amanecer, para batirse en duelo.

Dolph se paseaba nerviosamente junto a su coche. El médico y los cirujanos que lord Alec había conseguido esperaban impacientemente apoyados en su carruaje. El conde de Coldfell también había acudido. Permanecía sentado en su lujoso coche negro, contemplándolo todo con una mirada perspicaz mientras sus huesudos dedos tamborileaban sobre el puño de su bastón.

Alec se separó de Robert asintiendo con la cabeza y se dirigió hacia el padrino de Dolph para asegurarse de que las balas del rival tenían la misma carga de pólvora.

Bel observó alterada que Robert se acercaba a ella. No podía soportar ni un minuto de aquella terrible experiencia, pero no habría renunciado a estar allí por nada del mundo. Al menos ser una impura conocida tenía sus ventajas; una dama no podría haber asistido a un duelo. El hecho de que los padrinos hubieran convenido que los duelistas debían disparar al mismo tiempo también era un pequeño consuelo. No sabía si hubiera podido soportar ver a Robert allí de pie, ofreciéndose como blanco a Dolph mientras esperaba su turno para disparar.

No se sentía con el valor suficiente para preguntarle adónde había ido mientras ella dormía, aunque en el fondo lo sabía. Cuando volvió tenía la ropa salpicada de sangre. Mientras se dirigía a ella con paso tranquilo, sacó de su chaleco la petaca que Bel le había regalado y bebió un trago. Se la ofreció a ella con una sonrisa burlona con la que, a su vez, pretendía arrancarle a Bel otra sonrisa, pero ella sacudió la cabeza. Robert guardó la petaca en su chaleco, la cogió de la mano y la condujo hacia un gran roble.

Contempló a Belinda sujetando las manos de ella entre las suyas, y ambos se quedaron mirándose fijamente.

–Robert –dijo ella, haciendo un esfuerzo de voluntad para evitar echarse a llorar y rogarle que no lo hiciera.

Sabía que en realidad él no tenía opción.

Él tomó las manos de Bel, se las llevó a los labios y las besó.

–No llores, preciosa. Dame un beso de buena suerte.

Bel le rodeó el cuello con los brazos, tiró de él y lo besó con todas sus fuerzas, y cuando Alec se acercó para decirle que había llegado la hora, intentó retenerlo aferrándose a él. Notó cómo sus lágrimas se desbordaban y le caían ardientemente por las mejillas mientras lo besaba, paladeando el brandy de su lengua, memorizando el tacto sedoso de su pelo de ébano y la textura rasposa de sus mejillas sin afeitar. Él dejó de besarla, sostuvo su rostro entre sus manos y la miró fijamente, con los ojos oscuros resplandecientes.

–Eres mi dama y voy a luchar por tu honor.

Soltándola con una ligera brusquedad, se separó de ella.

Conteniendo las lágrimas, Bel miró cómo se alejaba mientras le temblaba todo el cuerpo. Él debía de saber que aquella palabra –«dama»– significaba todo un mundo para ella. El cielo estaba empezando a aclararse por el este, y Venus brillaba con un fulgor blanquiazul por encima de los árboles.

Robert se dirigió hacia el centro de la arboleda, donde Dolph lo estaba esperando. Lord Alec se acercó a Bel, entrelazó su brazo con el de ella y la acompañó hasta su coche. Ella era incapaz de entender cómo el arcángel rubio podía parecer tan tranquilo en un momento como aquél.

–Rob va a hacerlo muy bien, señorita Hamilton, se lo aseguro. No tiene la menor intención de despedirse sabiendo que Jack heredaría su título.

Empuñando sus pistolas, Dolph y Robert se colocaron el uno de espaldas al otro en el centro de la arboleda mientras el borde rojizo del sol comenzaba a asomar entre los árboles oscuros.

Bel sintió que una náusea la invadía cuando sonaron las primeras notas del trino de un pájaro que cantaba en el bosquecillo. Una vez más, comenzó a rezar mentalmente.

Lord Coldfell, que había sido elegido para hacer los honores soltando el pañuelo blanco que señalaba el comienzo del duelo, avanzó cojeando apoyándose en su bastón. Se situó en el borde de la arboleda, esperando con el pañuelo en su huesuda mano.

El padrino de Dolph hizo otra señal y los dos hombres empezaron a recorrer la distancia establecida, doce pasos cada uno.

Dolph y Robert se giraron. Los dos se colocaron de perfil para ofrecer al contrario el blanco más difícil. Alzaron las pistolas como crueles reflejos de sí mismos.

Entonces el conde soltó el pañuelo blanco de seda. Bel miró fijamente, acongojada, con el pulso golpeándole en los oídos. Fue como si el cuadrado de seda blanca tardase una eternidad en caer balanceándose suavemente sobre la hierba cubierta de rocío.

En el instante en que tocó el suelo se abrió fuego. Bel se quedó mirando horrorizada, tapándose la boca con la mano. Parecía que no se pudiese mover, mientras los doctores pasaban corriendo a su lado y la empujaban en pleno frenesí.

«Está herido.»

El caos estalló en el campo del honor. Las maldiciones de Dolph inundaron el aire junto con los gritos de los cirujanos. Los dos hombres estaban en el suelo. De repente Bel se puso en movimiento y corrió hacia él con la respiración entrecortada.

–¡Robert! –gritó.

–¡Belinda! –Estaba consciente, buscándola entre el corro de doctores que se había formado a su alrededor.

Ella se precipitó entre el grupo y se arrodilló junto a Robert en el mismo instante en que el cirujano le quitaba la chaqueta para inspeccionar la herida. Todo era confuso. Bel no paraba de preguntarle si estaba bien y él no dejaba de decirle que se encontraba perfectamente; Dolph se quejaba y la llamaba, pero ella no lo oía, y de repente el cirujano exclamó:

–¡Mire!

El cirujano sacó la petaca de Robert de su chaleco. Estaba grotescamente deformada, pero había detenido la bala. Bel y Robert la observaron con recelo.

Entonces él miró a Belinda con incredulidad.

–Sabía que el disparo no había sonado normal...

–Una petaca destrozada y un botón del chaleco arrancado, excelencia –dijo el cirujano con una sonrisa de asombro–. Alguien vela por usted.

–¡Déjeme ver!

Bel no se quedó satisfecha hasta que no descubrió el pecho de Robert y vio con sus propios ojos que el daño más serio que había sufrido era una costilla magullada debido al impacto de la petaca al interceptar la bala.

Se quedó mirándolo totalmente conmocionada, y a continuación le tendió los brazos al cuello y lo ayudó a tumbarse de nuevo sobre la hierba húmeda soltando un grito de alivio.

Él tiró de ella y la hizo colocarse encima de él, le rodeó la cintura con los brazos y la besó mientras la luz del sol naciente empezaba a inundar la arboleda. Ajenos a la presencia de los cirujanos y de otras personas, prescindieron de todo decoro y se besaron con un feliz desenfreno, pero cuando Bel sintió que el miembro de Robert se agitaba debajo de ella dejó de besarlo y soltó una risita.

–Menudo hombre virtuoso estás hecho –susurró, deslizando los dedos por el pelo de Hawk–. Duelos, cortesanas y brandy del mercado negro. ¿Qué dirían las damas de Almack's?

–Al diablo con ellas, cariño. Vámonos a casa.

Los dos se ayudaron mutuamente a levantarse. Robert apoyó un brazo en la espalda de Bel y comenzaron a caminar fatigosamente en dirección al coche. Bel se agarró sonriente a su cintura sin dejar de mirarlo.

Lord Alec les salió al paso.

–Con esa suerte deberías dedicarte al juego.

–¿Cómo está Breckinridge?

Alec miró en dirección al otro extremo de la arboleda.

–La verdad, se está muriendo.

Bel se detuvo.

–¿Muriendo? –Bel se dio cuenta de que Dolph la estaba llamando en un tono de voz demasiado lastimero para ser pasado por alto. Se quedó callada, vacilando, y miró en su dirección.

Dolph yacía en el suelo sobre un charco de sangre, mientras un amigo lo sujetaba firmemente. Su rostro tenía una palidez mortecina.

–Robert, por favor, discúlpame un momento –dijo ella.

–Belinda, no...

–Tengo que hacerlo –murmuró Bel, mientras se separaba de él y se dirigía hacia el lugar donde yacía Dolph.

Los ojos de Dolph se llenaron de lágrimas cuando la vio, pero tenía la boca seca y lívida. Se mojó los labios débilmente.

–Bel...

Los cirujanos le habían abierto el chaleco y la camisa para dejar al descubierto la herida del pecho. La cicatriz que le había hecho el oso con las garras estaba cubierta de sangre. Bel sintió un ligero mareo al ver aquello.

–No quiero morir sin saber que me has perdonado –dijo él con voz áspera–. Siento haber metido a tu padre en la cárcel. Lo hice porque... ya sabes por qué. Toma. –Le tendió algo con su mano ensangrentada. Bel apoyó una rodilla en el suelo y aceptó el objeto: su collar con el diente del oso que le había hecho la cicatriz–. Te quiero, a mi manera.

–Lo sé, Dolph. –Posó su mano en la frente de él–. Intenta relajarte.

Él le agarró la otra mano.

–No estoy asustado –gruñó, estremeciéndose al tiempo que trataba de parecer desdeñoso–. ¡Tío! ¿Dónde está mi tío?

–¿Hay algo que quieras decirme?

Bel alzó la vista y vio a lord Coldfell dando un paso adelante con su bastón. Parecía absolutamente impasible ante el inminente fallecimiento de su heredero. Bel cruzó una mirada de recelo con Robert, que se había unido al pequeño corro formado alrededor del moribundo.

Dolph apretó con fuerza la mano de Bel como si pretendiera recobrar la firmeza.

–Yo fui el responsable del incendio de Seven Oaks. Fui yo.

–Sí, Dolph, ya lo sé –dijo el conde con una sobria satisfacción.

De repente Dolph empezó a resollar y a ahogarse.

Su padrino gritó y miró con pánico al doctor. El cirujano jefe se acercó a Dolph, pero ya no había nada que hacer. Bel miró fijamente a su torturador mientras la chispa de vida que relucía en sus ojos se desvanecía y dejaba de apretarle la mano.

Se había ido.

Ella se quedó mirándolo fijamente, inmóvil, pues nunca había contemplado la muerte tan de cerca. Robert se abrió paso entre el grupo, llegó hasta ella y la ayudó a ponerse de pie. Le rodeó la cintura con un brazo y la sujetó mientras la conducía entre el gentío. Bel se cobijó apoyando la cabeza sobre el pecho de Hawk.

–¡Hawkscliffe!

Los dos se giraron y vieron que lord Coldfell los seguía. Bel notó que la postura de Robert se volvía más rígida.

–Bien hecho, Robert –dijo el anciano en un tono grave y cordial cuando los alcanzó. Sus pálidos ojos azules, brillaban–. Hoy ha hecho justicia, Robert. Su padre estaría orgulloso. No lo olvidaré. Puedo hacer muchas cosas por usted.

Hawk sacudió la cabeza fatigosamente.

–No hace falta.

Bel lo agarró con más fuerza de la cintura, asombrada ante la satisfacción del conde por la muerte de su heredero.

–Milord, si nos disculpa, su excelencia necesita descansar. Vamos, querido –murmuró.

Robert se despidió del conde haciendo un gesto con la cabeza y cubrió los hombros de Bel con un brazo. Regresaron juntos al coche; pero, cuando ella lanzó una mirada furtiva por encima del hombro, vio que lord Coldfell seguía donde lo habían dejado, observándola con una mirada incisiva y calculadora de desagrado.

17

Aproximadamente una hora después, Hawk se encontraba tumbado estrechando entre sus brazos a una Belinda ligera de ropa mientras ambos trataban de descansar tras la terrible experiencia de aquella noche. El sol matutino invadía la habitación y danzaba sobre la piel cálida y sedosa de Bel, mientras él la acariciaba y reflexionaba acerca de los sucesos ocurridos durante las últimas doce horas. Ella tenía el brazo derecho estirado sobre su pecho y permanecía con la cabeza arrimada a su cuello. La fragancia de su cabello ascendía hasta las ventanas de su nariz, y de vez en cuando la besaba en la cabeza, aspirando su perfume, saboreando su delicadeza.

Tenía el cuerpo rendido, pero su corazón se encontraba emocionalmente agotado tras las cotas extremas de rabia, angustia, culpabilidad y amor que había alcanzado a lo largo de las últimas doce horas: la pasmosa confesión de Bel, las inquietantes consecuencias de la violencia brutal que había descargado sobre el alcaide, el sabor ácido de su propia mortalidad después del combate con Dolph. Sin embargo, la venganza que había llevado a cabo no podía borrar lo que Bel había sufrido, y todo ello le dejaba una sensación de tristeza y vacío que sólo la maravilla de tenerla entre sus brazos lograba aplacar. El temor que se apoderaba de él ante la idea de que ella pudiera sufrir más en el futuro hacía que le entrasen ganas de protegerla envolviéndola con su abrazo. El acuerdo entre ambos había llegado a su fin, pero él no podía soportar la idea de que lo abandonase. No podría dejar que ella retomara el estilo de vida de las cortesanas, con todos los peligros que conllevaba, pero ¿quién era él para decirle lo que debía hacer? Ella era, como siempre, libre e independiente.

–Robert –dijo ella, interrumpiendo sus intrincados pensamientos.

–Mmm.

–He estado pensando. –Bel se incorporó y se afianzó sobre un codo, apoyando la barbilla en la otra mano. Él la miró en silencio, con un deleite lleno de desconcierto–. Todavía no acabo de comprender lo que pasó con lady Coldfell. ¿Fue su muerte un accidente, como dijo el juez de instrucción?

Robert se encogió de hombros.

–Eso es todo lo que he conseguido averiguar.

Ella frunció el entrecejo, perpleja.

–Sigo sin entender por qué sedujo a Dolph si era a ti a quien quería.

–Después de haberla juzgado de forma totalmente equivocada, ni siquiera me atrevo a aventurar cuáles fueron sus motivos –dijo él suspirando mientras jugueteaba con un mechón del cabello rubio de Bel.

–Pues yo tengo una hipótesis, aunque no te va a gustar. –Al contemplar su mirada inquisitiva, Bel continuó–: Dolph dijo que lady Coldfell aspiraba a convertirse en tu mujer.

–Sí.

–Pero ¿y qué hay de lord Coldfell? Es un hombre mayor, pero aparte de su cojera parece tener buena salud.

Él arqueó las cejas con escepticismo.

–Sé que parece descabellado –prosiguió–, pero supón que lady Coldfell hubiera deseado realmente librarse de su anciano marido del modo más rápido y oportuno posible, de forma que pudiese echarte el guante y casarse contigo antes de que te fijaras en otra mujer. Al mismo tiempo, tenía a su disposición a Dolph: un experto cazador ansioso por recibir su herencia. Lo siento pero no creo que lady Coldfell quisiera a Dolph simplemente por el placer que le daba. Las mujeres no somos así. Cuando seducimos a un hombre lo hacemos con un objetivo.

–¿Estás sugiriendo... que conspiraron para matar a lord Coldfell?

–Piensa en ello por un momento. Con el conde debidamente enterrado, Lucy habría sido libre para casarse con el hombre al que quería de verdad, es decir, contigo, mientras que Dolph habría heredado el título y la fortuna de su tío. ¿No mencionó

Dolph poco antes de morir algo sobre un incendio en Seven Oaks? Tal vez Lucy lo instigó a hacerlo.

Robert sacudió la cabeza, pasmado ante la despiadada teoría que ella estaba exponiendo.

–Si hubieras conocido a Lucy sabrías que lo que estás sugiriendo es completamente imposible. Ella no era una asesina...

–Sí, por lo que tú sabes, era virtuosa y recatada –replicó ella–. Con el debido respeto, querido, no creo que conocieras a lady Coldfell en absoluto.

Al oír aquellas palabras, Robert permaneció callado por un instante.

–Puede que Lucy llevara una vida secreta de conquistas y aventuras, pero me resulta imposible creer que se planteara siquiera la posibilidad del asesinato. Y por lo que respecta a Coldfell, no tengo la menor intención de contarle la aventura de Lucy con Dolph. Hay secretos que es mejor llevarse a la tumba.

–¿Y si ya lo sabe? A eso me refiero, Robert. Coldfell es el que empezó todo esto yendo a pedirte ayuda, tal y como me dijiste. Francamente, no confío en ese viejo intrigante.

–Belinda, Coldfell ya era amigo de mi familia antes de que yo aprendiera a caminar. Conoció a mi padre. No me mentiría.

Suspirando de desesperación, Bel estiró la mano y acarició suavemente el pelo de Robert.

–Querido, eres tan honrado que te resulta imposible creer que las personas que te importan sean capaces de cometer maldades. Eres demasiado generoso a la hora de confiar en la gente. Ya viste lo feliz que estaba hoy el conde cuando murió Dolph. ¿No te pareció algo poco natural?

–Lo que era poco natural es que Dolph se acostara con su tía, aunque tan sólo fuera tía suya por obra del matrimonio. El comportamiento que hoy ha mostrado Coldfell es perfectamente coherente con el hecho de que creyera que Dolph había asesinado a Lucy. Tú eres la única cuyos juicios están fuera de lugar, señorita Hamilton... Tu problema es que no confías en nadie. –Descartó aquel tema haciendo un gesto con la mano–. No quiero volver a hablar de esto, sobre todo teniendo en cuenta que no conseguimos ponernos de acuerdo. Se acabó. Lucy y Dolph están muertos. Ninguno de los dos va a volver con nosotros, así que dejemos todo eso atrás y centrémonos en ti y en mí.

–Oh, Robert –dijo ella con un suspiro, dedicándole una sonrisa de desaprobación.

–Eso está mejor. Perdona pero hoy he tenido un pequeño encontronazo con la muerte, y después de algo así uno tiende a ver las cosas con cierta perspectiva. –Se acercó a ella, le cogió el rostro y la besó en los labios–. Quédate conmigo –susurró, acariciando su cabello del color de la luz del sol–. Quiero llevarte a mi casa de Cumberland. Quiero enseñarte los lagos, las montañas, las colinas y los lugares que adoro. Son casi tan hermosos como tú. Saldremos a primera hora de la mañana.

Ella lo miró fijamente con inquietud y luego apartó la vista.

–Oh, Robert.

–¿Qué ocurre, campanilla? –preguntó con la sonrisa más dulce posible.

–Estoy confundida.

–¿Sobre qué?

–Sobre ti.

–¿Por qué? No hay motivos para estar confundido. –Le acarició la barbilla mirándola a los ojos–. Quédate conmigo. Yo cuidaré de ti el resto de tu vida.

–¿De qué estás hablando?

Bel se quedó muy quieta, mirándolo fijamente con unas insondables sombras violáceas en lo más profundo de sus ojos.

Hawk se dio cuenta al instante de que acababa de cometer un error espantoso. Santo Dios, ella pensaba que le estaba proponiendo matrimonio. Se quedó pálido y la miró sin saber qué decir.

Robert vio que ella interpretaba su mirada silenciosa y desvalida y sacaba sus propias conclusiones. Bel abrió la boca como si fuera a hablar, pero descartó lo que iba a decir y se limitó a dedicarle una media sonrisa irónica.

Él contuvo un gemido de arrepentimiento y descendió por su cuerpo para besar la piel pálida y sedosa entre sus senos.

–Oh, ángel mío, lo último que quiero es hacerte daño –dijo él con desconsuelo, apoyando su cabeza en el pecho de Bel y rodeando su cintura para evitar su estallido de ira, algo que según esperaba se produciría en cuestión de segundos.

–Lo sé –susurró ella, posando las manos en los hombros de Hawk.

–Si fuera posible...

–Lo sé.

–Hay ciertas cosas que no puedo hacer.

–Lo sé, Hawk, no pasa nada –replicó ella, y empezó a ruborizarse con enojo mientras se incorporaba–. No se hable más del tema. Por el amor de Dios, nunca supuse que te casarías conmigo, y si piensas que es lo que he estado buscando, me iré ahora mismo y no volverás a verme...

–¡Quédate! –Robert la apretó contra él, con el corazón palpitando con fuerza ante la amenaza de perderla–. No pienso eso. No te vayas. Bel..., quédate.

Bel se recostó cautelosamente en la cama, sosteniéndole la mirada en señal de advertencia. A Hawk se le encogió el corazón al contemplar la vulnerabilidad que se escondía tras el brillo azul de aquellos ojos. «Dios me libre de ofenderte –pensó él–. Hay tanto orgullo, tanto fuego bajo el hielo de tu mirada.»

–Verdaderamente nunca he conocido a nadie como tú, señorita Hamilton –dijo en voz baja.

–No, seguro que no –convino ella, y a continuación sacudió la cabeza–. De todos modos yo no sirvo para el matrimonio, ni siquiera con un duque. Yo controlo mi vida... tomo mis propias decisiones, y no renunciaría a mi independencia por tu corona ducal ni aunque me lo pidieras de rodillas.

Él le dedicó una sonrisa, escarmentado. Le pareció un discurso muy valiente, y lo embargó un profundo amor hacia ella. Le acarició el pelo.

–¿Te quedarás?

Ella le sostuvo la mirada, y su tono y su expresión se suavizaron.

–Estoy segura de que no es tan sencillo.

–Sí que lo es. –Robert posó su mano en la cadera de Bel, agarrándola con delicadeza a través de su salto de cama de satén–. Al diablo con las normas de las cortesanas, Bel. ¿Acaso no merezco una oportunidad? –La presión que ejercía sobre su cadera se convirtió en una caricia–. Nunca te abandonaré. Nunca te maltrataré. Creo que ya lo sabes. Intentémoslo. Descubramos lo que nos depara el futuro.

–¿Y qué es lo que esperas descubrir, Robert?

–¿Cómo puedo saberlo? Nunca he probado algo así antes.

Las lágrimas brillaron por un instante bajo las largas y elegantes pestañas de Bel, antes de que volviera a parpadear y mirara a Robert con un amago de sonrisa reticente. Se incorporó, se abrazó las piernas flexionadas y lanzó un suspiro.

–Lo que estás pidiendo es que nos expongamos a sufrir mucho cuando llegue el momento de marcharme.

–¿Marcharte? No digas que te vas a marchar, ángel mío. Te quedarás para siempre.

Robert sonrió, un tanto sorprendido por sus propias palabras.

–Como tu amante.

–Como mi amor –replicó él con empeño.

–No sé qué hacer. Te quiero tanto y... –Se pasó la mano por el pelo, agachó la cabeza y apoyó la frente en una rodilla–. Cuando pienso en lo cerca que he estado hoy de perderte... Bueno, es como si nos hubieran concedido una segunda oportunidad, ¿no es así? Sabes que quiero estar contigo, es sólo que...

–¿Qué? –preguntó él, mirándola pacientemente mientras ella se debatía consigo misma.

–No es profesional.

–¿Es por el dinero? Si quieres que liquide las deudas de tu padre, lo haré...

–¡No! No tiene nada que ver con el dinero. –Bel le lanzó una mirada de consternación–. Y en cuanto a papá, tal vez se merezca sufrir un poco por lo que pasó. Tal vez así aprenda. Él se metió en ese embrollo, deja que sea él el que salga. Es lo que diría mi madre.

Hawk le tocó el hombro para ofrecerle consuelo y luego acarició la suave y sinuosa línea de su espalda.

–Bel, creo que deberías saber que le he contado todo a tu padre.

Ella pareció sopesar la noticia por un momento, sin girarse hacia él, abrazándose las piernas en actitud protectora.

–¿Cómo se lo tomó?

–Todo lo bien que uno podría esperar.

Bel hundió otra vez la cabeza contra su rodilla como si desease esconderse del mundo.

–Estará bien, cariño –la tranquilizó él.

–Tengo la impresión de que le has hecho algo terrible al alcaide –dijo ella, con la voz amortiguada por la postura–. Me da igual lo que le hayas hecho, pero ¿qué pasaría si las autoridades vinieran a detenerte?

–No vendrán –repuso él con suavidad–. Ya no hay motivos para tenerle miedo, ni siquiera para volver a pensar en él. Ahora estás a salvo... y yo te quiero.

Belinda levantó la cabeza y se volvió hacia él, con los ojos muy abiertos ante aquellas palabras y los labios suaves y temblorosos.

–Yo también te quiero, Robert –dijo ella en voz muy queda–. No debería, pero te quiero.

Una amplia sonrisa cruzó lentamente el rostro de Robert. Haciendo caso omiso del entrecejo fruncido de Bel, la estrechó entre sus brazos y volvió a tumbarla sobre el colchón.

–¿Cómo que no deberías quererme? Claro que debes quererme, cabeza de chorlito. «No debería quererte» –bufó Robert en voz baja y estridente–. Qué desconsiderada. ¿Por qué no deberías?

–Porque nunca serás mío de verdad.

Él la miró con el ceño sin resultar intimidante.

–Hasta ahora pensaba que eras una mujer inteligente. –Bel se echó a reír. Él la miró, recorriendo con los dedos la curva de su mejilla–. Quédate conmigo. Soy tuyo, y por si no te habías dado cuenta, lo soy desde hace tiempo.

–Anteayer por la noche me ibas a echar. Eso es lo que no me gusta de todo esto, que no tengo seguridad.

–Ah, ya entiendo –susurró él, mirándola a los ojos–. Seguridad.

–Sí. En el momento en que empieces a aburrirte de mí puedes echarme a la calle.

–¿Qué te haría sentir lo suficientemente segura para no tener miedo de que te eche a la calle? Quizá esto. –Estiró el brazo por encima de la mesita de noche y cogió la petaca abollada, que él había dejado allí antes de desvestirse. Se la tendió a ella–. Aquí tienes la prueba, amor.

Ella la cogió y la miró detenidamente, estudiándola por un lado y por otro. Robert contempló su perfil y vio cómo sus ojos se llenaban de lágrimas.

–Podrías haber muerto por mí –susurró Bel.

–Sí, y volvería a hacerlo para protegerte si fuera necesario. Con mucho gusto.

Ella se volvió hacia él sin pronunciar palabra, le echó los brazos al cuello y lo abrazó con fuerza. Robert deslizó las manos por sus caderas y oyó cómo ella sorbía, y sintió que sus lágrimas caían sobre su hombro desnudo.

–No tengo derecho a dudar de ti. Eres un hombre tan firme y tienes tanta paciencia conmigo... No mereces todo este recelo. Lo siento, Robert, no quiero parecer desagradecida. Supongo que no estoy acostumbrada a esto, pero creo... que a partir de ahora voy a confiar en ti.

–Ésa sí que es una buena noticia para empezar el día –susurró él, deteniendo una lágrima que había brotado y empezaba a precipitarse por la mejilla de Bel.

La lágrima brilló en la punta de su dedo como una joya a la luz de la mañana. «El hielo se está derritiendo», pensó. Se llevó el dedo a la boca y probó el sabor salado de aquella lágrima mientras Bel adoptaba una expresión melancólica y sosegada, y entonces se inclinó hacia ella y la besó.

Ella separó los labios con un suave gemido de deseo. Él saboreó su boca dándole un beso tierno con el que le ofreció silenciosamente todo lo que llevaba dentro; un beso que iluminó de forma radiante los confines más lejanos y oscuros del universo, como si su mutuo amor hubiera dado a luz una nueva estrella.

Bel se recostó en actitud complaciente. Él se colocó encima de ella dejando que le rodeara las caderas con las piernas. Cerró los ojos con fuerza, aturdido por el deseo, pero dejó de besarla cuando sintió que empezaban a invadirlo las llamas de la tentación con el ardiente contacto de sus cuerpos.

Ahora que conocía las cicatrices invisibles que ella albergaba en lo más profundo de su ser, sabía que debía tratarla con la más exquisita dulzura de la que fuera capaz un amante. Todavía no era el momento oportuno, pero pronto lo sería.

Se le ocurrió una magnífica idea. Inclinó la cabeza para besarla en el cuello y sonrió ante su brillante inspiración.

–Descansa, señorita Hamilton. Esta noche te tengo reservado algo maravilloso.

–¿Qué puede ser más maravilloso que esto? –murmuró ella, lanzándole una mirada deslumbrante y ensoñadora.

Él enroscó un mechón del cabello dorado de Bel alrededor de su dedo y lo besó.

–Ya lo verás.

Le besó los párpados y le susurró que se durmiera.

Más tarde Robert estuvo ocupado en su escritorio de la biblioteca notificando a los presidentes de sus varios comités parlamentarios su partida a su casa de campo, redactando instrucciones para los caballeros que se ocupaban de sus negocios y ocupándose de otros detalles mientras Bel preparaba la casa para la estancia en el campo. Ella recorría con paso enérgico una habitación tras otra en el primer piso, ayudando a las doncellas a cubrir los muebles con lienzos marrones para el período de ausencia del amo, cuando, al cruzar el vestíbulo, se encontró con el portero, que iba a entregarle a Walsh una carta dirigida a su excelencia que acababa de llegar por medio de un mensajero especial. El mayordomo era el encargado de hacer los honores y ofrecérsela al duque en una bandeja de plata, pero Bel se saltó las formalidades, sonrió al portero y se apresuró a entregar la misiva al propio Robert. Era una excusa como cualquier otra para pasar a verlo. Cuando miró la carta frunció el entrecejo al leer que procedía de Islington, le dio la vuelta y vio que en el remitente figuraba la dirección de la academia de la señora Hall.

Vaciló por un instante junto a la puerta de la biblioteca. ¿Qué podía significar? ¿Alguna nueva crítica contra su carácter? Pero lady Jacinda seguía estudiando allí. Tal vez no tenía nada que ver con ella. Temiendo de repente que algo marchase mal o que Jacinda hubiese caído enferma, entró en la biblioteca dando grandes zancadas, atravesó la estancia en dirección al escritorio de Robert y agitó la carta delante de él mientras se inclinaba para besarlo en la frente.

–Puede que te interese atender esto por un momento. Acaba de traerla un mensajero.

–Dios, ¿qué pasa ahora?

Cogió la carta y rasgó el sello.

Bel retrocedió y esperó las noticias ansiosamente. El severo rostro de Robert se ensombreció a medida que leía, y luego estrujó la carta con la mano.

–¿Qué pasa? –preguntó ella rápidamente.

–Me avisan de que mi hermana ha sido expulsada temporalmente de la escuela por hablar con un extraño en público. Un hombre que respondía al nombre de Dolph Breckinridge.

Tiró el papel arrugado maldiciendo en voz baja.

Bel se llevó la mano a la boca, sorprendida.

–¿Cómo pudo atreverse...?

–Sin duda pensaba atacarme por medio de ella. Por suerte, Lizzie Carlisle andaba cerca para hacer entrar en razón a mi hermana.

–¿Le hizo daño...?

–No, gracias a Dios. Lizzie llamó inmediatamente a la profesora. Por lo visto, Breckinridge había estado intentando convencer a mi hermana para que fuera a su carruaje.

Por un instante Bel permaneció en silencio, sintiéndose asqueada y conmocionada. Si Dolph le hubiera hecho algo a aquella chica inocente por culpa de ella... Era una idea demasiado terrible.

–Me temo que mi hermana y su dama de compañía van a tener que venir con nosotros –dijo, apoyando los puños en el escritorio–. Espero que no te importe, aunque te aseguro que a mí no me da igual. Hacer de acompañante no es precisamente lo que tenía en mente.

–Claro que no me importa, Robert, pero ¿qué pasará con la reputación de las chicas? Tal vez yo no deba ir. –Contuvo la respiración y se preparó para hacer frente a semejante decepción.

–No digas tonterías. Tú eres el motivo por el que quiero irme. –Se rascó la cuadrada mandíbula en actitud pensativa–. Si no tienes ningún inconveniente, podemos hacerte pasar por su institutriz. Nadie te conoce en el norte.

–¿Otra farsa? –Bel suspiró con aire cansado–. Jacinda sabrá que hay algo raro. Es demasiado lista para que intentemos ocultarle la verdad.

–Entonces tendrá que actuar como una adulta. Es muy madura, a su manera.

–Lizzie se escandalizará. Por cierto, no sabía que conocías a la señorita Carlisle. Qué chica tan tímida y humilde.

–Está bajo mi tutela.

–¿De verdad? –exclamó Bel–. Dios mío, Robert, ¿hay alguien en Londres que no esté a tu cuidado?

–La señorita Carlisle es la hija de mi antiguo administrador de fincas. El hombre murió hace una década. Lizzie era su única hija y no tenía parientes a los que acudir. Es la compañera de Jacinda desde que eran unas crías... además de la conciencia de ese pequeño caballo loco. Gracias a Dios que ella estaba allí cuando Dolph intentó presentarse.

Bel sacudió la cabeza, cogiéndose las manos por detrás de la espalda.

–Me siento responsable. Cuando pienso en lo que podría haber pasado, en lo que podría haberle hecho...

–Belinda –la interrumpió él con delicadeza–. No. Así no se consigue nada, y tú no has hecho ningún mal. Quítatelo de la cabeza. Anda, vete. Tengo mucho trabajo que hacer antes de que llegue la hora de tu sorpresa.

Bel le sonrió tímidamente, sintiendo que se le disparaba el corazón. Él le dedicó una risita irónica y cogió su pluma para escribir la respuesta a la señora Hall.

Partieron de Knight House a las ocho en punto de la tarde.

Robert había recomendado a Bel que se vistiera de forma especialmente elegante, pero no le había dado la menor indicación de adónde la llevaba. Una vez dentro del coche, él bajó las persianas de lona para evitar que ella pudiera averiguar su destino.

La expectación de Bel aumentó cuando notó que el coche se detenía y oyó a los lacayos bajar de un salto del carruaje para abrirles las puertas.

–Cierra los ojos, preciosa. Tu sorpresa está muy cerca.

–No soporto tener que cerrarlos, con lo guapo que estás.

–Los piropos no te servirán de nada –replicó él.

Ella obedeció riéndose, pero la imagen despampanante de Robert se le quedó grabada en la cabeza. Se había vestido con la ropa más exquisita que jamás le hubiera visto puesta, prescindiendo por una vez del negro lúgubre en favor de un frac de seda oscuro color ciruela, primorosamente bordado en la parte delantera. Tenía un cuello que le fijaba a la perfección las puntas de la radiante camisa blanca contra la mandíbula. Su pañuelo blanco de seda era de una elaborada perfección, y su chaleco de satén, sobrio y terriblemente elegante, estaba salpicado de pequeños estampados de un tono dorado apagado. Sus pantalones de color pardo marcaban cada línea de sus fuertes muslos, mientras que sus impecables medias blancas acentuaban sus pantorrillas perfectamente musculadas. Era la belleza viril personificada, de la cabeza a los zapatos planos de charol con su lazo pequeño y liso. A pesar de todo el cuidado que Robert había puesto en su atuendo esa noche, por alguna razón Bel únicamente deseaba empezar a desvestir a aquel hombre delicioso a la menor oportunidad.

–No puedo soportarlo –exclamó ella, apretándole la mano mientras mantenía los ojos cerrados con fuerza–. ¿Dónde estamos?

–Ya lo verás –dijo él en tono guasón–. No mires.

Ella oyó el ruido de la puerta del carruaje al abrirse y el sonido metálico que hizo el lacayo al tirar del escalón. Robert tomó su mano enguantada, salió primero y la guió hasta el escalón del coche.

–Huele a caballos –afirmó ella, arrugando la nariz.

–Muy bien –dijo él–. Ya puedes mirar.

Bel levantó los párpados lentamente. Robert permaneció a

su lado, sonriéndole y sosteniéndola de la mano mientras los lacayos esperaban con atención.

Bel alzó la vista en dirección al majestuoso edificio liso y alargado que tenía delante. Al reconocerlo se quedó boquiabierta.

–Almack's –dijo en voz baja.

Robert sonrió abiertamente.

¡El salón de celebraciones de Almack's! ¡Su sueño de juventud hecho realidad! No obstante, cerró la boca de golpe y se volvió hacia él, aterrada.

–¡No puedo entrar! ¡Me abuchearán!

–¿Quiénes? –preguntó él suavemente con una sonrisa pícara–. Tenemos el local para nosotros.

Bel se quedó mirándolo sorprendida.

–¿Has alquilado Almack's para mí?

–Mmm.

–¿Todo el recinto?

–Incluida la orquesta.

–¡Oh, Hawkscliffe!

Se abalanzó desde el escalón del coche a los brazos de Robert.

Hawk la besó riéndose mientras un rubor varonil le teñía las mejillas, y la dejó en el suelo.

–¡Nadie había tenido un detalle así conmigo! Pero es un despilfarro tremendo...

–Tú lo vales. –Robert hizo un gesto en dirección a las puertas de dos hojas, con los ojos empañados por una enorme ternura que no se correspondía con la mueca irónica y mundana de su boca–. Vete a echar un vistazo.

Soltando una carcajada de sorpresa y alegría, Bel echó a correr delante de él y desapareció en el interior. Hawk la siguió riéndose entre dientes.

–Oh, Robert, es... Almack's –dijo ella asombrada en voz baja cuando él la alcanzó, pese a no haber rebasado todavía el vestíbulo.

Se quedó contemplando de forma reverencial la suntuosa e imponente escalera que conducía al salón de celebraciones.

Ardía en deseos de subir a la parte de arriba, pero se sentía como una intrusa en un terreno sagrado. Casi podía oír al comité de damas siseando en señal de desaprobación. Cuando Robert avanzó y se acercó a ella, Bel se volvió hacia él con ansiedad.

–Éste no es mi sitio.

Él no dijo nada; se limitó a sonreír a modo de reproche y le ofreció el brazo. Armándose de valor, ella posó la mano lentamente en el brazo de Robert y a continuación subió en su compañía la famosa escalera donde, durante las doce noches de los miércoles de la temporada, sólo eran admitidas las personas con la reputación más intachable y el más exquisito refinamiento.

Belinda notó que él la observaba cariñosamente mientras contemplaba maravillada los detalles más nimios, aunque la sobria elegancia de Almack's no era comparable al opulento esplendor de Knight House. La escalera desembocaba en un amplio vestíbulo; a cada lado había unas salas que, según le dijo Robert, se usaban para cenas y banquetes, y justo enfrente se encontraba el lugar sagrado por antonomasia: el salón de baile.

Prácticamente sin aliento debido al asombro, Bel entró y contempló todo lo que había a su alrededor. El salón de baile tenía unos treinta metros de largo y la mitad de ancho, y poseía un techo blanco liso que se elevaba nueve metros por encima de ellos. Un friso de color crema cubierto de un intenso dorado rodeaba la estancia; las paredes de debajo estaban pintadas de tenue verdeceladón y había enormes ventanas en forma de arco distribuidas de forma regular. Las molduras y los grabados, tanto los medallones como las guirnaldas, eran de color blanco. Había bancos en cada pared, y en un extremo, un elevado quiosco de música con un enrejado dorado. A Bel se le pusieron los ojos como platos cuando se dio cuenta de que los músicos estaban esperando pacientemente, aguardando de pie a que ella entrara.

Bel los saludó con la cabeza de forma vacilante.

–Buenas noches.

–Buenas noches, señorita –dijo el director inclinándose con aire cordial–. ¿Desea oír la joven dama alguna pieza en particular?

–Lo... lo que suelan tocar, gracias.

Se giró hacia Robert llena de asombro mientras los miembros de la orquesta se sentaban y cogían sus instrumentos.

Él sonrió al tiempo que el encantador divertimento interpretado por los músicos invadía el salón de baile.

Bel caminó por el centro de la pista y se echó a reír a carcajadas, dando vueltas hacia un lado y otro, intentando asimilar todo aquello. Había deslumbrantes espejos y arañas de luces resplandecientes, y dos figuras de dioses clásicos de tamaño natural que sostenían candelabros.

–No puedo creer que hayas hecho esto por mí. ¡Robert, es el regalo más maravilloso que me han hecho nunca!

–Me acordaba de la tristeza con la que me hablaste de este viejo sitio el día que paseamos por Hyde Park. Además, quiero que esta noche sea perfecta para ti –dijo él en tono grave e íntimo, y a continuación le cogió la mano y se la besó–. ¿Me concede este baile, señorita Hamilton?

Ella dejó escapar un torrente de ingenuas carcajadas.

–¡Oh, señor, deje que le pregunte a mi señora de compañía!

Él se rió de su ocurrencia y la condujo hacia el centro del enorme y resonante salón, y ordenó a la orquesta que tocase un vals.

Los dos se giraron y se colocaron cara a cara. Robert le hizo una reverencia; ella le correspondió con una leve y correcta inclinación, mientras ambos trataban de contener la risa.

Bel posó su mano sobre la mano izquierda de Hawk; él le colocó la mano derecha en la cintura y la música empezó a sonar.

Bailaron hasta que ella olvidó que pudiera haber motivos en el mundo para no reír. Bebieron una botella del más exquisito champán y volvieron a bailar, dando vueltas alrededor del suelo desigual mientras las manecillas del reloj daban las dos, las tres, hasta que en medio de un giro Robert la agarró contra su pecho, le acarició la barbilla y acercó lentamente sus labios a los de ella.

Bel cerró los ojos y le echó los brazos al cuello. Recibió su lengua dentro de la boca a modo de cálida y apasionada invitación, mientras deslizaba sus dedos enguantados por el pelo de Hawk.

Ella sentía la cabeza muy ligera y la sangre ardiendo en su interior, y apenas se dio cuenta de que minutos antes habían regresado a Knight House. Se besaban sin descanso mientras avanzaban a trompicones por el vestíbulo en dirección a su habitación, deteniéndose constantemente para disfrutar de cada caricia. Ella se había quitado los guantes. Él tenía el pañuelo desanudado.

Robert tanteó en busca del pomo sin dejar de besarla, abrió la puerta del dormitorio y la arrastró dentro. Ella entró en la habitación haciendo un giro, besándolo en todo momento con una febril premura.

Un trecho iluminado por la luna conducía a la cama de columnas con dosel, pero permanecieron junto a la puerta. Ella lo atrajo hacia sí, agarrándolo de las solapas de su chaqueta de terciopelo. Él separó las piernas y Belinda se colocó entre ellas, pues sus besos la hacían actuar con una audaz impaciencia.

–Sabes a champán –dijo ella entre risitas, y luego buscó su lengua con la suya en otro beso apasionado.

Le quitó el pañuelo del cuello y empezó a desabrocharle los botones del chaleco.

Él introdujo un dedo bajo su vestido a la altura del hombro y recorrió su escote, rozando la areola a medida que descendía por el pecho.

Bel jadeó, sintiendo cómo su pezón se endurecía al instante.

Robert le acarició el cuello con la ligereza de una pluma, le rodeó la barbilla y le tocó los labios. Ella cerró los ojos y, llevándose el dedo de Hawk a la boca, lo besó y chupó con fruición. Él la observó en la oscuridad mientras su respiración se volvía cada vez más profunda.

La agarró de la cadera con la otra mano y tiró de ella contra su cuerpo, fuerte y tembloroso. Bel podía sentir su miembro palpitante contra la barriga y comprendió que estaba tratando de controlarse; disfrutó enormemente de su obediencia, su solicitud casi pasiva, mientras Robert dejaba que le hiciera lo que ella deseara. Mostrando un mayor atrevimiento, lo acarició a través de los pantalones. Él gimió y recostó la cabeza contra la puerta.

La mano de Bel ascendió por la protuberancia y subió por el vientre plano hasta llegar al torso, y entonces deslizó los dedos por la nuca de Hawk y lo miró fijamente. Él la contempló con una expresión de éxtasis tormentoso.

–Ven y enséñame a disfrutar como me prometiste –susurró ella–, porque estoy lista para aprender.

Él le dedicó una media sonrisa tan seductora que hizo que Bel se estremeciera de la cabeza a los pies.

Robert se dirigió tranquilamente a la cama llevándola de la mano. Ella se sentó en el borde y aguardó reclinándose con las manos apoyadas. Él se inclinó y le dio un beso que la dejó sin aliento, acariciándole suavemente los pechos a través del vestido, y luego le besó los senos y se retiró con una delicada reverencia para encender las velas.

Ella sonrió ante aquel detalle, sintiéndose mimada al ver que encendía todas las velas de la habitación para ahuyentar las tinieblas. El dormitorio se iluminó con una luz anaranjada y cálida procedente del candelabro que había en la repisa de la chimenea, la vela del tocador y la que había sobre la mesita de noche, y luego Robert regresó junto a ella, sonriendo con ternura mientras el fulgor tenue e íntimo de las llamas perfilaba los rasgos de su cara con unas sombras misteriosas.

Se quitó la chaqueta desabotonada delante de Bel y la lanzó detrás de él. La mirada de admiración de ella abarcó sus anchos hombros, su firme cintura. Los botones dorados del chaleco destellaban a la luz de las velas mientras se desabrochaba los últimos que quedaban abotonados, y a continuación arrojó la prenda.

Su camisa blanca de fino linón tenía un pequeño volante en la parte delantera. Bel lo apartó tras incorporarse en la cama, para dejar al descubierto su musculoso pecho, y besó la V que se formaba en su piel bronceada. Tembló de expectación cuando Robert tiró de la camisa y se la sacó por la cabeza.

Sus ojos coincidieron. Él la miró dulcemente, con el pelo revuelto y los labios húmedos inflamados por los besos.

Ella acarició y besó su fina y aterciopelada piel, explorando su fuerte pecho y su vientre esculpido. Robert permaneció de pie con los ojos cerrados, disfrutando lánguidamente de sus caricias.

Bel posó las manos en sus anchos hombros y se dio el gusto de recorrer sus brazos en una pausada caricia, gozando de cada una de las curvas elegantes y duras como rocas de sus bíceps y sus fuertes antebrazos.

–Eres... un magnífico espécimen, Hawkscliffe.

Él se rió dulcemente, levantó los párpados y la cogió de las manos cuando las caricias llegaron a sus muñecas. Entrelazó sus dedos con los de ella, se inclinó y le dio un beso.

Permanecieron así junto a la cama durante un tiempo interminable, cogidos de las manos y besándose.

–Quiero verte –susurró él finalmente.

Bel se sonrojó; estaba ansiosa por continuar, a pesar de su timidez. Se dio la vuelta y se soltó el pelo; él le desabrochó el vestido por la espalda y le desató el ligero corsé.

El corazón de Bel se aceleró cuando él le dejó caer delicadamente el vestido por los hombros. El tacto de la suave muselina al deslizarse por su piel resultaba increíblemente sensual. A continuación Robert rozó ligeramente su cuerpo con las manos. Bel se estremeció de deseo cuando él se sentó en la cama detrás de ella, la agarró de las caderas y la besó en la zona lumbar una y otra vez a través de las enaguas casi transparentes.

Cuando no quedó más rastro de su vestido que un amasijo de seda blanca en el suelo, él se hincó de rodillas y metió las manos bajo sus enaguas. Sus manos calientes y seguras ascendieron por sus pantorrillas en dirección a las ligas y procedió a quitarle las medias.

Robert se las bajó hasta los pies y ella se las quitó. Él se puso en pie otra vez, mientras su espléndido torso se hinchaba de deseo. Sus ojos se habían vuelto más oscuros bajo los párpados y brillaban como estrellas en la medianoche.

Ella le tocó el pecho suavemente.

–Un momento –susurró Bel–. No queremos que te conviertas en papá por accidente.

Se disponía a acercarse al biombo de estilo chino para hacer uso de la esponjita redonda atada a un hilo, tal y como le habían enseñado, pero Robert la detuvo tirándole suavemente de la cintura. La miró fijamente a los ojos.

–¿Acaso sería algo tan malo? –preguntó.

A ella le dio un vuelco el corazón.

–N... no.

–¿Estás preparada, Belinda?

–Sí, estoy... preparada.

Bel contuvo la respiración con nerviosismo y se dirigió de la mano de él a la cama, donde terminaron de desvestirse. Robert se metió bajo las sábanas y ella permaneció sentada junto a él por un instante, con aire indeciso y el corazón palpitante.

Bel lo observó mientras Robert le tocaba el vientre de forma tierna y casi reverente, y aspiró cuando le posó una mano en el pecho.

Él se incorporó con un movimiento elegante y le besó el seno. Bel cerró los ojos. Robert abrió la boca y lo chupó... y entonces empezó todo.

Recorrieron sus cuerpos con las manos, acariciándose, palpándose, masajeándose. Él la arrastró bajo las sábanas, y Bel descubrió el poderoso efecto afrodisíaco del cuerpo desnudo de Robert contra su piel. Él la excitó hasta extremos casi insoportables mientras sus cuerpos se entrelazaban.

Por un breve instante Bel sintió que la sombra del miedo se cernía sobre su corazón, pero todo pasó en cuanto abrió los ojos y miró a Robert. No hubo un solo momento en que él no actuase de forma exquisitamente considerada, paciente y amable.

–Te quiero, Belinda –susurró, besándola en el cuello.

Extasiada, Bel susurró su promesa de amor a modo de respuesta, rodeando con las piernas las caderas de Robert. «Sí, ahora», pensó, aferrándose a él con fuerza mientras Hawk dirigía su miembro hacia su sexo, aunque todavía no estaba dispuesto a satisfacer su deseo.

Se elevó encima de ella apoyándose con las manos y miró su rostro mientras se divertía volviéndola loca con la punta de su miembro, moviéndose con embestidas breves y provocadoras.

Bel elevó las caderas gimiendo, deseosa de recibir más, pero él sonrió maliciosamente y sacó su pene. Descendió por su cuerpo, inclinó la cabeza y la deleitó con su diestra lengua durante un rato, mojando y estimulando su clítoris y chupándolo mientras ella se movía con él en el más íntimo de los ritos. Una vez más la llevó hasta el límite del placer, pero cuando sus gritos amenazaban con preceder al clímax, introdujo la punta de su miembro dentro de su cavidad, húmeda y ardiente. La penetró un poco más que la vez anterior, pero ella ansiaba mucho más. Alternó aquellas tormentosas prácticas varias veces hasta que ella alcanzó un estado de éxtasis o agonía, o de ambas cosas a la vez.

–Por favor, por favor –se oyó decir Bel, rogando sin dejar de jadear.

–¿Estás segura de que es lo que deseas? –susurró él–. Necesito saber que estás segura, Belinda.

–Oh, Dios, sí –dijo ella gimiendo, arqueándose frenéticamente para sentir el cuerpo de Robert contra el suyo, su duro torso rozando sus pechos–. Quiero sentirte dentro de mí. Muy dentro de mí, Hawk, por favor.

Él le besó la frente y accedió a su ruego introduciéndose poco a poco dentro de ella.

–Ohhh –murmuró Bel abrumada, cerrando los ojos y sintiendo cómo él la penetraba con extremo cuidado.

Ella lo rodeó con los brazos y se aferró a él, notando el leve sudor que cubría el pecho de Robert cuando se apoyó en los codos y la abrazó a su vez, sin apenas moverse dentro de ella.

Permanecieron completamente quietos, sintiendo y disfrutando de la gloriosa unión que tanto habían deseado.

Él la besó en los labios y siguió amándola hasta que alcanzaron un ritmo casi frenético. Entonces se detuvo jadeando intensamente.

–Un momento –susurró él, lanzándole una mirada lujuriosa, con los labios hinchados por los besos apasionados. Giró hasta que Bel quedó encima de él y al hablar su voz sonó como un gruñido seductor–. Tómame, cariño.

Bel obedeció colocándose lentamente a horcajadas sobre él.

–Oh, amor mío –dijo ella en voz muy queda, gozando de la postura.

Él la penetraba ahora hasta el fondo, y cuando Bel empezó a montarlo la aferró suavemente por las blancas caderas con sus manos fuertes y bronceadas.

–Eres tan hermosa –dijo con voz entrecortada, contemplándola con sus ojos oscuros y brillantes.

Cuando él tocó con la yema del pulgar el centro palpitante de Bel, ella se estremeció y echó la cabeza atrás, acelerando el ritmo. Momentos después él se incorporó contrayendo los músculos del vientre y alcanzó sus pechos bamboleantes con la boca. La sensación del vientre liso de Robert al rozar contra su montículo la desarmó completamente.

El placer la envolvió por todas partes: dentro de ella, a su alrededor... las manos de Robert, su miembro rígido, su boca. Bel se entregó al demoledor clímax, ajena a los gritos sonoros y agónicos que escapaban de sus labios. Sólo era consciente del modo en que él envolvía su cuerpo con su salvaje éxtasis amoroso.

Cuando el furor apasionado de Bel comenzó a ceder, Robert dejó escapar un grito grave y entrecortado que se vio amortiguado contra el cuello de Bel. Su pecho se hinchó cuando la tumbó boca arriba y la poseyó. La embistió una y otra vez, se estremeció y entonces sus músculos tensos empezaron a relajarse. Ella sintió cómo su corazón latía con fuerza contra su cuerpo.

–Te quiero –dijo Robert.

Parecía conmocionado.

Ella tiró de él con delicadeza; Robert apoyó la cabeza en su pecho, todavía dentro de ella. Sintiéndose pesado y exhausto, le dio a Bel un dulce beso en el pecho y recobró poco a poco el aliento.

–Yo también te quiero, Robert –susurró ella, besándolo en la frente–. Yo también te quiero.

18

El viaje de dos días de duración por Great North Road los había llevado a través de los suaves campos verdes de labranza de los condados, donde Bel vio pintorescas chalanas que transportaban su carga por los canales y el humo blanco que salía de los hornos de las alfarerías en plena actividad. Con la proximidad de la cosecha, los campos rebosaban de cebada y trigo.

El tiempo se mantenía favorable, con brisas agradables y cielos de un azul intenso por encima de sus cabezas; la carretera alquitranada que tenían debajo era excelente, de modo que las interminables horas de viaje en el robusto carro de Robert resultaron bastante tolerables.

Cuando pasaron el puente y entraron en la antigua ciudad de York, donde pasarían la segunda noche de su viaje, la luz de los últimos días del verano todavía danzaba sobre el río Ouse con destellos que semejaban lentejuelas doradas. Recogieron a Jacinda y Elizabeth y fueron a dar un paseo por la calle Shambles para estirar las piernas. Se detuvieron en la enorme y silenciosa catedral medieval para dar una vuelta por su interior. Bel admiró la imponente ventana del este que representaba la Creación. La exquisita vidriera parecía extenderse hacia el cielo, con suntuosos detalles extraídos de la imaginación de artesanos que llevaban siglos muertos.

Cogió a Robert de la mano y juntos contemplaron la gran ventana del oeste, a través de la cual resplandecían los últimos rayos de sol con un espléndido colorido. Abandonaron la catedral con pesar ya que Jacinda protestaba y tanto ella como su amiga se encontraban cansadas, hambrientas y malhumoradas. Se retiraron a la cálida hospitalidad de la posada situada al otro lado de la plaza de High Petergate.

Robert había encargado que les llevasen a los aposentos una

comida copiosa compuesta de humeantes pasteles de carne con puré de patatas y budín de York. Bel halló una inexplicable satisfacción observando cómo Robert comía y acompañaba la cena con una buena y fría cerveza negra de la taberna. Parecía que cuanto más se alejaban de Londres, más lleno de energía se sentía.

Tras la buena cena campestre, Jacinda les dio un abrazo a los dos y les deseó buenas noches, mientras que Lizzie hizo una tímida reverencia. Las chicas se retiraron a su habitación y Robert se recostó en su silla, mirando a Bel con un brillo en los ojos cuyo significado ella conocía bien.

Dejó la vela encendida sobre la mesa y al cabo de poco rato la había convencido para irse a la cama. Bel se tumbó en el colchón y rodeó a Robert con los brazos, sonriendo al pensar en la rapidez con que estaba venciendo sus temores. Entonces él prosiguió con su educación.

Por la mañana se encontraban frescos y listos para dirigirse hacia el oeste atravesando los valles del condado de York y dejando atrás los tristes páramos. Al acabar el día llegaron al condado de Westmorland.

–Prácticamente estamos en Escocia –declaró Bel, ante lo cual su excelencia y su hermana se sintieron ofendidos.

Ella se rió de su indignación cuando le aseguraron que todavía no había visto el paisaje más hermoso del mundo. Incluso el famoso pintor Constable lo había afirmado, se jactó Jacinda.

El tercer día lo dedicaron a serpentear a través de cerros y colinas rocosas y entre resplandecientes lagos surcados por brisas. Bel podía percibir la magia en el aire; las colinas adquirieron un tono esmeralda tan verde que sintió que se le partía el corazón. Las extensas y onduladas cumbres asomaban a su alrededor por todas partes. El aire era cada vez más escaso a medida que la altura aumentaba. Tal vez aquélla fuese la forma más simple de explicar la presencia de la musa de los poetas en aquellos parajes azotados por el viento, pensó Bel, pero allí donde miraba la recibía la belleza, desde la imponente majestuosidad de Saddleback a las ovejas que dormitaban felizmente junto al agua azul de los valles.

Cuando se detuvo para admirar el lago de Grasmere, echó un vistazo al duro perfil de Robert recortado contra el sol, con el pelo revuelto por el viento. Las colinas onduladas, marrones y verdes, moteadas por las nubes, se extendían ante sus ojos, y Bel comprendió que aquél era su mundo, su verdadero elemento; no la afectada opulencia del Parlamento y Knight House, ni las atestadas calles de Londres bajo la atenta mirada de la sociedad, sino aquel extenso paisaje, con sus cielos melancólicos y sus rústicas comodidades.

Y cuando al ponerse el sol divisaron la mansión Hawkscliffe, deslumbrante en la distancia, él parecía el digno señor del castillo que contemplaban, elevándose por encima de un pequeño lago que relucía como un espejo. Durante un largo rato todos se quedaron quietos mirándolo.

La mansión Hawkscliffe poseía tal aire de eterna permanencia que hizo que Bel se acordase de la frase que Robert le había susurrado la mañana del duelo: «Quédate para siempre». Por primera vez desde que él la había pronunciado, Bel se planteó lo que había querido decir con ella. Comprendió que las palabras «para siempre» no suponían un capricho vano para un hombre que residía en un castillo con siglos de historia. Por un instante su seguridad se tambaleó; pese al cariz romántico del acuerdo que los unía, se trataba de algo temporal. ¿O no era así?

La única respuesta a su pregunta fue el sonido de un halcón que volaba en círculos por encima de ellos.

Robert lo miró, entornando los ojos para protegerse del sol.

Las flores salvajes se mecían en los campos de alrededor, y el camino polvoriento que tenían delante trazaba una curva en torno al lago.

–No me habías dicho que vivías en un auténtico... castillo –dijo Bel siguiendo con la mirada la extensa contramuralla de color azul grisáceo que defendía la empinada cima de la colina, a unos ochocientos metros de distancia.

Robert la miró de reojo, sonriendo débilmente.

La mansión Hawkscliffe tenía almenas y elevadas torres circulares en los muros distribuidas a intervalos regulares y un alto torreón cuadrado. Bel no pudo evitar imaginarse a unos arqueros disparando largas flechas desde allí y a unos caballeros saliendo a la carga sobre sus caballos de batalla. Era un escenario idílico, como un sueño.

El halcón emitió de nuevo un grito con aire triunfante.

Bel alzó la vista hacia el ave majestuosa, tapándose los ojos con la mano.

–Es precioso.

–Se crían aquí. Si te gusta la cetrería, te enseñaré las jaulas. Vamos. Hace siglos que no estoy en mi casa.

Bel lo siguió hasta el coche, desconcertada. En Londres le había parecido el hombre ideal, lleno de riqueza e influencia, poseedor de una refinada intensidad cosmopolita; un hombre cuya sutileza y diplomacia innatas facilitaban el logro de sus elevados ideales. Sin embargo, allí, en el hogar de sus antepasados, no podía evitar verlo como una suerte de señor guerrero duro y fuerte en plena madurez.

El castillo tenía dragón y todo, según descubrió Bel al toparse de nuevo con la arpía de la señora Laverty, aunque esta vez no estaba dispuesta a permitir que aquella mujer la intimidara.

La mansión Hawkscliffe era por dentro un laberinto de pasillos, recovecos y huecos en los que ella se imaginaba perfectamente que Robert y sus hermanos habían disfrutado de pequeños jugando al escondite. Después de que Jacinda le hubiera hablado con excitación de los fantasmas que moraban el castillo, Robert la llevó a dar una vuelta por aquel lugar enigmático y extraño.

Los elementos dorados y banales del gusto rococó de su madre cubrían los motivos de estilo jacobino, más antiguos, oscuros y robustos, y todo ello se hallaba encerrado en un caparazón medieval.

Jacinda apenas podía contener su entusiasmo mientras corría de un lado para otro, tocándolo todo y reconociendo los objetos familiares que encontraba en cada habitación. Había un salón veneciano, una sala china, un salón de baile y una sala de billar, y todos ellos llevaban la impronta del estilo de inspiración versallesca de la duquesa Georgiana.

La sección más reciente del castillo, espaciosa y redecorada con gusto, conducía a un comedor oscuro mucho más antiguo con una larga mesa gris. El gran vestíbulo y las habitaciones con tapices eran las estancias más vetustas. Bel casi podía imaginarse a los antepasados de Robert tramando sus planes de batalla contra los clanes de la frontera escocesa. Ella dejaba volar su imaginación mientras miraba todo lo que la rodeaba. Ojalá su padre hubiera podido ver aquel lugar.

Unido a la parte trasera del castillo se hallaba un jardín de invierno con un naranjal. Más allá de las vidrieras había terrazas con arbustos podados, y en el centro, un pequeño jardín. Bel advirtió que las decenas de hectáreas con amplias extensiones de césped y bosques en pendiente que se hallaban más allá de los jardines pertenecían a Robert, así como el lago profundo de color añil situado a la sombra de las laderas.

Salieron al patio cubierto de grava, donde Robert le señaló la capilla, la residencia de los sirvientes, el despacho de la finca y el cobertizo de los carruajes, y los enormes establos y caballerizas ubicados más lejos, en la parte trasera.

Jacinda y Lizzie se marcharon corriendo a visitar a sus caballos favoritos mientras Bel y Robert regresaban al interior.

–Tienes un hogar maravilloso, Robert. De verdad, maravilloso. Parece sacado de las novelas de Walter Scott –dijo ella, agitando la cabeza con asombro.

–Te doy mi más calurosa bienvenida –respondió él suavemente, llevándose la mano de Bel a los labios.

Ante la pregunta de un lacayo, Robert ordenó que las cosas de ella fueran depositadas en la habitación contigua a la suya. Formuló aquella impúdica orden sin inmutarse. Ella lo miró de reojo, sorprendida pero contenta con la actitud abierta con que encaraba su relación. Parecía que por fin estaban de acuerdo: ella había renunciado a la seguridad de la regla principal de las cortesanas, y él por fin parecía haberla aceptado de forma sincera en su vida.

Esa noche Robert la llevó a la lujosa cama donde él mismo había sido concebido y la poseyó con un vigor que respondía a la fuerza que aquella tierra le otorgaba.

Los días siguientes Bel descubrió que, aun habiendo estado ausente durante meses, Robert era uno de los pilares de la vida local, pues era requerido casi a diario por personas que recorrían kilómetros para pedirle consejo o ayuda. Él siempre encontraba tiempo para ellos.

Ella se mantuvo ocupada cuidando de las jóvenes damas. Aunque tan sólo fuese la amante de Robert, sentían admiración por Bel. El afecto y la necesidad que le demostraban la ayudó a curar sus heridas casi tanto como el amor de Robert. Cada tarde soleada iban a merodear por el campo con sus sombreros de ala ancha en busca de paisajes que dibujar.

A pesar de que Jacinda y Lizzie ya eran prácticamente adultas, ninguna de las dos había conocido a su madre. Bel se sentía conmovida por su ansiosa necesidad de sentirse queridas y su buena disposición a aceptar sus consejos. En los días sucesivos, entre tés y bizcochos, pronto se enteró de que a Jacinda le asustaba la idea de hacer su debut en sociedad, consciente de que las patrocinadoras de Almack's y las personas de su clase la mirarían con ojos de lince, buscando en su conducta alguna señal del carácter escandaloso de su madre.

Lizzie, por su parte, le confesó que su condición de pupila sin dinero había sido durante mucho tiempo un gran suplicio para su orgullo. Le preocupaba lo que sería de ella cuando Jacinda hiciese su entrada en sociedad y se casase. Además, estaba locamente enamorada de lord Alec.

El lunes de su segunda semana de estancia en el campo, Jacinda le prometió a Bel una mágica sorpresa.

–Hoy la voy a llevar a ver el sitio más espectacular de todos. Lo hemos reservado para el final, ¿verdad, Lizzie?

Las dos chicas se miraron la una a la otra y soltaron una risita.

–Vaya, ¿de qué se trata? –preguntó Bel, mientras colocaba la cesta de la comida y los cuadernos de dibujo en los brazos del sufrido lacayo.

–Es el castillo de Pendragon –anunció Jacinda en tono reverente–. Hace muchos años fue el castillo de Uther Pendragon... ¡el padre del rey Arturo!

–Qué fantasiosa eres, Jacinda.

–¡Es verdad! Es un sitio espeluznante. Algunas personas dicen que Merlín el Encantador está encerrado en el gran tejo que vigila las ruinas.

–Tonterías.

–Está diciendo la verdad, señorita Hamilton, en serio –confirmó Lizzie, asintiendo solemnemente con la cabeza a la vez que abría mucho los ojos.

–Mis hermanos solían jugar allí de pequeños a los caballeros de la Mesa Redonda –dijo Jacinda sonriendo ampliamente, y a continuación se apartó del sol.

Partieron a pie y se encontraron con varios lugareños por el camino: un trío de niños pastores que estaban cuidando del rebaño, un anciano campesino que conducía su carro con pollos en dirección al mercado y dos hombres curtidos de aspecto competente a los que Jacinda presentó como el guardabosque y el administrador de fincas. Les dijeron que se dirigían de vuelta a la residencia para comer.

Bel se quedó mirando divertida cómo Jacinda les preguntaba por los campos y bosques de los alrededores con toda la seriedad de la dama legítima de la mansión. Ellos atendieron sus peticiones con los ojos brillantes, pero Bel se percató del interés varonil que mostraban por ella, la «institutriz», y los rehuyó sin apenas pronunciar palabra.

El bronceado administrador de fincas aseguró que no podía ponderar lo suficiente al duque por la prosperidad que había brindado a los vecinos con su mentalidad previsora aplicada a las mejoras agrícolas. El corpulento guardabosque de voz suave confesó que había recibido instrucciones de hacer la vista gorda en lo relativo a la práctica de la caza furtiva en las tierras de su excelencia, lo cual contribuía a la reputación que tenía Robert de propietario benévolo.

Finalmente se separaron; el lacayo caminaba penosamente tras ellas, cargado con las provisiones. Cuando se hallaban cerca de Wild Boar Fell, divisaron una manada de ponis salvajes bebiendo en el río Eden. Se detuvieron y observaron a los ponis con deleite, hasta que la manada decidió que el grupo no era de fiar y huyó en estampida por encima de la colina. Entre exclamaciones de alegría por el encuentro inesperado con los ponis, retomaron su camino en dirección a las amenazantes y escarpadas ruinas del castillo de Pendragon.

Bel contempló fascinada el armazón de piedra de la antigua fortaleza. El castillo de Pendragon, un fragmento vivo de un mito añejo, se mantenía en pie en un lateral, por encima de cuyo deteriorado pináculo sobresalía un gran árbol, mientras que la otra mitad de la muralla se había desplomado.

Se acercó y exploró el lugar mientras Jacinda ordenaba al lacayo que preparase la merienda. Bel podía imaginarse a la banda de picaruelos jugando a que eran los caballeros de la Mesa Redonda del rey Arturo. Oyó a sus espaldas el sonido de unas pisadas en las rocas y se giró para descubrir a Lizzie abriéndose paso con dificultad entre las piedras cubiertas de musgo.

–Estaba pensando que nunca he oído hablar de los otros hermanos de lady Jacinda –le dijo Bel a la chica–. Sólo conozco a Hawkscliffe y a lord Alec.

–Bueno, el segundo en nacer fue lord Jack, pero no se habla de él en buena sociedad. –Lanzó una mirada furtiva por encima del hombro–. Me temo que es la oveja negra.

–¿De verdad se dedica al estraperlo? –susurró Bel.

–Yo lo creo capaz de eso, aunque tiene buen corazón, señorita Hamilton.

–¿Por qué se hizo contrabandista?

Ninguna de las dos vio a Jacinda acercarse saltando de roca en roca, pero por lo visto ella las había oído.

–Porque quería rebelarse contra papá por haber sido cruel con él –declaró–. Mi padre no era su padre. Sólo Robert y yo tenemos su sangre. Robert es el heredero, Jack se suponía que tenía que ser el suplente, y yo soy la niña bonita.

Bel se quedó boquiabierta, y Jacinda soltó una sonora carcajada.

–No pasa nada. No me importa hablar con usted de mi familia, mi querida señorita Hamilton. Ahora es usted una más. –Le dio un abrazo a Bel cuando llegó a su lado, y luego rió y se balanceó sobre una roca–. Todo el mundo sabe que mi madre tenía montones de amantes... y yo haré lo mismo cuando sea mayor –dijo en tono desafiante.

–¡Jacinda!

Ella se encogió de hombros con aire indiferente, sin hacer el menor caso a la mirada horrorizada de Bel.

–El único de mis hermanos que le gustaba a papá era Robert.

Bel se planteó por un momento sermonear a la muchacha, pero llegó a la conclusión de que sólo la estaba poniendo a prueba para ver su reacción.

–No es raro que un hombre centre toda su atención en su heredero y se olvide del resto de los hijos.

–Papá murió poco antes de que yo naciera, así que no sé cuáles eran sus motivos, pero reconocerá que no se portó muy bien que digamos. Lo único que sé es que un día Jack se hartó, abandonó Oxford y se hizo a la mar. Después de Jack vienen los gemelos, Damien y Lucien.

–Son increíblemente guapos –susurró Lizzie.

–Damien es coronel de infantería y todo un héroe de guerra, no me importa decirlo –afirmó Jacinda orgullosa–. Una vez atrapó un águila francesa cuando estaba en combate. Los oficiales de su regimiento le hicieron una reproducción y ahora está colgada en Knight House.

–Ah, sí, ya la he visto –dijo Bel perpleja–. ¿Y Lucien?

–Se supone que no tenemos que saber dónde está –comenzó Lizzie.

–Pero la guerra ya ha acabado. ¡No creo que pase nada si se lo decimos! –Jacinda miró a Bel sonriendo con una ligera picardía–. Lucien está en París. ¡Es un espía!

–Observador –la corrigió Lizzie, pero Jacinda soltó un bufido al oír el término.

–¿Un espía, de verdad? –preguntó Bel asombrada.

–Sí, pero no se lo puede contar a nadie. Se supone que debemos creer que está haciendo una excavación arqueológica en Egipto para la Royal Society.

–¿Y por qué se supone que debéis creer eso?

–Como forma de explicar sus ausencias de Inglaterra y del cuerpo del ejército. Pobre Lucien, creo que en realidad habría preferido ser arqueólogo, pero el deber lo llamó. Al principio probó suerte en el ejército con Damien (le encargaron que diseñara armas y que trabajara con los ingenieros militares), pero se sentía totalmente deprimido. Odiaba recibir órdenes.

–Lord Lucien es un científico, señorita Hamilton –declaró Lizzie en tono cómplice–. Todo el mundo dice que es un genio.

–Si tú lo dices, Lizzie. El caso es que cuando él habla no consigo enterarme de una palabra de lo que dice. Tengo hambre –se quejó Jacinda.

–Entonces celebremos nuestro banquete –dijo Bel con una sonrisa radiante, fascinada todavía por el exótico repertorio de los hermanos Knight, aunque inquieta ante las atrevidas palabras de Jacinda sobre su intención de tener amantes cuando fuera mayor; aunque la joven sólo lo hubiera dicho en un intento adolescente por escandalizarla, no auguraba nada bueno.

Cuando se sentaron para comer el refrigerio compuesto de jamón en lonchas, queso y fruta, Bel recorrió con la mirada las facciones respingonas de Jacinda, que resultaban dignas de un duende.

–Háblame de tu madre, Jacinda. ¿La recuerdas?

–Un poco. Era muy guapa y lista y no tenía miedo de nada –dijo la muchacha, apartando la mirada con aire pensativo en dirección al río rumoroso–. Todos la envidiaban, por eso la gente la odiaba... porque tenía un alma demasiado grande para la cajita donde el mundo la metía.

Lizzie miró con inquietud a Bel.

–Robert se avergüenza de nuestra madre, pero sólo porque papá lo puso en contra de ella a propósito.

Bel frunció el entrecejo.

–¿Es eso cierto?

–Eso dice Alec –aseguró Jacinda, con una mirada insólitamente sombría en sus grandes ojos oscuros–. Robert ni siquiera me deja preguntarle por mamá, aun siendo el hermano mayor y el que mejor la conoció. No es justo. La gente habla de sus amantes y sus salones y sus escándalos, pero ¿alguna vez ha oído hablar de cómo murió, señorita Hamilton?

Bel sacudió la cabeza, sin saber si sería capaz de soportarlo. Había algo tremendamente siniestro en el hermoso y lozano rostro de la chica.

–Nuestra madre empezó a relacionarse con los emigrantes franceses durante el período del Terror. Recibió una carta en la que le pedía ayuda su amiga íntima, la vizcondesa de Turenne, con la que había estudiado en la Sorbona. Aquella dama le pedía a mamá que se llevase a sus hijos y los sacase de Francia... Su marido, el vizconde, había sido asesinado por una turba. Arriesgando la vida, mamá se marchó directamente a París y a partir de entonces se comprometió a ayudar a los hijos de los aristócratas a escapar a Inglaterra. Durante los años siguientes hizo diversos viajes a Francia, en los que puso a salvo a más hijos de nobles. Aunque los jacobinos por fin habían abandonado la guillotina, los emigrantes seguían siendo considerados traidores de Francia y ayudarlos a escapar era ilegal. Mamá fue arrestada en el otoño de 1799, durante los últimos meses del Directorio. Fue acusada de ser una agente monárquica y una espía inglesa, y luego fue llevada ante el pelotón de fusilamiento y ejecutada.

Bel la miró fijamente.

–Es cierto –murmuró Lizzie, asintiendo gravemente con la cabeza.

Bel no parecía capaz de asimilarlo. Durante unos instantes nadie pronunció palabra. ¿Aquélla era la mujer de la que Robert se avergonzaba?

–Jacinda –dijo por fin Bel con delicadeza–, tu madre fue una auténtica leona. Nunca había oído hablar de alguien tan valiente. Sé que quieres ser como ella, pero espero por tu bien que trates de seguir a rajatabla las normas del decoro, por lo menos hasta que estés casada, porque la verdad, querida, es que resulta muy doloroso que todo el mundo te critique. Creo que ella hubiera deseado que te lo advirtiera. No quiero ver cómo te hacen daño, y también espero que recuerdes que si te metes en un lío con algún joven, es posible que uno de tus hermanos tenga que batirse en duelo para defender tu honor. Cariño, ver que alguien a quien quieres pone su vida en juego por un estúpido error que has cometido... es algo muy duro. Te lo aseguro.

Bel advirtió que sus palabras habían calado hondo. Jacinda la miraba fijamente con los ojos muy abiertos y asentía con la cabeza. Tras dejar a un lado tan desagradables temas, terminaron la comida y se quedaron sentadas un rato dibujando las ruinas del castillo, con el árbol que asomaba por encima y el río serpenteante. Cuando recogieron las cosas y emprendieron con pesadez el camino de vuelta a la mansión Hawkscliffe, Bel se sentía adormecida debido al relajo.

Con los ojos cerrados se dejaba arrullar por el gorjeo de los tordos del campo, cuando de repente oyó un ruido de cascos de caballo a sus espaldas. Las chicas y ella se volvieron, mientras el lacayo se apartaba del camino de un landó descubierto tirado por rucios.

–Oh, Señor –exclamó Jacinda entre dientes–. Es lady Borrowdale y las niñas de mamá.

–¡Jacinda! –la increpó Lizzie, reprimiendo una sonrisa.

–¿Quién es?

–La marquesa de Borrowdale, nuestra vecina más insoportable. Se ha empeñado en cazar a dos de mis hermanos para casarlos con sus horribles hijas. Pobre Robert, él carga con la peor parte.

Al oír aquello Bel se puso rígida, mientras el cochero vestido con librea tiraba de los caballos.

Inmediatamente la fornida mujer con sombrero de plumas se asomó por encima del carruaje y gritó con voz atronadora:

–¡Lady Jacinda! ¡Hola! ¡Hola!

Jacinda soltó un suspiro. Lizzie la siguió en dirección al carruaje para saludar a sus vecinas.

–¡Precisamente veníamos a verte, querida! ¡Estás preciosa! ¡Si ya casi estás hecha una mujer!

–Gracias, milady –dijo Jacinda en tono sufrido.

–Señorita Carlisle –dijo la marquesa de mala gana al reconocer a Lizzie.

–Lady Borrowdale. Lady Meredith, lady Anne, qué alegría verlas –respondió Lizzie obedientemente, haciendo una pequeña reverencia.

Con un enérgico aire presuntuoso, lady Borrowdale se volvió hacia Jacinda y comenzó a intercambiar bromas con sus hijas.

Bel hizo una mueca para sus adentros. Podía distinguir a veinte metros a una madre de la sociedad que ejercía de casamentera. Aquél era indudablemente el aspecto más desagradable de su vida como una extraña. Probablemente cada hija casadera de la nobleza del norte ambicionaba convertirse en la mujer de Robert, y ella no podía hacer nada para evitarlo.

Él había mantenido su llegada en secreto y se había limitado a ocuparse de sus asuntos, pero obviamente se había propagado la noticia de que uno de los solteros más deseados de Inglaterra estaba de vuelta en casa. Bel tenía la desalentadora sensación de que aquel trío no era más que el principio. Afortunadamente, era imposible que alguna de aquellas chicas de rostro pálido amenazase con arrebatarle el lugar que ocupaba en el corazón de Robert. Aquellas muchachas, con sus expresiones tensas y desagradables, no mostraban la menor chispa de ingenio, simpatía o labia que compensara su ausencia de belleza.

Se quedaron sentadas en el landó enfrente de su despótica madre, hurañas, mirando a Jacinda como si la despreciaran por su belleza, su ímpetu y su ardor. Una tenía la barbilla endeble y los ojos apagados; la otra poseía una nariz respingona y tenía todo el aspecto de una joven bruja.

–¿Y quién es ésta? –inquirió la mujer con voz cantarina, mirando detenidamente a Bel con recelo.

Al ser aludida, Bel se acercó cautelosamente, preguntándose con qué réplica maliciosa hubiera contestado Harriette Wilson a la marquesa de Borrowdale.

–Lady Borrowdale, permítame presentarle a la institutriz, la señorita Hamilton –dijo Jacinda.

Bel inclinó la cabeza.

–Lady Borrowdale.

–¿Institutriz? –Lady Borrowdale la examinó de arriba abajo, desde el ala de su sombrero hasta la punta de sus botas de piel de cabritilla–. Hum, pensaba que ibais a una academia en Londres, querida –dijo, girándose hacia Jacinda.

Por lo visto sólo las personas con título eran dignas de dirigirse a lady Borrowdale.

–He sido expulsada –anunció Jacinda, sonriendo orgullosamente.

–No ha sido expulsada exactamente, milady –la corrigió Bel en tono de reproche, viendo que lady Borrowdale abría los ojos de golpe. Bel procuró sonreír a la muchacha–. Qué traviesa es. –Se volvió hacia la marquesa con un aire encantador haciendo ver que controlaba la situación–. Evidentemente, la chica está bromeando, milady. Su excelencia simplemente consideró que a lady Jacinda le vendría bien un poco de aire del campo después de pasar tantos meses en la ciudad.

–Ah, qué bien que el duque de Hawkscliffe la consulte sobre la salud de su hermana, señorita... Em, ¿cómo era?

–Hamilton –dijo Bel con serenidad, asombrada por la nota insinuante de sus palabras.

–Eso, disculpe. Me sorprende que su excelencia no haya traído a otra señora de compañía.

–La señorita Hamilton es una institutriz altamente cualificada –replicó Jacinda con determinación, frunciendo sus cejas doradas, y se acercó a Bel.

–Seguro que sí, pero parece que acabara de salir de la escuela. La institutriz de mi sobrina está buscando un nuevo puesto ahora que su discípula se ha casado, ¿sabes? Es suiza, muy eficiente. Sería perfecta para ti. Me aseguraré de comentarle el tema a su excelencia cuando vayamos a su casa. Después de todo, ¿qué saben los solteros sobre las buenas costumbres?

Lady Borrowdale clavó de nuevo sus ojos en Bel lanzándole una mirada de una breve y deslumbrante malicia.

Bel se limitó a mirarla. ¿Acaso creía aquella engreída criatura que el duque iba a tontear con la institutriz de su hermana? Obviamente, todo era una farsa, pero ¿quién se creía que era aquella mujer para dudar del duque de Hawkscliffe?

–Lady Borrowdale –dijo ella, incapaz de refrenar la lengua–, le aseguro que la impecable reputación de su excelencia se fundamenta en un aplicado cumplimiento de las buenas costumbres y un extraordinario concepto del honor.

Había defendido a su patrón como una leal sirviente.

Sin embargo, entonces comprobó que, pese a haber intentado tranquilizar a lady Borrowdale en lo referente a su presencia en la mansión Hawkscliffe, había logrado el efecto contrario.

Los ojos de la mujer echaban chispas ante lo que consideró un desafío a su autoridad, pero Bel se mantuvo firme.

–¡Qué extraordinaria impertinencia! –soltó ella–. ¿Éste va a ser tu modelo de comportamiento, Jacinda? ¿Una señorita de Londres con los aires altivos de la ciudad? No puede ser, te lo digo yo. ¡No puede ser!

–Negarse a arrastrarse ante milady no es precisamente ser arrogante –respondió Bel, sorprendida de lo fácil que resultaba bajar los humos a las mujeres presuntuosas.

Era tan sencillo como poner en su sitio a los caballeros demasiado cariñosos.

Lady Borrowdale se quedó con la boca abierta.

–¡No voy a permitir que una simple institutriz se dirija a mí de ese modo! Discúlpese, joven.

–¿Por qué, señora? Simplemente estoy recordándole la magnífica reputación de su excelencia.

–¡No necesito que me lo recuerde, señorita! ¿Recordármelo a mí? Es usted una descarada. Su excelencia se enterará de esto.

Ante aquella amenaza Bel hizo exactamente lo contrario de lo que debería haber hecho.

Lo sabía de sobra, pero después de aguantar durante tantos meses las odiosas miradas de mujeres como aquella detestable marquesa no pudo evitarlo. Respondió a la mirada feroz de lady Borrowdale con una media sonrisa de diversión serena y cómplice, como si quisiera decir: «Cuéntele lo que quiera, él no va a deshacerse de mí».

Era la sonrisa de una cortesana.

Lady Borrowdale la miró fijamente, ruborizada y llena de desconcierto.

–Milady –intervino Jacinda con cautela–, tal vez ahora no sea el mejor momento para hacer visitas.

–Hemos venido a ver las ruinas y estamos un poco cansadas –comentó Lizzie con ansiedad.

–¿Querrá venir mañana a la hora del té?

–¡Vaya! –dijo lady Borrowdale, desplazando recelosamente la mirada de Jacinda a Lizzie y de ella a Bel–. Mañana estaré ocupada. ¿Estará en casa su excelencia el miércoles por la tarde?

–Es difícil saberlo. Últimamente mi hermano está muy ocupado...

–Dile que quiero hablar con él –ordenó a Jacinda.

Incluso la despreocupada Jacinda se mostró intimidada.

–Sí, señora.

–¡Cochero! –ladró lady Borrowdale.

Lanzó a Bel una última mirada penetrante mientras el cochero y el postillón se ocupaban de hacer girar el carruaje.

Ellas permanecieron junto al camino observando cómo la marquesa y sus hijas se alejaban en su landó. Jacinda se volvió y miró a Bel con los ojos centelleantes de incredulidad. Bel le devolvió la mirada con inquietud, pero Lizzie fue la primera en soltar una risita.

–¡Menuda cara se le ha quedado! ¡Creí que se iba a caer del coche!

–Ha sido culpa mía –comenzó Bel, pero las dos chicas empezaron a reírse a carcajadas, e incluso el lacayo soltó una risita.

–¡Se lo merece! ¡Hace años que se lo merece! –gritó Lizzie, enjugándose una lágrima–. Querida señorita Hamilton, por favor, ¿me enseñará a defenderme así?

Robert sonrió al oír la historia de lo sucedido con lady Borrowdale y le aseguró a Bel que él se encargaría de limar las asperezas, pero ella estaba en lo cierto: la marquesa y sus hijas tan sólo eran las primeras de otras muchas, y no todas eran tan feas como aquellas hijas de mamá.

Jóvenes inocentes, hermosas y recatadas de toda la región acudían con el pretexto de visitar a Jacinda, y mientras tanto metían las narices como gatitas curiosas en cada habitación por la que pasaban, tratando de vislumbrar a Robert. Él había abandonado prácticamente el primer piso con el fin de evitarlas.

Esa noche Bel se quedó despierta viendo cómo él dormía con su perfil recortado contra la luz de la luna, y se sorprendió pensando que Robert tendría que casarse algún día. ¿Qué iba a hacer ella entonces? ¿Quedarse? ¿Marcharse?

No tenía ni idea. Era un tema del que no habían hablado; no tenían ningún motivo por el que hablar de ello, puesto que la elección de Robert en materia de novias no tenía nada que ver con ella. Para los hombres de su clase el matrimonio se basaba en el poder y las propiedades, tan sencillo como eso. Bel no se opondría a que él cumpliera con aquella obligación; sabía que un amante de tan ilustre cuna no le podría ofrecer su apellido y ella no lo había esperado en ningún momento.

Aun así, era doloroso.

Se consoló pensando que, a pesar de que nunca podría llevar su apellido, tenía lo que importaba de verdad: su pasión, su ardor, su corazón.

En un principio lo único que deseaba era ser libre e independiente y poseer una fortuna para alcanzar cierta estabilidad, y ahora lo tenía. Iba camino de conseguirlo. Él le había devuelto tantas cosas que ella había perdido cuando la oscuridad y la infamia habían estado a punto de engullirla, que le resultaba inconcebible romper su promesa inicial y liarse con un hombre casado. Cada ápice de su integridad tan duramente lograda significaba demasiado para ella como para echarlo a perder de nuevo. Cuando Robert se casara ella tendría que buscar a un nuevo protector para poder vivir consigo misma.

Descartó aquella escalofriante idea recordándose que él no había mostrado interés por ninguna de las jóvenes damas que habían acudido con la esperanza de echarle el guante. Todavía no había motivos por los que dejarse llevar por el pánico. Si Robert tenía planes de matrimonio, tal vez los reservase para dentro de unos años. Una oleada de anhelo le recorrió el cuerpo, y se quedó mirándolo en la oscuridad.

Se acercó a su cuerpo cálido y fuerte, relajado por el sueño, y lo despertó recorriendo con una caricia posesiva su pecho y su vientre perfectamente plano; una caricia destinada a seducirlo. Tenía la piel tan caliente y tan suave... Era un hombre tan atractivo... Le besó la mejilla y el torso. Necesitaba hacerle saber en ese preciso instante que él le pertenecía.

Le besó el cuello y lo acarició suavemente hasta que empezó a moverse. Al despertarse soltó un gemido y se abandonó a la voluntad de Bel mientras ella devolvía su miembro a la vida. Se colocó encima de él y lo besó. Sujetándolo, poseyéndolo, se introdujo su miembro rígido y le hizo el amor con una devoción tempestuosa.

–Oh, Dios, eres mi fantasía –dijo él en voz baja, mientras ella empleaba todos los trucos que conocía para intensificar su placer, excitándolo hasta que él la apartó de encima y la colocó boca abajo.

El profundo resuello de Robert inundó el mundo de Bel cuando sintió su duro pecho contra la espalda. Él le deslizó un brazo alrededor de la cintura y la sujetó mientras la penetraba por detrás.

Ella se encorvaba de placer, disfrutando del dominio de Robert. Se olvidó de sus temores con el gozo primario de su cópula. Él la sumió en el éxtasis con cada embestida fuerte y profunda; Bel se embriagó con sus gemidos. El resto fue una mezcla vaga de deseo, placer y pasión, mientras los dos se esforzaban por saciarse mutuamente. Al rato, cuando alcanzaron juntos el orgasmo, Bel sintió que las lágrimas brotaban tras sus ojos cerrados; lágrimas de liberación que la dejaron vacía y sumida en la desesperación.

Todo era en balde. Lo tenía entre sus brazos... lo tenía en la palma de la mano, y lo sabía, pero nunca llegaría a poseerlo de verdad como él la poseía a ella.

«Cuando amas a un hombre estás en su poder –pensó, meditando con tristeza sobre la regla de las cortesanas que había rechazado tan confiadamente–. Cuando una cortesana se enamora está perdida.»

Estaba completamente a merced de su hombre, y lo sabía. Era cuestión de tiempo que acabase pagando el precio de su locura.

Robert le recorrió la espalda con largas y suaves caricias. Ella se quedó escuchando los latidos de su corazón con la cabeza apoyada en su pecho, y él le besó la frente.

–Te quiero –susurró Robert.

«Espero que sí», pensó ella, con la mirada perdida en la oscuridad.

19

Tal vez las renovadas ansias de vivir de Hawk se debieran al duelo y a su encontronazo con la muerte. Se sentía vivo y lleno de energía; estaba feliz y enamorado, y se sabía amado a su vez por la única mujer que lo hacía sentirse completo. Lo único que empañaba su satisfacción y su peculiar nuevo sentido de pertenencia era la constante sensación de culpa que le causaba saber que aquella situación era injusta para Belinda, a lo que se sumaba ahora la carta que acababa de recibir de lord Coldfell, de quien parecía depender su destino.

La misiva se hallaba discretamente doblada sobre el escritorio, delante de él. Mientras consideraba la oferta y sopesaba los riesgos, permaneció sentado con las piernas cruzadas a la altura de los talones sobre el escritorio, afilando cuidadosamente su pluma de ave con un cortaplumas.

Meses atrás había oído hablar a Bel de la curiosa regla según la cual no podía mantener relaciones con hombres casados. Con la misma certeza con la que sabía que estaba obligado a casarse de acuerdo con su posición y a engendrar herederos, sabía que cuando llegara el momento haría lo que fuera necesario para conseguir que ella se quedase con él. No pensaba dejar que volviera a llevar aquella vida de cortesana. Lo hacía por el bien de ella.

Lo único que faltaba por hacer antes de responder la carta de Coldfell era asegurarse de que el amor de Belinda por él era tal que le resultase imposible despedirse cuando a él le llegara la hora de casarse. Quizá fuese cruel por su parte despojarla de lo que consideraba su moral de superviviente, pero sabía perfectamente que ella lo necesitaba, maldita sea, y no iba a dejar que se marchase. Si de veras lo quería, se doblegaría ante la necesidad del matrimonio con su habitual elegancia llena de dignidad.

«¿Qué puedo hacer para conseguirlo?», pensó soltando un suspiro. La única respuesta que se le había ocurrido para aliviar la inquietud que atenazaba su conciencia había consistido en trabajar diligentemente de acuerdo con la promesa que le había realizado de procurar mitigar la grave situación de los niños desamparados de la madriguera.

Días antes había escrito a las asociaciones benéficas más importantes de Londres y las había sondeado en busca de información, estadísticas, un informe sobre las condiciones de sus instalaciones, etc. Cuando pusiera en orden sus conclusiones y regresara a la ciudad, pretendía sentarse en el club con lord Sidmouth, el ministro del Interior, y conseguir su promesa de colaboración.

Por un instante su mente retrocedió hasta el momento en que ella lo había despertado en medio de la noche y había hecho el amor con él deliciosamente. Disfrutó del recuerdo de su dulce exigencia, sobre todo sabiendo lo lejos que había llegado una vez superado su temor a ser tocada. ¿Qué hombre no había soñado con verse requerido por una belleza tan sensual? Nunca sabía lo siguiente que iba a hacer ella. No era de extrañar que la encontrase tan excitante. Que Dios lo ayudase, estaba locamente enamorado.

El sonido de pisadas en el pasillo lo arrancó de su nebulosa ensoñación, y a continuación se oyó un golpe en la puerta de su estudio.

–¿Sí?

La puerta se abrió y se asomó una de las últimas visitas de Jacinda: una insípida joven con el rostro enmarcado por unos rizos de color castaño cobrizo.

–¡Oh, excelencia, siento mucho molestarlo! Su criado me dijo que encontraría a lady Jacinda aquí.

–Ah, no, soy yo el que lo siente –dijo él poniéndose en pie educadamente con aire cansino.

La muchacha tardaba en irse, avanzando poco a poco, agarrada al pomo de la puerta.

–Qué feliz accidente. Se encuentra bien, espero.

Sacudió sus rizos.

–Esto... Sí, gracias.

«Criatura descarada –pensó irritado al reconocer a la hija del barón de Penrit–. Un accidente, y un cuerno.»

–¿Sabe que acabo de asistir a mi primera temporada? –dijo con un ceceo afectado.

–Enhorabuena. Estoy seguro de que es toda una celebridad.

Ella se enroscó un rizo en un dedo mientras se acercaba a él. Hawk miró a su alrededor en busca de escapatoria, pero no vio ninguna forma de huir.

–Estaba convencida de que encontraría a su excelencia en Almack's o en algún otro sitio, pero no se lo veía por ninguna parte.

Robert se quedó quieto mirándola fijamente, preguntándose si aquella muchacha habría oído los rumores de la ciudad –algo más que rumores– sobre él y su famosa amante. Seguro que sus mayores no habían permitido que aquella señorita oyese semejantes habladurías. Pero, Dios Santo, ¿qué pasaría si ella los hubiera visto juntos en algún sitio? ¿Qué pasaría si reconociera a Bel?

–¿No le gusta la sociedad, excelencia? –preguntó la chica sonriendo con afectación, mientras se acercaba cada vez más.

–Bueno, ha sido una época de mucho ajetreo para el gobierno –dijo, obsequiándola con su sonrisa más zalamera–. Entre las sesiones y el fin de la guerra...

–Ah –dijo ella, y entonces comenzó a parlotear sobre la sociedad como si fuera una patrocinadora de Almack's en potencia.

Hawk tenía todo el cuerpo en tensión.

No sólo temía lo que podía ocurrir si ella posaba sus ojos sobre Bel, sino que también era consciente de que debía salir de aquella habitación. Sentía cómo los latidos de su corazón sonaban acompasados con el tictac del gran reloj de la etiqueta: el que señalaba el momento en que la reputación de una joven señorita empezaba a peligrar al visitar a solas a un caballero en una habitación, pese a no haber sido invitada. Pese a que todo fuera una astuta treta femenina.

Las normas eran las normas, y en el pasado docenas de intrigantes ambiciosas junto con sus padres habían intentado echarle el lazo empleando aquellos medios. Pero habían fracasado, y lo mismo le ocurriría a ella. El matrimonio ya era algo suficientemente malo sin que a uno lo engañasen para llevarlo al altar.

–El campo parece terriblemente aburrido después de haber estado en la ciudad, ¿no cree? Y solitario –dijo la hija del barón soltando un suspiro y aproximándose cada vez más.

–Bueno, seguro que una joven y encantadora dama como usted tiene infinidad de amigos. Como Jacinda –dijo intencionadamente–. Permítame que vaya a buscarla...

–Oh, no se moleste, por favor, excelencia...

–No es ninguna molestia –la interrumpió él con una tensa sonrisa–. Sólo... iré a buscarla y le diré que venga.

Mientras abandonaba la habitación a toda prisa, oyó cómo la muchacha pataleaba de frustración.

Al escuchar a la baronesa y a otras mujeres hablando en el salón, se vio obligado a moverse a hurtadillas como un ladrón en su propia casa para que no lo abordasen. Las madres siempre estaban al tanto de todo, lo sabía por experiencia. Subió la escalera de dos en dos y llegó al piso de arriba, maldiciendo para sus adentros a su hermana, que organizaba aquellas citas y luego se olvidaba de ellas.

Buscó a las chicas en el piso superior y al no encontrarlas por ninguna parte se preguntó si habrían salido. Si hubieran emprendido una de sus excursiones diarias por las colinas, Bel se lo habría dicho.

Al ver a la doncella de Jacinda le preguntó si había visto a su hermana. La mujer se puso pálida, asintió con la cabeza y le reveló su paradero:

–Han ido al antiguo tocador de la duquesa, excelencia –dijo, encogiéndose al hacer una reverencia.

El entrecejo de Robert se frunció al tiempo que su rostro se ensombrecía.

–¿Cómo?

–Que están en la habitación de la duquesa, señor.

Hawk se giró con expresión ceñuda y recorrió el vestíbulo con paso airado. No podía creer que su hermana hubiera desafiado de forma directa aquel antiguo tabú. Subió la escalera con rigidez hasta el cuarto piso. Apretó los dientes al oír el sonido de carcajadas juveniles procedente de una habitación situada al fondo del pasillo, y cuando abrió la puerta de golpe una ira feroz asomó a sus ojos.

Jacinda se hallaba sentada frente al tocador dorado de su madre, con un aspecto absolutamente ridículo bajo la elevada peluca blanca con joyas que llevaba su madre. Estaba aplicándose en la mejilla una pequeña brocha untada con cola y colocándose otro de los parches de seda de su madre.

–¿Qué estás haciendo? –gruñó él en tono amenazante.

Nadie movió un músculo.

Jacinda saltó de la banqueta, se puso en pie y se dio la vuelta, quitándose rápidamente la alta peluca.

–Nada.

Lizzie Carlisle se quitó la boa de plumas que se había puesto alrededor del cuello y fue junto a Jacinda con aspecto asustado.

–Sabes que no puedes entrar aquí –dijo con voz grave, pronunciando claramente cada palabra.

–La señorita... Hamilton nos dio permiso –balbució Jacinda.

–Robert, ¿qué te pasa?

Hawk echó un vistazo al oír la voz de Bel.

Ella estaba leyendo acurrucada en el sillón de la ventana. Inmediatamente cerró el libro de golpe, se levantó y se dirigió hacia él con el ceño fruncido.

–No hay nada malo en estar aquí.

Obviamente ella no podía saber que había puesto el dedo en la llaga.

–Nadie puede entrar en esta habitación, como muy bien saben ellas.

–¿Por qué?

–Porque lo digo yo. Jacinda, quítate inmediatamente esos horribles parches y vete abajo corriendo. La baronesa de Penrith y su hija han estado esperándote un cuarto de hora.

–¿Por qué eres tan malo? –gritó ella–. Eres como papá. ¡Ella también era mi madre!

–Mírate, pareces una fulana. ¡Quítate esas cosas de la cara! –rugió él.

–¡Robert! –Bel dio un paso ante él–. No le grites. No es más que una niña jugando a disfrazarse.

–No te metas en esto. Jacinda...

–¡Me voy!

Se quitó el último parche de seda de la mejilla y pasó corriendo delante de ellos, con aire espantado y dolido. Lizzie la siguió en silencio a toda prisa. Robert también lanzó a su pupila una severa mirada de reproche.

–¿Qué te pasa? –preguntó Bel cuando las chicas se marcharon.

Él cerró la puerta de un golpe y se volvió hacia ella.

–¡Creía que las podía dejar a tu cuidado!

–¿Qué se supone que quiere decir eso?

–Llevo dieciséis años intentando convertir a esa criatura rebelde en una dama. ¡No tienes ningún derecho a traerla aquí!

–Robert, la chica tiene derecho a conocer a su madre... y tú también.

–De no haber sido por un accidente, la mujer que nos trajo al mundo no sería nuestra madre. La señora Laverty fue para mí la madre que nunca llegó a ser la Zorra Hawkscliffe.

–Eso es lo que tú crees. Ella lo intentó. Tu padre no la dejó.

–Tú no sabes nada sobre mis padres.

–Ni tú tampoco. –Le tendió el libro que había estado sujetando y se lo ofreció. Era un viejo volumen encuadernado con una cinta azul que se podía utilizar para atarlo. Le lanzó una mirada compasiva–. Cógelo, Robert. Es el diario de tu madre.

Él observó el libro y luego la miró a ella, asombrado y receloso.

–¿Has estado leyendo su diario? ¿Cómo has podido?

–Estoy segura de que ella lo entendería, sobre todo si consigo hacerte ver lo mucho que te quería. Cariño, estoy empezando a comprender por qué estás tan enfadado con ella.

–¿Enfadado? ¿Quién dice que esté enfadado? No estoy enfadado. ¿Por qué debería estarlo? –bramó–. Tengo que pasarme toda la vida disculpándola por haber sido una puta. ¿Por qué iba a estar enfadado con ella?

–Robert, sé justo con ella. Seguro que ahora te das cuenta de que tu padre empañó tu imagen de ella antes de que fueras lo suficientemente mayor para saber...

–¡Mi padre fue un buen padre! Me enseñó a distinguir el bien del mal... Tú no lo entiendes. –Hizo un esfuerzo por controlar sus emociones y sosegar su tono brusco y atronador, pues no quería que Bel supiera lo irritable que lo ponía aquel tema–. Yo era lo único que tenía mi padre –logró decir–. Puede que bebiera demasiado, sí, pero tuvo la dignidad de quedarse con ella en lugar de arrastrar nuestro apellido por el escándalo del divorcio después de que ella diera a luz a Jack. ¿Y cómo se lo agradeció ella? Acostándose con un marqués de Gales y teniendo a los gemelos. Ahora me alegro de que mis hermanos estén en el mundo, pero ¿no te parece extraño que siguiera teniendo hijos cuando nunca los quiso?

–¿Es eso lo que piensas? ¿Que no os quería? Ella lo sospechaba. Robert, busca entre esas páginas...

De nuevo intentó darle el diario, pero él lo rechazó y se dirigió a la puerta con paso airado, como si fuera a echarse a volar si no se largaba de allí.

–Esto es absurdo. Me voy.

Alargó la mano en dirección al pomo de la puerta, pero la voz de Bel lo detuvo.

–«Hawkscliffe ha empujado hoy a Morley a desempeñar otra vez el papel de padre...» –Bel hizo una pausa.

Robert se detuvo, dándole la espalda. Conde de Morley había sido su título de cortesía hasta el momento de heredar el título de duque. No necesitaba darse la vuelta y mirar a su amante para comprender que había abierto el diario de su madre y le estaba leyendo un pasaje.

–«Pobre hijo mío. Se siente tan culpable por recibir él solo el amor de su padre que intenta ser a su vez un padre para sus hermanos pequeños. Es demasiado para un niño de trece años. Es muy serio y formal, casi nunca sonríe... y nunca delante de mí. Podría perdonar a Hawkscliffe su frialdad, la insensible y hastiada indiferencia con que me trata, pero ¿cómo voy a perdonar que le haya arrebatado a mi hijo la infancia despreocupada que debería haberle ofrecido antes de tener que enfrentarse a un mundo de responsabilidades mucho mayores que las del común de los hombres?»

Hawk cerró los ojos, afligido.

–«Estoy segura de que nuestro Morley está a la altura de su destino, pero a veces cuando veo a ese hombrecito formal y valiente me entran ganas de cogerlo en brazos y decirle: "Tú no tienes la culpa de que tu padre no quiera a tus hermanos. La tengo yo".»

–Es suficiente –susurró él.

Parecía como si en su pecho ardiese una hoguera en la que se agitasen emociones que amenazaban con desgarrarlo. Sus omóplatos semejaban clavos de acero después de llevar tantos años erguidos, siempre obligado a dar ejemplo y a comportarse de forma intachable. A ser perfecto. Aquélla era la obligación que le había impuesto su padre. Él no se conformaba con menos. No cometas ningún error. No hagas el tonto.

Tragó saliva. No se sentía con valor suficiente para darse la vuelta, pero había un espejo en la pared que tenía al lado y en él podía ver que Belinda lo estaba mirando, llena de compasión y de afecto.

Apartó la vista de ella rápidamente y su mirada vagó por la atestada y medio olvidada habitación mientras luchaba consigo mismo. Vio el almohadón de terciopelo donde el gato favorito de su madre solía posarse, y aquello desencadenó en él una oleada de recuerdos que lo hizo echarse a llorar.

Agachó la cabeza. Bel se acercó a él y le acarició la espalda.

–Háblame –dijo ella con dulzura.

–Yo... –Respiró temblando–. Yo tenía prohibido quererla. Era sólo un niño, y la necesitaba... pero mi padre veía las muestras de amor hacia ella como una traición. Yo era lo único que él tenía, me lo decía cada vez que se emborrachaba. Ella podía acostarse con los demás... podía tener sus hijos bastardos, decía, pero yo era su hijo. No era justo para mis hermanos... no era justo para mí... y yo sabía que tampoco era justo para ella.

Bel susurró su nombre y lo rodeó con los brazos. Él la agarró con fuerza al sentir que los pétreos muros de la ira se desplomaban silenciosamente en su interior.

–Cuando aquel pelotón de fusilamiento francés la mató, oh, Dios, Bel, sentí deseos de... incendiar la tierra. Durante tantos años me comporté con ella como un bastardo insensible, como él quería que hiciera. ¿No te das cuenta? Yo la conduje a eso. Está muerta por mi culpa.

–Robert...

–Si no la hubiera juzgado con tanta dureza, mirándola por encima del hombro como si yo no tuviera defectos, ella no se habría sentido obligada a redimirse con insensatos actos de heroicidad. ¡Si tan sólo le hubiera dicho lo que quería decirle, ahora mismo estaría viva!

–¿Qué querías decirle, Robert?

–Que la quería, Bel. Por favor, dime que ella lo sabía.

–Lo sabía –susurró Bel, abrazándolo con fuerza–. No te avergüences de ella nunca más, Robert. Te dio lo mejor de sí misma: tu corazón lleno de amor.

Al oír aquellas palabras rebosantes de dulzura, Hawk perdió totalmente la serenidad. El sentimiento de pérdida era muy profundo y se hallaba intrincadamente arraigado en su interior.

–Oh, Bel, la única persona de la que me avergüenzo es de mí mismo.

Robert se sentó, apoyó la cabeza en las manos y luchó por reprimir las lágrimas. Finalmente perdió la batalla y, soltando una abrupta maldición, dejó que la tristeza se apoderara de él. Bel lo abrazó, posó la cabeza de Robert en su pecho y lo consoló como la madre que no había llegado a conocer.

Los días pasaron.

La desaparición de los antiguos muros de Robert había aumentado literalmente su capacidad para amar, como si su corazón se hubiera henchido más allá de los límites que durante tanto tiempo habían constituido su defensa. Sin embargo, su devoción por Belinda había empezado a atormentarlo, consciente del riesgo que corría, de lo que debía hacer, de la elección suicida que tenía que realizar: su honor o su corazón. Sabía que no podría ocultarle sus desgarradas emociones durante mucho más tiempo.

En ese momento él se hallaba en las almenas del torreón, examinando sus tierras y campos repletos el primer día de la cosecha, haciendo todo lo posible por dejar a un lado el sentimiento de culpa. Logró apartarlo de sí una vez más y súbitamente reparó en una figura que avanzaba a caballo por el camino. Entornó los ojos contra el sol elevado de la tarde.

Miró fijamente, convencido de que la vista le fallaba, pero a medida que la figura solitaria se acercaba sobre un caballo blanco y robusto que se movía con pesadez, consiguió distinguir el libro que el hombre llevaba metido bajo el brazo, el reflejo de sus gafas de sol, y cayó en la cuenta de que era Alfred Hamilton, que cabalgaba hacia la mansión Hawkscliffe del mismo modo que Don Quijote arremetía contra los molinos.

–¡Caramba! –murmuró en medio de la brisa.

Entró dando grandes zancadas y ordenó a sus sirvientes que saliesen a recibirlo, mientras encargaba a otros que le preparasen una habitación. Bel había salido con las chicas a ver a los segadores, pero no creía que estuviera mucho rato fuera con el calor que hacía. En cuanto a él, salió al patio y se quedó esperando para dar la bienvenida personalmente al anciano cuando llegara. Pese a que todavía desaprobaba severamente la actitud de Alfred Hamilton, su educación y lealtad hacia Belinda le dictaban que al menos debía recibir a su padre cortésmente.

No obstante, para sorpresa de Hawk, cuando Hamilton llegó al patio se bajó del caballo con rigidez, se subió las gafas en la nariz, rechazó el refrigerio que se le ofreció y miró a Hawk con el entrecejo fruncido.

–Señor Hamilton, le doy la bienvenida a mi casa... –comenzó Robert.

–Me gustaría hablar con su excelencia, si es tan amable –lo interrumpió el anciano en tono severo.

Sorprendido, Hawk señaló el castillo.

Mientras hacía pasar al viejo Hamilton le dio la impresión de que iba a recibir una reprimenda. En cuanto entraron en su estudio, Hawk se sentó y empezó a sentirse como un escolar de Eton al que han pillado cometiendo una travesura muy grave.

El caballero erudito se llevó las manos a la espalda y lo miró fijamente. El lacayo se retiró y cerró las puertas.

–Permítame que vaya al grano –dijo Alfred–. He venido a pedirle, señor, que se porte como es debido con mi hija o que la deje directamente.

Hawk notó la boca seca.

–¿Cómo dice?

–Que se case con Belinda. La última vez que nos vimos me dijo una verdad muy difícil de digerir. He venido a devolverle el favor. Usted se hace llamar hombre de honor; haga, pues, lo que es honrado.

Hawk asimiló lo que acababa de oír, sopesando cuidadosamente las palabras antes de atreverse a hablar.

–Con el debido respeto, señor, Belinda es muy feliz siendo mi amante. Se siente protegida y querida. No lo hace por dinero. Yo me aseguro de que sea feliz cada día... cada hora. Los dos somos felices.

–Sin duda usted es feliz, pero no mi hija. Belinda es una dama distinguida. Nunca podría ser feliz siendo la querida de un hombre. Necesita más que eso en la vida.

Hawk se levantó de su asiento y miró a Hamilton por encima del hombro con señorial indignación.

–Estimado señor, he protegido a su hija y he sido inmensamente generoso con ella, mientras que usted la dejó en la miseria para que se defendiera por sí misma. Así que absténgase de darme clases diciéndome lo que Belinda necesita.

–¡No va a seguir prostituyendo a mi hija!

–Francamente, señor, Belinda se prostituía ella misma y ya lo hacía antes de conocerme. No me mire como si yo la hubiera llevado por el mal camino; fui yo quien la rescató de ese mundo.

–A cambio de dinero, excelencia. A cambio de dinero.

Hawk bajó la mirada al suelo con el corazón palpitando de rabia y culpa.

–Me temo que es imposible. Nos sentimos a gusto tal y como estamos.

–¿Y qué tipo de vida le espera a Belinda cuando ya no lo haga sentir tan «a gusto», estúpido arrogante? ¿Cuando se haya cansado de jugar con ella...? ¿Cuando se quede embarazada de usted? –preguntó Hamilton con voz áspera–. Sé cómo se las gastan los hombres como usted, señor. Le pagará para que lo deje en el mismo instante en que quede prendado de otra belleza. Mi hija no es ninguna puta. ¡Por Dios, usted lo sabe mejor que nadie! Era una chica inocente cuando fue atacada. ¡Hizo lo que hizo para sobrevivir!

–No estoy jugando con ella –dijo Robert con serenidad, mirando fijamente la puerta–. Da la casualidad de que quiero a su hija.

–Sí, joven, estoy convencido de ello. –Su mirada se hizo penetrante–. Arriesgó su vida para acabar con los enemigos de ella. Pero ¿cómo va a limitarse a eso? Tiene que dar el último paso, Hawkscliffe. Tiene que casarse con ella. Creo que en el fondo lo sabe tan bien como yo.

–No es tan fácil.

–¿Por qué?

–Por mi condición.

–Oh, claro, su condición: el hombre intachable, el modelo de virtud masculina. Señor duque, tiene que conseguir llegar a lo más alto de la sociedad, ¿no es así? ¿Y qué supone la vida de una joven sino un corazón que pisotear en medio de su camino?

–Me da igual lo que ocurra, tengo intención de cuidar de ella.

–Hasta que se convierta en un inconveniente. Hasta que se case con alguna muchacha mimada de la sociedad que le prohíba seguir viendo a Belinda. Usted quiere más a su reputación que a ella. Sinceramente, excelencia, después de todo lo que he oído sobre su persona, esperaba más de usted. Al igual que yo... al igual que el joven Mick Braden... le ha fallado a Belinda.

–No le he fallado –dijo Robert en un tono que sonaba a falso, como si lo hubieran golpeado con fuerza en el estómago.

Todavía podía oír las palabras de Bel resonando en sus oídos: «Todo el mundo me ha fallado, Robert».

«Yo no te fallaré», le había prometido él.

–Tengo una amplia esfera de influencia, y hay innumerables responsabilidades que dependen de mí –dijo acaloradamente, lamentando que aquel insensato hubiera conseguido que se pusiera a la defensiva. Sus propias excusas le sonaban mezquinas–. Tengo que casarme por el bien de mi familia. Por el amor de Dios, no puedo casarme con mi amante. El escándalo sacudiría a todo el partido. ¡No puedo hacer eso!

–¿Es éste el duque virtuoso, el hombre de principios... que se doblega ante los dictados del libro de etiqueta en lugar de actuar sinceramente?

–Le ruego que no me insulte bajo mi propio techo, señor.

–No deseo insultarlo. Ni tampoco tengo el poder suficiente para impulsarlo a hacer lo correcto. Lo único que puedo hacer es decirle lo que aprendí sentado en mi celda todas las noches desde que usted me visitó y me abrió los ojos a la cruda y odiosa verdad: que no podemos elegir qué parte de la realidad deseamos ver y qué parte preferimos pasar por alto. Tenemos que estar dispuestos a contemplarlo todo de forma global, tanto lo bueno como lo malo. Yo no era consciente de lo que estaba pasando por alto y de que la persona que más quiero en el mundo estaba sufriendo una herida que nunca podré reparar. –Sus ojos se llenaron de lágrimas de impotencia–. Tengo que vivir conmigo mismo, con ese monstruoso error. Si pudiera me llevaría a Belinda de aquí hoy mismo para evitar que le haga daño, pero ya no tengo derecho a interferir en su vida. Lo sé. Sé que ella no lo dejaría aunque yo se lo suplicase. Está enamorada de usted. Desde el día que lo llevó a la cárcel supe que así era. Si le hace daño después de todo lo que ella ha pasado, le juro sobre la tumba de mi esposa...

–Preferiría perder la vida antes que tocarle un pelo.

–Espero que de verdad piense lo que está diciendo.

Alfred lo miró fijamente, apretando el libro con fuerza.

Hawk se fijó en que no era un manuscrito iluminado, sino una Biblia ajada.

–Excelencia, no soy un hombre importante –dijo el anciano erudito–. En general, soy un idiota. Tan sólo puedo exhortarlo a que demuestre su tan cacareado honor y advertirle que, si deja escapar el amor verdadero para proteger su fama mundana, un día se despertará y se dará cuenta de que no es mejor que yo: un maldito idiota ciego.

Cuando Bel volvió encontró a Robert de un humor extraño; parecía distraído y un tanto distante cuando ella y Jacinda le contaron que habían atraído a los ponis salvajes de las colinas con manzanas. Jacinda y Lizzie se marcharon enseguida a lavarse para la cena, y entonces Robert le contó a Bel que su padre había estado en la mansión Hawkscliffe.

–¿Qué? –Ella lo miró asombrada, alegre y un tanto agitada. No veía a su padre desde que él se había enterado de que era una cortesana–. ¿Cómo ha conseguido salir de la cárcel? ¿Está aquí?

–No lo sé, no entramos en detalles. Ha preferido quedarse en la posada del pueblo. Volverá para cenar con nosotros.

–Oh, no. –A Bel le dio un vuelco el corazón–. Eso sólo puede significar que no lo aprueba.

–Sí, es la impresión que me dio.

–¿Te dijo algo?

Él sacudió la cabeza y apartó la vista.

–Belinda...

Ella se disponía a marcharse con el fin de acicalarse para la cena, pero regresó junto a él al oír que la llamaba en voz baja.

Robert la miró con una expresión triste en el rostro.

–¿Sabes que te quiero?

Bel sonrió y le acarició el hombro.

–Sí, y yo a ti. ¿Ocurre algo?

Él posó su mano sobre las de ella, que permanecían apoyadas en el hombro de Robert, y se volvió para robarle un beso distraído.

–Sólo quiero que seas feliz –susurró.

–Soy más feliz aquí contigo de lo que lo he sido en toda mi vida.

Él la abrazó y ella apoyó la cabeza en su pecho, olvidándose momentáneamente de la inquietud que le causaba volver a ver a su padre. Finalmente Robert le dio un beso en la frente y dejó que se fuera.

Afortunadamente su padre había llegado antes de la cena, de forma que podrían tener una conversación íntima. En el jardín había un gran tejo con un banco situado alrededor del tronco. Se sentaron a la sombra mientras los rayos de luz se extendían a través del campo de bochas.

Bel esperaba recibir la regañina de su vida, pero en lugar de ello su padre le pidió disculpas por la agresión que había sufrido con tal aire de congoja y arrepentimiento que a ella le entraron ganas de llorar. Le costó convencer a su padre de que el amor de Robert la había ayudado mucho a recuperarse.

–Pero no es tu marido, querida –protestó él cautelosamente, cogiéndola de la mano.

–Ya lo sé, pero yo... confío en él, papá. Lo quiero. Si se casase conmigo, se verían perjudicadas su carrera política y su reputación, por no hablar de la de Jacinda, y él puede hacer muchas cosas buenas por el mundo. ¿Qué es más importante: mi conveniencia o los miles de personas cuyas vidas podrían mejorar con la labor de Robert? Sé que debe de sonar muy extraño, pero, para ser sincera, ¿qué más da que no tengamos un papel en el que diga que somos marido y mujer? Yo sé en el fondo de mi corazón que él me quiere.

Su padre arrugó el entrecejo, frunció los labios y sacudió la cabeza con un semblante tan apenado que la alegre fachada que Bel se esforzaba por mantener estuvo a punto de desmoronarse, y poco faltó para que le soltara la verdad: que deseaba más que nada en el mundo ser la esposa de Robert.

¿Qué alternativas tenía? Era una cortesana; era su amante. Aquél era su papel y debía aceptarlo. Lo último que querría Robert era que su mujer repitiese el escándalo de la Zorra Hawkscliffe... aunque, por lo que Bel sabía ahora sobre Georgiana, ella habría aguantado las calumnias con orgullo.

–¿Cómo has conseguido salir de la cárcel? –preguntó Bel, ansiosa por cambiar de tema.

Él le lanzó una mirada sombría.

–He pedido algunos favores que me debían mis colegas de la universidad.

Ella no tenía valor para preguntarle por qué no había hecho aquello al principio, y aunque refrenó la lengua, su padre pareció leerle el pensamiento con su mirada de tristeza.

–No les pedí ayuda enseguida porque me preocupaba mi reputación, como al duque –admitió con remordimiento–. Nunca me lo perdonaré.

Bel suspiró y le dio una palmadita afectuosa en el hombro.

–Pues espero que lo hagas, porque yo te perdono. Además, ésa es una de las ventajas de vivir deshonrado: yo, por mi parte, ya no tengo que preocuparme nunca más por mi reputación.

Él la miró frunciendo el entrecejo ante la ocurrencia, pero Bel sonrió para confirmarle que se encontraba bien.

Poco después la cena fue servida.

Bel percibió la tensión existente entre Robert y su padre, aunque los dos eran demasiado educados para comportarse con rudeza. Por fortuna, el continuo parloteo de Jacinda llenó los silencios incómodos y logró que todo el mundo se divirtiera. Cuando por fin Lizzie consiguió intervenir en la conversación, Alfred se percató de que había otra rata de biblioteca sentada a la mesa y disfrutó mucho haciendo hablar a la tímida muchacha.

Jacinda se quedó desconcertada por un momento al dejar de ser el centro de atención, pero entonces llegó a la conclusión de que quería demasiado a su amiga para darle importancia y continuó cenando alegremente mientras escuchaba la conversación sobre libros.

Bel observó a Robert por el rabillo del ojo y advirtió que la estaba mirando de forma extraña. Le lanzó una mirada interrogativa, pero él alargó la mano por encima de la mesa y le cogió la suya, contemplándola mientras los demás discutían sobre *Los viajes de Gulliver*.

Esa noche, antes de que su padre se marchara y las chicas se fueran a la cama, él la llevó a lo alto del torreón y la sedujo bajo las estrellas, arrancándole lágrimas desde lo más profundo de su corazón con sus susurros de eterna devoción.

Robert la trataba con tal dulzura, y con una ternura tan exquisita, que parecía como si supiera que al día siguiente le iba a romper el corazón en mil pedazos.

Bel se hallaba en el pasillo situado fuera del estudio de Robert, escuchando con un repentino presentimiento. Él la había llamado por alguna razón; pero, a juzgar por lo que estaba oyendo, no la esperaba todavía.

–Sé que le tenéis mucho cariño a la señorita Hamilton, chicas, pero en la ciudad las cosas son mucho más complicadas que aquí. Sólo con saludarla en el parque con la cabeza os arriesgáis a poner en peligro vuestra reputación.

–¿Quieres cortar con ella, Robert? –gritó Jacinda.

–No se trata de «cortar» con ella. Ella lo entiende. No es lo que yo quiero, simplemente las cosas son así.

–Pero herirás sus sentimientos...

–¡Y nosotras la queremos!

–Por supuesto que sí. Todos la queremos. Chicas, tan sólo me preocupa vuestro futuro.

–¿Vas a cortar con ella, Robert? –oyó Bel decir a Jacinda.

–Claro que no. Los hombres tenemos un código diferente, como bien sabéis.

Tras aquel breve instante de escucha furtiva, Bel consideró que era un buen momento para entrar. Todos se quedaron en silencio y se giraron con un aspecto un tanto culpable al haber sido pillados hablando de ella, pero Bel les sonrió en actitud comprensiva.

–Él tiene razón, Jacinda, Lizzie. No heriréis mis sentimientos en absoluto. Podemos hacernos una señal. ¿Cómo era? Si me veis, abrid vuestras sombrillas o vuestros abanicos, y yo lo interpretaré como un «hola» de lo más alegre y os responderé de la misma forma.

–¡Oh, señorita Hamilton! –gritaron, y le dieron un abrazo–. ¡Lo sentimos tanto!

–No seáis bobas, vosotras no tenéis la culpa. En el fondo sigo siendo una profesora, así que, si no os comportáis lo mejor posible en lugares públicos, me enfadaré mucho.

Robert le dedicó una sonrisa de gratitud mientras ella abrazaba alegremente a las chicas.

–Todo irá bien. Anda, marchaos y empezad a preparar vuestro equipaje, porque según parece volvemos a Londres.

Se volvió hacia él con aire expectante.

Hawk se despidió de ellas haciendo un gesto con la cabeza.

–Si a las damas no les importa, me gustaría hablar con la señorita Hamilton en privado.

Después de que Lizzie y Jacinda salieran, Bel se cruzó de brazos y se volvió hacia él con curiosidad.

–¿Qué pasa?

Los oscuros ojos de Robert emitieron un brillo triunfal cuando se dirigió hacia Bel con aire resuelto y la agarró por los brazos con cierta vehemencia.

–No lo vas a creer. Siéntate.

–¿Volvemos a Londres?

–Sí... pero no nos quedaremos mucho tiempo.

Ella lo miró perpleja.

–¿Adónde vamos a ir? Es decir, ¿voy a ir contigo, a dondequiera que sea?

–Por supuesto –respondió él en tono de mofa–. ¡Yo no voy a ninguna parte sin mi arma secreta política, mi adorable, chispeante y bellísima amante!

–¿Y bien? ¿Cuál es la noticia? Pareces el gato que se comió el canario.

–Bel, he sido elegido para ir al Congreso de Viena con la delegación inglesa de Castlereagh.

Ella se tapó la boca con las manos.

Robert elevó los puños en señal de victoria.

–¿No es increíble?

Se paseó nervioso, lleno de emoción.

–¿Te das cuenta de que ese congreso va a ser el encuentro internacional más importante desde la época de Carlomagno?

–¡Oh, Robert, saldrás en los libros de historia, como muchos de tus antepasados!

Él sonrió abiertamente y se ruborizó un poco.

–El regente todavía tiene que aprobar mi nombramiento, pero gracias a Coldfell cuento con la recomendación del primer ministro. Por supuesto, Wellington también participará.

–Espera un momento... ¿Qué has dicho de lord Coldfell?

Él se volvió hacia Bel con las manos en los bolsillos. Ella advirtió el parpadeo de una vaga inquietud en sus oscuros ojos.

–Fue él quien mencionó mi nombre ante el comité.

–¡Robert! –Bel lo miró atónita.

–¿Qué? –preguntó él, sintiéndose un tanto culpable.

–Si ha sido idea de Coldfell tiene que haber alguna trampa.

–Bueno, sí que la hay –murmuró Robert, rascándose la nuca mientras se reía con incomodidad. La miró con una emoción suplicante reflejada en los ojos, y a continuación bajó la barbilla hasta que casi le tocó el pecho–. Dios, no sé cómo decírtelo.

Ella se puso pálida.

–No te habrá pedido que arriesgues otra vez la vida...

–No, nada de eso. –Hawk tragó saliva–. Quiero que sepas que no significa nada. Es sólo... –Vaciló.

–¿Qué?

Él respiró profundamente, cobrando ánimo de forma visible.

–Quiere que me case con su hija, Juliet. Y le he dicho que sí.

Hawk apenas se sentía con valor para sostener la mirada de sorpresa de Belinda. Los ojos de ella se habían puesto vidriosos y su rostro se había demudado. Se hundió en el sofá más próximo con la mirada perdida.

Él dio un paso hacia ella.

–Por favor... no lo malinterpretes. Tú eres la mujer a la que quiero. Tarde o temprano tengo que casarme.

Los ojos de Bel parecían enormes y se habían tornado muy oscuros, y cuando habló su voz sonó como un leve susurro.

–¿La chica sorda?

–Sí. Coldfell no tiene más herederos. Su hija debe dar a luz un hijo antes de que él muera o su título volverá a pertenecer a la Corona. –Se agachó ante ella–. Coldfell simplemente quiere que alguien proteja a la chica. Belinda...

Por un momento Bel se quedó sin habla, se levantó y pasó junto a él, y a Hawk se le partió el corazón al oír el frufrú de la seda de su falda.

–Es de la edad de Jacinda.

–No importa. Mi relación con lady Juliet será poco más que fraternal. Tú eres la mujer a la que quiero, a la que necesito. La que me inspira. Eres mi alma gemela. Sé que comprendes mi posición, Bel. Por favor, dime algo.

–Creo que no voy a poder soportarlo –susurró ella.

–No quiero hacerte daño, Bel. Sabes que tengo que aprovechar esta oportunidad.

–¿Un hijo, Robert? ¿Qué quieres que te diga? No lo va a traer la cigüeña. ¿Cómo voy a compartirte con otra mujer? –gritó.

–No puedes tener celos de ella.

–¿Por qué no te deja en paz ese viejo zorro? ¿Y si es una trampa?

–No es una trampa. Acabo de recibir una carta de lord Liverpool en la que confirma mi nombramiento.

–¿Lo confirma? Entonces ya lo sabías... ¿Desde cuándo? ¿Y no me dijiste nada? ¿Desde cuándo, Robert? –inquirió Bel enfadada.

–Desde hace unos días –consiguió decir él.

Bel le lanzó una mirada de odio y se dirigió al escritorio con paso airado; rebuscó hecha una furia entre su contenido hasta que encontró el comunicado del primer ministro. Robert se fijó en que a ella le temblaban las manos y agachó la cabeza.

–«Castlereagh está a punto de caer en otra depresión –leyó ella en voz alta–. Necesitamos a alguien formal y sereno que esté disponible...»

De repente pareció perder el interés, arrojó la carta al escritorio y se fue a mirar por la ventana, con los brazos cruzados con fuerza contra el pecho.

–Sabía que pasaría esto –dijo–. Lo estaba esperando.

Él dio un paso en dirección a la esbelta y crispada silueta de Bel, y entonces cambió de parecer.

–¿Tienes que casarte con ella para no perder el nombramiento? –preguntó ella en un tono cuidadosamente neutral, todavía de espaldas a él.

Una oleada de dolor invadió a Robert mientras la miraba apenado, y, cuando se decidió a hablar, las palabras brotaron profusamente.

–Me parece que los dos sabemos que se trata de algo más que el nombramiento, cariño. Aunque estuviera dispuesto a dejar pasar esta oportunidad, el problema no desaparecería. En algún momento tendré que casarme, lo exige mi posición. ¿Por qué no hacer también algo bueno por el país si se me ofrece la oportunidad?

Se hizo un largo y profundo silencio.

–Es una oportunidad única en la vida, Robert –dijo Bel finalmente–. Tal vez incluso sea tu destino. Enhorabuena. Estoy segura de que servirás a tu país con tu talento habitual. –Se dio la vuelta, y sus refinadas facciones compusieron una máscara de serenidad–. Aparte de eso, lo único que queda por decir es adiós.

–No –dijo él, dando un paso vacilante hacia ella.

–¿Entonces qué? –La fachada de Bel se vino abajo por culpa de la ira–. ¿Qué estamos haciendo ahora mismo? ¿Escondiéndonos de la sociedad y del comité de damas? Dios mío –exclamó, a punto de echarse a reír de congoja–, ¡estoy enamorada de un hombre que se avergüenza de mí!

–Eso no es verdad...

–Sí que lo es. Te avergüenzas de mí como te avergonzabas de tu madre. Para ti soy una puta, y eso es lo que siempre seré.

–Eso es mentira –bramó él en un tono tan colérico que Bel se sobresaltó–. Te he dicho mil veces que te quiero.

–Sí, y por eso tu decisión me parece tan extraña. –Lo miró de forma penetrante por un segundo, y luego lo rechazó con un ademán desdeñoso y se dispuso a atravesar la estancia en dirección a la puerta–. Adiós, Hawkscliffe. Vuelvo a Londres.

Él la cogió del brazo cuando pasó a su lado.

–No –dijo.

Bel lanzó una mirada a la mano de Robert que la sujetaba por el codo y luego ascendió hasta sus ojos y lo miró con una ira febril.

–No... me toques.

–No te vas a ir a Londres.

–No eres mi amo ni mi señor. –Consiguió soltarse haciendo un gran esfuerzo–. Pasaré por Knight House cuando no estés para recoger mis cosas. Después de todo, me las he ganado.

–¿Adónde irás? ¿A qué te dedicarás? –preguntó él ásperamente, elevándose por encima de ella con la intención de intimidarla, como si asustándola fuera a conseguir que lo obedeciera–. Sin mí no tienes adónde ir.

Ella siguió mirándolo con odio en actitud desafiante, echando chispas azules por los ojos.

–Harriette me acogerá. Buscaré un nuevo protector...

–Por encima de mi cadáver.

Ella le dedicó una gélida sonrisa.

–¿Te molesta la idea de que esté en los brazos de otro hombre? ¿Qué se siente?

–No irás a casa de Harriette –dijo él apretando los dientes–. Déjame si quieres, pero te prohíbo que vuelvas a la... a la prostitución. Te daré todo el dinero que necesites.

–No quiero tu dinero –contestó ella casi chillando, empujándolo hacia atrás, aunque Robert no retrocedió un paso–. ¿Cómo te atreves? ¿Es que no aprendes?

Dio media vuelta hacia la puerta, pero él la agarró otra vez. Bel se giró y lo golpeó en el pecho con una ira fútil, y él la sujetó por los hombros diciéndole zalamerías mientras trataba de calmarla desesperadamente.

–¡Escúchame! –gritó Robert finalmente, sacudiéndole los hombros.

–¡Déjame!

–Te necesito –imploró él con voz grave y temblorosa–. No te vayas. Eres la única persona que me comprende. Eres mi mejor amiga, Bel...

–¿Cómo puedes tratarme así entonces? –susurró ella, con lágrimas en los ojos.

Dejó de forcejear de repente y apartó la vista, llevándose el dorso de la mano a la boca para reprimir un pequeño sollozo.

–Oh, Dios –dijo él en voz baja, incapaz de creer que ella se le estuviese deslizando entre los dedos. En pleno momento de furia y terror, consiguió que sus manos soltasen los suaves hombros de Bel, aunque todo estaba escapando a su control. Ahora que había empezado a perderla no parecía que pudiera evitarlo. Cuando alargó la mano para acariciarle el pelo, ella la apartó bruscamente–. Vamos, Bel. Basta ya.

–Déjame ir. Lo entiendo, no puedes casarte conmigo, tampoco te lo estoy pidiendo. Pero a cambio no debes pedirme nunca más que me deshonre. Por favor, Robert, si me quieres, déjame ir. Puede que sólo sea una cortesana, pero tengo mis principios. Tengo que poner punto final o me haré mucho daño. Por fin he conseguido recuperarme gracias a ti, a tu amor. Prefiero perder lo que hay entre nosotros que convertirlo en algo sórdido. No quiero volver a sentirme avergonzada. Lo siento.

–Creía que me querías.

–Si vas a casarte con ella, hazlo honradamente. Haz todo lo que puedas para quererla, si va a convertirse en tu esposa.

–Yo te quiero a ti –dijo él enfadado.

–Pues te voy a dejar –susurró ella antes de pasar junto a él con aire enérgico.

Él la agarró por las muñecas y la detuvo de nuevo.

–¡No!

–¡Ten piedad, Robert! Antes de que sea demasiado tarde... antes de que sea imposible decir adiós... déjame marchar con una parte de mi orgullo intacta. Por favor, por favor...

–Belinda, te quiero...

Robert estiró la mano para tocarla, pero ella se soltó y salió corriendo del estudio, conteniendo un sollozo.

–¡Belinda!

Hawk salió del estudio dando grandes zancadas y vio cómo Bel se marchaba corriendo por el pasillo.

–¡Belinda!

Ella no miró atrás y se precipitó escaleras arriba. Robert podía oír sus sollozos por encima del frufrú de su falda de seda.

Empezó a seguirla, pero de repente el lastimero ruego de Bel para que la dejara marcharse con dignidad se hundió en su corazón, como un anzuelo que tirase de él hasta hacerlo sangrar. Se detuvo, cegado por la confusión, la pérdida y la incredulidad. Gritó su nombre una vez más, pero al ver que ella no aparecía dio un puñetazo contra una puerta de madera que se resquebrajó con un ruido sordo de astillas. Se apoyó contra el marco de la puerta, se pasó las manos por el pelo y se frotó los ojos con fuerza.

Todo su ser pugnaba por ir tras ella... por hacer que se quedase aunque tuviera que encerrarla en su habitación hasta que obedeciera. Pero si el hecho de ser su amante podía dañar la frágil opinión que ella poseía de sí misma, Robert no tenía otra opción que dejarla marchar.

20

Harriette la recibió con los brazos abiertos. Tuvieron un reencuentro lacrimógeno en el que Bel relató entre sollozos la historia a las Tres Gracias, las cuales se desvivieron por consolarla.

Y así la Belle Hamilton volvió al ruedo. El negocio estaba en pleno auge en la casa de Harriette. Bel permitió que dos tipos de hombres la cortejaran: los que eran demasiado viejos para ella y los que eran demasiado jóvenes para ser tomados en serio. Y entonces, la quinta noche tras su vuelta a la ciudad, fue al King's Theater, en Haymarket, y se lo encontró allí.

Ella estaba recibiendo a sus pretendientes en el palco de la ópera que él le había pagado, rodeada como siempre de hombres hambrientos de sexo de los que ella se aprovechaba alegremente gracias a su ingenio, afilado últimamente como el filo de una navaja, cuando una extraña y punzante sensación se apoderó de ella. Todo pareció moverse lentamente y el sonido se convirtió en un ruido vago de fondo. Agitando el abanico, miró a través de la gran bóveda de color de la ópera y lo vio.

Estaba sentado con el codo apoyado en el brazo de la butaca y los dedos curvados sobre la boca. No parecía que el espectáculo que se desarrollaba en el escenario le interesase lo más mínimo. Tenía una mirada intensa y feroz, y la observaba a ella.

Bel se quedó inmediatamente sin aire en los pulmones. Le dio un vuelco el corazón y dejó de abanicarse. Su cuerpo entró inmediatamente en calor y a continuación sintió frío y empezó a temblar. Le quitó los ojos de encima y empezó a abanicarse frenéticamente de forma inopinada, sin oír una palabra de lo que le decían.

Durante más de un minuto trató de permanecer sentada tranquilamente y fingir que no ocurría nada. De repente se levantó y pidió disculpas al tiempo que se abría paso para salir del palco. Los hombres se ofrecieron a acompañarla mientras ella recorría el pasillo con aire desdichado.

–¡Déjenme sola! –gritó a los que la seguían, tirando con tanta fuerza de la pluma que llevaba en el pelo que le saltaron las lágrimas.

Una vez en el vestíbulo, envió a uno de los empleados a buscar su *vis à vis* y huyó de allí en cuanto su competente nuevo cochero dio la vuelta. Fue a casa y lloró hasta dormirse, pero a la mañana siguiente ya sabía lo que tenía que hacer.

Harriette y las demás seguían en la cama después de haberse acostado tarde. Bel recogió la mayoría de sus elegantes vestidos bajo la blanca y serena luz de la mañana, los cargó en su carruaje y los llevó a la tienda de empeños, donde obtuvo por ellos una fortuna de casi quinientas libras.

Luego le indicó al cochero que la llevase a Tattersall's, donde lo despidió tras abonarle su paga, y vendió el elegante *vis à vis* negro y los pura sangre en la casa de subastas por otra enorme suma: dos mil guineas. Sin embargo, no se sintió con el valor suficiente para desprenderse de la gargantilla de diamantes y lapislázulis que Robert le había regalado la noche del baile de las cortesanas.

Tras alquilar un coche se dirigió al banco e ingresó en su cuenta los cheques de la casa de empeños, junto con las ganancias obtenidas con la venta del carruaje. Al ir a firmar para realizar el depósito, miró sorprendida los números garabateados.

El total ascendía a treinta y cinco mil libras. Destinó tres mil a los fondos, hizo unos cálculos y de repente descubrió que se encontraba en posesión de una renta decente. A un interés del cinco por ciento, las treinta y cinco mil libras le producirían unas ciento cincuenta libras al año.

Se recostó y se quedó mirando asombrada la cantidad. Tan sólo necesitaba llevar una vida tranquila, modesta y sencilla –el tipo de vida que deseaba al principio– y no tendría que volver a depender de nadie. Ni de sus ricos admiradores, ni de Harriette, ni siquiera de su padre. Era una miseria comparada con las cifras a las que se había acostumbrado, pero había un abismo entre aquello y vender naranjas. Con aquella renta no tendría que pedir explicaciones a nadie. No podría permitirse tener más sirvientes que una camarera, pero, por primera vez en su vida, de repente era... libre e independiente.

Alzó la vista asombrada hacia la elegante cúpula del banco y cerró los ojos, bendiciendo para sus adentros al amigo que había hecho posible aquella pequeña fortuna.

«Oh, Robert, cómo te echo de menos», pensó, y la tristeza empañó aquel momento de esperanza. No obstante, recogió su bolso y se marchó del banco, pues todavía tenía cosas que hacer.

Ese mismo día, más tarde, se separó de las hermanas Wilson y se alojó en una tranquila pensión de Bloomsbury, no muy lejos de la casa de niños expósitos. En varias de las residencias exclusivas para mujeres en las que le hubiera gustado hospedarse la habían rechazado porque no aceptaban a personas como ella, pero había huido de la rudeza de sus dueñas sintiéndose extrañamente en paz consigo misma.

Durante los días siguientes se labró otra vez una nueva vida a partir de las cenizas de la anterior. Se pasaba las noches leyendo para escapar de su corazón roto; durante el día se dedicaba al servicio de voluntariado de la casa de niños expósitos y de la Sociedad de Ayuda a los Indigentes, tratando de olvidar sus propias carencias atendiendo las necesidades de los niños de la calle.

A menudo se preguntaba qué tal les iría a Tommy y Andrew en Knight House.

Aunque las personas vinculadas a las organizaciones benéficas le permitían ofrecer ayuda, mantenían una distancia prudencial respecto a Bel. Ninguna de ellas parecía interesada en hacerse amiga suya. Si había algo que ella lamentaba era que ya no ocupaba ningún lugar dentro de la sociedad. No era ni respetable ni popular; en el pasado siempre había sido una cosa o la otra. Siendo cortesana se había sentido requerida en todo momento; ahora estaba completamente sola, acosada por los pensamientos sobre Robert. Su antiguo protector no se alejaba nunca de su corazón.

Se alegraba de que su padre se hubiera quedado en Londres para llevar a cabo su trabajo de investigación, pues durante esos días era su única compañía. Él no podía evitar mostrar su satisfacción ante la renuncia de Bel a seguir llevando una vida de cortesana. Los ojos se le llenaban de lágrimas de orgullo cada vez que la visitaba, lo cual ocurría con frecuencia, ya que muchas noches cenaban juntos.

Mantenía su palco en el Royal Haymarket por su padre. Una vez a la semana lo llevaba a ver una obra. Después de todo, su suscripción a aquel palco de primera clase ya estaba prácticamente pagada y expiraba al final de la temporada. «Disfrútalo mientras puedas», se dijo. Los dos se reían al pensar que, por mucho que él desaprobase todo aquello, no había podido resistirse a disfrutar de las butacas que constituían una gratificación por la anterior ocupación de su hija.

Entonces, aproximadamente una semana después, otro amigo reapareció. Una noche de primeros de septiembre Bel regresaba paseando a casa, con la espalda dolorida después de haber trabajado todo el día con los niños, cuando se encontró a Mick Braden esperándola sentado en los escalones de la pensión, como solía hacer cuando eran más jóvenes.

Él se puso de pie mientras ella atravesaba la puerta, y cuando Bel se le acercó pudo ver la angustia que se apreciaba en su atractivo rostro juvenil. Los dos permanecieron mirándose el uno al otro durante un largo rato.

–Hola, Mick –dijo ella al fin.

–Tu padre me dijo que estabas aquí.

–¿Quieres pasar?

–Por favor –dijo él con voz ronca.

Cuando llegaron a la pequeña sala de estar, él la cogió lentamente en sus brazos y la abrazó como si estuviera hecha del más frágil cristal.

–Lo siento mucho. Tu padre me lo contó todo. –La soltó y le cogió las manos–. Me siento responsable, Bel. Quiero hacer las paces contigo. Casémonos.

Ella cerró los ojos y se apartó, lanzando un suspiro, y luego volvió a mirarlo.

–No te quiero, Mick.

–Lo sé. No pasa nada. Pero el matrimonio sería lo más adecuado, Bel. Tú y yo estamos hechos el uno para el otro. Tus sentimientos por Hawkscliffe desaparecerán con el tiempo, pero yo seguiré estando ahí porque formo parte de ti. Nos conocemos desde siempre, ¿no es así? Tú me importas, y tengo una obligación contigo. No soy un hombre que eluda sus responsabilidades.

–¿Es la responsabilidad la que te mueve? ¿Tú tampoco sientes amor por mí?

Él le apartó el pelo de los ojos con delicadeza.

–¿Cómo defines el amor? Tú me importas, me siento responsable de ti. Incluso de vez en cuando te encuentro guapa –bromeó–. Tú y yo... Simplemente tiene sentido. Llámalo como quieras, lo único que sé es que no puedes vivir sola para siempre. Tú no. Tienes que ser esposa y madre. Forma parte de tu carácter, y es lo que siempre has querido.

Ella se estremeció y agachó la cabeza.

–Yo puedo darte esa vida –dijo él–. Te lo debo. Me da igual tu pasado. Sé cuáles fueron las circunstancias, y nunca te juzgaré por ello. Podemos irnos de Londres y empezar de nuevo. Sé que te fallé una vez, pero si me concedes esta oportunidad no te volveré a fallar nunca.

Bel cerró los ojos con ansiedad. «Las palabras correctas, pero el hombre equivocado.» Abrió los ojos y lo miró de nuevo.

–Oh, Mick, no lo sé. Han cambiado muchas cosas. Ya no soy la chica que conociste.

–Sí, en el fondo lo sigues siendo. Pero aunque hubieras cambiado... –Sonrió y le dio una palmada cariñosa bajo la barbilla–. Sigo adorándote como cuando tenías nueve años.

Ella le sonrió afectuosamente.

–Cuando tenía nueve años me tiraste un gusano.

–Una prueba de mi devoción.

Devoción...

La sola palabra hizo que se sintiera insegura. Forzó una sonrisa ante la amenaza de las lágrimas.

–Necesito pensarlo.

–Tómate tu tiempo. Puedes contar conmigo para lo que necesites. Buenas noches, Bel.

Se inclinó y le besó las manos, y a continuación la soltó suavemente y se marchó.

Habían pasado dos semanas desde que la había visto en la ópera. Tres desde que ella había abandonado la mansión y salido repentinamente de su vida. Hawk había pasado los días precedentes confundido y desolado.

Después de acompañar a su hermana y a su compañera de vuelta a la ciudad, su tiempo se vio consumido por una ronda interminable de reuniones y comités. Asistía a todas las citas, y aprobaba las mociones con su habitual reserva distante y cordial.

–Hawkscliffe ha vuelto –decían todos, y con ello aludían a algo más que su regreso del campo.

Los hombres del club brindaban por su salud mientras su estrella continuaba ascendiendo. Las patrocinadoras de Almack's lo recibieron de vuelta al rebaño. Pese a que la decepción que habían suscitado sus rumoreadas nupcias se había extendido entre la mitad de las mujeres de la sociedad, las féminas suspiraban a su paso. Parecía que a sus admiradoras les había llegado al alma la galante elección de la pobre, dulce y adorable lady Juliet Breckinridge. Al tomar a la belleza discapacitada por esposa, había sellado su fama de caballero con reluciente armadura.

Se sentía fatal. Se sentía como si fuera un impostor y su alma se estuviera muriendo.

Cada vez que veía a Coldfell tenía la extraña, siniestra e irritante sensación de que sin darse cuenta había vendido el alma al diablo.

Pasaba los lentos e insustanciales días fingiendo con todas sus fuerzas que Belinda Hamilton no existía, aunque resultaba difícil, teniendo en cuenta que creía verla en Knight House allí donde miraba. No había forma de escapar de su recuerdo, presente en cada habitación. La llevaba en la sangre, bajo su piel, persiguiéndolo como un fantasma despiadado. Todavía tenía prendido en la ropa el olor de ella, su sabor aún permanecía en su lengua y, a veces, cuando intentaba dormirse, casi podía sentir sus caricias, y era tan doloroso que quería morirse. Olvidar.

La olvidaría.

Cada día, cuando entraba en White's con aire resuelto, se preparaba para el golpe, consciente de que el día menos pensado los rumores sobre el nuevo protector de Bel llegarían hasta él. Pero, afortunadamente, sus compañeros del club procuraban no hablar de ella en su presencia.

Todos excepto uno. Lord Alec volvió de una casa de campo donde había estado pasando un tiempo en medio de su habitual vida relajada. Sus ojos azules echaban chispas. Entró en White's y se encaminó directamente al lugar donde Hawk se hallaba estudiando un manual de alemán para su viaje a Austria, mientras articulaba silenciosamente las complicadas palabras.

Alec posó las manos sobre la mesa y lo miró con el ceño fruncido.

–Eres un idiota, ¿lo sabes? Un idiota, estúpido pretencioso.

Con la barbilla inclinada sobre el libro, Hawk le lanzó una mirada sesgada y oscura de advertencia.

–Mataste por ella, habrías muerto por ella. Vi lo felices que erais juntos. Es la mujer de tu vida, Hawk, y la has dejado escapar. ¿Por qué?

Robert no respondió.

–Yo te diré por qué, imbécil. Una palabra: miedo. Vete a buscarla.

–No.

–¿Por qué? –gritó Alec.

–Ella me dejó. ¿Qué se supone que tengo que hacer?

–¡Lo que haga falta! ¡Cualquier cosa es mejor que quedarse sentado como un mojigato! ¿Quieres que yo hable con ella por ti?

–No. Por Dios, Alec, baja la voz. –Echó una ojeada a los compañeros de club que tenía alrededor–. Como puedes ver, estoy intentando trabajar, así que ¿quieres dejarme solo de una vez?

–Solo es exactamente como te vas a quedar, excelencia..., y eso es exactamente lo que te mereces. ¿Sabes una cosa? Ella está mejor sin ti, porque tú, amigo mío, eres igual de insensible que tu padre.

Alec se apartó de la mesa y se fue con paso airado.

Cuando se hubo marchado, Hawk se quedó contemplando la página de frases en alemán con la mirada vacía. Mientras permanecía allí sentado frotándose la boca lentamente con inquietud, sintió que empezaba a entrarle un pánico indescriptible. El pulso le retumbaba en los oídos.

Se vio a sí mismo cerrando el libro que tenía delante. Tomó un trozo de papel de lino y mojó su pluma de ave en el tintero que había a su derecha. Se detuvo con la mano temblorosa, buscando las palabras en su agitada cabeza, y luego escribió:

NOTIFICACIÓN DE CARTA BLANCA

Por la presente, garantizo con mi firma plena autoridad fiduciaria a la titular de este certificado, la señorita Belinda Hamilton. Todas las deudas contraídas por ella deberán ser remitidas a Knight House, St. James Square. Firmado el 12 de septiembre de 1814.

HAWKSCLIFFE

Vertió una gota de cera bajo su nombre y estampó su anillo de sello. Cuando la cera se endureció, dobló la nota y se la guardó en el chaleco. Entonces, invadido por una extraña sensación de cautelosa indiferencia, se levantó de su asiento con un mesurado control. Lo siguiente de lo que tuvo conciencia era de estar en su carrocín, conduciendo a toda velocidad por las calles del centro de Londres, fustigando sus caballos en dirección a la casa de Harriette Wilson.

Se bajó de un salto del carruaje enfrente de la residencia de las cortesanas y llamó a la puerta. Cuando respondió el lacayo de vil apariencia, Robert se quedó sorprendido al oír al sirviente decir que la señorita Hamilton ya no vivía allí.

Harriette bajó y, tras escuchar los abundantes ruegos de Hawk, le dio con frialdad la nueva dirección de Belinda.

Aunque las peores cicatrices internas que había sufrido estaban sanando, Bel todavía se ponía nerviosa cuando tenía que recorrer las calles de la ciudad después de que hubiera anochecido. Esa noche había salido de la casa de auxilio infantil más tarde de lo habitual. Empezó a andar con la intención de parar un coche de alquiler, pero no pasaba ninguno. Afortunadamente poco después del anochecer doblaba la esquina que había más allá de Russell Square, caminando rápidamente en dirección a la pensión.

Al mirar la calle que se extendía ante ella se paró en seco. Aparcado enfrente había un coche negro impecable y brillante que ella conocía a la perfección. El corazón le dio un vuelco. De repente sintió la cabeza liviana.

De algún modo se obligó a seguir adelante. Percibió una vaharada de rapé en el aire cálido de la noche; oyó su voz profunda y refinada de barítono dando órdenes a William en el asiento del cochero y el corazón le dio otro salto.

«¡Ha vuelto por mí! ¡Va a hacer las cosas bien...!»

Se recogió la falda de su sencillo vestido de algodón, apretó el paso por miedo a que se fuera a marchar al no encontrarla en casa, y echó a correr.

–¡Robert!

Inmediatamente él dio la vuelta alrededor del coche y le cerró el paso, mientras la luz de las estrellas relucía en su pelo oscuro. Tenía el rostro ensombrecido y los ojos luminosos, tan oscuros y misteriosos que casi eran tan negros como el carbón. Parecía más alto de lo que ella recordaba, más grande y vestido más elegantemente, más majestuoso.

Más intimidante todavía que la noche en que lo había conocido.

Bel redujo el paso y se acercó a él temerosa, apocada una vez más ante su altiva grandeza. Él notaba los anchos hombros cargados de tensión.

–He estado esperándote –le dijo, en tono seco e imperioso, como si se tratase de un reproche.

«Yo llevo mucho tiempo esperándote», pensó ella, con el corazón desbocado. No podía creer que hubiera vuelto. ¿Había cambiado de parecer? Apenas se atrevía a albergar esperanzas.

–He estado fuera.

–¿Puedo robarte un minuto de tu tiempo?

–Claro.

Él asintió lacónicamente.

–Gracias.

–Por aquí.

William le dedicó una alentadora sonrisa cuando los dos pasaron a su lado. Bel condujo a Hawkscliffe por la puerta y la escalera hasta su alojamiento. Una vez en el salón, encendió la linterna de la mesa e iluminó su modesta pero acogedora morada.

Cuando la luz aumentó se volvió hacia Robert y se fijó en su rostro demacrado y tenso. Su boca era una línea firme y hosca, y había sombras bajo sus ojos oscuros y turbulentos. Bajó la mirada, angustiada por el cambio que había experimentado y por el fugaz recuerdo del roce de su piel desnuda contra la de ella.

El último día que ella había pasado en la mansión Hawkscliffe, Robert estaba lleno de vitalidad y entusiasmo. Ahora se mostraba más frío que nunca, apartándose con una actitud pensativa y distante, y con las manos enguantadas a la espalda.

–Espero que estés bien.

–Estoy bien. ¿Y tú?

–Mejor imposible –gruñó él.

–¿Qué tal están Jacinda y Lizzie?

–Han vuelto a la academia.

–¿Cómo me has encontrado?

–Por medio de la señorita Wilson. ¿Por qué? ¿Te estás escondiendo?

–No. ¿Qué quieres?

Él apartó la vista.

–Estoy aquí porque no tuve en cuenta que iba a necesitar... –Vaciló–. Mi nuevo cargo requiere una gran labor de politiqueo y entretenimiento que mi futura esposa no puede llevar a cabo debido a su discapacidad. Necesito una anfitriona. –Se giró y la miró intensamente–. Ven conmigo a Viena.

La decepción estalló en el vientre de Bel como los fuegos artificiales de Vauxhall. De modo que no había cambiado de planes. Lady Juliet seguía siendo su futura esposa.

–No voy a ir a ninguna parte contigo –logró decir ella.

Robert apretó los dientes y apartó su mirada de frustración, bastante furioso. La mirada altiva y recelosa que le lanzó contrastaba con la desesperación de sus ojos.

–No pienso ponerme en ridículo por ti, Belinda Hamilton. Vamos, los dos estamos a tiempo de retroceder y pensar en ello. Tal vez perdiste los estribos en el campo cuando me abandonaste. Estoy dispuesto a olvidarlo, pero, por Dios, no voy a arrastrarme por ti. Vuelve conmigo y vivamos como antes, sin hacernos preguntas. Estoy dispuesto a darte esto, si es que sirve para halagar tu vanidad.

Se metió la mano en el bolsillo de su chaleco y sacó un trozo de pergamino doblado.

Se lo tendió frunciendo el entrecejo; pero, cuando ella dirigió una mirada suspicaz a sus facciones aguileñas, habría jurado que vio un fondo de temor en lo más profundo de sus ojos.

–¿Qué es?

–Ábrelo.

–Otra vez dando órdenes. Muy bien –murmuró Bel altivamente, y tras desdoblar la hoja de papel procedió a leerla.

Hawk la observó con el corazón en un puño mientras ella leía. Le aterraba su reacción. Era lo único que podía hacer para refrenarse y no pedirle de rodillas que volviera con él. Recorrió ávidamente con la mirada cada uno de los adorables y familiares planos y curvas de su rostro, mientras ella leía la misiva una y otra vez.

«Te necesito –le dijo él calladamente–. Me muero sin ti.»

Bel respiró hondo, lo cual en opinión de Robert sólo podía ser una mala señal. El destello azul de sus ojos lo deslumbró cuando alzó la vista y se topó con su mirada absorta.

–¿La carta blanca?

Él asintió con temor, pues había advertido una nota severa en su voz que no acababa de entender.

«Es lo que querías desde el principio. Significa que confío en ti tanto como en mí mismo», quería decir, pero por algún motivo le resultaba imposible.

–¿No te dijo Harriette que ya no soy una cortesana?

Súbitamente alarmado, Robert frunció el entrecejo. Recordó que Harriette había mencionado algo por el estilo, pero le había entrado por un oído y le había salido por el otro en su tremendo afán por recuperar a Belinda.

–¿No te lo dijo?

–Sí, pero... Te lo estoy pidiendo yo, Belinda. No Worcester o Leinster o Dios sabe quién. Estoy seguro de que volverás conmigo. Yo... te hago feliz.

–Mira a tu alrededor, Robert –exclamó ella furiosa, señalando con un gesto la humilde habitación–. ¿Te parece esto el tocador de una fulana? ¿Acaso voy vestida con galas? No. ¿No lo ves? Al final hice lo que tú dijiste. Ahora sólo soy una mujer normal que lleva una vida privada e independiente, y que casualmente le gusta. Tú tienes a la hija del conde y tu glorioso apellido para consolarte; yo tengo mi trabajo con los niños. Ya no me necesitas y, como puedes ver, yo tampoco te necesito a ti.

–Yo sí que te necesito –dijo él desconsolado.

Bel sostenía el papel con una mano ligeramente temblorosa.

–¿Y ésta es tu forma de demostrarlo? ¿Ofreciéndote a comprarme? ¿De quién ha sido la idea? ¿De lord Coldfell?

Él tragó saliva.

–Tómalo, Belinda. Todo lo que he conseguido no significa nada sin ti.

–No pienso volver a ser la puta de nadie, Robert. Ni siquiera la tuya –replicó ella, y tras pronunciar esas palabras rompió la carta blanca en pedazos y se los lanzó a la cara.

Hawk la miró fijamente, bastante impresionado, mientras los trozos de papel caían revoloteando en el suelo como confeti alrededor de sus pulidas botas.

Belinda alzó la barbilla y se dirigió a la puerta de su apartamento. La abrió para que él se marchase y esperó a que saliera, pero él no podía dejar de mirarla mientras lentamente caía en la cuenta de que estaba hablando en serio.

La observó sorprendido, sintiéndose como si la estuviera viendo por primera vez, desprovista de los llamativos adornos de su anterior ocupación, privada de la gélida fachada que ya no necesitaba. «Así era ella hasta que Dolph Breckinridge la eligió como presa», pensó, lleno de asombro.

–Por favor, váyase, excelencia.

Permaneció allí, orgullosa y fuerte, recuperada de sus heridas gracias al amor de Robert y resplandeciente como un ángel en su arrebato de ira, con el cabello dorado brillando a la luz de la lámpara.

«Bravo, señorita Hamilton –quiso decir él, pero se limitó a mirarla y pensó–: Amaré a esta mujer mientras viva.»

Caminó aturdido hacia la puerta.

–Por cierto –dijo ella, sacudiendo la cabeza de forma altanera–, deséame suerte: me caso con Mick Braden dentro de dos semanas.

21

¿Casarse con Mick Braden?

A la mañana siguiente Robert seguía en un estado de conmoción tras el anuncio de Bel. El nudo que se le había formado en la boca del estómago no había desaparecido. Incapaz de comer, envió el desayuno de vuelta a la cocina. En ese momento se encontraba recorriendo el opulento vestíbulo, con los nervios a flor de piel y los ojos rojos a causa de otra noche de insomnio. Impetuoso y crispado, salió a toda prisa a la luz del sol, en un estado que no era precisamente impecable, y esquivó a sus perros, que ladraban y meneaban la cola.

Llegaba tarde a la reunión en el club con el ministro del Interior. White's estaba a la vuelta de la esquina, St. James Street abajo, de modo que siempre iba caminando hasta allí. Y eso hizo ese día, hurgando en su cartera de piel con documentos sobre las madrigueras y maldiciendo entre dientes al tener que correr detrás de una de sus páginas de notas que se había llevado el viento.

«Mick Braden», pensó amargamente, mientras subía la escalera del número 37 dando grandes zancadas y saludaba con aire ausente al portero que le abrió la puerta.

¡Mick Braden no era digno de atarle a Bel los cordones de las sandalias en los tobillos! La idea de que aquel soldado joven y grosero estuviese cerca de ella lo ponía todavía de peor humor. Maldita sea, ella le pertenecía. Conocía cada centímetro de sus piernas y su cuerpo como la palma de su mano.

«Que dios te ayude –se dijo–. Estás más obsesionado de lo que lo estaba Dolph Breckinridge.»

Corrió por el club hasta que distinguió la calva brillante del ministro del Interior, que sobresalía por encima de un lujoso sillón de cuero, y se juntó con él.

–Milord, le pido disculpas por el retraso.

El poderoso ex primer ministro se asomó por encima del *Times* que estaba leyendo y lanzó a Hawk una mirada de desaprobación.

–Hum –respondió, bajando el periódico–. ¿Le ocurre algo, Hawkscliffe? Parece de mal humor.

–Esto... no, señor. –Forzó una ligera sonrisa–. He estado un poco ajetreado preparando el viaje a Viena y todo lo demás, eso es todo.

Hawk se aclaró la garganta y se sentó.

–Claro. Enhorabuena por su nombramiento. Estoy seguro de que actuará con su habitual destreza. Permítame también que lo felicite por sus nupcias, excelencia.

–Gracias –murmuró él, pero el recuerdo de su inminente condena lo abatió de tal forma que perdió el hilo de sus pensamientos mientras sacaba las notas.

El vizconde de Sidmouth echó una ojeada a su reloj de bolsillo.

–¿De qué quería hablarme, Hawkscliffe?

–Claro, esto... Veamos, me he enterado de un asunto que considero que puede ser de su interés como ministro del Interior, milord.

Sidmouth entrelazó las manos y lo miró con atención.

Robert empezó a explicarle las duras condiciones en que se encontraban los niños de la madriguera, la terrible espiral de pobreza y crimen que llevaba a aquellos granujas de cabeza a la horca, pero al poco rato se dio cuenta de que era inútil.

Lord Sidmouth lo escuchaba educadamente, con los codos apoyados en los suaves brazos de cuero del sillón, pero su alargado rostro lucía una expresión muy poco receptiva.

No solamente le había arruinado la presentación. Estaba claro que Sidmouth, quien se encargaba de tratar los asuntos relacionados con el malestar social en toda Inglaterra, no quería oír aquello. Hawk hizo todo lo que pudo, pero el ministro sacudió la cabeza y se puso a hablar de sus limitados recursos, que debían ser destinados a impedir la constante amenaza de insurrección.

El gobierno al completo mantenía en secreto su temor a que se produjera un estallido de violencia callejera como el que había tenido lugar en Francia, entre los ludistas[1] que se dedicaban a romper las máquinas y el regente que no hacía más que indignar a la población con sus abundantes gastos, y ahora con los numerosos veteranos que volvían a casa sin que hubiera trabajo para ellos. Por desgracia, cómo no, las energías del gobierno no se podían desviar hacia asuntos triviales, etcétera. Además, según dijo Sidmouth, si uno se volvía blando con aquellos ladronzuelos los incitaría a cometer todavía más crímenes con la esperanza de llevarse sólo un tirón de orejas.

Al final Hawk se marchó de White's completamente abatido, con la negativa de lord Sidmouth resonando en sus oídos. Estaba totalmente decepcionado con su partido y el gobierno.

Regresó caminando a Knight House con los hombros caídos, desconcertado y abatido.

Ya no sabía qué pensar de sus colegas, con su legislación represiva y su aversión a los campesinos y los pobres. Sabía a ciencia cierta que Henry Brougham, de los whigs, estaba luchando por la educación de los niños pobres, pero la arrogancia de Hawk le había impedido aunar esfuerzos con aquel hombre. Disgustado consigo mismo, decidió enviar a Brougham la información recopilada con tanto esmero. Tal vez sirviera de algo a la causa. Al diablo con la gloria personal de convertirse en salvador.

«Todavía harán de ti un whig», le había dicho Belinda en una ocasión.

«Tal vez, cariño. Tal vez», pensó mientras caminaba lentamente por la abarrotada calle y giraba en St. James Square. Entró arrastrándose en su casa, entregó el maletín de piel y la chaqueta a Walsh, sin reparar en el ceño solícito del mayordomo, y a continuación subió la escalera y llegó al dormitorio que había ocupado Belinda. Con el alma rota, se tumbó en la cama en la que le había enseñado los misterios del amor. Un sentimiento de desesperación recorrió todo su ser.

1. Movimiento obrero surgido en Inglaterra en el siglo XIX a raíz de la Revolución industrial, cuyos activistas solían romper las máquinas de las fábricas por considerarlas la causa del desempleo. *(N. del T.)*

Se tapó los ojos con la almohada e intentó dormir. «Por muy grave que fuese la depresión que sufría Castlereagh –pensó–, no podía ser peor que perder el amor de su vida.»

A pesar de lo sombrío que había sido aquel día, el acontecimiento social al que se enfrentaba en ese momento le confirmó que la noche iba a ser todavía peor. Si hubiera sido otra clase de hombre, se habría puesto como una cuba; pero en lugar de ello se aisló y decidió seguir las formalidades: vestirse con su ropa de noche de etiqueta, subirse a su coche y partir hacia King Street.

Estaba previsto que esa noche hiciese su primera aparición pública con su futura esposa. Lady Juliet, el conde de Coldfell y muchos otros miembros de la sociedad esperaban a Robert –el nuevo favorito, el novio– en Almack's. Cuando el carruaje se detuvo y William le abrió la puerta rápidamente, no sabía cómo iba a conseguir obligarse a entrar allí. Hawk salió a la calle y observó con rencor el elegante edificio.

Todo aquello era un error.

Sin embargo entró. Cargando con todo el peso del mundo sobre sus hombros, subió la imponente escalera y contempló imágenes de Bel por todas partes; su rostro adorable estaba teñido de rubor por el amor y la emoción. Quería morirse, pero adoptó una sonrisa hueca de cordial reserva y entró en la sala de baile.

En el salón de celebraciones se hacinaba la élite de la sociedad: nobles acompañados de sus consentidas esposas e hijas debutantes, venerables ancianos y vividores socarrones en estudiadas poses de aburrimiento. A Hawk le costaba creer que en cierta época hubiera llegado a encajar tan bien allí. Detestaba a toda la gente que veía y, por encima de todos, al hombre que se dirigía hacia él.

Coldfell caminaba ágilmente apoyándose en su bastón, luciendo a su hija ante el mundo con aire resplandeciente. Juliet parecía una muñeca de tamaño real, con sus grandes ojos azules de porcelana y su piel de loza acariciada por sus oscuros rizos. Estaba realmente preciosa con su sencillo vestido rosa, pero parecía aterrada. Hawk se dio cuenta de que la estaba mirando con el entrecejo fruncido y dejó de hacerlo.

–Robert, ya estamos todos –lo saludó Coldfell.

Él apretó los dientes en una tensa mueca sonriente.

–Milord. –Se inclinó ante el conde y luego se volvió hacia la chica e hizo una reverencia de lo más formal–. Lady Juliet.

Ella le miró los labios, inclinándose cautelosamente.

Tras unos minutos de concisa charla con su padre, mientras la mirada de Juliet saltaba de uno a otro con ansiedad, Coldfell posó con delicadeza la mano de su hija en el brazo de Hawk.

–¿Por qué no se van conociendo, jóvenes? –dijo afablemente.

Hawk hizo un esfuerzo por no fruncir de nuevo el ceño cuando Coldfell se alejó cojeando para mezclarse con sus amigos. Reprimió un gruñido gutural y miró de reojo a Juliet. Se le ocurrió preguntarle si quería bailar, pero obviamente era imposible. Pensó en ofrecerle ponche, pero no se atrevía a dejarla sola estando tan asustada.

En lugar de ello divisó un banco vacío junto a la pared, convenientemente apartado. La condujo hacia allí y se sentaron. Se miraron el uno al otro sin hostilidad, aunque sin la más mínima señal de afinidad. Él no sabía cómo comunicarse con ella o si tan siquiera ella disponía de los medios para entenderle. Juliet le dedicó una sonrisa triste, y él se la devolvió. Durante los siguientes diez minutos permanecieron allí sentados en sus respectivos mundos. La gente les lanzaba miradas y susurraba, e indudablemente consideraba que eran una pareja adorable.

Allí donde Hawk miraba se topaba con imágenes de Belinda durante la noche espectacular, mágica e inolvidable en que la había llevado allí para liberarla de sus sentimientos de vergüenza y exclusión. Una sonrisa ensimismada asomó a sus labios al acordarse de lo achispada que había acabado con el champán, dando vueltas traviesamente por la sinuosa pista de baile y burlándose de las patrocinadoras.

Cómo la había menospreciado y subestimado; había sido terriblemente arrogante, imponiendo sus decisiones y opiniones como si fueran la ley divina escrita en tablas de piedra. Estaba ciego, pero ahora podía ver con claridad lo que había perdido. Ella lo había puesto en su sitio. Evidentemente, intentar atraerla de nuevo ofreciéndole beneficios materiales había sido la opción más inadecuada. Su juicio incorrecto debía de haber hecho que ella se arrojase más gustosamente aún a los brazos del soldado irresponsable. Pero cuando recordó el momento en que ella le lanzó la carta blanca a la cara, sintió deseos de aplaudir a aquella espléndida criatura.

«No, ahora ya no podría ser la querida de ningún hombre», pensó. Había recuperado su orgullo por completo y sabía que se merecía mucho más que eso. Se había curado, y él daba gracias por ello.

De repente sintió que Juliet se sentía tensa junto a él. Sumido en un estado de absoluta depresión, no estaba haciendo el menor caso a su prometida. Se volvió hacia ella y la encontró mirando al otro lado del salón de baile. Siguió su mirada y descubrió el objeto de su ansiosa expresión: Clive Griffon, el parlamentario, acababa de entrar.

«Demonios», pensó Hawk cuando Griffon los divisó y empezó a caminar hacia ellos en línea recta, abriéndose paso a empujones entre los bailarines con un aire desaforadamente trágico. Su rostro juvenil estaba colorado por la ira y, a juzgar por su aspecto, por una dosis de alcohol superior a la que estaba acostumbrado.

La expresión de Hawk se tornó fría y distante. Intentó aparentar que no lo había visto mientras Juliet se removía en el banco como si la hubieran pillado en falta. Griffon se acercó a ellos y se puso frente a Juliet, temblando con una emoción romántica y tormentosa. Juliet clavó los ojos en él con tristeza y luego lanzó una mirada nerviosa a Hawk.

–Eres tonta –le dijo Griffon a ella, pronunciando con claridad cada palabra mientras ella le leía los labios–. Él quiere a otra mujer, y tú me quieres a mí, y yo te adoro. Juliet, ¿cómo has podido traicionarme?

Juliet gimoteó y extendió el brazo para coger la mano de Griffon, pero él la apartó con amargura.

–Descuida: tus secretos están a salvo conmigo.

–¿Secretos?

Hawk frunció el ceño y se giró hacia Juliet. Otra mujer con secretos era lo último que necesitaba.

–Y en cuanto a usted, señor, aunque me cueste mi escaño, le diré a la cara que lady Juliet se va a casar con usted sólo porque su padre la obliga. ¡Pregúntele a ella si no me cree! –gritó, mientras el señor Willis y sus ayudantes llegaban al lugar para echarlo de allí.

–¿Qué secretos? –preguntó Hawk.

Los hombres sujetaron a Griffon por los brazos al tiempo que Coldfell se acercaba cojeando rápidamente entre la multitud.

–¡Echadlo de aquí!

–¡Vamos, fuera! –chilló el señor Willis mientras Griffon forcejeaba.

–¡Juliet, te quiero! –gritó él cuando los ayudantes empezaron a empujarlo y a llevarlo medio a rastras.

–¿Cómo te atreves a atacar a mi hija? –bramó Coldfell.

–¿Cómo se atreve usted a obligarla a un matrimonio que no desea? –rugió Griffon en respuesta.

Todo el mundo se quedó quieto. Hawk abrió los ojos como platos. Nunca había visto a nadie que se atreviera a dirigirse al conde de Coldfell de esa forma. Por lo visto, el conde tampoco.

Su cara arrugada se puso de un rojo veteado. Golpeó a Griffon con la punta del bastón.

–¡Exijo que este canalla sea expulsado! Te he advertido una docena de veces que no te acerques a mi hija...

Hawk se puso en pie y acudió a restablecer el orden; cuando llegó a donde estaban los dos hombres, Coldfell bajó la voz, echando chispas por los ojos, a escasos centímetros de la cara de Griffon.

–Me encargaré de que no llegues al poder –le dijo por lo bajo.

–Usted, señor, es el último hombre en el mundo que debería amenazarme –gruñó el joven en voz queda al conde–. A menos, claro, que quiera que toda esta gente se entere de cómo murió verdaderamente su esposa.

Hawk y Coldfell eran las dos únicas personas lo suficientemente próximas para oír aquellas palabras pronunciadas en voz baja. Hawk miró fijamente a Griffon, conmocionado.

Griffon se sacudió su chaqueta arrugada y se la puso correctamente.

–Afortunadamente para usted, lord Coldfell, no soy un hombre que se rebaje a hacer chantaje.

Coldfell se puso pálido cuando Hawk agarró a Griffon del hombro.

–Venga conmigo –ordenó, haciendo girar al muchacho hacia la salida–. Yo me ocupo –dijo con firmeza al señor Willis y sus ayudantes.

–¡Hawkscliffe! –protestó lord Coldfell débilmente.

Hawk no le hizo caso y condujo a Griffon fuera.

La gente se apartaba de su camino, susurrando horrorizados cuando pasaban a su lado.

–¡Usted sabía que yo la quería, Hawkscliffe! ¿Cómo han podido traicionarme? Los dos...

–¿Quieres hacer el favor de callarte hasta que estemos fuera? –murmuró Hawk airadamente, con el corazón palpitante.

Sacó a Griffon por la puerta, giró a la izquierda y se metió en el túnel de entrada que conducía a la cuadra de caballos de alquiler situada al lado.

–Dime lo que sabes sobre la muerte de lady Coldfell... ¿O estabas fanfarroneando?

–¡No estaba fanfarroneando! –Griffon dio un tirón y se frotó la frente, con aspecto juvenil y atormentado–. Le prometí a Juliet que no se lo contaría a nadie... pero si usted va a convertirse en su marido, tal vez le convenga saberlo, por si acaso necesita protegerla.

–¿Protegerla de qué?

–De la verdad. Hawkscliffe, ¿jura que lo mantendrá en secreto?

Hawk se limitó a lanzarle una mirada de advertencia.

Griffon sacudió la cabeza con desaliento.

–La muerte de lady Coldfell no fue un accidente. Juliet se encontraba allí. Ha estado terriblemente asustada desde que su madre murió. Nos hemos estado escribiendo en secreto desde que nos conocimos, el día que fui con usted a la casa de Coldfell. Supongo que me gané su confianza. El caso es que me abrió su corazón en sus cartas. Tiene mucho miedo a que alguien lo descubra todo. ¿Jura que no utilizará esta información contra ella?

–¡Sí, maldita sea, habla! Te doy mi palabra.

Griffon miró ansiosamente por encima del hombro.

–Cuando se produjo el incendio en la finca que el conde tiene en el condado de Leicester, Juliet sospechó que lo había provocado su primo, sir Dolph Breckinridge, el heredero de Coldfell. Se suponía que Dolph estaba en Londres, pero ella olió su penetrante colonia en el corredor antes de que el humo borrara su rastro. Despertó a su padre y ambos huyeron del fuego, y luego le explicó a lord Goldfell que sospechaba que Dolph había estado en la casa.

–Continúa –dijo Robert, recordando que antes de morir Dolph había confesado su autoría del incendio.

–Entretanto Coldfell se había enterado de la aventura amorosa de su mujer con Dolph –prosiguió Griffon–. Su sospecha sobre la autoría de Dolph le hizo temer que su mujer hubiera podido estar implicada de algún modo. Aproximadamente una semana después del incendio, todos ellos regresaron de la casa solariega a la mansión de Coldfell en South Kensington. Si hasta este punto la historia era simplemente sórdida, a partir de aquí se volvió tenebrosa. Según Juliet, Coldfell se llevó a Lucy al salón y se enfrentó a ella. Al principio Lucy intentó negarlo todo, pero Coldfell siguió acosándola hasta que por fin, cuando le preguntó sin más rodeos si ella y Dolph habían intentado matarlo, le dijo que sí y agarró el atizador de la chimenea e intentó golpearlo con él.

–No hablarás en serio.

–Oh, ya lo creo que sí. Juliet me dijo que Lucy lo siguió por el salón con el atizador como una loca hasta que le pegó en la pierna mala. El viejo se cayó al suelo y Lucy podría haberlo matado de un golpe, pero Juliet apareció por detrás y le atizó de repente con un jarrón.

–¿La mató Juliet?

–No, Juliet no la mató, sólo la dejó inconsciente –dijo Griffon apresuradamente–. Coldfell ordenó a Juliet que lo ayudara a arrastrar a Lucy hasta el jardín. Ninguno de los dos es demasiado fuerte, pero entre ambos la lanzaron al estanque. Como todavía estaba inconsciente, se ahogó. Fue en defensa propia,

Hawkscliffe. Personalmente considero que lord Coldfell es un intrigante y que su actitud es condenable, pero Lucy y Dolph no habrían parado hasta que el conde estuviera muerto. Y lo que es peor, Lucy planeaba encerrar a Juliet en un asilo cuando su padre hubiera muerto.

Hawk se quedó mirándolo sorprendido, prácticamente incapaz de asimilar todo aquello. El corazón le latía a una velocidad desorbitada. Sintió que algo se liberaba en su interior: una fuerza, un sentimiento de justicia, un atrevimiento que nunca había experimentado. Y supo al instante lo que iba a hacer.

Agarró a Griffon de los hombros.

–Escúchame. Debes casarte con Juliet.

Él abrió los ojos como platos.

–¿Qué?

–Tú la quieres. Su sitio está contigo.

–¡Excelencia!

–No me lleves la contraria. Los dos lo deseáis.

–¡Pero su padre me ha prohibido que me acerque a ella! No pienso utilizar esta información para chantajearlo. Se lo prometí a Juliet...

–No tendrás que hacerlo. Ven conmigo.

Lo soltó, se dio la vuelta y se dirigió resueltamente a la fachada del edificio, donde mandó por su coche. Griffon se apresuró para no quedarse atrás.

–No entiendo.

–Espera.

Hawk aguardó en un estado de vibrante euforia a que William le llevara el coche. A continuación se volvió hacia Griffon.

–Voy a volver a entrar. Cuando regrese traeré a Juliet conmigo. Tienes que llevártela de aquí y casarte con ella antes de que su padre pueda enviar a alguien en tu busca. Una vez que os hayáis casado, él ya no podrá hacer nada. –Griffon dejó escapar una muda exclamación de asombro–. Es lo que deseas, ¿verdad?

–¡Sí! ¡Con todo mi corazón! Pero... no saldrá bien. ¡Y Coldfell lo demandará por incumplimiento de palabra de casamiento! ¡Usted detesta los escándalos...!

–No te preocupes por eso. Ven y quédate debajo de la ventana del entresuelo. La sacaré por allí.

–¡Excelencia, si nos ayuda a escapar, lord Coldfell seguramente conseguirá que le retiren el nombramiento para el Congreso de Viena! ¡Su palabra es sagrada para el primer ministro!

–No importa. Tú colócate en tu sitio y estate listo.

Griffon asintió con ansiedad y se adentró en las sombras que rodeaban el lateral del edificio, mientras Hawk subía trotando la escalera y regresaba al interior, respirando profundamente. El corazón le latía frenéticamente de emoción ante su loca temeridad.

«La verdad os hará libres», pensó. Por primera vez en su vida iba a sacudir la tiranía de su clase.

Nada más entrar lo recibió Coldfell, todo disculpas.

–Excelencia, lamento humildemente la escena que ha provocado ese joven canalla. Es ciertamente imperdonable. Ha estado asediando mi casa desde que puso sus ojos en mi hija.

–Vaya, entonces supongo que ese joven Romeo ha estado asediando las casas de ambos, ¿no es así, Juliet?

Juliet lo miró fijamente, con los ojos muy abiertos, aterrada ante la idea de que Robert le hubiera hecho algo horrible a su verdadero amor. Hawk tomó la mano de Juliet y se volvió hacia Coldfell simulando una mirada de regio disgusto.

–Si no le molesta, me gustaría hablar un momento en privado con su hija para aclarar esta situación sumamente embarazosa –dijo en el tono más remilgado y mojigato del que fue capaz.

–Por supuesto –dijo Coldfell.

Le dio un empujón a su hija en el brazo en actitud de severo reproche y le indicó que fuera con Hawk.

Robert le ofreció el brazo con frialdad, interpretando el papel de novio despechado. Incluso su padre parecía considerar que estaba capacitado para darle una reprimenda a Juliet. Cuando ella colocó su mano en el brazo de Hawk y empezó a caminar lentamente a su lado, parecía asustada y abrumada.

–No hace falta que se queden mirando con la boca abierta, amigos –declaró Hawk, todavía con semblante altivo y poderoso, aunque sintió que una enorme carcajada pugnaba secretamente por salir de su interior. ¡Qué sorpresa se iban a llevar cuando al final cambiase de filas! ¡Por Dios, encima iba a pasarse a los whigs! ¡Qué delicioso iba a ser el escándalo! Casi podía saborear el aire de la libertad mientras ascendía hacia él–. Por aquí, Juliet.

Tiró de su mano en dirección a la modesta entrada y la pequeña escalera que conducía al entresuelo. En cuanto estuvieron fuera del alcance de la vista de todos, tiró de ella con más firmeza, metiéndole prisa. Se giró y pronunció la palabra:

–¡Ven!

Ella frunció el ceño en actitud interrogativa, pero él sacudió la cabeza y la condujo hacia la puertaventana en forma de arco que daba al patio de King's Place, en la parte trasera de Almack's. La abrió y señaló abajo. Juliet se asomó obedientemente y su cara se iluminó de alegría al ver a Griffon abajo esperándola. Lo saludó con la mano.

Hawk hizo que se girara agarrándola por los hombros para que le diera la cara y pudiera entenderle bien. Pronunció cada palabra de la forma más clara posible. Ella se quedó mirando fijamente sus labios, a la espera. Esta vez estaban decididos a comunicarse.

–Juliet.

Ella asintió con la cabeza ansiosamente.

–¿Quieres... a... Griffon?

Una mirada soñadora asomó a su rostro, y su corazón juvenil centelleó en sus ojos. De repente hizo una mueca de sincera disculpa, pero Hawk sonrió.

–No pasa nada. ¿Quieres casarte con él?

Los ojos de Juliet se abrieron del todo. Una vez más asintió entrecortadamente.

–Súbete aquí. Te ayudaré a escapar.

Ella abrió los ojos desorbitadamente. Vaciló... miró de nuevo abajo a su amado... y asintió con entusiasmo.

Robert silbó a Griffon y luego ayudó a Juliet a salir por la ventana. La bajó poco a poco cogida de las manos hasta los anhelantes brazos del joven, y luego saltó tras ella soltándose de la cornisa. Aterrizó ágilmente sobre los adoquines que había debajo y, girándose hacia la joven y resplandeciente pareja, les hizo señas con impaciencia. Corrieron hacia la parte delantera y Hawk les metió prisa para que entraran en su coche, pero Griffon se dio la vuelta hacia él y le estrechó la mano.

–Lamento mi arrebato de antes, excelencia. No sé qué decir.

–No hay nada que decir. Confío en tu buen juicio... Y confío en que te encuentres en situación de mantener a una esposa.

–No le faltará nada.

–Bien. Voy a confiaros también mi coche, así que no le hagáis ningún arañazo. Marchaos. ¡William, llévalos a Gretna Green! –ordenó–. ¡Y haz que los caballos corran tan rápido como puedan! Coldfell no tardará en seguiros la pista.

–¡Sí, señor!

–¡Qué demonios! –dijo Griffon de repente–. ¿Y qué pasa con mi caballo? ¿Se acuerda de él, uno blanco y grande? ¡Está atado en el corral de Rose and Crown!

–Yo me ocuparé del caballo. Pregunta en mi casa cuando vuelvas...

–No, quédeselo como muestra de agradecimiento por lo que ha hecho esta noche por nosotros.

Hawk rechazó con un gesto la generosa oferta.

–¡Marchaos! No tendrás una segunda oportunidad, Griffon. Coldfell no volverá a dejar que te acerques a ella. El hijo que dé a luz Juliet será conde y tendrá cuatro escaños en la Cámara de los Comunes, y tú serás su padre.

–Excelencia –susurró Griffon conmovido, abrazando a Juliet contra él–, no sé cómo darle las gracias.

–Vivid una vida larga y feliz juntos, y mantente fiel a tus ideales cuando hagas uso de tu nuevo poder. Con eso bastará.

Cerró la puerta del carruaje, y William fustigó los caballos para que se moviesen.

–¡Hawkscliffe! –chilló Griffon calle abajo, asomando la mano por la ventanilla mientras el coche se alejaba–. ¡Tiene corazón de poeta!

Hawk le dijo adiós con la mano, rogando para tener también la elocuencia de un poeta, y se apresuró hacia el corral, se subió al semental blanco perla de Griffon y salió a la carga a conquistar el corazón de su dama.

–¡Un caballo! ¡Un caballo! ¡Mi reino por un caballo!

Bel y su padre se hallaban embelesados en el palco del teatro, mientras el extraordinario Edmund Kean, que interpretaba a Ricardo III, recorría a toda velocidad el escenario que recreaba el campo de batalla gritando las frases más famosas de la historia en el clímax del quinto acto. Aunque Bel conocía bien la obra, tanto ella como su padre contemplaron atónitos cómo el rey Ricardo combatía con su rival, el conde de Richmond, y era derrotado.

Kean brindó una escena de muerte imposible de igualar en el mundo cristiano. Hubo un momento de silencio catártico en que el público, abrumado por la pluma del poeta, sólo pudo mirar al malvado rey muerto en un estado de total conmoción. El teatro se hallaba en el más absoluto silencio. Y entonces, antes de que Richmond pudiera pronunciar su discurso triunfal, las puertas centrales situadas en la parte trasera del teatro se abrieron de repente con un chirrido.

Bel experimentó un ligero fastidio ante aquella interrupción sin dejar de mirar el escenario, todavía cautivada. Súbitamente un murmullo procedente de la zona trasera recorrió el público. Los susurros y las sordas exclamaciones se propagaron como un zumbido, y a continuación se oyeron gritos.

«Qué maleducados», pensó Bel, volviéndose indignada, y se quedó boquiabierta al ver que un enorme caballo blanco montado por un imponente jinete de cabello oscuro trepaba por el teatro y descendía por el pasillo central.

Bel se quedó mirando con incredulidad. El duque de Hawkscliffe espoleaba el caballo en dirección a la parte delantera del teatro, ajeno a los gritos de asombro que inundaban el ambiente.

–¿Qué está haciendo? –dijo Bel sorprendida en voz baja, agarrándose al brazo de su padre.

–No tengo ni idea –murmuró éste.

El caballo relinchaba nerviosamente y sacudía la cabeza, agitando en el aire su blanca crin. El público estaba alborotado. El director de escena y sus ayudantes salieron corriendo para intentar detenerlo, pero Robert hizo dar vueltas al caballo en una grácil pirueta, barriendo el escenario con el largo penacho de su cola, y luego hizo que el animal se encabritase.

–¡Atrás! –gritó Hawk con una atronadora voz de mando–. He venido por un asunto extremadamente urgente. ¡Luego seguirán con su espectáculo!

–¡Dejadlo en paz! –gritó alguien del público.

–¿Es ese Hawkscliffe?

–No puede ser –comentaba la gente.

Edmund Kean dijo algo al director de escena, quien a su vez se llevó las manos a la cabeza y pidió a sus ayudantes que se retirasen antes de que el caballo le diese una coz a alguien.

Con una tenue y diabólica sonrisa, Robert condujo al caballo hacia un lugar estratégico situado justo debajo del palco de Bel. Sacó una espléndida rosa roja con un ampuloso movimiento y la levantó ofreciéndosela. El galante gesto despertó vítores, silbidos y aplausos. Incluso el señor Kean se rió.

Robert dedicó a Bel una sonrisa pícara que hizo que a la joven le diera un vuelco el corazón, llena de una alegría loca e incrédula.

Con el corazón latiéndole a toda velocidad, Bel extendió el brazo por encima de la barandilla y aceptó la rosa, avergonzada por haber acaparado la atención del público, ya que todo el mundo sabía quién era: «la magdalena», tal y como la llamaban ahora los periódicos, la puta penitente.

–Sal de ahí, milady –dijo él dulcemente.

–¿Te has vuelto completamente loco?

–Estaba realmente loco al dejarte marchar. Acéptame otra vez. No te arrepentirás, te lo juro –dijo Robert–. Cásate conmigo, cariño.

–¡Robert!

Todo el público se inclinó hacia ellos para no perderse palabra, mientras él se volvía hacia el padre de Bel.

–Señor, quiero a su hija más que a nada en este mundo –anunció Robert en alto, y su sonora voz de barítono resonó por todo el teatro–. ¿Me concede su mano?

–Sí, excelencia –dijo Alfred con una risita afectuosa.

–¡Papá! –protestó Bel.

Su vergüenza provocó un murmullo de risas; la gente pataleaba en el suelo y prorrumpía en vítores.

–¡Robert, estás quedando en ridículo!

–Sí, querida, de eso se trata. Si vamos a armar un escándalo, que sea uno bien grande.

–¡Oh, eres desesperante...! –dijo ella, tan irritada que se quedó sin palabras.

Haciendo que el caballo se acercase, Hawk le ofreció la mano con una sonrisa dulce y seductora.

–Ven conmigo. Olvida tus dudas, sabes que te quiero. Es nuestra oportunidad.

–¡Di que sí! –gritó alguien sentado en una de las filas próximas–. ¡Dile que sí!

Hubo otros que se unieron a él.

–¡No seas tonta, muchacha! ¡Él te quiere! –chilló una gruesa mujer cockney desde el foso.

–¡Vamos! –empezaron a gritar todos, animando a Robert.

–¡Creo que esto no es asunto de nadie! –exclamó Bel.

Él le lanzó una mirada seductora.

–Se ha aprobado la moción. Vamos, Bel. ¿Qué sentido tiene todo si no estamos juntos?

Las lágrimas brotaron de los ojos de ella. Los oscuros ojos de Robert brillaban con la promesa de futuro que le ofrecía. Esperó fielmente, con las manos extendidas, enfrentándose a un rechazo público. Dios sabía que era lo que merecía después de todo lo que le había hecho pasar a Bel.

Ella miró ansiosamente al público vociferante y luego a su padre.

–Papá, ¿qué debo hacer?

Él le sonrió con los ojos empañados de lágrimas.

–Querida, está claro que tienes que obedecer a tu corazón.

–¿Y Mick?

–Él sólo desea tu felicidad, como yo. Lo entenderá.

–¡Oh, papá!

Abrazó con fuerza a su padre. Él se rió entre dientes con ternura y la soltó.

Entonces el sonido aumentó en un *crescendo;* todo el público empezó a lanzar vítores mientras Bel saltaba la barandilla en un alarde de osadía, haciendo una escandalosa exhibición de sus tobillos que seguramente habría hecho reír a la descarada Georgiana Hawkscliffe. Tomó la mano de Robert, quien la sujetó mientras descendía cuidadosamente sobre el caballo, detrás de él.

Robert hizo que le rodeara la cintura con los brazos.

–Abrázame –susurró– y no me sueltes nunca.

–¡Te quiero! –dijo Bel con un sollozo de felicidad, y oyó el rumor de la risa profunda y tierna de Robert.

–Más te vale, preciosa, porque esta vez nuestro acuerdo es permanente.

Se dio la vuelta y le dio un beso dulce y pausado que contenía la promesa aterciopelada de la noche que se avecinaba. Cuando dejó de besarla y le sostuvo la mirada por un momento con sus ojos brillantes de amor, las lágrimas se desbordaron bajo los párpados de Bel.

–Te he echado de menos –susurró Robert, y se giró hacia delante sonriendo de forma todavía más pícara–. Agárrate fuerte.

Ella se abrazó a su delgada cintura.

Y a continuación él golpeó los flancos del caballo con los talones. Salieron galopando del teatro y cabalgaron hacia las estrellas.

NOTICIA APARECIDA EN LA PÁGINA DE SOCIEDAD DE *THE LONDON TIMES*, EL 23 DE SEPTIEMBRE DE 1814

Tras una ceremonia nupcial privada celebrada la semana anterior en la capilla de la casa solariega de sus excelencias en Cumberland, el duque y la duquesa de Hawkscliffe embarcaron hacia Viena para disfrutar de su luna de miel en medio de los festejos del gran congreso.

Lady Jacinda Knight y su compañera, la señorita Carlisle, acompañaron a sus excelencias en su viaje continental.

A la felicidad de la familia contribuye también la noticia de que el coronel lord Damien Knight, el condecorado héroe de guerra, recibirá un título nobiliario cuando regrese a casa desde la península ibérica. Aguardamos ansiosos la oportunidad de poder expresarle nuestro agradecimiento y enhorabuena a su señoría, cuya llegada se espera para antes de que finalice el mes.

Mientras tanto, hemos recibido informes según los cuales, en otra parte de la ciudad, el duque de L y el marqués de W tuvieron unas palabras siguiendo con su antigua rivalidad por los favores de la célebre Harriette Wilson...

Nota histórica

> No voy a decir por qué o cómo me convertí en la amante del conde de Craven a los quince años. Ya fuese el amor, o la severidad de mi padre, o mi corazón depravado, o las irresistibles artes del noble caballero lo que me indujo a abandonar el hogar paterno y situarme bajo su protección, carece ahora de importancia, y si la tiene, no estoy de humor para satisfacer la curiosidad sobre ese particular.

Así comienza *The Lady and the Game,* las memorias de Harriette Wilson. El relato de primera mano de la vida de las cortesanas de la alta sociedad en la época de la regencia constituye una de las fuentes principales de esta novela. La casa de las cortesanas en York Place pertenecía realmente a Amy, la mayor de las famosas hermanas cortesanas (Harriette tenía su propia casa en New Road, Marylebone, y más tarde en Trevor Square, Knightsbridge), pero he reducido las localizaciones en aras de una mayor unidad. En la vida real, Amy y Harriette, que eran rivales acérrimas, no habrían podido vivir civilizadamente bajo el mismo techo. En 1815, el año en que transcurre la historia, Harriette, que entonces tenía treinta y cinco años, se trasladó a París cuando su fama en Londres comenzó a decaer. Amy se volvió respetable; Fanny murió joven; Julia Johnstone dio a luz un total de doce hijos. La más joven de las hermanas Wilson, Sophia, echó el guante a un vizconde.

Margaret Gardiner, quien también aparece mencionada en la novela, empezó su vida como una chica pobre irlandesa de enorme belleza y acabó siendo la condesa de Blessington, además de una afamada escritora y confidente de Lord Byron. Espero que el lector perdone a la autora por tomarse la libertad de situar la boda de lord y lady Blessington dentro del período en que se desarrolla la historia; en realidad no se casaron hasta 1818.

En el plano político, las únicas medidas reformistas de los tories consistieron en abolir la pena de muerte por delitos menores y trabajar para conseguir un código penal más humano. Los cambios más importantes tendrían que esperar hasta después de 1831, pero su aparición se debió en parte a la visión y la tremenda energía de Henry Brougham (más tarde lord canciller y primer barón de Brougham y Vaux). «Wickedshifts», tal y como lo llamaba el cronista Creevy, dirigió la atención del Parlamento en 1816 al tema de las donaciones benéficas y logró que se crease un comité de investigación para tratar la educación de los niños pobres; en 1820 Brougham hizo de abogado defensor en el juicio de la reina Carolina. Uno se pregunta si su relación con una mujer tan libre de convencionalismos como Harriette contribuyó a dar forma a sus opiniones asombrosamente progresistas sobre los derechos de las mujeres.

Las actitudes reaccionarias y represivas de los tories, según lo demuestran Sidmouth y Eldon, desembocaron en el fracaso del Gobierno a la hora de adoptar medidas positivas con que afrontar los problemas de la Inglaterra de la posguerra y suscitaron protestas públicas, una de las cuales terminó en la «masacre de Peterloo» de 1819. En el famoso poema de Shelley «La máscara de la anarquía» se halla presente un feroz ataque a los magnates tories. Wellington no pareció verse tan seriamente afectado desde el punto de vista de la opinión pública como los demás y más tarde se convirtió en primer ministro.

Por lo que respecta al vizconde Castlereagh y su lucha contra la depresión, tras un servicio brillante, sobre todo como ministro de Asuntos Exteriores, se quitó la vida en 1822 cortándose el cuello en su vestidor con un cortaplumas.

Por último, aquellos que conozcan la historia de lady Oxford y su *Harleian Miscellany* sin duda la identificarán como el modelo de mi escandalosa y hermosa Georgiana, duquesa de Hawkscliffe, y su prole de diversos padres. Esa distinguida dama de la alta sociedad constituye, naturalmente, la inspiración de mi nuevo ciclo sobre los hermanos Knight, la primera de cuyas entregas acaba de leer... y de las que espero sinceramente que siga disfrutando.

GAELEN FOLEY

P.D.: ¡Los siguientes son los gemelos!

Título de la edición original: *The Duke*
Traducción del inglés: Ignacio Gómez Calvo,
cedida por Random House Mondadori, S. A.
Diseño: Eva Mutter
Ilustración de la sobrecubierta:
El baño de Psyche, 1890 de Frederic Leighton. Tate Gallery, Londres
Foto de solapa: © Redford Photograpy

Círculo de Lectores, S. A. (Sociedad Unipersonal)
Travessera de Gràcia, 47-49, 08021 Barcelona
www.circulo.es
1 3 5 7 9 5 0 0 2 8 6 4 2

Licencia editorial para Círculo de Lectores
por cortesía de Random House Mondadori, S. A.

Depósito legal: B. 2621-2005
Fotocomposición: gama, s. l., Barcelona
Impresión y encuadernación: Printer industria gráfica
N. II, Cuatro caminos s/n, 08620 Sant Vicenç dels Horts
Barcelona, 2005. Impreso en España
ISBN 84-672-1103-2
N.° 28480